Um país terrível

Keith Gessen

Um país terrível

tradução
Bernardo Ajzenberg
Maria Cecilia Brandi

todavia

A Rosalia Moiseevna Solodovnik (1920-2015)

Parte 1

I.
Me mudo para Moscou

No final do verão de 2008, mudei para Moscou para cuidar de minha avó. Ela estava prestes a completar noventa anos e fazia quase dez que não a via. Sua família se resumia a mim e ao meu irmão Dima; sua única filha, nossa mãe, morrera alguns anos antes. Baba Seva agora morava sozinha em seu velho apartamento em Moscou. Quando lhe telefonei para avisar que estava indo, ela pareceu bastante contente de sabê-lo, mas também um pouco confusa.

Meus pais, meu irmão e eu deixamos a União Soviética em 1981. Eu tinha seis anos, Dima, dezesseis — e isso fez toda a diferença. Tornei-me americano, enquanto Dima continuou essencialmente russo. Assim que ocorreu o colapso da União Soviética, ele retornou a Moscou para fazer fortuna. Desde então, a construiu e perdeu várias vezes; eu não tinha certeza de como as coisas estavam agora. Mas, um dia, ele me escreveu no Gchat para perguntar se eu não poderia ir a Moscou e ficar com Baba Seva enquanto ele estivesse em Londres por um tempo.

"Por que você precisa ir a Londres?"

"Quando a gente se encontrar eu explico."

"Você quer que eu largue tudo aqui e atravesse meio mundo e não pode nem mesmo me dizer o porquê?"

Alguma coisa me irritava quando eu tinha de lidar com meu irmão mais velho. Detestava isso, mas não conseguia evitar.

Dima disse: "Se você não quer vir, então diga. Mas não vou falar sobre isso aqui pelo Gchat."

"Tem formas de falar por aqui sem ser registrado, sabia? Ninguém conseguiria ter acesso."

"Deixe de ser idiota."

Dima deu a entender que estava envolvido com *algumas pessoas muito importantes*, que não desistiriam facilmente de tentar invadir o Gchat dele. Talvez fosse verdade, talvez não. Ao se tratar de Dima, a linha entre esses dois conceitos era sempre instável.

Quanto a mim, eu não era de fato um idiota. Mas também não deixava de sê-lo. Tinha passado quatro longos anos na faculdade e depois mais oito ainda mais longos na pós-graduação estudando história e literatura russa, bebendo cerveja e sempre ganhando (cinco vezes!) o torneio de hóquei da Copa dos Estudantes de Pós; depois disso, lancei-me ao mercado em busca de emprego por três anos ininterruptos sem qualquer êxito. Quando Dima me escreveu, eu já tinha esgotado todas as possibilidades disponíveis de bolsas de pós-graduação e fora contratado para ministrar aulas online no novo programa PMOOC, sigla em inglês de Curso Livre Pago Online, embora o "pago", no caso, se referisse muito mais aos estudantes, que de fato tinham de pagar, do que aos professores, que recebiam muito pouco pelo trabalho. Com certeza não era suficiente para continuar em Nova York, mesmo levando uma vida muito simples. Em resumo, sobre a questão de eu ser ou não um idiota, havia evidências tanto para um lado como para outro.

Se o fato de Dima ter-me escrito naquele momento foi, em parte, providencial, cabe dizer que ele também tinha uma capacidade de fazer as pessoas se envolverem em projetos que não eram necessariamente do interesse delas. Certa vez, convenceu seu agora ex-melhor amigo Tom a se mudar para Moscou e abrir ali uma padaria. Infelizmente, Tom abriu sua padaria muito perto de outra padaria, e teve a sorte de sair de Moscou apenas com o ombro deslocado. De toda forma, agi com cautela e perguntei: "Posso ficar na sua casa?". Em 1999, depois do colapso da economia russa, Dima comprou o apartamento que fica bem na frente, no mesmo andar, do apartamento da minha avó, de modo que ficaria mais fácil ajudá-la quando necessário.

"Vou sublocá-lo", disse Dima. "Mas você poderá ficar no nosso quarto na casa da vovó. É bem decente."

"Tenho trinta e três anos", eu disse, dando a entender que já estava velho demais para morar com minha avó.

"Se você quiser alugar outro lugar, fique à vontade, mas tem de ser bem perto do apartamento da vovó."

Nossa avó morava bem no centro de Moscou. Os aluguéis ali eram quase tão caros quanto em Manhattan. Com o que eu ganhava no PMOOC, conseguiria alugar no máximo uma poltrona.

"Posso usar o seu carro?"

"Eu o vendi."

"Cara, quanto tempo você vai ficar fora?"

"Eu não sei", disse Dima. "E eu já saí."

"Ah", respondi. Ele, na verdade, já estava em Londres. Devia ter viajado às pressas.

Eu também estava louco para sair de Nova York. O último dos meus colegas do departamento de línguas eslavas tinha conseguido um emprego e mudado para a Califórnia, e Sarah, com quem eu namorara por seis meses, tinha me largado havia pouco tempo no meio de um encontro num Starbucks. "Não consigo ver onde isso vai dar", dissera ela, referindo-se, suponho, ao nosso relacionamento, mas sugerindo, na verdade, minha vida inteira. E estava certa: até mesmo as coisas que eu sempre gostara de fazer — ler, escrever e dar aulas sobre história e literatura russa — não eram mais prazerosas. Meu futuro seria ficar avaliando sem vontade trabalhos mal escritos de alunos desinteressados, sem luz no fim do túnel.

Ao mesmo tempo, Moscou era um lugar especial para mim. Era a cidade onde meus pais haviam crescido, onde tinham se conhecido; era a cidade onde eu nascera. Era uma cidade grande, feia e perigosa, mas também o berço da civilização russa. Até mesmo depois que Pedro, o Grande, a trocou por São Petersburgo, em 1713, ou que Napoleão a saqueou, em 1812, Moscou continuou sendo, como afirma Aleksandr Herzen, a capital do povo russo. "Eles reconhecem os seus laços de sangue com Moscou quando sentem a dor de perdê-la." Sim. E fazia anos que eu não visitava. Depois de passar algumas férias de verão da pós-graduação lá, fui ficando cada vez mais cansado de sua pobreza e desesperança. Dos bêbados violentos no metrô; dos bandidos vestindo agasalho esportivo e jaqueta de couro, circulando de olho em todas as outras pessoas; do cara que comia direto da lixeira ao lado do prédio da minha avó todas as noites no verão que passei ali em 2000, e que de vez em quando gritava "Filhos da puta! Sanguessugas!", e voltava a comer. Desde então, eu não tinha mais voltado.

Mesmo assim, não digitei nada para Dima. Precisava arrancar pelo menos alguma concessão dele, nem que fosse por orgulho.

Perguntei: "Tem algum lugar lá para eu jogar hóquei?". Com o declínio da minha carreira acadêmica, eu passara a jogar cada vez mais, e, até mesmo no verão, três vezes por semana estava em um rinque.

"Você tá brincando?", disse Dima. "Moscou é uma meca do hóquei. A toda hora surgem novos rinques. Assim que você chegar aqui eu te levo em uma partida."

Guardei aquilo.

"Ah, e o sinal da internet do meu apartamento pega no andar inteiro", disse Dima. "Você terá wi-fi de graça!"

"OK!", escrevi.

"OK?"

"Sim", eu disse. "Por que não?"

Poucos dias depois fui ao consulado russo no Upper East Side, fiquei uma hora na fila com meu formulário na mão e obtive o visto de um ano. A partir daí, comecei a arrumar as coisas em Nova York: subloquei meu quarto para um baterista de uma banda de rock de Minnesota, devolvi meus livros para a biblioteca e fui ao rinque para retirar meu equipamento de hóquei do armário. Foi bastante trabalhoso, e nem um pouco barato, mas passei todo aquele tempo imaginando a vida diferente que eu logo começaria a levar, e a pessoa em que me transformaria então. Imaginei-me levando doces para minha avó; acompanhando-a em passeios pela cidade, incluindo idas ao cinema (ela sempre gostou de filmes); caminhando de braços entrelaçados pelo nosso velho bairro e ouvindo suas histórias a respeito da vida durante o socialismo. Havia muitas coisas que eu não sabia sobre sua vida e sobre as quais jamais havia perguntado; eu me mantinha indiferente e alheio àquilo tudo e acreditava mais nos livros do que nas pessoas. Imaginei-me em manifestações contra o regime de Pútin pelas manhãs, jogando hóquei à tarde e fazendo companhia para minha avó de noite. Talvez tivesse até mesmo um jeito de usar a vida da minha avó como base para algum artigo de revista. Imaginei-me sentado monasticamente em meu quarto com as histórias da minha avó na cabeça, que acrescentariam toda uma nova dimensão ao meu trabalho. Talvez eu pudesse distribuir os seus depoimentos em itálico ao longo do texto, como em *In Our Time.*

Na última noite em Nova York, o pessoal que dividia a casa comigo resolveu fazer uma pequena festa para mim. "A Moscou!", bradavam, erguendo suas latas de cerveja.

"A Moscou!", eu repeti.

"E não vai morrer lá!", exclamou um deles.

"Não vou morrer", prometi. Estava agitado. E bêbado. Ocorreu-me que havia certo glamour na ideia de passar algum tempo naquela Rússia cada vez mais violenta e ditatorial, cujas forças armadas tinham acabado de submeter a pequena Geórgia a uma derrota humilhante. Às três da manhã enviei uma mensagem a Sarah. "Parto amanhã", dizia o texto, como se estivesse prestes a me dirigir a um local muito perigoso. Sarah não respondeu. Acordei três horas depois, ainda bêbado, enfiei as últimas coisas em minha enorme mala vermelha, peguei o taco de hóquei e fui para o aeroporto JFK. Embarquei no meu voo e imediatamente adormeci.

Quando dei por mim já estava na fila do controle de passaporte no sinistro subsolo do Aeroporto Internacional de Sheremetevo-2. Ele parecia nunca mudar. Como sempre acontecia, fizeram-me descer a esse subsolo e aguardar na fila antes de poder pegar as bagagens. Era como um purgatório do qual você suspeitava de que sairia para algum outro lugar que não seria o paraíso.

Mas os russos pareciam diferentes das minhas lembranças. Vestiam-se bem, com cortes de cabelo caprichados e falavam em belos e novos celulares. Até os seguranças pareciam bem animados em seus uniformes de camisa azul-clara de manga curta. Embora a fila fosse longa, muitos deles se mantinham afastados conversando e rindo. O barril de petróleo custava cento e catorze dólares, e eles tinham arrasado os georgianos — será que era disso que riam?

A ideia de modernização tinha o seguinte princípio: riqueza e tecnologia são mais poderosas do que cultura. Dê carros bacanas e televisão em cores para o povo, assim como a possibilidade de viajar pela Europa, que ele deixará de ser tão agressivo. Dois países que tenham franquias do McDonald's jamais entrarão em guerra um com o outro. Pessoas munidas de celulares são melhores do que as que não os possuem.

Eu não tinha tanta certeza disso. Os georgianos tinham McDonald's, mas os russos os bombardearam do mesmo jeito.

Quando já me aproximava do guichê do passaporte, um europeu, que seria holandês ou alemão, alto, de óculos, perguntou em inglês se ele poderia furar a fila na minha frente, pois tinha um voo de conexão para pegar. Fiz que sim com a cabeça — de qualquer maneira, ainda teríamos de esperar pela liberação das nossas malas —, mas o sujeito que estava atrás de mim, mais ou menos da mesma altura que o holandês embora bem mais encorpado, vestindo um terno que apesar de meio quadrado não me parecia nada barato, esbravejou em inglês com claro sotaque russo.

"Volte para o final da fila."

"Estou quase perdendo meu voo", disse o holandês.

"Volte para o final da fila."

Virei-me para ele e disse em russo: "Que diferença faz?".

"Há uma grande diferença", respondeu.

"Por favor?", pediu novamente o holandês, em inglês.

"Eu disse para voltar. Agora." O russo se virou de modo a ficar cara a cara com o holandês, que então, frustrado, deu um chute em sua sacola para depois pegá-la e caminhar para o fim da fila.

"Ele tomou a decisão correta", disse-me o russo, em russo, sinalizando que, como um homem de princípios, estava totalmente certo em ter repreendido o holandês por tentar furar a fila.

Não respondi nada. Depois de alguns minutos, cheguei ao guichê de controle de passaporte. O jovem, loiro e taciturno guarda de fronteira tinha seu uniforme todo iluminado, como um deus. De repente lembrei que ali eu não tinha direito nenhum; ali não havia esse negócio de direitos. Enquanto lhe estendia meu passaporte, me perguntei se não tinha arriscado demais a minha sorte ao retornar tantas vezes ao país que meus pais haviam deixado. Será que acabariam finalmente me prendendo por causa das tantas coisas negativas que eu havia pensado sobre a Rússia ao longo de todos aqueles anos?

Mas o guarda apenas pegou meu passaporte azul amassado — passaporte de alguém que vivia num país em que você não precisa andar com um passaporte aonde quer que vá, em que, na verdade, você pode até esquecer por meses ou anos onde guardou o seu passaporte — com uma leve repugnância. Se ele tivesse um passaporte como o meu, cuidaria bem melhor dele. Buscou pelo meu nome na relação de terroristas e em seguida instou-me a atravessar logo para o outro lado.

Pronto. Lá estava eu de volta à Rússia.

Minha avó Seva morava bem no centro da cidade, em um apartamento com o qual fora premiada por Ióssif Stálin no fim dos anos 1940. Meu irmão Dima às vezes trazia isso à tona quando tentava provar um ponto, assim como minha avó em momentos de autodepreciação. Ela o chamava de "meu apartamento do Stálin", como se fosse para lembrar a todos, e a si mesma, do compromisso moral que ela havia assumido. Ainda assim, era algo subentendido em nossa família que se você morasse em um quarto frio em um apartamento compartilhado com sua irmã caçula, seus dois irmãos e sua mãe, e alguém lhe oferecesse um apartamento, então você deveria, sim, ficar com ele, não importa de quem viesse. E não foi como se o próprio Stálin lhe tivesse entregado a chave ou lhe pedido qualquer coisa em troca. Naquela época, ela era uma jovem professora de história na Universidade Estatal de Moscou e tinha prestado uma consultoria na realização de um filme sobre Ivan, o Grande, o "unificador das terras da Rússia" no século XV e avô de Ivan, o Terrível, filme do qual Stálin gostara tanto que determinou que todas as pessoas envolvidas na produção fossem premiadas com um apartamento. Assim, além de falar "meu apartamento do Stálin", minha avó também o chamava de "meu apartamento do Ivan, o Grande", e então, se estivesse sendo franca, dizia "meu apartamento da Iolka", referindo-se a sua filha, minha mãe, para quem ela não parecia disposta a fazer nada.

Para ir até esse apartamento, troquei alguns dólares no guichê do lado de fora do saguão onde se retiravam as bagagens — naquela época, cada dólar valia cerca de vinte e quatro rublos — e peguei o novíssimo trem expresso para a estação ferroviária de Savelovski, passando por quilômetros de blocos deteriorados de apartamentos soviéticos e o velho (também deteriorado) cinturão industrial da virada do século já na periferia. Durante o percurso, o rapaz grandalhão sentado perto de mim — mais ou menos da mesma idade que eu, com uma camisa de manga curta — resolveu puxar assunto.

"Que modelo é esse?", perguntou, referindo-se ao meu celular. Eu tinha comprado um chip no aeroporto e estava tentando colocá-lo no telefone para ver se funcionava.

Lá vamos nós, pensei. Meu celular era um T-Mobile simples de *flip*. Mas percebi que aquilo era apenas um prelúdio para o sujeito, na verdade, roubar o aparelho de mim. Fiquei tenso. Meu taco de hóquei estava no bagageiro acima de nós, e de todo modo seria bem complicado usá-lo contra aquele sujeito naquele trem.

"É um celular normal", eu disse. "Samsung." Cresci falando russo, e ainda falava nesse idioma com meu pai e meu irmão, mas tinha um leve sotaque, difícil de identificar de onde era. Às vezes cometia pequenos erros gramaticais ou acentuava sílabas erradas. E estava enferrujado.

O sujeito notou isso, assim como o fato de que minha pele cor de oliva me diferenciava bastante de todos os eslavos a bordo daquele trem extravagante. "De onde você é?", perguntou, usando o pronome íntimo *ty* em vez do *vy* — o que poderia significar que estava sendo simpático, já que tínhamos a mesma idade e estávamos no mesmo trem, mas também poderia significar que estava pedindo indiretamente uma espécie de autorização para depois poder me perguntar o que bem entendesse. Não saberia dizer ao certo. Ele começou, então, a especular de onde eu seria. "Espanha?", perguntou. "Ou Turquia?"

O que eu deveria responder? Se dissesse "Nova York", significaria que eu tinha dinheiro, ainda que estivesse vestindo um jeans velho e um par de tênis que certamente já tinha conhecido dias melhores, e não tivesse, na verdade, dinheiro algum. Nova-iorquinos eram candidatos a ser roubados, fosse no trem ou ao descer dele, em meio ao tumulto na plataforma de desembarque. Mas se eu dissesse "daqui", de Moscou, seria tecnicamente verdadeiro, apesar de também ser uma mentira óbvia, que poderia piorar a situação. E no fim das contas, eu estava em um trem proveniente do aeroporto.

"Nova York", respondi.

O sujeito fez um leve movimento com a cabeça. "Eles têm lá o novo iPhone?"

"Com certeza", respondi, sem ter certeza de onde ele queria chegar.

"Quanto custa?"

Ah, os produtos ocidentais eram sempre muito mais caros em Moscou do que no Ocidente, e os russos sempre gostavam de saber a dimensão dessa diferença, assim podiam se sentir bastante ressentidos com ela.

Tentei lembrar. Sarah tivera um iPhone. "Duzentos dólares", eu disse.

Os olhos do sujeito se abriram espantados. Ele sabia! Era um terço do preço cobrado na Rússia.

"Mas", apressei-me em dizer, "você precisa ter uma conta. E isso custa cerca de cem dólares por mês. Por dois anos. Então, não é nada barato."

"Conta?" Ele nunca tinha ouvido falar em conta. Será que eu sabia mesmo do que estava falando? Na Rússia você simplesmente compra um chip e paga por minuto de uso.

"Sim, nos Estados Unidos você precisa ter uma conta."

O sujeito ficou indignado. Na verdade, ele começava a se perguntar se eu não estava inventando algo. "Deve haver uma maneira de driblar isso", disse ele.

"Acho que não."

"Não", disse ele novamente. "Deve haver uma maneira de ter um celular sem precisar da conta."

"Não sei", eu disse. "Eles são muito rígidos com relação a esse tipo de coisa."

O sujeito encolheu os ombros, pegou um jornal — o *Kommersant*, um jornal de economia — e não disse mais nada até o fim da viagem. Para quê querer conhecer uma pessoa que não consegue nem sequer imaginar um jeito de driblar a necessidade de conta para ter um iPhone? Não havia nenhuma gangue de ladrões aguardando por mim na estação de trem. Dali, sem nenhum outro incidente, peguei o metrô e duas estações depois estava no bulevar Tsvetnoi.

O centro de Moscou era um mundo à parte. Os blocos de edifícios deteriorados e as fábricas da periferia tinham ficado para trás. Em vez daquilo tudo, depois de descer pela longa escada rolante e passar pela enorme e pesada porta giratória de madeira, deparei com uma rua larga, com edifícios imponentes da época stalinista, alguns restaurantes e uma dúzia de canteiros de obras espalhados por todos os lados. O bulevar Tsvetnoi saía do gigantesco complexo do Anel de Jardins, que circula em dez vias pelo centro da cidade em um raio de aproximadamente dois quilômetros e meio do Kremlin. Mas assim que comecei a avançar pela rua Sretenka, onde morava minha avó, vi-me cruzando ruas silenciosas e degradadas, com muitos prédios de dois ou três andares do século XIX com fachadas sem nenhuma pintura e até mesmo, em pleno agosto, parcialmente abandonados. Um bando de vira-latas que tomava sol em um terreno baldio da avenida Petchatnikov latiu para mim e para o meu taco de hóquei. E então, poucos minutos depois, eu estava em casa.

O apartamento da minha avó ficava no segundo andar de um edifício branco de cinco andares localizado em um pátio entre dois prédios mais antigos e menores, um dos quais dava para a Petchatnikov e o outro para o bulevar Rojdestvenski. No quarto lado desse quadrilátero havia um muro alto de tijolos vermelhos do outro lado do qual ficava uma velha igreja. Quando eu era criança, esse pátio era repleto de árvores e sujo demais para que eu pudesse brincar nele; no inverno, formava-se ali um pequenino rinque de hóquei. Mas, depois do desmantelamento da União Soviética as árvores foram derrubadas e o rinque foi desmanchado pela vizinhança, que queria estacionar seus carros ali. Esse pátio também fora, por certo período, um ponto frequentado pelas prostitutas locais; os clientes entravam ali, lançavam a luz de seus faróis sobre sua mercadoria e faziam a escolha sem nem precisar sair do carro.

Entrei no velho pátio. Já não havia prostitutas, e embora aquilo ainda fosse um estacionamento de carros, estes eram muito melhores, e havia até mesmo um pouco mais de árvores do que da última vez que eu estivera ali. Digitei a senha na porta — era a mesma de dez anos atrás — e subi a escadaria com minha mala. Minha avó apareceu na porta. Ela era minúscula — sempre fora bem pequena, mas agora estava menor ainda, com os cabelos grisalhos ainda mais finos —, e por um momento temi que ela não estivesse me esperando. Mas então ela disse: "Andriuchik, você chegou". Ela parecia nutrir sentimentos ambíguos com relação a isso.

Entrei.

2.
Minha avó

Baba Seva — Seva Efraímovna Gekhtman, minha avó materna — nasceu em uma pequena cidade da Ucrânia, em 1919. Seu pai era contador em uma indústria têxtil; sua mãe, enfermeira. Tinha dois irmãos, e a família toda se mudou para Moscou pouco depois da Revolução.

Eu sabia que ela era uma excelente aluna e que conseguira entrar na Universidade de Moscou, a melhor e mais antiga universidade da Rússia, onde estudou história. Sabia que, na Universidade de Moscou, pouco depois da invasão alemã, ela conheceu um jovem estudante de direito, meu avô Boris (na verdade Baruch) Lipkin, e os dois se apaixonaram e se casaram. Então ele foi morto perto de Viazma no segundo ano da guerra, apenas um mês depois do nascimento da minha mãe. Sabia que depois da guerra minha avó começou a dar aulas na Universidade de Moscou, deu a consultoria para a produção do filme sobre Ivan, o Grande, ganhou o apartamento e morou ali com minha mãe e com uma parente mais velha, tia Klava; que o apartamento causou um tumulto na família, não por sua origem, mas porque minha avó se recusava a deixar seu irmão e a esposa morarem com ela, pois a esposa dele bebia e também porque ela não queria tirar a tia Klava dali; que pouco depois de ganhar o apartamento ela foi demitida da Universidade de Moscou durante a campanha "anticosmopolita", isto é, antijudaica, e que continuou a trabalhar como professora particular e tradutora de línguas eslavas; e que se casou novamente já na meia-idade com um geofísico doce e insosso que chamávamos de tio Liev, e se mudou com ele para a cidade de Dubna, onde havia um centro de estudos de física nuclear, liberando assim o apartamento para os meus pais e depois, por fim, para meu irmão, antes de voltar novamente para ele, poucos anos antes de eu aparecer por lá, porque o tio Liev havia morrido enquanto dormia.

Mas havia muita coisa que eu não sabia. Eu não sabia o que tinha acontecido com tia Klava; nem como tinha sido sua vida depois da guerra; nem se, antes da guerra, durante os expurgos, ela tinha algum conhecimento ou sensação com relação ao que acontecia no país. E se não tinha, por quê? E se tinha, como conseguiu viver com aquilo na cabeça? E como ela vivia nesse apartamento depois de ter ficado sabendo de tudo?

Mas, por enquanto, minha avó se ocupava na cozinha, e eu tratei de levar minha bagagem para o nosso velho quarto — que, ao contrário do que Dima prometera, ainda estava cheio de tralhas dele — e circulei para ver como estavam as coisas ali. O apartamento não tinha mudado: era um museu de móveis soviéticos, organizados em camadas dos mais novos para os mais antigos, como um sítio arqueológico. Ali estava a velha escrivaninha de carvalho da minha avó, no quarto dos fundos, dos anos 1940 ou 1950, assim como sua estante de livros, do mesmo período; afora isso, a maior parte dos móveis era da época em que meus pais ocupavam o apartamento: o sofá-cama verde, as prateleiras de vidro suspensas e o grande guarda-roupas laqueado. E, é claro, em nosso quarto, nossa cama-beliche, que meu pai havia construído pouco tempo antes de emigrarmos e que Dima manteve ali; quando ele morou no apartamento, ocupou o quarto dos fundos e deixou o nosso para hóspedes. Havia até mesmo alguns brinquedos de criança, em sua maioria carrinhos agora acomodados entre os livros, com os quais eu e Dima brincávamos. Depois vinha a era moderna: Dima havia instalado um telão no quarto dos fundos, bem como uma bicicleta ergométrica no nosso quarto, que ocupava bastante espaço. A maior parte dos livros nas prateleiras eram clássicos russos em suas edições completas soviéticas — catorze volumes de Dostoiévski, onze de Tolstói, dezesseis (!) de Tchékhov —, embora algumas prateleiras também estivessem cheias de livros em inglês sobre negócios e administração, que Dima, aparentemente, tinha importado. E ainda, na cozinha, havia uma mesa com tampo de linóleo mais ou menos da época do meu nascimento, à qual minha avó agora estava sentada à minha espera.

Mesmo sem um motivo claro para isso, eu era o favorito dela. Nos verões, quando eu era pequeno, sempre ficava com ela e tio Liev em sua datcha em Sheremetevo (perto do aeroporto), e os visitava sempre que podia durante o ano de faculdade que fiz em Moscou. No final dos anos 1990, quando ela ainda tinha condições de viajar, Dima, eu e ela íamos uma vez por ano juntos à Europa. Tudo isso reunido não soma mais do que alguns poucos meses, mas eu era o caçula e o filho favorito da sua única filha, o que já era suficiente. Para ela, eu ainda era aquele garotinho.

Ela queria me alimentar. Devagar e deliberadamente ela esquentou uma sopa de batata, *kotletí* (almôndegas russas) e batatas fritas em rodelas. Ela se movia em passos lentos e instáveis, mas havia muitos pontos onde se apoiar naquela velha cozinha, e ela sabia exatamente onde eles ficavam. Não conseguia cozinhar e falar ao mesmo tempo, e sua audição tinha piorado bastante, por isso esperei que terminasse e a ajudei a pôr a mesa. Finalmente nos sentamos. Ela perguntou como era minha vida nos Estados Unidos. "Onde você mora?" "Nova York." "O quê?" "Nova York." "Num apartamento ou numa casa?" "Apartamento." "O quê?" "Apartamento." "Você é dono dele?" "Não. Eu alugo. Com mais algumas pessoas." "O quê?" "Eu divido, como num apartamento comunal." "Você é casado?" "Não." "Não?" "Não." "Tem filhos?" "Não." "Não tem filhos?" "Não. Nos Estados Unidos", disse uma meia verdade, "as pessoas têm filhos mais tarde." Satisfeita, ou parcialmente satisfeita, ela então perguntou quanto tempo eu pretendia ficar ali. "Até Dima voltar", disse. "O quê?" "Até Dima voltar", repeti.

"Andriucha, você conhece minha amiga Mússia?", perguntou.

"Sim", respondi. Emma Abramovna, ou Mússia, era a mais antiga e próxima de suas amigas.

"Ela é uma amiga muito próxima", explicou minha avó. "E está agora na datcha dela." Emma Abramovna, professora de literatura que conseguira continuar na Universidade de Moscou apesar da campanha antijudaica, tinha uma datcha em Pieredélkino, uma antiga colônia de escritores. Minha avó havia perdido a sua própria datcha nos anos 1990, sob circunstâncias que nunca foram muito claras para mim.

"Acho que ela vai me convidar para passar o próximo verão com ela lá", disse.

"É mesmo? Ela disse isso?"

"Não", respondeu minha avó. "Mas espero que ela faça isso."

"Parece muito bom", eu disse. No mês de agosto, os moscovitas partem para suas datchas; a impossibilidade da minha avó de ir para sua própria datcha sem dúvida era um peso para ela.

Terminamos a refeição, tomamos o chá, e minha avó levou a mão à boca e tirou sua dentadura, colocando-a dentro de uma pequena xícara de chá sobre a mesa. "Minhas gengivas precisam descansar", disse ela, desdentada.

"Claro", consenti. Sem os dentes para sustentá-los, os lábios da minha avó se encolheram um pouco, e sem os dentes para conter sua língua ela começou a falar com um certo ceceio.

"Me diga uma coisa", começou ela, no mesmo tom especulativo de antes. "Você conhece Dima?"

"Claro que sim", respondi. "Ele é meu irmão."

"Oh!", suspirou, como se ela não pudesse confiar inteiramente em alguém que conhecesse Dima. "Sabe onde ele está?"

"Está em Londres", eu disse.

"Ele nunca vem me visitar", disse minha avó.

"Isso não é verdade."

"É sim. Depois que eu fiz a cessão do apartamento ele parou de ligar para mim."

"Vovó!", retruquei. "Isso não é verdade mesmo." Era verdade, sim, que poucos anos antes Dima passara o apartamento para o nome dele — com a gentrificação pós-soviética, velhas senhorinhas proprietárias de imóveis de alto padrão em Moscou tendiam a enfrentar vários infortúnios relacionados a eles. Em termos de segurança, era o movimento correto a ser feito. Mas pude perceber, agora, que, para a minha avó, aquilo parecia suspeito.

"O que não é verdade?", perguntou.

"Não é verdade que ele não liga para você. Ele me fala de você o tempo todo."

"Humm", disse minha avó, não convencida. Suspirou novamente e se levantou para começar a tirar a mesa; no entanto, implorei para que ficasse sentada, não tanto porque quisesse ajudá-la, mas porque ela fazia tudo muito devagar. Tirei a mesa rápido e comecei a lavar a louça. Quando já estava finalizando a tarefa, minha avó se aproximou e fez uma pergunta que, posso afirmar, lhe parecia um tanto quanto delicada.

"Andriucha", disse ela. "Você é uma pessoa tão querida para mim. Para toda a nossa família. Mas eu não consigo lembrar. Como foi que nós conhecemos você?"

Fiquei momentaneamente sem palavras.

"Sou seu neto", afirmei. Havia um certo tom suplicante em minha voz.

"O quê?"

"Sou seu neto."

"Meu neto", repetiu.

"Você teve uma filha, não se lembra?"

"Sim", disse ela sem convicção, para então se lembrar. "Sim. Minha filhinha." Ficou pensativa por algum tempo. "Ela foi para os Estados Unidos e morreu."

"Isso mesmo", eu disse. Minha mãe morrera devido a um câncer de mama em 1992; a primeira vez que minha avó a viu depois de nossa emigração foi no seu enterro.

"E você…", disse ela.

"Eu sou filho dela."

Minha avó ouviu bem, e perguntou: "Então por que você veio para cá?".

Eu não entendi a pergunta.

"Este é um país terrível. Minha Iolka levou você para os Estados Unidos. Por que resolveu voltar para cá?", ela parecia irritada.

Mais uma vez me faltavam palavras. Por que eu estava ali? Porque Dima me pedira que fosse. E porque queria ajudar minha avó. E porque achava que aquilo me ajudaria a encontrar um tema para um artigo, que me ajudaria, então, a obter um emprego. Esses motivos se formavam em redemoinho dentro da minha cabeça como numa discussão, e acabei escolhendo aquele que me pareceu mais prático. "Vim a trabalho", eu disse. "Preciso fazer algumas pesquisas aqui."

"Ah", disse ela. "Tudo bem." Ela também tivera de trabalhar neste país terrível, então podia entender.

Momentaneamente satisfeita, minha avó pediu desculpas e se retirou para descansar no quarto.

Continuei na cozinha, tomando mais uma xícara de chá. Fotografias de nossa família, e especialmente da minha mãe, se espalhavam pelo apartamento — nas paredes, nos aparadores e nas estantes de livros. Nos Estados Unidos nossa família tinha se dispersado; em Moscou ela era exatamente como sempre havia sido.

Que droga, pensei. Aquele não era bem o estado em que eu esperava encontrar minha avó. Dima havia dito que ela estava tomando remédios para a demência, mas eu não tinha entendido o que isso de fato significava.

A primeira coisa que me ocorreu foi: não estou preparado para isso. Não tenho qualificação para cuidar de uma mulher de oitenta e nove anos que não consegue lembrar nem quem eu sou. Eu era alguém que tinha tido uma quantidade impensável de escolaridade, mas que fora incapaz de transformar isso tudo em um emprego de verdade. "Não consigo ver onde isso vai dar", dissera Sarah no Starbucks.

"Por que isso tem de dar em algum lugar?", eu perguntei, de modo nada convincente.

Ela apenas balançou a cabeça e disse: "Posso me arrepender disso, mas eu duvido". E estava certa. Eu era um idiota, como Dima tinha dito. E estava perdido. Esse primeiro dia, na cozinha, foi a primeira de muitas outras vezes em que eu decidiria ir embora.

Comecei a esboçar mentalmente um e-mail. "Dima", diria o texto, "acho que você me enganou no que diz respeito ao real estado em que nossa avó se encontra. Ou talvez eu o tenha entendido mal. Não posso lidar com isso. Sinto muito. Vamos contratar alguém que saiba o que fazer. Eu ajudarei a pagar." E então eu voltaria para Nova York. Não é vergonha nenhuma admitir suas limitações. Embora eu não tivesse nenhuma ideia de como faria para ajudar a pagar por aquilo. Depois de pagar pelo meu visto e pela passagem aérea eu tinha menos de mil dólares na conta.

Minha avó saiu do quarto e atravessou a sala em direção ao banheiro. Ela tinha se deitado, claramente, e depois se levantado: seus cabelos estavam amassados e ela ainda estava sem a dentadura. Ao me ver, deu um sorriso desdentado e fez um aceno. Senti que ela sabia quem eu era naquele momento, e me acalmei um pouco.

Continuaria ali para lhe fazer companhia. Talvez até um idiota pudesse fazer isso. Qual é o problema se ela não consegue se lembrar de certas coisas? Tivera uma vida tão maravilhosa, tamanho desfile de alegrias, para ficar sentada recordando tudo? Talvez ela não conseguisse me contar a história de sua vida para alimentar o meu eventual artigo, mas eu encontraria outra coisa sobre a qual escrever. E talvez ela ficasse o tempo todo sem saber de fato quem eu era. Eu sabia quem eu era, e poderia lembrá-la disso. Eu era o caçula de sua filha, de sua única filha, minha mãe, que tinha partido para os Estados Unidos e morrido lá. Levantei-me, lavei a xícara de chá e fui para o meu quarto.

Caixas de papelão se empilhavam em um dos cantos, e a grande bicicleta ergométrica estava encostada ao lado da cama de baixo do beliche. Para me deitar, eu tinha de passar por ela. Agora eu só queria entrar na internet para gritar com meu irmão, mas ao pegar meu laptop e tentar usar o sinal do apartamento vizinho, o sinal não funcionou. Talvez não fosse culpa de Dima — meu computador era antigo, tão velho que só funcionava se estivesse ligado à tomada, e havia vários protocolos sem fio que ele era incapaz de reconhecer — mas isso era mais uma coisa sobre a qual ele me enganara. Pensei em ir até o apartamento vizinho ver se conseguia ajustar o roteador, mas me parecia ser inadequado que o cobrador do aluguel (sim, essa seria também uma de minhas tarefas) roubasse o sinal de wi-fi do inquilino. Ele pagava um bom dinheiro por aquele wi-fi.

Fechei o computador e me deitei na cama, a bicicleta ergométrica pairando sobre mim. Minha avó havia deixado ali uma toalha velha e alguns lençóis ásperos, e sem sair da cama consegui me cobrir com eles. Fiquei deitado ali, pensando: merda merda merda merda merda merda merda. E depois: Tudo bem. Tudo bem. Estava tudo bem. Minha avó não estava em bom estado, mas eu poderia lidar com isso. Meus lençóis eram ásperos, mas eu poderia comprar novos. E o quarto era uma bagunça só, mas isso significava, apenas, que eu tinha algo para usar contra Dima. O que era bom. Acredite. Se você não tem nada contra Dima, significa que Dima tem alguma coisa contra você.

Eram oito horas da noite em Moscou, ainda estava claro, mas eu me sentia cansado, incrivelmente cansado, e rapidamente, ainda de roupa, adormeci.

3.
Um passeio pelo bairro

Acordei às cinco da manhã. Da minha janela eu via uma ruela entre o nosso prédio e o prédio que dava para o lado da Petchatnikov. Como estávamos no segundo andar, era agosto e eu deixara a janela aberta, e como os dois edifícios menores de tijolos criavam uma pequena câmera acústica, eu escutava com clareza cada tosse, cada palavrão em russo, batida de porta, a ignição dos carros ou um rádio tocando uma porcaria de música pop russa vinda de qualquer lado, perto ou longe da ruela. Todos esses ruídos perturbaram o meu sono, e não apenas por serem ruídos. Dima não teria deixado a cidade às pressas se não estivesse em perigo, raciocinei, e se Dima estava em perigo, então era bem possível que o seu representante, irmão e cobrador de aluguel também estivesse em perigo. Mesmo que o mais provável fosse que não. Permaneci na cama por algum tempo pensando, e então sentei pois tive uma ideia.

E se minha avó não estivesse tomando os remédios dela? Fazia um mês que Dima tinha viajado. E se a perda de memória que eu testemunhara fosse resultado apenas do fato de ela ter esquecido de tomar algumas pílulas? Fui até a cozinha. Moscou é uma cidade do norte, e no verão os dias começam cedo; o sol já tinha nascido. Eu a tinha visto tomar algumas pílulas depois do nosso jantar e em seguida colocar os frascos numa prateleira. Peguei-os, então, para ler os rótulos. Um dos frascos estava vazio. O nome do medicamento não me era nada familiar, claro; não havia nenhuma indicação de que fosse para demência, e nem de que não fosse.

Dima tinha me mandado uma lista dos remédios de Baba Seva, juntamente com uma explicação a respeito de sua utilidade.

Mas, achando que haveria wi-fi no quarto, eu não a imprimi. Tentei mais uma vez me conectar, porém não consegui nenhum sinal. Precisaria encontrar algum lugar com wi-fi, e rápido. Voltei para o quarto, peguei minha toalha puída e fui tomar um banho.

O banheiro da minha avó — separado do toalete, que ficava em um espaço próprio, bem menor, no hall de entrada — era grande para um banheiro soviético. É possível que em algum momento ele tenha feito parte da cozinha. Ao longo da parede havia uma saliência usada para colocar artigos de higiene pessoal. Pus os meus ali.

Da primeira vez que voltei para a Rússia depois de nossa partida, estava na faculdade. Tinha recebido uma pequena verba para viajar e estudar a "situação pós-soviética". A viagem foi um choque. Nunca tinha visto tanta pobreza. Em Astrakhan, Rostov, Ialta, Odessa, Lviv, mas também em Moscou e São Petersburgo, tudo o que se via eram ruínas — prédios arruinados, ruas arruinadas, pessoas arruinadas —, como se o país tivesse perdido uma guerra.

Viajava sozinho, e todas as noites, nos diversos albergues ou pensões baratas onde ficava, eu usava meus próprios artigos de higiene, e isso representava, em todas essas noites, um verdadeiro alívio para mim. As cores dos meus objetos eram mais brilhantes e mais atraentes do que tudo que eu via ao redor durante o dia: meu belo barbeador Gillette Sensor cinza (com apenas três lâminas naquela época, mas o melhor barbeador que a humanidade jamais havia visto); meu grande creme de barbear Gillette azul; meu desodorante Old Spice brilhante vermelho e branco (aquele troço realmente funcionava, e dava para perceber, quando eu pegava um ônibus lotado, que ninguém na Rússia tinha um igual); meu talco Gold Bond com seu amarelo brilhante; minhas pequenas cápsulas Advil laranja. Caminhava por muitos quilômetros diariamente, entrevistando pessoas, observando tudo em volta, e no calor do verão essa movimentação toda causava irritação nas minhas virilhas e dores nos pés — mas o talco Gold Bond acabava com isso. E o Advil! Os russos ainda tomavam aspirina. A única maneira que conheciam de dar conta de uma ressaca na manhã seguinte era bebendo novamente. Enquanto isso, para mim, bastava engolir alguns comprimidos e estava novinho em folha. Sentia-me praticamente um James Bond com meu pequeno kit de dispositivos engenhosos. Agora essas maravilhas já tinham chegado à Rússia também, embora minha avó não as usasse.

Foi aquela viagem de verão à Rússia que me colocou no caminho que passei a seguir desde então. Acabara de concluir o primeiro ano de faculdade. A faculdade tinha sido uma surpresa, e uma surpresa ruim. Eu achava que seria quase a mesma coisa que o colégio, só que mais legal. Em vez disso, foi completamente diferente: um espaço imenso, nada amigável, altamente competitivo. Sonhara em praticar hóquei ali, mas depois de poucos minutos no rinque para o teste do time da universidade pude ver que isso nunca aconteceria: o nível de jogo estava muito além do meu. Tampouco me destacava nas aulas. Queria dominar todo o cânone ocidental, mas toda vez que abria *The Faerie Queene* para ler, eu caía no sono.

Sempre que havia aulas de russo na programação do curso eu lia a descrição e deixava de lado; por que estudar na faculdade algo que eu podia assimilar sem qualquer esforço dentro da minha própria casa? Mas, no meio do primeiro ano, depois de finalmente deixar o time de hóquei (eu tinha entrado na equipe, mas nunca fui escalado para nenhum jogo), inseguro em relação ao que fazer comigo mesmo e me perguntando se no final das contas algumas aulas de russo não poderiam ser uma boa maneira de honrar minha mãe, entrei no departamento de línguas eslavas. Ele ficava no quarto andar do prédio velho e cinzento da faculdade de letras, que, diferentemente do restante da universidade, era, de alguma forma, familiar. Eles tinham conseguido russificar o ambiente. Havia um grande samovar num dos cantos, canecas de chá por todos os lados, velhos livros russos em edições soviéticas como os que tínhamos em casa, e um pôster irônico de Lênin. Meus pais jamais pendurariam em casa um pôster irônico de Lênin, mas Dima tinha um desses em sua casa de Nova York. Foi como se tivesse encontrado pela primeira vez um lugar onde podia me sentir em casa naquela instituição enorme e intimidadora.

Seis meses depois consegui a bolsa e viajei para a Rússia, no verão. Era a primeira vez que punha os pés ali desde a nossa partida. Ali estavam as ruas por onde meus pais haviam caminhado; aquelas eram as pessoas com as quais tinham convivido. Ali estava o nosso velho apartamento (quase não me lembrava dele), onde Dima morava. Muita coisa que não tinha sentido para mim começou a ter naquele momento. Visitei minha avó e o tio Liev em Dubna; minha avó estava com seus setenta e poucos anos, mas era incrivelmente ativa, fazia traduções, lia, via filmes, fazia caminhadas quilométricas pelo bosque (onde havia, inclusive, um grande acelerador de partículas). Deixei Moscou para viajar pela região; as pessoas de fora de Moscou eram mais honestas com relação aos seus sonhos, mais diretas no que dizia respeito àquilo que não conheciam e mais evidente e desesperadamente pobres. Lembro-me de ter sentado para conversar com um cara em Astrakhan, cidade industrial pesqueira localizada no mar Cáspio agora arruinada pelo peso da concorrência global. Conheci esse cara no trem partindo de Moscou. Era programador de computação, como meu pai, mas até então não havia trabalho para programadores e ele, para fazer algum dinheiro, tinha ido a Moscou comprar roupas baratas da Turquia para vendê-las depois em uma feira ao ar livre em Astrakhan. Bebemos cerveja no minúsculo terraço do pequeno apartamento que ele dividia com sua jovem esposa e o bebê deles, e a certa altura ele disse: "Escute, Andrei, me diga uma coisa. Como são as coisas lá?", referindo-se aos Estados Unidos. "No fim das contas, é a mesma coisa que aqui?"

Eu não soube o que responder. Era a mesma coisa, sim, num certo sentido — havia humanos nos Estados Unidos, que levavam suas vidas, se apaixonavam, tinham filhos e tentavam sustentá-los. Mas também não era a mesma coisa. A abundância; a vida mais fácil, pelo menos para pessoas como eu; a quantidade, qualidade e variedade de artigos de higiene pessoal: isso era diferente. Meu dormitório na faculdade, que eu dividia com um colega, era maior, melhor e mais confortável do que o apartamento daquele programador, que ele ainda dividia com a mulher e o filho. Procurei lhe explicar isso de forma gentil e honesta. "Bem", disse meu amigo, que eu jamais reveria mesmo tendo trocado com ele nossos endereços e prometido manter contato, "quem sabe eu apareço por lá um dia para ver tudo isso com meus próprios olhos." E nesse instante, pensei que, da minha parte, bem que gostaria de ficar. Na Rússia, isso sim. Ao menos mentalmente, ao menos intelectualmente — era como um lugar onde eu jamais havia estado, embora, em outro sentido, fosse exatamente igual ao lugar onde eu estava antes, ou seja, minha infância, minha casa.

Passada mais de uma década, uma década de livros russos, aulas de russo, conferências acadêmicas sobre russo, uma dissertação desconjuntada sobre a literatura russa e a "modernidade" que nenhuma editora jamais quis publicar, eu saí do banho — um chuveirinho solto sem ter onde prender e que era preciso ficar segurando o tempo todo — e deparei com minha avó, vestida com seu roupão de banho cor-de-rosa, sentada e bastante concentrada bebericando um café. Percorri a cozinha com os olhos para ver se encontrava uma prensa francesa ou pelo menos uma máquina de coar café, mas havia apenas uma chaleira e uma lata de Nescafé instantâneo. Foi decepcionante;

nos últimos anos, em que a revolução do café chegara ao Brooklin, eu tinha me acostumado a beber um café forte para cacete. Resolvi — e minha lista de resoluções crescia a cada minuto — comprar uma prensa francesa e grãos de café normais na primeira loja especializada que encontrasse.

Minha avó estava com o rádio sintonizado na Eco de Moscou, a estação da oposição liberal, e tentava dar algum sentido para as notícias que ouvia. O Exército russo estava deixando, não sem relutância, a Geórgia; o Kremlin dizia que a Geórgia havia criado uma crise de refugiados; críticos contrários ao Kremlin atacavam Moscou por causa da guerra. O rádio da minha avó era pequeno, portátil, e funcionava a pilha, e, embora estivesse ligado no volume máximo e ela o segurasse colado ao ouvido, ainda assim parecia insegura com relação ao que se dizia. Ao me ver, animou-se. "Ah, você acordou! Vai tomar café da manhã?"

Eu disse que sim. Enquanto me vestia, ela fritou alguns ovos por cima de uma panela cheia de *kacha*. Quando voltei à cozinha, alguém na rádio Eco desmentia em tom bastante sarcástico as afirmações russas de que a Geórgia tinha atacado primeiro. "É como dizer 'o mosquito me picou, preciso matá-lo, ele e todos os seus familiares'. É claro que o mosquito picou você! Ele é um mosquito." Eu tinha esquecido desse tom que os oposicionistas russos sempre adotavam. "Ressentido" não seria a palavra certa para isso. Era sarcástico, pedante, cheio de descrédito em relação aos idiotas que dirigiam o país e aos mais idiotas ainda que os apoiavam no exterior. Havia uma ilha de decência, diziam essas vozes, e você a tinha encontrado ali, no dial do seu rádio. Quer dizer, estou afirmando isso agora. Na verdade, aquilo podia ser inebriante. A Eco, única voz de oposição ao regime (naquele momento todos os canais de televisão estavam sob controle estrito do Estado): eles acordavam todos os dias para se engajar na batalha do bem contra o mal. Mas é claro que você não podia dizer diretamente no rádio que o regime representava o mal. Seria demais. Então, eles diziam isso com ironia, sarcasmo, em tom subversivo. Devia ser algo bem próximo daquilo que os dissidentes soviéticos haviam feito nos anos 1970 — como se o regime não fosse o único a sentir saudade daquele período.

Então a Rússia invadira a Geórgia. Ou a própria Geórgia invadira uma região da Geórgia chamada Ossétia do Sul, e os russos reagiram. E é claro, qualquer pessoa decente concordaria com isso... Desliguei o rádio. Eu queria falar com minha avó sobre os seus remédios, embora, antes de qualquer coisa, quisesse na verdade saborear a *kacha* preparada por ela. Era uma *kacha* perfeita. Não fazia muito tempo eu tentara preparar um prato desses para mim, mas ele sempre ficava pastoso demais.

"Andriúch, diga-me", disse minha avó me observando comer. "Onde você mora?"

"Nova York."

"Onde?"

"Nova York."

"Ah, Nova York. Você mora em uma casa ou em um apartamento?"

"Apartamento."

"O quê?"

"Apartamento."

No dia anterior ela usava um aparelho de audição, mas agora não parecia escutar nem melhor nem pior.

"O apartamento é seu ou é alugado?"

"Alugado", eu disse em voz alta.

"Não precisa gritar."

"Tudo bem."

"Você é casado?"

"Não."

"Não?"

"Não."

"Tem filhos?"

"Não."

"Nenhum filho?"

"Nenhum."

"Por que não?"

"Não sei", respondi. "Não tenho ninguém com quem ter filhos."

"Sim", concordou minha avó. "É verdade. Você precisa se casar."

"Vovó", eu disse. "Posso lhe pedir uma coisa? Eu gostaria de ajudar você a cuidar dos seus medicamentos. Você sabe para que servem cada um deles?"

Minha avó não pareceu surpresa. "Na verdade, não sei muito bem. Mas tenho tudo escrito em um caderno."

Ela pegou um caderninho com uma dúzia de páginas, uma lista corrida onde havia escrito os nomes dos remédios e, em alguns casos, para o que serviam ("coração", "tosse"). Sua caligrafia sempre fora grande e arredondada, mas agora era ainda maior e mais arredondada. Não havia nada ali referente à demência.

Ergui a cabeça do caderno e vi que minha avó tinha ido até a geladeira, e voltava de lá com uma garrafa de vinho tinto. Estava pela metade, tampada com um resto de rolha. Ela lutava contra a rolha. "Vamos tomar um vinho para comemorar que você está aqui?", perguntou. "Não estou conseguindo abrir isso."

Eram sete horas da manhã.

"Talvez mais tarde", disse. "Agora preciso sair um pouquinho para resolver um assunto. Volto em uma hora."

Ela parecia decepcionada. "Precisa sair?"

Eu precisava. E minha avó, relutante, guardou o vinho de volta na geladeira.

Fui ao meu quarto e peguei meu laptop e minha sacola de livros. Quando estava quase saindo, o telefone tocou. Minha avó estava no banheiro, então resolvi atender. Uma mulher bastante idosa perguntou por minha avó; eu disse que ela não poderia atender naquele momento, mas que eu poderia anotar um recado. A mulher identificou-se como Alla Aaronovna. Minha avó continuava no banheiro. Escrevi um bilhete dizendo que Alla Aaronovna tinha telefonado, deixei-o sobre a mesa da cozinha e saí.

O apartamento da minha avó não podia ser mais central — ficava a quinze minutos a pé do Kremlin —, mas levei quarenta minutos para encontrar um lugar onde checar meus e-mails.

No dia anterior eu não havia visto nenhum café ou lan house no trajeto do metrô. Por isso, o primeiro lugar para onde me dirigi foi a outra estação de metrô, em Tchistie Prudí, bem no fim do bulevar que saía do nosso prédio. Ali sempre havia sido o ponto de internet mais movimentado da região, e atrás da agência de correio havia um cybercafe lotado de russos suarentos viciados em video game. A área ainda era bastante movimentada: ao lado da entrada do metrô havia a grande agência do correio, um McDonald's e um amontoado de quiosques que vendiam celulares, DVDS e espetinhos de kebab, além de uma estátua do poeta Griboiédov. Atrás de Griboiédov, o epônimo lago limpo.* Do lado diagonalmente oposto a toda essa aglomeração ficava o edifício da gigante RussOil, sede da maior empresa petrolífera do país, construída em mármore preto e que parecia engolir toda luz à sua volta. Mas, o velho cybercafe fora substituído por uma agência de um banco alemão. E lá não tinha wi-fi.

---

* Tchistie Prudí (Чистие Пруды), em russo, significa "lagos limpos". O epônimo a que o autor se refere é justamente o lago que nomeia o bulevar e a região. [N. E.]

Peguei então a Sretenka e avancei em direção ao norte, percorrendo a rua comercial que a Sretenka tinha se tornado. Era uma rua adorável, do tipo europeu, mais estreita do que a maioria das ruas, com agências de viagem, restaurantes e bares, um teatro experimental, uma loja da Hugo Boss e uma livraria de quinta categoria com os últimos best-sellers na vitrine, e que parecia abrigar um clube de striptease no segundo andar — na fachada havia um neon apagado com a forma de um corpo feminino nu. Às sete e meia da manhã, a rua estava acordando: reluzentes carros pretos importados transitavam velozes para seus destinos fora do centro, e de vez em quando descia de um deles um homem ou uma mulher, elegantemente vestidos, falando em seus celulares espetaculosos. Esta não era a Rússia de que eu me lembrava. Deparei-me com vários cafés de estilo europeu, com mesas pequenas e plaquinhas na vitrine que diziam WI-FI. Mas eram incrivelmente caros. O item mais barato do cardápio, o chá, custava duzentos rublos — quase nove dólares. Por um lado, eu precisava me certificar se minha avó tinha parado de tomar algum remédio para sua demência, por outro... nove dólares por uma xícara de chá... Os cafés estavam repletos de russos muito bem vestidos que bebericavam capuccinos absurdamente caros. Que merda é essa?

Voltei mais uma vez para o nosso cruzamento: minha avó morava bem na esquina da Sretenka com o bulevar, embora do outro lado a Sretenka virasse a Bolchaia Lubianka, que dava na praça Lubianka, onde ficava a sede da KGB, agora FSB. Tomei essa direção. Comparada à Sretenka, há poucos minutos dali, essa rua era quase vazia, como se a instituição — em cujos porões foram assassinadas milhares de pessoas durante o terror dos anos 1930 — tivesse espantado dali os pequenos negócios. Morar tão perto da KGB sempre foi um fato esquisito na existência da minha avó em Moscou — por um lado, o centro era onde ficavam os bons imóveis, e ela tivera, portanto, muita sorte nesse aspecto; mas, por outro, ali também ficavam aquelas salas de execução. Era como morar a uma quadra de Auschwitz.

Porém eu precisava checar meus e-mails.

Avancei pela rua larga e silenciosa até chegar à KGB. Era um edifício maciço, construído com granito escuro e pesado, que dava para uma rotatória aberta em cujo centro estivera, em outros tempos, uma estátua gigantesca do fundador da KGB, Félix Dzerjínski. Mas Dzerjínski fora retirado em 1991, e a única coisa que permaneceu no centro da rotatória foi o seu pedestal, transformado em um enorme vaso de flores.

Para meu prazer e minha surpresa, porém, ao lado dessa praça sem graça e ainda aterrorizante, havia um pequeno e confortável café, o Café Grind, com mesinhas charmosas, wi-fi e uma lousa com opções de menu das quais eu podia escolher pelo menos algo para beber — seu cappuccino especial — por razoáveis setenta e cinco rublos, ou três dólares. Talvez fosse subsidiado pela KGB. Bom, tudo bem. Eles estavam em dívida conosco. Aproximei-me do balcão. "Olá", disse a bela barista, como se estivesse contente por me ver ali. Pedi o capuccino e me sentei.

Se quisesse mesmo estar de volta ao apartamento depois de uma hora na rua, eu tinha apenas quinze minutos para checar meus e-mails. Localizei a mensagem de Dima com as instruções sobre os medicamentos e as copiei rapidamente em um caderno; depois disso, enviei-lhe uma mensagem curta perguntando por que havia no meu quarto uma bicicleta ergométrica e se ele sabia se o wi-fi do apartamento dele estava funcionando. Em seguida, busquei por "demência" no Google. Era um termo abrangente, que incluía a palavra Alzheimer. Será que minha avó tinha Alzheimer? Não tinha mais tempo. Dei a mim mesmo exatos sessenta segundos para dar uma espiada no site de empregos em língua eslava. Era um site anônimo em que as pessoas publicavam dicas sobre novos empregos e queixas sobre suas buscas por emprego. ("Tenho certeza que esse emprego já está reservado para alguém lá de dentro." "Um dos professores mais velhos da comissão de pesquisa é um verdadeiro canalha. Passou a entrevista inteira olhando para os meus peitos.") Aquele não era o único jeito de obter informações sobre novas vagas, mas era o mais divertido. Nesse dia não havia nada para mim. Dei-me então trinta segundos para espiar o Facebook. Meus antigos colegas de classe assumiam cargos como professores de faculdade. Havia fotografias de novas salas, pedidos de dicas de planos de ensino (como uma forma de lembrar a todos: Eu sou um professor de faculdade!), e outras coisas que pensei que já não me incomodariam estando eu do outro lado do mundo. Mas continuavam me incomodando. Alex Fishman, minha nêmesis do departamento de línguas eslavas, havia postado uma bela foto de Princeton, onde estava começando um pós-doutorado. Que imbecil! Fechei o computador, enfiei-o na bolsa e voltei para a rua.

Eram oito horas da manhã, e até mesmo a sonolenta e assustadora rua Bolchaia Lubianka começava a dar sinais de vida. Carros alemães caríssimos passavam pela rotatória para pegar a Sretenka; outros entravam em um enorme estacionamento a céu aberto que deveria servir à FSB. Alguns veículos subiam na calçada e estacionavam ali mesmo; homens e mulheres elegantemente vestidos, a caminho do trabalho, passavam entre eles como se fosse absolutamente normal alguém estacionar em cima da calçada.

Não pude deixar de reparar que as mulheres eram excepcionalmente atraentes. Ao longo dos quatro quarteirões que ligavam o Café Grind ao nosso apartamento, devo ter cruzado com uma dúzia de mulheres muito bonitas. E havia uma uniformidade entre elas. Eram todas magras, loiras, em torno dos trinta anos, vestiam saia lápis preta, blusa branca e salto alto. Não sei por que, mas eu gostei do fato de que todas elas eram parecidas.

Os homens também seguiam um mesmo padrão. Grandes, alimentados com *kacha*, mais de um metro e oitenta de altura, paletós caros, equilibrando-se sobre sapatos pontudos e reluzentes, sem jamais sorrir. Dez anos atrás, ao andar por qualquer rua de Moscou você topava com uma porção de marginais vestindo jaqueta de couro barata. Esses caras tinham desaparecido, foram substituídos por esses outros. Ou seriam, talvez, os mesmos caras? Eles tomavam conta das calçadas; avançavam sem olhar o que havia no caminho; mantinham as mãos nas laterais do corpo com seus punhos cerrados, como se estivessem prontos para usá-los. Eu tinha acabado de chegar da terra onde os rapazes deixavam a barba crescer, usavam shorts, sempre sorriam ouvindo alguma música com seus fones e bebericavam seus cafés ao mesmo tempo em que avançavam lentamente em suas bicicletas pela avenida Bedford. Ali era exatamente o oposto disso.

Outra coisa que observei: eram todos brancos. Alguns loiros de olhos azuis, outros de cabelo castanho e olhos cor de avelã, e alguns eram um pouco mais escuros, armênios ou judeus, mas sempre brancos. Os canteiros de obras, no entanto, eram ocupados por asiáticos, baixos e magros, enquanto mulheres asiáticas, vestidas de cor laranja, cuidavam da limpeza dos pátios.

Antes de voltar para casa, entrei em uma pequena mercearia na esquina da Bolchaia Lubianka com o bulevar. Cheirava mal, e as duas mulheres que estavam atrás do balcão pareciam incomodadas por terem um cliente. A maior parte do pequeno espaço era ocupada por cerveja, mas elas também vendiam frios — que deviam ser a fonte daquele cheiro — e, mais importante, aquilo que eu estava procurando: *sushki*. Pães redondos, crocantes e levemente adocicados em formato de rosquinha. Por serem um pouco doce, você podia comê-los com chá, mas justamente por não serem doces demais, também podia degustá-los com cerveja. Comprei dois pacotes, um com sementes de papoula e um sem. Diferentemente de quase tudo na nova Rússia, o *sushki* ainda estava barato.

Quando cheguei em casa, minha avó estava sentada à mesa da cozinha com quatro pequenas agendas telefônicas abertas à sua frente. Ela não ouviu quando entrei, por isso pude observá-la lendo uma delas e repetindo para si "Alla Aaronovna", procurando pelo nome.

"Andriuch", disse ela quando finalmente me viu, "foi você quem me deixou esse bilhete?"

Fiz que sim com a cabeça.

"Não consigo achar uma Alla Aaronovna em lugar nenhum. Tem certeza de que era ela mesmo?"

Eu tinha certeza. Deveria ter pedido o número do telefone! Mas ela falara de uma forma que parecia evidente que minha avó sabia muito bem de quem se tratava.

Minha avó baixou o olhar, desolada, para as suas agendas.

"Andriúchenka", disse, ao estender uma delas em minha direção. "Veja se consegue encontrar aí."

Sentei-me ao lado dela e comecei a folhear as agendas. Haviam sido escritas com sua letra grande e arredondada. Muitos dos nomes estavam com um traço por cima. Depois de ler alguns deles, perguntei-lhe a respeito. "Ela morreu." "Emigraram." "Não sei." Parei de perguntar. Dispúnhamos apenas do nome e patronímico de Alla Aaronovna, não do sobrenome. Por isso, tive de folhear página por página de cada uma das agendas. Havia duas Allas rabiscadas, mas ambas tinham morrido (havia datas registradas ali) e nenhuma delas era Aaronovna.

"Tem certeza de que era esse o nome dela?"

Agora eu já não tinha tanta certeza, mas ainda assim estava certo. Eu tinha escrito o nome logo depois de desligar o telefone.

Minha avó continuou procurando nas agendas. Por fim, disse: "Tem uma Ella Petrovna. Talvez tenha sido ela.".

"Não foi ela."

"Vou ligar para ela. Talvez tenha sido."

Ela discou o número. A pessoa que atendeu não conhecia nenhuma Ella Petrovna, tampouco Alla Aaronovna. Minha avó pediu desculpas. Depois, muito cuidadosamente, como alguém que sabe estar lidando com a morte, rabiscou o nome e o telefone em sua agenda.

"Está vendo?", disse minha avó. "Todos os meus amigos morreram. Todas as pessoas próximas de mim se foram. Não sobrou ninguém."

"Tenho certeza de que ela vai ligar de novo", eu disse, esperançoso.

Mas isso nunca aconteceu.

Depois disso, tirei meu caderno da mochila e passei a confrontar a lista de remédios que Dima havia mandado com aqueles que estavam na prateleira. Percebi que o frasco vazio era de um suplemento de vitamina D. O do medicamento para a demência estava pela metade. Portanto, o problema não era a ausência de remédio. Ela era assim.

Abri o pacote de *sushki* com semente de papoula e o devorei inteiro, sentado ali mesmo na cozinha.

Na semana seguinte, não desgrudei os olhos da minha avó. Fui com ela à mercearia e lhe fiz companhia enquanto cozinhava. Dava uma escapadinha até a KGB para trabalhar um pouco enquanto ela fazia sua pequena sesta matinal, mas logo voltava. Eu estava com dificuldade para superar meu jet lag, o que me fazia sentir sono no final da tarde, mas fiz o que pude para acompanhá-la em suas caminhadas. Jantávamos no começo da noite, com muito chá e doces, para depois assistir ao noticiário.

Fisicamente, para uma mulher de oitenta e nove anos, minha avó estava em boa forma. Ela e o tio Liev passaram anos a fio fazendo caminhadas intermináveis em torno do acelerador de partículas de Dubna e trilhas pelas montanhas da União Soviética. Era moda entre os cientistas, e, além disso, ele tinha de viajar a trabalho pelo vasto império para descobrir se havia petróleo debaixo da terra. Ainda hoje minha avó fazia caminhadas dentro do próprio apartamento, indo de um canto para o outro, como uma prisioneira numa cela. Mas sua mente falhava. Depois de trocar alguns e-mails com Dima e de passar algumas horas pesquisando no WebMD, concluí que ela sofria de uma demência comum à idade. (Poucas semanas depois, Dima marcou para nós uma consulta com um neurologista, e ele confirmou isso.) Suas falhas de memória eram profundas. Sua personalidade desaparecia aos poucos, enquanto o coração batia como um motorzinho perfeito. O corpo sobrevivia à mente.

Seu cotidiano era estritamente regulado. Acordava diariamente às sete, raspava uma maçã (para a digestão), tomava os remédios, arrumava a cama e se vestia. Como todas as pessoas soviéticas, passara a vida dentro de espaços muito pequenos, e agora, todas as manhãs, ela retirava a roupa de cama e a guardava dentro de gavetas sob o colchão, transformando a cama em algo semelhante a um sofá. Ainda cuidava de sua aparência, alternando duas calças cáqui pregueadas verde-claras com várias camisas de gola em tons pastéis. Tinha um chapéu de algodão azul que usava para se proteger do sol. Esses toques femininos eram os que, tempos atrás, a impediram de ficar sozinha até mesmo no período do pós-guerra, quando a maior parte dos homens não retornava da guerra e os que o faziam podiam escolher praticamente qualquer garota de que gostassem. Era um contexto complicado para as mulheres, e mesmo assim minha avó se saiu bem.

Ela ainda fazia suas compras, circulando por lojas (e pelo "mercado", que era como ela chamava um conjunto de seis quiosques de plástico alocados em um terreno vazio) no raio de dois quarteirões do apartamento. A maior parte do bairro passara por um processo radical de gentrificação, e restaurantes, lojas de roupas e agências bancárias agora ocupavam o lugar das mercearias deprimentes da era soviética, mas algumas tinham sobrevivido, e ela as percorria uma a uma. Os ovos eram mais baratos em determinado lugar, o queijo em outro, a salada de beterraba com muita maionese, como ela gostava, em um terceiro. Para itens especiais íamos um pouco além. "Quer frango para o almoço?", perguntou minha avó certa manhã. Respondi que sim. Ela então caminhou dez minutos pela Sretenka até a estação de metrô Súkharevskaia, onde havia uma vendinha de frango assado mantida por uns azerbaijanos. Minha avó pediu meio frango. Eles entregaram dentro de um pequeno saco de papel.

Nem sempre essa maratona das compras era tranquila — flagrei, ou acredito que flagrei, uma vendedora enganando minha avó com oitenta rublos a menos na hora do troco —, e, como a maior parte das mercearias eram de estilo soviético, ou seja, você tinha de pedir as coisas em um balcão, depois pagá-las no caixa e aí voltar com o recibo para retirá-las, e dado que minha avó passava por diferentes lugares para obter os melhores preços, e que fazia isso bem devagar, tudo levava muito tempo, muito mais tempo do que seria necessário. Ao final, ela precisava de ajuda para subir as escadas até o segundo andar. De todo modo, o fato de ela conseguir fazer tudo aquilo sozinha já era uma vitória e tanto.

Além de Emma Abramovna, que ainda vivia escondida em sua invejável datcha, minha avó não tinha, segundo me afirmou reiteradamente, mais nenhum amigo: ou perdera o contato, ou eles tinham se mudado para Israel com os filhos ou tinham morrido. Havia um pequeno grupo de idosas que se reunia em um pátio contíguo ao nosso — eram um pouco mais novas que minha avó, bem mais em forma, mais fortes, mais simples e trajavam roupas esportivas baratas, enquanto minha avó ainda se vestia com roupas baratas, porém mais formais —, mas quando lhe perguntei a respeito delas, como uma maneira de sugerir a possibilidade de uma amizade entre elas, ela me puxou um pouco mais para perto (estávamos passando ao lado delas) e disse: "Eu ficava aí com elas. Mas depois parei. São antissemitas". Então só sobrou eu.

As noites eram muito simples: assistíamos ao noticiário e jogávamos anagrama, em que você pega uma palavra longa de um livro, escreve-a em uma folha de papel e tenta formar o maior número possível de outras palavras com aquelas mesmas letras. Ganha-se um ponto por uma palavra com quatro letras, dois pontos por uma palavra de cinco letras, e assim por diante. Minha avó gostava desse jogo, era muito boa nele, e costumava ganhar de mim por sessenta a oito. Então era bom. Mas, antes de partir para o noticiário e os anagramas, tínhamos de passar pelo fim de tarde — a hora das bruxas. Era o período que minha avó tinha mais dificuldade de preencher. Já não conseguia ler por muito tempo, como fazia antes: ficar sentada muito tempo olhando para baixo doía-lhe as costas e o pescoço, e ler na cama segurando o livro para cima era também muito cansativo. Acabou optando por rasgar e tirar capítulos dos livros para que ficasse mais fácil segurá-los diante dos olhos quando lia deitada, mas sua memória estava tão ruim que tinha dificuldade para usufruir qualquer coisa, independentemente do tamanho do texto. Ao longo daquelas primeiras semanas eu a vi ler o mesmo conto de Tchékhov — retirado de uma brochura de contos — várias vezes. Além de ler, não havia muito mais que minha avó soubesse fazer para se entreter em casa. Tivera uma vida difícil e não aprendera o que fazer com seus momentos de ócio. Sempre havia tido muita coisa para fazer. Agora não havia nada, e nessas longas tardes ela se sentia entediada e até mesmo desesperada sem ter para onde ir. Mas não era nada fácil ir a algum lugar.

Moscou era enorme. Sempre fora enorme. Stálin ampliou as avenidas a tal ponto que para atravessá-las você precisa passar por passagens subterrâneas do metrô. Minha avozinha precisava descer um lance de escadaria, caminhar pela passagem, depois subir escadas de novo, tudo isso apenas para atravessar a rua. E se quisesse voltar, tinha de fazer tudo isso de novo.

O metrô de Moscou, também construído por Stálin, era famoso — e fazia jus a isso. No centro da cidade, as estações eram maravilhosas, cobertas de mármore, decoradas com mosaicos coloridos que narravam as realizações heroicas da classe trabalhadora. Alguns ainda reproduziam estátuas gigantescas de Lênin, Marx ou dos soldados do Exército Vermelho derrotando os nazistas. As estações eram impecáveis, e se mantinham frescas até mesmo nos dias abafados do fim de agosto. Os trens eram rápidos e eficientes, e um relógio digital na entrada de cada plataforma mostrava quanto tempo tinha passado desde a saída do último trem. Se o relógio registrava dois minutos e trinta segundos, um novo trem já estava para chegar.

Entretanto, ao frequentar esse famoso metrô com minha avó, logo percebi suas limitações. Estava sempre incrivelmente lotado: como todas as linhas (com exceção de uma) eram radiais, ou seja, iam do centro do círculo formado por Moscou para seus arredores, não havia como fazer baldeação de uma linha para outra sem passar pelo centro, isto é, basicamente todos os usuários tinham de passar pelas poucas estações perto do Kremlin, onde morávamos. Toda vez que pegávamos um trem, estava lotado. E lotado, ali, não é a mesma coisa que lotado em Nova York. Em Nova York, na hora do rush, os trens podiam ficar tão lotados que as pessoas não conseguiam nem mesmo embarcar neles, e tinham que aguardar o próximo. Em Moscou, quando isso acontecia, as pessoas embarcavam de qualquer maneira.

Os trens em si eram bons, mas, diferente das plataformas, eram quentes e abafados, com o ar carregado do cecê de centenas de russos. E o pior, por fim, é que não havia estações suficientes. Onde quer que você descesse, ainda precisava andar um bocado.

Tentamos ir até o parque Sokolniki, a poucas estações de casa, enquanto o tempo ainda estava bom. Mas a caminhada por dentro da estação e até o parque deixou minha avó bastante cansada. O balanço rápido do trem a enjoou. Os empurrões e encontrões a irritaram. "Vamos para casa", ela disse assim que saímos da estação.

"Mas acabamos de chegar", retruquei. "Vamos pelo menos até o parque."

"Estou lhe dizendo que quero voltar para casa!"

Parei. Ela estava se apoiando em um dos meus braços, e parou também. Estávamos do lado de fora, ainda perto da estação Sokolniki, e as pessoas entravam e saíam pelas portas giratórias. Minha avó era tão pequena. Para o nosso passeio, tinha colocado seu pequeno chapéu azul-claro e a calça verde-clara de verão. "Como você quiser", falei, mesmo contrariado.

"Tudo bem", disse por fim a minha pobre e exausta avó. "Então vamos só até o parque e voltamos."

Caminhamos até o parque e nos sentamos um pouco em um banco logo na entrada. Em seguida, voltamos para casa. Nenhum de nós achou o passeio muito divertido. Me senti mal por não ter pensado em um programa melhor. Mas também não sabia o que isso poderia ser.

Minha avó fora por muito tempo fã de cinema, a ponto de pegar um trem de Dubna nos fins de semana para ver qualquer coisa que estivesse passando na Casa do Cinema, perto de Maiakóvskaia — ela ganhava ingressos de um homem com quem saiu por um tempo antes de conhecer o tio Liev. Gostava de se queixar para quem quisesse ouvir que a programação da Casa da Cultura de Dubna estava sempre seis meses atrasada. Mas agora, ela me contou, não conseguia mais acompanhar os filmes. "Agora é tudo tá-tá-tá-tá", disse ela, fazendo uma arma com a mão. "Não consigo assistir." Ela costumava comprar toda semana, em uma banca ao lado da vendinha de frango assado dos azerbaijanos, um jornal que trazia um roteiro de entretenimento da cidade. Certa manhã, mostrou-o para mim, dizendo: "Andriuch, não quer encontrar alguma coisa para vermos?". Tinha marcado a seção de filmes com pequenos círculos, ticadas e cruzes, mas tive a sensação de que fizera aquilo um tanto aleatoriamente. O problema era que eu não sabia fazer muito melhor do que ela. Levei o jornal ao Café Grind para poder pesquisar na internet e entender a quais filmes ele se referia, já que a maioria era americana ou britânica, e eu não conseguia entender seus títulos na tradução para o russo. Depois de desvendar quais filmes eram aqueles, entendi o problema: quase todos os filmes estrangeiros que estavam passando em Moscou (sendo que com o colapso da indústria cinematográfica russa no começo dos anos 1990, quase todos os filmes que passavam em Moscou eram estrangeiros) eram uma porcaria. Eram *Kung Fu Panda*, *A múmia: Tumba do imperador dragão* e *Madagascar 2: A grande escapada*. Sem querer ofender ninguém, mas muitos dos filmes eram desenho animado; o restante era tá-tá-tá-tá, como dizia minha avó. Ao final, para evitar os tá-tá-tá-tá, acabei encontrando para nós um filme cult dinamarquês, exibido em um lugar que, pelo seu site, parecia ser alternativo e perto de nossa casa. O endereço do cinema era avenida Exército Vermelho, 24, que eu, ingenuamente, achei que ficava na avenida Exército Vermelho; mas ficou claro, depois, que a sala ficava em um pátio interno *fora* da avenida Exército Vermelho. Enquanto procurávamos pelo local, começou a chover; minha avó sugeriu desistirmos do programa, mas eu insisti dizendo que conseguiria encontrar o lugar; deixei-a aguardando debaixo de um toldo, e circulei pela área por uns cinco minutos até que finalmente achei. Voltei para resgatar minha avó, cansada e levemente molhada da chuva, puxando-a até o cinema. Dentro havia vários grupos de jovens hipsters moscovitas usando Converse. Gente como eu! Pensariam que eu era muito legal por levar minha avó para aquele lugar. Mas não foi bem assim. Fizeram-lhe "shh" duas vezes quando me perguntou o que estava acontecendo no filme. Os hipsters nos encararam cheios de irritação quando tivemos de passar por eles para que minha avó pudesse ir ao banheiro. Ao término da sessão, ela me perguntou o que eu tinha achado. Dei de ombros, sem vontade de falar sobre o assunto. Ela, então, falou bem alto: "Achei muito chato!". Alguns hipsters nos lançaram olhares fulminantes. Mas ela estava certa. O filme era chato mesmo. Depois desse episódio, suspendi as idas ao cinema da nossa programação.

O problema da minha avó não era não poder mais dar conta das questões que a vida continuava a colocar diante dela. Ela podia lidar com elas, sim. Seu problema era a solidão. "A questão é que todos os meus amigos já morreram", dizia ela em nossas caminhadas, ou na hora do almoço, ou no café da manhã. "Todos que eram próximos a mim morreram. Bória Kraisenstern morreu. Liubima Gerchkovitch morreu. Rosa Pipkin morreu", dizia ela, folheando suas agendas, "agora essas são só listas de pessoas mortas. Só tem morto, morto, morto." De vez em quando eu tentava argumentar (e Dima? E eu?), mas, em linhas gerais, ela estava certa. A única amiga remanescente era Emma Abramovna, com quem minha avó falava ao telefone com frequência, mas, como não havia telefone fixo na datcha de Emma Abramovna, suas conversas consistiam na maior parte do tempo em minha avó perguntando "o quê?

Não ouvi bem!". Elas tinham conversas assim várias vezes ao dia. De vez em quando ouvia minha avó mencionar a datcha. "Como está Pieredelkino?", perguntava. "Está bom aí?" Tendo recebido uma resposta positiva, ela então dizia em tom de tristeza: "Aqui na cidade está tão abafado. Tenho dificuldade até mesmo de respirar".

Sem condições de ir ao parque, com medo de acabarmos em algum filme ruim, contentávamo-nos em caminhar ao longo do canteiro que havia entre as pistas do bulevar. Nosso trajeto ia da estátua da viúva de Lênin, Nadiéjda Krúpskaia, ao assustador e gigantesco edifício da RussOil, colado ao Tchistie Prudí. Fazíamos esse percurso ida e volta conversando. Minha avó dizia que se sentia negligenciada e abandonada, que Dima não gostava dela, e que eu não ficaria ali por muito tempo. Argumentei que Dima andava muito ocupado, que ela não estava abandonada, e que eu ficaria ali o tempo que fosse necessário. Eu achava importante corrigir as coisas que ela dizia de forma equivocada, ou mesmo questionar aquilo sobre o qual ela estava certa, apenas para manter a memória dela em atividade. Muitas vezes isso se tornava frustrante, pois ela não parecia acreditar em mim, e só de vez em quando eu estava de fato mentindo.

Algumas vezes tentei estimular sua memória pedindo que falasse sobre a história soviética — o stalinismo, os expurgos, a guerra, o "degelo" —, mas nunca cheguei a lugar nenhum. Ela não se lembrava de nada, tampouco mostrava ter vontade de fazê-lo. Talvez alguém mais empenhado em descobrir a verdade tivesse feito com que ela se recordasse de algumas coisas, querendo ela ou não. Não sei. Mas eu não podia fazer isso.

O que eu conseguia fazer, em nossos passeios, era lembrá-la de quem eu era. E disso eu gostava.

"Você lembra quem eu sou?", perguntei.

"Você é o Andriucha."

"Mas você lembra de como eu conheço você?"

"Como você me conhece..."

"Lembra de sua filha?"

"Minha filha?", quase sempre acontecia uma pausa. "Minha filhinha? Minha Ielotchka?"

"Sim."

"Ela morreu."

"Sim."

"E você?"

"Sou filho dela."

"Você é filho dela." Eu quase conseguia enxergar como a sua mente voltava para a datcha de Sheremetevo, eu ainda menino correndo pelo quintal, meu pai chegando no fim de semana e me ensinando a andar de bicicleta. Ela então olhava para a minha versão adulta. "Andriucha?"

"Sim."

E continuávamos caminhando, eu me segurando para não chorar.

4.
Tento encontrar um jogo de hóquei

Eu achava, às vezes, que era preciso ser especialmente *estúpido* para se tornar o tipo de acadêmico de que as comissões de recrutamento gostam. De alguma forma, você tinha de ser meio tapado. Focar em apenas uma coisa, limitada e particular. Mas como fazer essa escolha sem conhecer todas as outras coisas que estão por aí? Pensava nessa questão, certo dia, enquanto me dirigia ao Café Grind. Não era o único momento do dia em que eu era obrigado a pensar, mas era, sim, o de maior concentração. Sempre passava pela mercearia onde comprara o meu *sushki*, para depois pegar a deserta e assustadora Bolchaia Lubianka. Não tinha outra escolha a não ser pensar.

Qual a diferença entre mim e os meus colegas de classe, aqueles que começaram no mesmo ano que eu? Não era que eles fossem estúpidos. A maioria era inteligente, e vários eram mais do que eu. Mas essa também não era a diferença. A diferença estava na garra em permanecer com determinada coisa. Os mais bem-sucedidos eram como pit bulls que cravam seus dentes em um ponto e só o soltam quando alguém atira neles ou quando se sentem já de posse do objeto.

Para a permanente frustração do meu orientador, eu não fazia nada disso.

"Finja que eu sou uma comissão de recrutamento", disse ele certa vez. "Qual seria a sua linha de argumentação?"

"Minha linha é que eu amo essas coisas. Amo história e literatura russas, e amo falar sobre elas para as pessoas."

"Tudo bem, mas a universidade é também um lugar de pesquisa. Qual é a sua especialidade?"

Eu já tinha conversado com ele sobre isso. "A modernidade", respondi, já sabendo que ele não gostaria da resposta. "Sou especialista em modernidade."

Meu orientador, um ex-jogador de basquete de Iowa com um metro e noventa e três de altura, fez uma imitação bastante afeminada da minha voz: "Sou especialista em modernidade", disse ele. "Estudo a maneira como a modernidade afeta a mente russa."

Esperei que acabasse de falar.

"Sou especialista na minha própria bunda!", gritou o meu orientador. "Ora, não foi isso que me garantiu este emprego."

"Qual é o problema da modernidade?"

"É um período que se estende por três séculos! Isso não é especialização. Três *anos*, sim, seria uma especialização. Ou, melhor ainda, três meses. Três dias. Se você fosse um especialista, por exemplo, naquilo que aconteceu entre a terça-feira e a quinta-feira da primeira semana de fevereiro de 1904, mas *também* dominasse o modernismo russo, aí sim eu poderia lhe conseguir um trabalho onde você quisesse."

Fiquei em silêncio.

"Digo, pense nos escritores que você estudou." Estávamos na salinha do meu orientador, com as duas páginas impressas do meu currículo sobre a mesa entre nós. Apesar de seus métodos pouco ortodoxos de orientação, ele era um cara legal. Disse que decidiu estudar a Rússia a sério depois de se dar conta de que não conseguiria entrar na NBA. ("Levei muito tempo para entender isso", disse ele, "porque sou burro.") Era um ótimo professor, um professor realmente muito inspirado, mas a sua própria carreira acadêmica nunca fora fácil. E queria que eu não repetisse os seus erros. "Quem é Patrúchkin?", perguntou-me então, lendo o resumo da minha dissertação. Grigóri Patrúchkin foi um poeta do início do século XIX. Na verdade não escreveu muitos poemas, e os que escreveu também não eram muito bons, mas eu queria alguém daquele período que não fosse Púchkin. Embora Patrúchkin conhecesse Púchkin.

"Patrúchkin era um amigo de Púchkin", eu disse.

"Um amigo?"

"Ele meio que conhecia Púchkin."

"E isso quer dizer que você poderia dar aulas sobre Púchkin?"

"Não sei."

"Porque não existe um curso sobre Patrúchkin!"

"É que eu não gostaria de escrever sobre os mesmos nomes de sempre. Pensei que...", eu tentava argumentar, sem muita firmeza.

"Veja bem", disse ele. "Você acha que eu gostaria de estudar a arquitetura das antigas moradias russas?" Em seu único passo acadêmico acertado, meu orientador havia desenvolvido uma teoria de que as antigas moradias medievais russas careciam de chaminés — só teriam descoberto as chaminés cerca de duzentos anos depois dos camponeses da Europa Ocidental —, e isso teria causado problemas de ordem cerebral nos antigos camponeses russos, o que explica por que eles não desenvolveram certas estratégias de produção agrícola que aumentaram radicalmente a produtividade das plantações no início da Europa moderna, ajudando a criar condições para que surgisse o Renascimento. "Você acha que eu queria ter me tornado uma dessas pessoas que se contentam em estabelecer uma causa única para o atraso russo? Não, cara. Eu queria ser Isaiah Berlin!"

"Eu sei que não sou Isaiah Berlin."

"Eu sei disso, o.k. Só estou falando que você sabe que gosta de dar aulas. Isso é bom. Mas, para ensinar, você precisa de um emprego de professor, certo? E agora, neste momento, isso significa encontrar um tema que seja atraente para uma comissão de recrutamento."

Em julho ele ficara bem contente ao saber que eu estava de partida para a Rússia.

"Isso é ótimo!", disse ele. "Você estará no terreno. Poderá encontrar ali algo novo e original. Ou alguma coisa antiga." Foi meu orientador que sugeriu que eu entrevistasse minha avó. "Ela lhe contará histórias sobre a União Soviética. E você poderá encaixá-las aqui e ali dentro de sua história sobre a modernidade. Esse troço vale ouro, meu amigo. E as pessoas *amam* esses troços."

"As comissões de recrutamento amam?"

"Sim. De quem você acha que eu estava falando quando eu disse 'as pessoas'?"

Agora isso estava descartado. Se eu não podia usar as histórias da minha avó, das quais ela não se recordava mais, precisaria pensar em outra coisa. Mas o quê? Eu realmente não fazia a menor ideia. Pessoas como Alex Fishman fizeram suas carreiras revisando a ditadura soviética. Ele falava "gulag" e depois "internet" e as instituições de financiamento iam à loucura. (Ele agora produzia uma história do gulag online.) As pessoas amavam ler sobre o gulag soviético: isso as fazia se sentir melhor com relação aos Estados Unidos.

Claro que não era como se a Rússia fosse agora uma democracia florescente. Mas era algo complicado. Ainda no Brooklyn, na internet, e agora na cozinha da minha avó, na rádio Eco de Moscou, tudo o que eu ouvia a esse respeito era como a Rússia era um país perigoso, como Pútin havia se tornado um tirano sanguinário. E era assim mesmo; e ele era mesmo. E eu tinha achado que ia ser preso no aeroporto! Que ia ser roubado no metrô. E, na verdade, o único motivo pelo qual eu corria algum risco de ser preso seria tomar acidentalmente um monte de capuccinos no Café Grind sem estar com dinheiro para pagar. (Eles não aceitavam cartão de crédito.) O único roubo rolando era o preço dos croissants na Sretenka.

O país tinha ficado rico. Não que todo mundo fosse rico — minha avó não era, e, na verdade, por falar em roubo, certas coisas tinham sido roubadas dela —, mas, de maneira geral, falando pelo todo, muitas pessoas, especialmente em Moscou, viviam muito bem. Ao olhar pela janela, ficava difícil combinar todo o papo de ditadura sangrenta com todas as pessoas de ternos caros, andando em Audis, falando em seus celulares. Seria ingenuidade minha? Não acontecia, na Arábia Saudita, de pessoas dirigirem carros maravilhosos e falarem em belos celulares ao mesmo tempo que cortavam as cabeças de dissidentes? Sim. Talvez. Não sei. Nunca tinha estado na Arábia Saudita. Para mim — e creio que não só para mim —, a opressão e a pobreza soviética sempre estiveram inextrincavelmente ligadas.

Nem todos estavam felizes com as novas condições do país. Os liberais da Eco de Moscou se queixavam de censura na imprensa e da marginalização dos políticos oposicionistas. Algumas vezes, promoviam pequenas manifestações para expressar seu ódio contra o regime. E também havia protestos relativos a questões locais, por exemplo contra a construção de um centro comercial na praça Púchkin. A maior parte era tolerada, mas algumas eram dispersadas com violência, e minha avó, pelo jeito, testemunhara algumas dessas repressões, pois toda vez que passávamos perto de algum grupo um pouco maior de pessoas (aguardando em uma fila ou assistindo à apresentação de algum malabarista, e especialmente se havia policiais por perto), ela dizia: "Vamos sair daqui. É uma manifestação. A polícia é muito dura com os manifestantes", e me puxava na direção oposta. Apesar disso, ela continuava muito interessada no noticiário, e sempre que entrava na cozinha e me via ali com o rádio ligado, com o *Kommersant* ou com o *Moscow Times* diante dos olhos, começava a fazer perguntas. "O que eles estão dizendo?"

"Sobre o quê?"

"Você sabe, ora. Sobre a situação. Como está a situação?"

Como está a situação? Eu não sabia dizer! Era uma espécie de autoritarismo moderno. Ou uma modernização autoritária. Algo assim. Eu me esforçava para mantê-la atualizada, e ela balançava a cabeça de forma resoluta.

Enquanto isso, nos Estados Unidos, começavam as aulas de outono do PMOOC. Eu era responsável por quatro turmas online do curso de literatura russa clássica de Jeff Wilson. Era um bom curso. Jeff tinha quarenta e poucos anos e transmitia entusiasmo pelos clássicos. Dizia coisas como "Vronski é um cara com jeito de hipster" ou "Tolstói era uma espécie de Kanye da literatura russa — sempre dava declarações públicas constrangedoras pelas quais era depois obrigado a pedir desculpas". A ideia era tornar aqueles livros mais palatáveis para um público jovem. Eu não dava muita importância para isso, embora, tendo sido assistente de Jeff por um tempo na faculdade, notara que ele também comparava Púchkin, Gógol e Dostoiévski a Kanye, a tal ponto que eu me perguntava se ele realmente conhecia outra figura da cultura pop além de Kanye. ("Púchkin é, na verdade, o Tupac da literatura russa, não acha?", perguntou certa vez o meu orientador, quando me queixei disso com ele.)

As aulas começavam no início de setembro. Assim, sentado no Café Grind, em frente à FSB, eu assistia às aulas iniciais de Jeff, folheava o livro indicado para refrescar a memória, e então entrava nos diversos blogs onde os alunos escreviam suas respostas às questões dos textos e fazia comentários sobre essas respostas, para depois comentar os comentários deles — e assim infinitamente.

Ao longo dos muitos anos de faculdade, dei aulas para diversos tipos de pessoas. Dei aulas para calouros de primeiro semestre, quando eles ainda se parecem com crianças, a pele em cima dos lábios irritada por estarem ainda aprendendo a fazer a barba; eles achavam que Tolstói, ou, melhor ainda,

Dostoiévski, tentava se comunicar diretamente com eles e respondiam de acordo com essa ideia (muitas vezes sem terem lido o texto). Dei aulas para alunos mais velhos, cínicos, que tinham aprendido a manipular o limitado sistema de crenças dos estudos literários contemporâneos e com isso recebiam notas boas. Eles sabiam que Tolstói era apenas um nome que dávamos a uma máquina que uma vez escrevera alguns símbolos em um pedaço de papel. Era ridículo querer atribuir qualquer tipo de intenção ou de consistência a essa máquina. Os alunos veteranos entravam e saíam das aulas, divertindo-se comigo. No final do ano, eu observava todos eles conseguirem empregos em hedge funds. Eu experimentava como uma espécie de fracasso pessoal esse momento em que eles abandonavam a literatura; a única coisa pior do que isso era eles continuarem. Mas os estudantes de PMOOC eram diferentes — uma mistura volátil dos mais novos com os mais velhos, superbem formados e autodidatas. Eles me mandavam uma quantidade absurda de e-mails.

O primeiro livro que lemos naquele semestre foi *Os cossacos*, de Tolstói. É uma das primeiras novelas dele, sobre um jovem oficial mimado de Moscou que é enviado para prestar serviço militar em uma cidade cossaca na fronteira sul da Rússia. Na sua cidade natal, o jovem acumula dívidas de apostas e má reputação, mas na aldeia cossaca recomeça a vida, apaixonando-se pelos modos simples, diretos e terra a terra dos nativos. Apaixona-se também por uma moça cossaca bonita e forte chamada Dúnia, e embora ela esteja desde pequena comprometida a se casar com seu amor de infância, o jovem soldado mimado acaba por convencê-la a mudar de ideia. Apesar de cética, ela sabe que é loucura rejeitar um moscovita rico. E então, justamente quando estão prestes a oficializar o relacionamento, a aldeia é atacada e o ex-noivo de Dúnia é assassinado. De uma maneira um tanto injusta, Dúnia culpa o jovem soldado pela morte do amigo. Incapaz de defender as suas próprias ações, ele faz as malas e volta para Moscou. Fim.

Os alunos não gostaram do livro, em primeiro lugar porque não gostaram do jovem oficial. "Por que ler um livro sobre um idiota?", perguntaram. Depois de ler sete ou oito comentários nesse mesmo sentido, escrevi uma defesa apaixonada de *Os cossacos*. Livros não tratam apenas de personagens simpáticos que superam dificuldades, escrevi. Alguns dos maiores livros do mundo tratam de idiotas! Escrevi esse post, enviei-o e aguardei. O software que usávamos no nosso blog permitia que as pessoas "curtissem" os textos, como no Facebook; vendo que o meu ensaio cheio de sinceridade tenha recebido apenas uma "curtida", fiquei mais uma hora ali no Café Grind tentando descobrir como desabilitar aquela função, e o fiz.

Depois das minhas sessões de trabalho no Grind, eu costumava checar a seção de vagas de empregos no departamento eslavo — no começo de setembro não havia, em tese, muitas ofertas ali — e então me permitia o duvidoso prazer de navegar um pouco pelo Facebook. Sarah não tinha se dado ao trabalho de desfazer nossa amizade desde o nosso término, e seria uma grosseria de minha parte se eu o fizesse, de modo que agora eu podia ver as postagens dela com fotos a sós, uma mais bonita que a outra, uma na praia no Dia do Trabalho, outra no campus de alguma faculdade que claramente não era a nossa... Seu status ainda era "solteira", ela aparecia sozinha em todas as fotos, e era possível que a autoria das imagens fosse apenas de uma amiga — talvez sua amiga Ellen? —, mas elas não tinham o *jeito* das fotos que Ellen costumava tirar. Sarah estava indo para o terceiro ano no departamento de inglês e dissera que todos os rapazes dali eram ridículos, mas quem sabe não teria encontrado um que não fosse assim. Ou talvez estivesse saindo com um cara da antropologia. Procurei não pensar muito nisso. Voltei a percorrer as postagens dos meus ex-colegas estúpidos no Facebook: um plano de ensino concluído! Um original aceito! Uma edição da *Slavic Review* com um artigo revisto por pares! Ah, como eu odiava todos eles. No entanto, apesar de fazê-lo com os dentes cerrados, eu "curtia" os seus posts, praticamente sem exceção.

Eu procurava ser prestativo em casa, mas, muitas vezes, isso se tornava mais difícil do que o esperado. O apartamento era tão antigo e havia sofrido tantas adaptações engenhosas e idiossincráticas que uma pessoa que não tivesse conhecimento profundo de tudo ficava simplesmente perdida. Eu já tinha morado em um prédio antigo no Brooklyn, no mínimo tão velho quanto o da minha avó, mas que fora construído para durar, e quando quebrava alguma coisa, chamávamos o super-Elvis, que demorava um pouco, mas sempre aparecia e mais ou menos consertava o que havia quebrado. Se você desse vinte dólares para Elvis no Natal, ele viria com mais rapidez. Jamais aconteceria em Moscou de um grupo de moradores contratar e hospedar permanentemente um faz-tudo. Ali, cada homem era o faz-tudo de sua própria casa. Com exceção, como ficou claro, de mim.

Certa manhã, deparei com minha avó bastante preocupada à mesa da cozinha. "Ah, Andriuch, você acordou", disse ela. "Temos um problema. Acabou a água quente."

"É?", eu disse.

Eu meio que esperava que só de abrir a torneira a água quente sairia, e eu explicaria a minha avó que ela havia se enganado e ligado a torneira de água fria, mas não foi bem assim. Liguei a torneira de água quente, deixei correr, mas só saía água fria. Ela estava certa.

Eu sabia que a água quente vinha de um pequeno boiler que ficava em um canto do banheiro. Era como um forno, no sentido de que havia nele uma luzinha piloto azul que estava sempre acesa; ao ligar a água quente, acendia-se uma pequena chama azul que fazia a água esquentar quando, eu acreditava, passava pelo boiler. Fui até o banheiro e, como imaginava, a luz piloto estava apagada. Eu, portanto, identificara a causa do problema. Mas isso era apenas meio caminho andado.

Dima tinha deixado comigo o telefone de seu faz-tudo, Stiepán, para que o chamasse caso alguma coisa quebrasse. Mas, será que eu não conseguiria consertar aquilo sozinho? Tentei mexer nas diferentes torneiras do boiler — nenhuma delas trazia qualquer identificação —, mas foi em vão; em seguida, tentei fazer a mesma coisa, porém segurando um fósforo aceso perto de onde ficava a luz piloto, mas foi igualmente em vão. Então, tentei fazer a mesma coisa, dessa vez com a torneira de água quente aberta. Depois, com a torneira de água fria aberta. Algumas dessas tentativas requeriam a ajuda da minha avó, que resmungava o tempo todo, "estamos perdidos, estamos perdidos", repetidamente, enquanto abria a água quente, depois a água fria, e depois as duas ao mesmo tempo. Essas tentativas, em suas diversas combinações, ocuparam cerca de uma hora e não nos levaram a lugar algum. Ao fim, desisti e liguei para Stiepán.

"Você tentou abrir a torneira de trás para a esquerda com a água quente ligada?", perguntou imediatamente.

"Sim."

"Certo. Eu irei aí. O trânsito está bem ruim, devo demorar um pouco, e terei que cobrar por isso."

"Quanto?"

"Mil e quinhentos no total."

Isso correspondia a sessenta dólares à época. Pareceu-me muito. Mas nós precisávamos de água quente. "Tudo bem", respondi.

Stiepán chegou duas horas depois. Era um grandalhão grosseiro, com um bigode espesso. Ele cumprimentou minha avó, a quem já conhecia pelo nome, e se dirigiu diretamente ao banheiro. Levou exatamente dois segundos para acender a luzinha piloto azul. "Você tem que segurar a torneira nessa posição por um certo tempo", disse ele. "Senão o gás não consegue chegar até ali."

Estendi-lhe o dinheiro, que eu já tinha separado, e ele o pegou com um ar de profunda lamentação, como se fosse algo que realmente não precisava ter acontecido. Tentei animá-lo.

"Da próxima vez vou conseguir fazer sozinho!", exclamei.

"Você já deveria ter feito isso desta vez", disse Stiepán melancólico, para depois se despedir da minha avó e ir embora.

Fora isso, as coisas iam bem. Habituei-me com os lençóis ásperos e com o café instantâneo (quando finalmente encontrei um lugar que vendia prensas francesas, percebi que não tinha como pagar por elas), e até mesmo a ausência de sinal de wi-fi começou a me parecer uma verdadeira benção, pois me impedia de ficar vendo as postagens dos alunos no blog e as páginas inúteis e cheias de ódio no Facebook. O único problema de fato era que eu não conseguia dormir. Continuava acordando às cinco horas da manhã e ficava rolando na cama para ver se conseguia dormir de novo, até desistir e sair da cama. Com isso, no finalzinho da tarde eu me sentia insustentavelmente sonolento; como esse era o período em que minha avó mais precisava de companhia, eu tentava ficar acordado, mas nem sempre conseguia.

Era possível responsabilizar a diferença de fuso horário, mas também pesava a minha súbita ausência de exercícios. Em Nova York, eu jogava hóquei ou corria nas ruas, ou usava a academia da universidade quase diariamente. Agora, de repente, não fazia nenhuma dessas coisas. Tentei correr algumas vezes, mas era deprimente fazer isso naquelas ruas por causa dos carros parados no trânsito soltando fumaça, e porque era muito chato tentar correr na via de pedestres no bulevar, uma vez que era preciso ou aguardar para atravessar de um canteiro para outro a cada cento e cinquenta metros, ou voltar e ficar correndo no mesmo canteiro. Quanto às academias, visitei algumas que ficavam a uma distância possível de fazer a pé, mas nenhuma delas custava menos do que trezentos dólares por mês. A solução seria o hóquei. Eu tinha trazido todo o meu equipamento para aquela suposta meca do hóquei, mas até agora, ao contrário do que prometera, Dima não tinha conseguido me apresentar nenhum local, e eu não conseguia encontrar nada em minhas pesquisas na internet — não havia nenhuma informação sobre hóquei recreativo, nem mesmo a localização de rinques de hóquei. Era como se os rinques fossem cidades onde eram feitas pesquisas nucleares e que, por isso, tinham de ser mantidas em segredo absoluto.

O pior da questão do sono é que eu ficava bastante irritável durante o dia. Não tinha me dado conta de como isso era intenso até o dia em que ouvi minha avó se arrastando perto da porta do meu quarto enquanto eu trabalhava. Eu tentava, sempre que possível, trabalhar no Café Grind, mas às vezes sair de casa era tão custoso (aonde eu iria? A um café? Mas tem tanta comida em casa! Não, eu vou ao café para trabalhar. Trabalhar? Será que eu *trabalhava* num café?), que, naqueles dias, eu estava experimentando trabalhar em casa mesmo. Eu certamente economizaria em capuccinos. Mas não estava dando certo. Quando tentava trabalhar na cozinha, o local mais iluminado da casa, minha avó vinha, se sentava ao meu lado e ficava me oferecendo coisas para comer. Eu ia para o meu quarto e fechava a porta. Mas ela também me seguia ali. Batia na porta, perguntava alguma coisa — a que horas eu queria almoçar? Eu queria frango para o almoço? Eu me lembrava do seu marido Liev? — e depois, tendo recebido as respostas, esquecia-se delas imediatamente, e voltava cinco minutos mais tarde para perguntar as mesmas coisas.

Nessa tarde de que me recordo, cerca de duas semanas depois da minha chegada, estava sentado no meu quarto trabalhando numa pilha digital de respostas no blog dos alunos, as quais eu tinha colado em um documento de Word no Grind, quando ouvi minha avó andando na direção do meu quarto. Preparei-me para ouvi-la bater na porta, mas, em vez disso, ela continuou andando para lá e para cá. Cerca de quarenta e cinco segundos depois, lá estava ela pertinho da minha porta de novo, mas, de novo, não bateu. Era impossível. Esperei que ela voltasse mais uma vez, e quando o fez, corri e abri a porta. Ela estava ali, com seu roupão, a mão fechada erguida fechada prestes a bater.

"O QUE VOCÊ QUER?", gritei.

Minha avó me olhou com um ar de medo e surpresa tão patéticos que me arrependi imediatamente de ter agido assim. "Eu... eu não sei", disse ela. "Não consigo lembrar. Desculpe."

"Tudo bem", eu disse, procurando acalmá-la. "Desculpe."

Mas ela se foi.

Nessa hora, concluí que precisava resolver essa questão do sono antes que as coisas piorassem. Precisava fazer exercícios de qualquer jeito. Se não podia correr ou pagar uma academia, então precisaria encontrar um local para jogar hóquei.

No dia seguinte, escrevi para Dima perguntando se ele não tinha encontrado nenhum lugar, ao que ele pediu desculpas e disse que era mais complicado do que ele tinha imaginado, e que a única coisa da qual ficara sabendo era que tinha um jogo em Sokolniki, na arena Spartak. Não sabia quando nem de quem, mas talvez eu pudesse passar lá e descobrir? É o que eu faria se estivesse nos Estados Unidos. Um dia, então, finalmente coloquei todo meu equipamento em uma sacola azul gigante da Ikea encontrada no armário — de forma precipitada, mas também para economizar com custo de bagagem, eu me desfizera da minha velha bolsa de hóquei antes de deixar o

Brooklyn, e simplesmente enfiara o equipamento todo na minha mala vermelha de viagem — e, no fim da tarde, peguei o metrô para Sokolniki.

Não tive dificuldade para chegar ao rinque: era um estádio de verdade, com uma quadra oficial do Spartak, e o local, diferentemente da maioria dos lugares de Moscou, não era envolto por uma cerca de metal nem vigiado de modo insano e não razoável. Havia um segurança na entrada, mas ele viu meu equipamento de hóquei e sinalizou com a cabeça que eu podia seguir em frente. Avancei até o ginásio. Era um belo ginásio, moderno, profissional, com cerca de cinco mil cadeiras; eu nunca tinha jogado em um rinque profissional; ao que tudo indica, o Spartak estava fora da cidade ou simplesmente não usaria o rinque naquela noite e, quem sabe, alugasse o espaço também para ganhar um dinheiro extra. Muito bom. Só na Rússia mesmo, pensei. Por cinco minutos, o país me pareceu constituir um vasto arranjo informal fora do alcance da modernidade e das regulamentações, um experimento em constante evolução. Gostei do local. Como eu disse, porém, essa sensação durou apenas cinco minutos.

Havia um treino em curso. O nível de jogo era heterogêneo, com poucos jogadores excelentes costurando em meio a uma maioria de jogadores medíocres. Era meio incongruente ver aqueles jogadores amadores de meia-idade jogar em um rinque profissional, com bancos profissionais, naquela bela arena, mas com certeza era um jogo de que eu também poderia participar. E não havia tantas pessoas — três em cada banco, na verdade, o que é pouco.

Num dos bancos havia um cara com roupa casual, como se fosse um técnico. Provavelmente ele não era treinador — eu já tinha notado caras como ele por todo lado na Rússia, circulando sem nenhum motivo aparente, por nada —, mas percebi que, ali, ele sabia muito bem o que estava acontecendo.

Enquanto caminhava em direção a ele, me dei conta de que não tinha interagido com ninguém, fora minha avó, desde que estava em Moscou, e fiquei em dúvida se, numa situação como aquela, deveria usar o familiar *ty* ou o mais formal *vy*. Em Boston meus pais sempre usavam *vy* com quase todo mundo, à exceção de alguns amigos mais próximos, mas essa cultura tinha mudado, e minha sensação era de que a maioria das pessoas usava o *ty* agora. Mas não tinha certeza. *Vy* era mais seguro, então usei mesmo *vy*. "Desculpem-me", eu disse, usando a forma mais polida. "Posso jogar com vocês?"

O pseudotécnico, ao qual me dirigira tão polidamente, lançou-me um olhar neutro e disse: "Tem que perguntar para o Jora", e virou-se novamente para o jogo.

"Desculpe-me", fui obrigado a dizer novamente, mais uma vez de forma muito polida. "Onde está o Jora?"

Jora estava no outro banco. Fui até lá. O cara mais próximo de mim no banco era mais velho do que eu, já passado dos quarenta anos, mas em boa forma e com uma cicatriz no queixo. Perguntei-lhe (*vy*) se ele podia me dizer quem era Jora. Ele podia, sim. Jora estava no rinque, um atacante grande destro que tinha dificuldade de se manter em equilíbrio sobre os patins. Mas, diferentemente do que ocorre com a maioria dos caras que não consegue patinar bem, ele recebia constantes passes de seus colegas de time, e os adversários deixavam bastante espaço para ele. Intuí, então, que Jora era quem pagava pelo rinque.

Quando voltou para o banco, ao final de seu turno, vi que tinha a minha idade, pele lisa, quase de bebê, e bronzeada. Seu equipamento era novo em folha, e ele segurava meio sem jeito um taco caríssimo.

"Olá, Jora, meu nome é Andrei", disse rapidamente. Cada vez mais inseguro quanto ao uso ou não do *vy*, acrescentei: "Acabei de me mudar para Moscou e estou procurando um lugar para jogar hóquei. Vocês têm vaga?".

Jora me olhou. Eu estava usando *vy* para todo mundo, como um estrangeiro. Em vez de uma mala especial de hóquei, usava uma sacola enorme da Ikea com minhas coisas caindo para fora. Vestia minha camisa de manga curta favorita, comprada em alguma loja barata de Massachusetts, que tinha a estampa de um posto de gasolina e o nome "Hugo" no peito. Eu podia parecer tanto um jogador de hóquei bastante esforçado como um perfeito idiota.

Jora se decidiu pela segunda opção.

"Estamos completos", disse, o que era obviamente mentira.

"Todos os times?", perguntei. "Talvez estejam completos hoje, mas e da próxima vez?"

"Onde você já jogou?", perguntou Jora. Ele usava o familiar *ty*, como se fosse meu chefe. Eu então poderia continuar usando *vy*, em sinal de deferência, ou mudar para *ty*, o que poderia soar agressivo. Ou podia, também, evitar frases que exigissem escolher entre uma coisa e a outra.

"Onde eu joguei?", perguntei, sem entender muito bem a pergunta.

"Sim", disse Jora. "Aquele cara, por exemplo, jogou no Spartak." E apontou para o cara de aparência grosseira que me ajudara a localizar Jora; ele tinha saltado por cima da proteção quando Jora voltou para o banco e agora patinava conduzindo o disco. O Spartak se esquivava sem muita dificuldade de caras que tinham metade da idade dele; era um jogador de hóquei extraordinário.

Para ser justo, a pergunta sobre onde alguém havia jogado não era absurda. No hóquei, ninguém quer jogar com gente grossa. Por um lado, eles interrompem o fluxo da partida; por outro, ao patinar em uma superfície deslizante com um taco na mão, podem ser perigosos. O próprio Jora, por exemplo, era um jogador assim. De forma que não fiquei ressentido com sua pergunta; o que aconteceu foi que não pude responder com muita precisão.

"Em Boston", eu disse.

Jora soltou uma risadinha. "Onde em Boston?"

"Na escola", eu disse. Em russo não existe uma palavra para designar o colegial — todas as escolas, do primeiro ao décimo ano, são chamadas de "escola"; e, mais importante, algo que eu não sabia naquela ocasião, não existe na Rússia essa coisa de esportes colegiais. Esportes para jovens ocorrem nos chamados "clubes desportivos". Eles podem ser ligados a algum time grande profissional (Exército Vermelho, Dínamo ou Spartak), ou podem ser independentes. Treinam crianças desde pequenas, às vezes de graça, estimulando as mais talentosas e desencorajando as outras. Assim, a resposta que dei a Jora acabou soando como se eu tivesse dito que havia apenas brincado de hóquei perto de um lago atrás da minha escola quando criança.

"Na escola, hein...", Jora riu de novo. "Não, realmente estamos completos já." E acrescentou em inglês: "*Sorry*.".

"Tudo bem", respondi, embora estivesse puto da vida. Pelo menos não precisaria chamá-lo por *vy* novamente. Enquanto ia embora, observei o jogo mais um pouco. Havia de fato três ou quatro jogadores incríveis, mas os outros caras eram do meu nível ou até piores. Jamais teriam jogado no Spartak.

Meus equipamentos pareciam mais pesados enquanto eu os carregava de volta ao metrô, e, para aumentar a humilhação, fui parado por dois policiais, que pediram os meus "documentos". Isso acontecia comigo frequentemente quando era mais jovem — a polícia costumava abordar homens que não tinham aparência de eslavos, para checar se eram imigrantes ilegais ou terroristas tchetchenos —, mas nunca tinha acontecido desde a minha chegada à cidade desta vez, suponho que por parecer mais velho do que a média dos imigrantes ilegais ou dos terroristas tchetchenos. Minha sacola deve ter parecido suspeita. Mostrei-lhes meu passaporte, eles começaram a praticar inglês, mas eu respondi em russo, então perderam o interesse e, de forma rude (*ty*), me mandaram seguir caminho.

O que havia de errado com essas pessoas? Nos Estados Unidos, pelo menos em 2008, você nunca precisava mostrar seus documentos. E podia jogar hóquei! Você simplesmente aparecia em um rinque, dava uma olhada nos horários, pagava dez dólares — talvez vinte se estivesse em Nova York — e jogava hóquei. Simples assim. Isso era chamado de "hóquei aberto" ou "a hora do taco". Belas palavras! Bastava você ter um capacete para jogar. E aqui em Moscou? Eu estava ali para cuidar da minha avó e não podia nem entrar em um jogo de hóquei. Quando eu ia a uma mercearia comprar coisas, os caixas me tratavam com grosseria. As pessoas no metrô eram agressivas. Os baristas do Café Grind estavam sempre sorrindo, mas era claramente porque alguém lhes havia instruído a respeito do estilo ocidental de atender clientes e seriam demitidos se não agissem desse modo.

Poucos dias depois da minha incursão fracassada ao Spartak, minha avó e eu fomos à farmácia dela para repor alguns remédios. A maioria das farmácias russas não faz distinção entre os remédios que precisam e os que não precisam de receita, deixando todos atrás do balcão. O que provoca muitas filas. Estávamos aguardando na fila, portanto, quando dois caras enormes vestindo jeans e casacos pretos entraram, deram uma olhadinha na fila e resolveram furá-la, dando cotoveladas em uma mulher que esperava na janela. Eram uns bandidos, como os dos anos 1990, mas com uma diferença: eram menos gordos e se vestiam um pouco melhor do que aqueles; eu já tinha notado vários caras como esses no nosso bairro, a maioria sentados em SUVs pretas e entrando e saindo do Grind, e tinha deduzido, não sei se com razão ou não, que eram da FSB. Então era isso que a classe dos criminosos pós-soviéticos tinha se tornado — não estavam todos mortos nem usavam belos ternos; agora eles trabalhavam para o Estado! Olhei para a fila: eram cinco mulheres, entre quarenta e sessenta anos de idade, além de mim e minha avó.

"Desculpe", eu disse. "O que está acontecendo aqui?" Os homens me ignoraram. Um deles dava ordens para o farmacêutico, que fazia anotações, apontando para alguma coisa atrás dele.

Repeti a pergunta mais alto. Um dos homens se virou e veio em minha direção.

"Qual é o problema?", perguntou.

"Tem uma fila aqui."

"Ah, é?", disse o brutamontes. Ele era feio, muito feio, com um maxilar enorme, cabeça raspada e olhos pequeninos e brilhantes.

Minha avó não captou o tom de ameaça e pareceu achar que se tratava de um amigo meu. Muito educadamente, disse a ele: "Olá!".

O brutamontes olhou para ela, respondeu com um seco "olá".

Então olhou de volta para mim. "É uma boa fila", disse ele. "Você deve ficar nela." O brutamontes usou *ty* para falar comigo, e em seguida voltou para perto de seu companheiro. Pegaram o que tinham de pegar e foram embora. Ao sair, o brutamontes me olhou demoradamente, para ter certeza de que o havia entendido bem, e eu, depois de alguns instantes, desviei o olhar.

"Andriuch, quem era aquele homem?", perguntou minha avó, como se estivesse o tempo todo esperando que ele lhe fosse apresentado.

"Não sei", respondi.

"Ah...", ela parecia confusa.

Foi humilhante. Algo pequeno, mas humilhante. E fomos para casa com os remédios dela.

"Aquele homem era muito gordo", disse minha avó. "Não gosto de homens gordos. Casei-me duas vezes, e tive muitos homens entre um casamento e outro. Nenhum deles era gordo."

"Vovó!", eu disse.

"O que foi?"

"Não é legal falar mal de pessoas gordas."

"O que eu posso fazer? Não gosto de gente gorda."

Olhei para minha avó, que se apoiava em um dos meus braços enquanto caminhávamos apenas para se firmar um pouco. Eu não tinha conseguido fazer com que ela se abrisse comigo sobre a época do stalinismo, mas sabia, por parte de minha mãe, que ela sempre menosprezara o regime soviético. Este havia envenenado a sua vida, atrapalhara sua carreira e levara sua filha a emigrar para um país estrangeiro, onde, longe de sua mãe amada, adoeceu e faleceu. Quando o regime colapsou, minha avó comemorou. Mas, e agora? O bairro onde vivia havia sessenta anos tinha mudado. Tornara-se extremamente caro. Meu irmão sublocava o apartamento vizinho ao dela por milhares de dólares mensais. Havia cafeterias caras, supermercados caros, lojas de roupas caras por todo lado. A maioria dos moradores eram novos ali. Os mais antigos tinham recebido dinheiro para sair, ou já haviam morrido, ou simplesmente foram pressionados a mudar para abrir espaço a outros. Os prédios à nossa volta haviam sido reformados, renovados, demolidos, ou, às vezes, as três coisas ao mesmo tempo — alguns edifícios da Petchatnikov estavam em pleno processo de reconstrução, mantendo apenas as fachadas de tijolos do século XIX. Era possível caminhar por essa rua lateral silenciosa e observar as fachadas ainda em pé com algum tipo de reforma sendo feita atrás delas. Ao ver de perto, você percebia que se tratava de uma construção totalmente nova, com a troca até dos alicerces, mas as fachadas preservadas por algum motivo. Assim, em meio a todos esses objetos reluzentes e enormes canteiros de obras a céu aberto caminhava minha avó, com sua blusa rosa e sua calça verde, como um fantasma assombrando a sua própria vida. Estava indo atrás de queijo mais barato.

Ela deve ter captado alguma coisa do meu humor, pois, de repente, perguntou: "Já lhe contei como foi que perdemos a nossa datcha?".

Fiquei surpreso. Não, ela não tinha contado. Eu sabia que tinha sido resultado de alguma armação financeira do começo dos anos 1990, mas nada além disso.

"Foram uns amigos de Liova", disse ela. "E, sabe, a RussOil. Quando ainda era estudante, Liova elaborou uma teoria de que havia depósitos de petróleo em Iamal." Ela se referia à península de Iamal, no Ártico. "Mas nunca houve tempo para explorar o local. Então, quando o instituto", o instituto de pesquisa dele, em Dubna, "faliu, alguns de seus amigos lhe propuseram abrir um negócio e ver se conseguiam encontrar esse petróleo."

Tio Liev era geofísico, e fora encarregado pelo poderoso império de ajudá-lo a encontrar petróleo. Ao lado do grande físico judeo-italiano Bruno Pontecorvo, que se exilara na União Soviética em 1950, tio Liev foi pioneiro no uso de nêutrons para fins pacíficos. Essa descoberta aumentou radicalmente a eficiência da exploração soviética do petróleo, ajudando o Estado dos trabalhadores a se tornar o maior produtor de petróleo do mundo. Foi o petróleo que bancou o crescimento militar soviético nos anos 1970 e levou à invasão do Afeganistão, e foi a queda dos preços do petróleo, em 1986, que causou o começo do desmoronamento da União Soviética. Em meio a tudo isso, tio Liev trabalhou da melhor maneira possível para entender a estrutura física da matéria, a fim de descobrir onde havia petróleo ou não.

Como relatava agora minha avó, e como mais tarde Dima complementou com detalhes onde a ela faltava memória, tio Liev e seus amigos criaram a empresa com um pequeno investimento do instituto na esperança de encontrar petróleo em Iamal. Fizeram um projeto, compraram equipamentos e iniciaram a prospecção utilizando as melhores e mais recentes metodologias. Mas, claro, ocorreram atrasos e estouros em seus orçamentos. Quando a prospecção do local começou a consumir o pequeno capital da nova companhia, todos os seus fundadores, incluindo tio Liev, passaram a juntar dinheiro para poder concluir essa fase. Minha avó e tio Liev já tinham perdido todas as suas reservas ao longo das várias "reformas" monetárias realizadas pelo governo, mas ainda possuíam seus bens antigos, além de um apartamento em Moscou, a datcha em Sheremetevo e um apartamento em Dubna. Primeiro, eles venderam suas roupas antigas, livros e equipamentos de esqui. Quando isso se mostrou insuficiente, minha avó e tio Liev fizeram um empréstimo dando a datcha como garantia. Quando isso também se mostrou insuficiente, minha avó pensou em hipotecar o apartamento de Moscou, o que só não aconteceu por causa de Dima, que morava nele naquela época, com sua primeira esposa. Ele convenceu minha avó de que aquilo seria uma má ideia. Foi bom, porque o que aconteceu depois foi que o dinheiro se esgotou logo, e o grupo se viu obrigado a pedir ajuda a seus parceiros, um dos quais era subsidiário da RussOil. Aparentemente, esse subsidiário ficou ressentido por ter feito o novo aporte, pois, um mês depois de fazê-lo, o petróleo foi encontrado em quantidade bastante expressiva para um campo daquele tamanho naquela localidade, e, assim, no dia seguinte, quando os geólogos voltaram para seus escritórios, encontraram as fechaduras trocadas, com vários seguranças uniformizados com o emblema da RussOil nas portas. Não foram autorizados nem mesmo a pegar seus pertences. Houve batalhas judiciais e tentativas de levar o caso à imprensa e, ao final, um dos geólogos foi espancado em frente ao prédio onde morava, outro foi atropelado por um carro — talvez acidentalmente — e tio

Liev sofreu um leve derrame, depois do qual não mais conseguiu usar o braço esquerdo. E, obviamente, ele e minha avó perderam a sua datcha.

"Ele encarou tudo aquilo de forma bastante filosófica", disse minha avó, quando já chegávamos ao nosso prédio. "Ele ficava falando 'isto é o capitalismo. Nós não conhecíamos as regras, e perdemos. É tudo nossa culpa'. Mas eu sempre achei que ele foi traído pelos amigos."

"Essa é a história", concluiu. "Não deveríamos almoçar?"

Almoço! Almoço. Claro que sim, claro que deveríamos almoçar. Mas, meu Deus, pensei, que merda. Que país horrível, imprestável e fodido é esse. Exatamente como minha avó sempre havia dito.

"Vovó", eu disse, "vamos mudar para os Estados Unidos. Você e eu. Vamos morar em Nova York. Existe um monte de parques lindos lá."

"Não gosto de Nova York", disse minha avó, pragmaticamente. "Prefiro Boston."

Minha avó nunca tinha estado em Nova York. Mas fora a Boston para o enterro da minha mãe.

"Tudo bem", eu disse. "Podemos morar em Boston."

"Andriuch", disse minha avó, "eu não vou a lugar nenhum. Eu morreria antes de sair do avião. Vou ficar aqui mesmo. No próximo verão eu irei para a datcha de Mússia, e depois disso já poderei morrer."

Nessa merda de lugar? Pensei, mas não disse nada. Nessa porcaria de país? Morrer é tudo o que eles querem. Por que lhes dar esse presente?

Mas não voltei a falar dos Estados Unidos.

No que se refere à minha questão do sono, comecei a beber uma garrafa grande de cerveja russa antes de ir para a cama. Comprei a primeira na merceariazinha fedida da esquina da Lubianka com o bulevar, ou em outra merceariazinha fedida na Petchatnikov, mais próxima de casa, à qual se podia chegar por uma pequena passagem que havia entre o prédio do nosso lado e o muro da igreja. Essa pequena passagem saindo da Petchatnikov era também onde ficava a nossa lixeira, e, às vezes, de noite, passava um sujeito que retirava comida dali. Seria a mesma pessoa que costumava pegar comida do lixo havia muitos anos? Se sim, isso dizia muito sobre a origem de sua longevidade. De todo modo, a cerveja acabou me ajudando a adormecer mais rápido e a tornar mais longo o meu sono, embora na manhã seguinte eu sempre despertasse com um certo mal-estar. A água usada na confecção das cervejas russas não era conhecida por sua pureza. Mas a cerveja importada custava quase o dobro, e essa pequena dor de estômago passou a ser, no final das contas, um preço baixo a se pagar por um pouco de sono.

5.
Tento fazer amigos

Na segunda semana de setembro, a melhor amiga da minha avó, Emma Abramovna, voltou da datcha para a cidade. Imediatamente fomos visitá-la.

Emma Abramovna nascera na Polônia, mas se mudara para Moscou antes da ascensão de Hitler, no final dos anos 1930; conheceu minha avó nos anos 1940 na Universidade de Moscou, onde ambas eram jovens professoras. Eram mulheres judias em um ambiente institucional que se tornava cada vez mais hostil aos judeus, então tornaram-se amigas. Diferentemente da minha avó, porém, Emma Abramovna conseguiu dar um jeito de permanecer na universidade apesar de todas as mudanças ocorridas na União Soviética. Era extremamente carismática, sincera, sem nenhum medo de autoridades, e, segundo minha avó, vivia em conflito com a administração da universidade; talvez sua franqueza a tenha protegido. De todo modo, mesmo depois que sua filha emigrou para Israel no final dos anos 1980, ela permaneceu em Moscou. Seus dois filhos continuaram na cidade também, o que foi de grande ajuda.

Emma Abramovna morava em um prédio antigo na enorme avenida Tverskaia, que saía da rua vinda do lago do Patriarca, a cerca de dois quilômetros e meio de nossa casa. Embora a distância em linha reta ou para uma pessoa jovem fosse curta, no metrô não havia um caminho direto para lá; tínhamos de pegar a linha vermelha em direção ao sul e fazer uma baldeação para a linha verde, sentido nordeste. Quando chegamos, minha avó se sentia um pouco tonta, mas, pelo menos não precisamos subir nenhuma escada; poucos anos antes, quando Emma Abramovna começara a ter problemas no quadril, seus filhos conseguiram trocar seu apartamento no quarto andar por um no térreo do mesmo prédio. Chegamos ali, avançamos por um corredor, e logo estávamos à sua porta.

Fomos recebidos pela cuidadora de Emma Abramovna, uma mulher grande, gorda e simpática chamada Vália, da Moldávia. Enquanto eu circulava depressa pelo apartamento, ela ajudou minha avó a se recompor e a conduziu diretamente para o espelho. "Que mulher velha!", disse minha avó, "mulher velha e assustadora" — visitar Emma Abramovna despertava em minha avó o medo de que ela não fosse muito atraente. E eu sentia, de minha parte, as minhas próprias inseguranças. O apartamento era incrível. O piso era novo, as paredes e o teto tinham sido pintados recentemente, e os filhos de Emma Abramovna, ou alguma outra pessoa, tinham instalado um box de chuveiro com barras em todos os lados para que ela pudesse se mover. Isso fez com que eu me sentisse envergonhado com relação ao que eu e Dima vínhamos fazendo pelo apartamento da Sretenka.

"Mússia", dizia minha avó quando me juntei a elas na sala, que funcionava também como o quarto de Emma Abramovna, a qual estava meio sentada meio deitada no sofá, com uma coberta sobre o colo, enquanto minha avó se sentara em uma pequena cadeira que Vália pusera para ela ao pé do sofá. "Mússia, olhe só para você, está tão linda!"

Era verdade. Emma Abramovna tinha quase a mesma idade de Baba Seva, e não desfrutava de uma saúde excelente: seus quadris mal funcionavam; usava um andador e precisava de muita ajuda para se sentar ou levantar. No entanto, diferentemente da minha avó, ela estava radiante. Tinha o cabelo grosso e encaracolado, agora grisalho, com um formato alto e montado, pele oliva e olhos castanhos que combinavam com o conjunto. Era estranho ver uma pessoa da geração da minha avó tão animada e até mesmo tão bem-disposta; e minha avó, aparentemente, também achava isso estranho.

"Veja o seu cabelo", prosseguiu, descrevendo a beleza da amiga. "Tão cheio!"

"Deixe disso, Sevotchka", disse Emma Abramovna.

"O quê?"

"Eu disse para parar com isso!"

"Não é culpa minha se você está tão bonita!", insistiu minha avó.

Emma Abramovna virou-se para mim. "Andrei. Como você está? Quanto tempo vai ficar aqui?"

Respondi que não sabia, mas que seria pelo menos por alguns meses.

"Que maravilha", disse Emma Abramovna. "Seva está muito feliz com a sua presença aqui."

"Mas em algum momento ele vai embora", disse minha avó, em tom de tristeza.

"Sim. Mas agora ele está aqui!"

"É verdade", disse minha avó, ainda triste. "É verdade."

E assim seguiram, falando sobre os mais diversos assuntos, da situação do cinema contemporâneo ao desfecho da Segunda Guerra Mundial. Quando minha avó dizia algo em tom pessimista, Emma Abramovna a corrigia; ou, o contrário, quando Emma Abramovna dizia algo em tom otimista, minha avó a corrigia. E, obviamente, havia a questão da datcha.

"Estava bom em Peredelkino?", perguntou minha avó.

"Sim. Estava gostoso. Bória" — seu filho caçula — "fez várias melhorias no inverno. E recebi algumas visitas em agosto. Não sei o que faria se não tivesse Peredelkino."

Emma Abramovna sempre dizia exatamente aquilo que pensava. Era uma característica admirável dela, mas também significava que não captava sinais de pessoas que fossem mais sutis ou que falassem das coisas de forma indireta, como minha avó.

"Eu já tive uma datcha", disse minha avó. "Sempre íamos para lá no verão."

"Eu sei, Sevotchka", enterneceu-se por um momento Emma Abramovna.

"Agora não tenho para onde ir", disse minha avó.

Isso foi claramente uma abertura para que Emma Abramovna sugerisse à minha avó que fosse visitá-la no verão seguinte, mas ela não pareceu entender dessa maneira, e ignorou a insinuação.

"Você tem muita sorte de ter três filhos", prosseguiu minha avó. "Eles cuidam tão bem de você."

"Você poderia ter tido mais filhos!", retrucou Emma Abramovna, perdendo um pouco da serenidade. "Ninguém a impediu!"

"Sim", disse minha avó, do jeito que uma pessoa faz quando na verdade discorda profundamente da outra. "Talvez."

Apesar de tudo, a conversa prosseguiu do mesmo modo mais ou menos animado e feliz que eu testemunhara no comportamento da minha avó desde minha chegada a Moscou. Aquela era a sua única amiga e contemporânea que sobrara. E, certamente, Emma Abramovna acabaria por captar a dica sobre a datcha.

Assim que fomos embora, minha avó se virou para mim, como se tivesse esperado o tempo todo para fazer isso, e disse: "Pobre Mússia. Não consegue mais andar. Consegue imaginar isso? Eu não sei o que faria se não pudesse mais andar".

Pegamos um carro para ir para casa. Sem dúvida uma das coisas não terríveis em Moscou era que você podia sinalizar aleatoriamente para um carro qualquer na rua que ele o levaria para casa por um preço razoável. Foi uma das maneiras que os russos encontraram para se adaptar à escassez do comunismo — não havia táxis em número suficiente, então as pessoas simplesmente passaram a fazer corridas umas para as outras. Quando eu era criança, meu pai saía algumas vezes por semana à noite para ganhar um pouco de dinheiro assim; era uma atividade comum para pessoas que tinham carro, inclusive aquelas que tinham carro e diploma de engenharia. Essa prática permaneceu na era pós-soviética, embora eu tivesse notado, desde a minha chegada, que parecia ser bem menor a quantidade de moscovitas que aceitavam ganhar três dólares para uma corrida pequena de um quilômetro ao longo do bulevar. Você precisava ir atrás de carros mais velhos de fabricação russa, cujos motoristas eram pobres o bastante para aceitar levar você. Naquele dia, tivemos sorte, e um dos primeiros carros para os quais minha avó fez sinal era um desses russos velhos, que parou para nós. No caminho para casa, ela estava tagarela, e chegou a perguntar ao motorista sobre a datcha dele. Por acaso, ele era da Armênia e tinha, sim, uma datcha nas cercanias de Erevã. Havia nela um belo jardim, disse ele, embora já fizesse três anos que não ia para lá, pois estava em Moscou tentando ganhar algum dinheiro.

"Sim", disse minha avó. "É muito bom ter uma datcha."

Depois de entrarmos em nosso apartamento, ela se virou para mim: "É terrível essa coisa das pernas de Mússia, mas, por outro lado, ela tem muita sorte. Os filhos cuidam muito bem dela. Esse foi o meu erro. Só tive uma filha. Não se deve ter um filho só, mas sim três. Assim eles irão cuidar de você.".

Naquela noite fui me deitar pensando: por acaso minha avó não tinha tido uma filha, e essa filha não tivera dois filhos, e nós não cuidávamos dela agora? Minha avó havia sugerido que não, não estávamos cuidando dela. E comparado com o que os filhos de Emma Abramovna faziam para ela, ficava difícil discordar. Eu estava ali, é claro, mas, ao mesmo tempo, também não estava. Minhas aulas no PMOOC eram mais trabalhosas do que eu havia imaginado: tinha sessenta alunos somando as quatro turmas, o que significava centenas de postagens no blog, e, à medida que o semestre avançava, centenas de e-mails, ou seja, centenas de e-mails que eu tinha de responder, e centenas de e-mails que eu tinha de responder rapidamente, pois os gestores do PMOOC davam muita importância para a avaliação dos estudantes — não tinham outro parâmetro — e não havia nada que os estudantes vissem com mais maus olhos do que alguém que não respondesse os seus e-mails. Querendo ou não, eu era obrigado a passar horas no Café Grind. Na verdade, eu queria isso, sim. Minha avó não tornava nada fácil a tarefa de lhe fazer companhia. Estava deprimida; vivia se queixando. Queixava-se de tudo. Se eu mesmo estivesse em ótimo estado, conseguiria ter mais empatia com ela, mas eu também andava meio baixo-astral. Depois que a esperança inicial de fazer uma entrevista com minha avó foi por água abaixo, não consegui encontrar outras formas de seguir em frente. Todos os outros temas pareciam já ter sido abordados; o terreno estava ocupado. Eu jamais conseguiria encontrar algo próprio e específico para tratar. De uma maneira perversa, isso acabava por me levar a ficar mais tempo no Café Grind navegando pelos perfis das pessoas no Facebook. Meu fiasco como acadêmico não me transformava em um sucesso como neto.

Nesse ínterim, no meu país, o sistema financeiro americano entrou em colapso. Da minha cadeira no Café Grind, eu observava pelo Facebook e pelo site do *New York Times* o desenrolar dos acontecimentos.

Alguns ex-colegas faziam piadas com o conteúdo das notícias — "que bom! Eu trabalho em uma indústria em que ninguém ganha dinheiro", escreveu Sarah no Facebook —, mas o site de empregos em estudos eslavos estava deprimente. Uma pesquisa fora cancelada depois que o financiamento para contratações foi retirado. E corriam rumores de novos cortes.

"Estamos ferrados", disse o meu orientador em nossa conversa no Gchat. "Nelson" — Phil Nelson, o presidente falastrão de nossa universidade — "tem tratado o dinheiro que recebemos como se fosse o jogo de pôquer dele. Aposto que estamos prestes a perder uma parcela enorme do apoio financeiro. E, se o preço do petróleo desmoronar, o campus no Qatar terá sérios problemas." O campus que a universidade mantinha no Qatar era uma das marcas da presidência de Nelson, e vinha gerando belos lucros na época em que o barril de petróleo custava cem dólares.

"Mas mais pessoas não voltarão a estudar se a economia estiver mal?", perguntei. Eu tinha lido isso em algum lugar.

"Com certeza", disse meu orientador. "Mas elas irão para alguma universidade mais acessível. Irão para uma boa universidade."

"Eu juro por Deus", ele continuou, "que posso ser demitido a qualquer minuto. Tenho até medo de abrir meus e-mails!"

"Mas você não está usando o e-mail agora?"

"Sim, mas estou com medo."

Essa conversa me deixou assustado. Senti-me, por um momento, como alguém que tivesse escapado de um grande terremoto, mas, obviamente, eu não tinha escapado. Meu orientador não foi demitido, mas o departamento de línguas eslavas não sairia ileso daquela crise; quanto a mim, acabei recebendo um e-mail da administração da universidade informando que, em vista da previsão de queda nas matrículas para o PMOOC no semestre seguinte, o número total de cursos por monitor passava a ser três. Na prática, isso significaria um corte de vinte e cinco por cento na minha remuneração.

Voltando a Moscou, eu e minha avó assistíamos ao noticiário noturno na sala dos fundos três ou quatro noites por semana. Todos os canais eram controlados pelo Estado, mas não eram desprovidos de graça, tampouco entediantes. Os apresentadores eram sedutores e falavam com clareza, com convicção; o nível das produções era excelente. Com músicas aterrorizantes e cortes rápidos, os telejornais apresentavam um mundo em crise: havia problemas na Geórgia, havia problemas no Iraque, havia problemas na África. Para nossa sorte, na Rússia, tínhamos Pútin. Qualquer problema que acontecesse, ele estava lá para resolver. Pútin já nem era o presidente — indicado por ele, Dmitri Medvedev ocupava a função, e Pútin era primeiro-ministro —, mas quando a corda esticava demais, era ele quem assumia o comando. Tudo ia bem. Os russos podiam dormir tranquilos.

E agora havia problemas nos Estados Unidos. Os russos realmente se deliciaram com a crise financeira — ao menos no início. Os noticiários mostravam imagens de bancários americanos saindo de suas empresas quebradas carregando caixas de papelão. A propaganda soviética sempre ressaltava o problema dos sem-teto nos Estados Unidos, e essas imagens dos bancários com suas caixas na mão faziam as pessoas se perguntarem: eles vão dormir nelas? Enquanto isso, o ministro da Economia russo veio a público dizer que não tínhamos por que ficar preocupados. A Rússia era uma ilha de estabilidade em meio a um oceano de problemas. E ele esperava que, de todo modo, aquela experiência servisse de lição para os americanos.

Certa tarde, naquele período, eu e minha avó saímos para fazer um passeio pelo bulevar. Aventuramo-nos a ir um pouco mais longe do que de costume e chegamos até o pequeno parque que fica do outro lado da estação de metrô Tchistie Prudí. Ali havia, naquela tarde, um grupo de pessoas reunidas em torno da estátua de Griboiédov; estavam cercadas por um grupo ainda maior de policiais. "É uma manifestação", disse minha avó. "Vamos embora daqui."

Dessa vez ela estava certa. Era, sim, uma manifestação. Atravessamos a rua, e dei um jeito de ficarmos ali, a uma distância segura e que nos permitia observar o que estava acontecendo. A maior parte dos manifestantes era gente de meia-idade e aparentavam ser bem instruídos — óculos, cabelos desgrenhados, camisas de mangas curtas, alguns suéteres com estampa de losangos. Pareciam meus pais. Eles carregavam cartazes que diziam AMIZADE COM O OCIDENTE, ou A CRISE DOS EUA É NOSSA CRISE TAMBÉM! Havia até mesmo alguns cartazes em inglês. Eram os liberais, os ouvintes da Eco de Moscou, pessoas que o conselheiro político de Pútin Vladislav Surkov havia comparado, recentemente, a uma quinta coluna dentro do país. Cercados e nitidamente inferiores em número se comparados aos policiais frios e corpulentos, os manifestantes pareciam inofensivos e patéticos.

Vi então um grupo que parecia ser de adolescentes, todos de preto subindo para o telhado da estação do metrô. Quando chegaram ali, soltaram um rojão para o céu. Por um instante, eu me perguntei se eles não seriam a ala da ação direta dos manifestantes, um reforço ao protesto. Eles então abriram uma faixa que dizia NÃO VANDALIZE e começaram a gritar "não vandalize, não vandalize!". Eram contramanifestantes, apoiadores do regime enviados para intimidar aquele pequeno protesto, como se a maciça presença de policiais não fosse suficiente. A polícia nem sequer fingiu que tentaria tirá-los de lá. Os manifestantes tampouco esboçaram algo nesse sentido. Era deprimente.

Voltamos para casa para ver o noticiário. A manifestação não apareceu em nenhum momento. Mas Pútin, sim. E era preciso reconhecer que ele sabia fazer as coisas. O mundo via nele um assassino frio, um ditador cruel, o coveiro da democracia russa. Mas na perspectiva dos russos, bem, ele era *nosso* assassino frio, *nosso* ditador cruel, *nosso* coveiro. E ele era bom no que fazia. Podia ser charmoso quando necessário, ou ameaçador, ou transbordar empatia. Gostava de quebrar expectativas. Quando você esperava por um Pútin agressivo, ele surgia cheio de sensibilidade, e quando você esperava por um Pútin cheio de sensibilidade... cabum! O Pútin violento aparecia e lhe acertava um direto no queixo. Em uma entrevista que minha avó e eu assistimos, perguntaram-lhe a respeito das críticas da oposição ao seu governo. Em vez de atacá-las diretamente, ele disse, em tom de tristeza: "Algumas dessas críticas são justas. Acho que devemos escutá-las, levá-las em consideração e trabalhar ainda mais.

Mas algumas são exageradas. São dirigidas, não ao meu governo, mas ao nosso país. E a verdade é que o nosso país tem problemas. Ele ainda não se recuperou das turbulências ocorridas no governo de meu antecessor. Acredito que todos sabemos: a Mãe Rússia está doente. Mas, quando sua mãe está doente, só há uma coisa a fazer: socorrê-la". Foi uma resposta demolidora. E toda a gritaria e as acusações da oposição sobre os crimes de Pútin, a corrupção e a sua falta de zelo — todas verdadeiras, até onde sei — não conseguiam atingi-lo.

Minha avó costumava ir para a cama logo depois do jornal; eu continuava ali para ver mais alguma coisa. Você pode aprender muita coisa sobre um país ao assistir à televisão. Muitos programas eram importados: filmes americanos de ação, novelas sul-americanas, até mesmo *Os Simpsons*. Mas também havia programas locais. Eu gostava dos reality shows. Eram, na maioria, cópias de modelos americanos ou europeus com mais sexo e violência. O sexo, em especial, era impressionante. Até mesmo na Rússia, lugar onde você imaginaria que as pessoas estariam sempre preocupadas com sua sobrevivência, com não serem presas e não serem atropeladas por um carro — até mesmo ali as pessoas queriam trepar umas com as outras.

Uma das minhas responsabilidades como substituto de Dima em Moscou era cobrar o aluguel mensal dos vizinhos. Era um grupo de estrangeiros, mas minha avó, por razões não muito claras, os chamava *the soldiers*, "os soldados" — pode ser que ela tenha escutado mal quando meu irmão e até eu nos referimos a eles como *subletters*, "sublocatários" (mas por que em inglês, a não ser que um dos soldados tivesse se apresentado como "sublocatário"?), ou é possível que ela não conseguisse entender como três homens solteiros poderiam morar juntos em vez de morarem com as respectivas mães (ou avós), a não ser que fossem, de fato, soldados. Seja como for, eles não eram soldados:

um deles era um belo rapaz italiano chamado Roberto, que trabalhava como corretor imobiliário; outro, um americano loiro de fala mansa de Seattle chamado Michael; e o terceiro, um jornalista britânico gordinho chamado Howard, que trabalhava no *Moscow Times*, jornal dos expatriados britânicos. Os três tinham vinte e poucos anos, e na primeira vez em que fui ao apartamento para receber o aluguel eles estavam discutindo se iriam ou não a uma boate. Na verdade, Roberto argumentava com Michael que ele tinha a obrigação moral de ir, porque as garotas gostavam dele. Michael dizia que não queria ir, que tinha uma namorada nos Estados Unidos e que, de todo modo, teria de acordar cedo na manhã seguinte. Enquanto isso, o terceiro sublocatário, Howard, assistia a uma partida de futebol da Premier League na enorme televisão de tela plana de Dima. Para mim, foi um choque ter ido até ali; o apartamento era do mesmo tamanho do da minha avó e tivera, no passado, a mesma planta. Mas, por determinação da segunda mulher de Dima, Alina, várias paredes tinham sido derrubadas, criando um amplo espaço aberto e três pequenos quartos anexos. Se a casa da minha avó era um museu da mobília soviética, a de Dima era a expressão do gosto refinado russo da virada do século. Senti-me como se ao atravessar o corredor tivesse entrado em um túnel do tempo, saindo dele cinquenta anos depois.

"Acabei de voltar com a Susan", dizia Michael. "Não quero ir atrás de garotas russas."

"Mas elas *gostam* de você", disse Roberto.

"Não, não gostam. Elas só querem fazer ciúmes nos russos ricos."

"Michael, quem se importa *por que* elas fazem isso? Não é para entender."

"Por que todo mundo nesta cidade só quer saber de dormir com garotas gostosas?", perguntou Michael. Ele parecia quase angustiado com isso. "Sabe, tem outras coisas para se fazer."

Roberto balançou a cabeça lamentando. "Você não entende nada da vida. A vida é para ser *vivida*. Veja o Pútin. Ou Berlusconi. É um cara velho. Tem poder ilimitado no seu país. No entanto, continua correndo atrás de garotas."

"Não quero ser como o Berlusconi!"

"Tudo bem, tudo bem, nada de Berlusconi. Mas as garotas russas são as mais bonitas do mundo. As mais generosas. Você está sendo irracional!"

"Vai, seu babaca!", gritou Howard, de olho na televisão. Todos nós nos voltamos para o jogo. O lance terminou com o jogador a quem Howard se dirigira chutando a bola por cima do gol. Howard se mostrou desanimado e, voltando-se para Michael e Roberto, disse: "Eu vou".

Aparentemente, isso não agradou muito Roberto. "Você faz perguntas demais", disse ele para Howard. "As meninas não gostam de se sentir como se estivessem sendo interrogadas." Depois, virando-se para mim, continuou: "Ele pergunta para elas: de onde você é? O que você faz? Quantos filhos você tem? Quer tirar uma foto comigo? Elas acham que ele é da FSB".

"Eu sou um cara curioso", disse Howard.

"Vou ao Raspútin", disse Roberto em tom ameaçador. "Mesmo que você não possa entrar, eu vou."

"Vou correr o risco", disse Howard.

"Assim é a vida", suspirou Roberto. "Aqueles que podem, não querem. Aqueles que não podem..."

"Se enchem de intensidade apaixonada!", completou Howard. "Você vai ver. Hoje a noite é minha." E levantou-se do sofá e se dirigiu ao quarto para vestir roupas mais adequadas.

Eram esses os caras do apartamento em frente. Eles pagavam o aluguel em rublos no dia primeiro de cada mês. Depois de receber o dinheiro, eu tinha de ir com minha avó até o banco onde Dima tinha conta, que ficava a várias estações de metrô, com direito a uma baldeação. Precisava levar minha avó junto porque, de acordo com a legislação russa contra evasão ou entrada de capital, era proibido que um cidadão estrangeiro (no caso, eu) depositasse dinheiro na conta de um cidadão russo ou de dupla nacionalidade (no caso, Dima). Então, eu precisava levá-la até o banco. Quando fizemos isso pela primeira vez, ela ficou tão cansada por causa da viagem de metrô que praticamente caiu sentada numa poltrona assim que entramos na agência do HSBC. Fui até o caixa e expliquei que iria depositar uma quantia na conta do meu irmão e que nossa avó estava ali para assinar o depósito. Recebi um formulário e caminhei até Baba Seva. Enquanto assinava o papel, ela perguntava do que se tratava. Em voz bastante alta, eu disse: "Estamos depositando o aluguel pago pelos sublocatários de Dima na conta dele!". Eu disse isso em voz alta porque para todos que estavam ali eu certamente era, na verdade, um cara que tinha pegado uma velhinha qualquer na rua e pedido que ela me ajudasse a depositar um dinheiro roubado em uma conta no exterior. Quando mencionei os sublocatários, ela perguntou: "Quem?".

"Os sublocatários! Os sublocatários de Dima! Os soldados!"

"Ah, os soldados."

Levei o formulário de volta ao guichê. Ninguém disse nada. Retirei duzentos rublos do montante do aluguel para pagar o carro que nos levaria de volta para casa, mas, quando saímos do banco, o tráfego estava tão ruim que tivemos de pegar o metrô de novo. Guardei os duzentos rublos para mim.

Eu não sabia bem se, como cobrador de aluguel, seria apropriado sair com os soldados; tampouco se, como um acadêmico veterano de trinta e três anos que nunca havia estado em uma boate, muito menos uma com *face control*,* não seria patético ir até lá; nem mesmo estava convencido de que queria ir. Era um alívio falar inglês, sem ter de me preocupar se deveria

---

* Controle de entrada baseado na aparência. [N.T.]

usar o *ty* ou *vy* com essa ou aquela pessoa, e estar de volta à minha longa e voluptuosa adolescência de macho ocidental contemporâneo. Obviamente, não era para isso que eu estava em Moscou. Parecia uma desculpa esfarrapada. Mas eu não tinha muitas outras opções.

Uma vez, em meados de setembro, eu tinha saído com os amigos de Dima, os quais achava que talvez pudesse pegar emprestado como amigos enquanto estivesse ali, da mesma forma como havia pensado em pegar emprestado o carro de Dima. Um cara chamado Maksim era, aparentemente, aquele que eu devia responsabilizar pela bicicleta ergométrica entulhando meu quarto. Quer dizer: ao partir, Dima lhe perguntou se ele queria ficar com ela, e Maksim disse que sim, mas o verão passou sem que ele a tivesse pegado. Quando finalmente veio fazê-lo, comentou que haveria uma festa de aniversário ali pertinho no fim de semana, e que eu deveria ir com ele.

Encontrei ele e mais alguns amigos em um pequeno restaurante francês chamado Jean-Jacques perto da estação de metrô do bulevar Tsvetnoi. Não era um absurdo de caro para os padrões de Moscou, mas, mesmo assim, estava muito acima do meu padrão financeiro. Antes mesmo que eu tivesse tido tempo de pensar em uma desculpa para deixar o local, Maksim me trouxe uma cerveja francesa e me apresentou ao pessoal; naquele pequeno grupo de amigos — Alla, Bória, Kristina, Denis, Elena e Fiódor — todos eram também amigos de Dima, e muito mais próximos de mim, em termos de idade, do que dele. Pareciam legais. Dima era um magnata dos negócios, mas sempre buscara amigos em círculos de estudantes de arte, boêmios e jornalistas. Enquanto falavam, fui percebendo que aqueles amigos moscovitas trabalhavam com publicidade, em revistas ou como relações públicas. Eram interessados em política — Maksim e Elena tinham participado da manifestação no Tchistie Prudí da qual eu e minha avó havíamos fugido — e emitiam suas opiniões com aquela mistura de tom ameaçador, sarcasmo e desespero que eu me habituava cada vez mais a ouvir na Eco de Moscou. "Esses babacas acham que vão passar incólumes pela crise financeira internacional enquanto todos os outros vão afundar", dizia Maksim. "É brincadeira."

"Ao mesmo tempo, eu acho que os americanos vão conseguir recolocar o trem nos trilhos rapidamente, você não acha?", disse Fiódor virando-se em minha direção.

Ele usou *ty*. Mas eu não tinha a menor ideia do que responder. Eu sabia que, no meu país, as pessoas estavam retirando dos bancos todas as suas reservas e discutindo quais produtos vegetais deveriam ser comprados antecipadamente no caso de os supermercados ficarem fechados no inverno. E as pessoas que mais pareciam assustadas eram aquelas próximas ao mundo das finanças. Então falei a Fiódor: "Não sei. Meus amigos nos Estados Unidos estão bem assustados".

"Eles vão ficar bem", disse Maksim, cheio de autoridade. "Os Estados Unidos vão ficar bem. Mas a Rússia está ferrada. Este país é dirigido por idiotas."

A conversa, então, passou a ser sobre cultura. Houve uma discussão longa e complicada sobre a primeira temporada de *Breaking Bad*; instado a me pronunciar como especialista em tudo que dissesse respeito aos Estados Unidos, tive, no entanto, de admitir que não tinha assistido nenhum episódio, e muito menos conhecia o Novo México ou tinha experimentado metanfetamina. No geral, creio que ficaram desapontados comigo. Quando souberam que eu morava em Nova York, passaram a me perguntar sobre as galerias de arte e os restaurantes que conheciam, os quais eu nunca havia frequentado ou nem mesmo ouvira falar. A cada minuto que eu passava com eles ficava mais claro quanto dinheiro eles tinham mais do que eu.

O ponto em comum que encontramos foi a raiva que todos sentíamos da Rússia. Quando lhes contei da experiência que havia tido ao tentar jogar hóquei na Sokolniki todos ficaram claramente indignados. "É a típica falta de educação russa", disse Alla, que era diretora de marketing. "Uma vergonha."

"Não se preocupe", disse Bória, que trabalhava com publicidade. "Ainda sobraram algumas pessoas normais neste país."

"Você conhece algum local para jogar hóquei?", perguntei.

"Não. Eu prefiro tênis."

"No caso do hóquei, você realmente precisa de um *blat*", disse Kristina — alguém de dentro, que faça a conexão.

Eu fiquei com raiva de novo e disse: "Isso é ridículo! Todos deveriam poder jogar hóquei".

"Para ser honesto", disse Maksim, "se você deixar qualquer um jogar, eles provavelmente arruinariam o jogo."

Eram esses, então, os liberais que se opunham ao regime de Pútin. Ficou claro que odiavam a Rússia. Viviam ali, mas também em outros lugares. Nenhum deles assistia à televisão russa. Em meio à conversa sobre a cultura pop em geral, experimentei falar sobre meu gosto pelos reality shows russos. Elena disse que num dos meus programas favoritos — uma versão superviolenta de *Cheaters*, sobre maridos e (sobretudo) esposas infiéis — tudo era falso.

"Como assim falso?"

"É tudo falso. Todos os ditos reality shows são falsos."

"Como você sabe disso?"

"Eu sou jornalista", disse ela. "Sei como essas coisas funcionam." Elena era loira, da minha altura, atarracada, com um corte de cabelo que emoldurava o seu rosto e olhos muito azuis. Era uma espécie de versão eslava de Sarah, e logo me vi atraído por ela. Devo ter me mostrado muito chocado com a revelação sobre o meu programa favorito, pois ela logo disse: "Me desculpe".

Mas é claro que aquilo fazia sentido. A estrutura do roteiro era sempre a mesma, e a ideia de que eles realmente registravam tantas gravações proibidas como diziam era risível. Agora estava óbvio para mim.

"Ainda assim, não seria um produto cultural interessante?", perguntei.

"É um lixo. Tudo na TV russa é lixo."

"Vou lhes contar ao que eu assisto", interrompeu Maksim. Ele era um ex-editor de revista que agora gerenciava uma loja de vinhos de alta qualidade. "Minha agenda durante a semana é: *Mad Men* na segunda-feira, *House* na terça e *Breaking Bad* na quarta..." Era exatamente a sequência de exibição dessas séries nos Estados Unidos, mas com um dia de atraso. O tempo que levava para que elas aparecessem também nos sites das TVs online.

"E na TV russa?", perguntei.

"Jamais, jamais", disse Maksim. "Para ser sincero, mesmo que eu quisesse, não conseguiria assistir. Não tenho antena. Minha TV é uma tela para o computador, e só."

Senti vontade de ir embora. Não tinha certeza se gostava daquelas pessoas; não sabia se devia tratá-las por *ty* ou *vy*; e, mais precisamente, se ficasse eu teria de pagar uma caríssima cerveja francesa para Maksim. Por outro lado, havia Elena. Ela falara mal do meu programa favorito, mas eu tinha gostado da maneira como ela tinha feito isso. Chequei sua mão direita para ver se era casada (os russos usam aliança de casamento na mão direita), mas não havia nada; só para confirmar (essas pessoas, vai saber), ainda verifiquei a mão esquerda. Também não havia nenhum sinal de casamento. Estávamos todos em pé, embora não no balcão, e decidi pedir uma cerveja para Maksim e outra para mim pensando em relaxar um pouco, também perguntei a Elena se ela queria alguma coisa. "Por que não?", respondeu, o que me pareceu um bom sinal, e pediu uma taça de Grenache. Custava vinte dólares, o que, com as duas cervejas de nove dólares, somava trinta e oito dólares, mais a gorjeta. Tive de perguntar ao barman se era aquilo mesmo, porque parecia um equívoco. Mas não, não havia equívoco nenhum.

De toda forma, quando Elena acabou de beber e anunciou que já estava na hora de partir, perguntei-lhe se poderia acompanhá-la (*vy*, eu disse), mesmo sem saber aonde ela iria.

"Se você quiser", disse ela, usando o *ty*. Isso significava que eu também deveria passar a usar o *ty*. Ou não?

Elena tinha estacionado na Petchatnikov, no caminho para a casa da minha avó, e, enquanto caminhávamos — fazia uma noite agradável, no breve intervalo de outono entre o verão e o frio mais forte —, perguntei onde ela trabalhava como jornalista. "Na Eco de Moscou", disse Elena.

"Ouço essa rádio o dia inteiro", eu disse. "É a emissora preferida da minha avó."

"Fico feliz de ouvir isso", disse Elena. "Para mim, é só o lugar onde trabalho."

"Tudo bem", eu disse, e acrescentei sem convicção: "Vou ouvir o seu programa, então". (*Vy* de novo! Não conseguia evitar.)

"Tudo bem", respondeu.

Era óbvio que Elena não estava dando bola para mim. Por outro lado, sei também que as russas são muito reservadas. Quem sabe esse jeito taciturno beirando a sincera hostilidade não fosse, na verdade, a sua maneira de estar na minha?

"Foi divertido o encontro", eu disse.

"Foi tudo bem."

"Onde você mora?"

"Na Zamoskvoretchie", disse ela. "Conhece?"

Eu não conhecia. E já tínhamos chegado ao carro dela.

"Bem, boa noite", disse Elena, já abrindo a porta do carro.

"Espere", eu disse. Diria que ela não tinha gostado de mim, mas, ao mesmo tempo, de alguma maneira a semelhança física dela com Sarah me convenceu de que talvez ela pudesse, sim, ter gostado.

Elena virou-se para mim, de modo relutante, e, quando ela o fez, eu me inclinei para beijá-la. Habilmente ela virou o rosto, de modo que acabei beijando-lhe a bochecha.

"Andrei", disse ela, afastando-me delicadamente com a mão, "você parece ser um cara legal, mas não acho que sirva para isso."

"Para o quê?", perguntei. Será que ela estava falando do beijo?

"Para isso", disse ela, fazendo um gesto amplo em direção à rua e aos arredores. Daquele ponto da Petchatnikov onde estávamos era possível ver algumas das torres da igreja, assim como alguns edifícios de empresas de gás e petróleo do centro da cidade. "Para a Rússia."

"Ah", eu disse, mas sem entender o que ela queria dizer. "Em que sentido?"

"Não sei", respondeu. "É apenas uma sensação que eu tenho."

E com isso Elena entrou no carro. A direção ficava do lado direito — o que normalmente queria dizer que o veículo havia sido comprado de segunda mão por algum jovem empreendedor no Japão, trazido de balsa para Vladivostok, e atravessado toda a Rússia para ser vendido em Moscou —, e ela perdeu alguns minutos ajustando o espelho retrovisor e tentando saber se havia ou não carros chegando pela Petchatnikov.

Então, lembrou de alguma coisa e abaixou a janela.

"Não precisa falar *vy* para todo mundo", disse ela. "Faz você parecer meio retardado."

"Tudo bem", respondi. Tentei pensar em uma frase em que usaria o íntimo *ty* para me dirigir a ela, mas não consegui. "Tudo bem", repeti estupidamente. "Combinado."

Elena anuiu com a cabeça e partiu.

O que ela queria dizer, eu não servia para a Rússia? Achei insultante, embora não entendesse por quê. Será que eu era covarde demais? Eu não tinha participado de nenhuma briga desde a faculdade (que havia sido mais um empurra-empurra, sem vencedor), e ainda que estivesse em ótima forma física para um acadêmico, é verdade que havia nas ruas de Moscou um clima de violência com o qual eu não sabia lidar. Ou será que ela queria dizer outra coisa? Será que eu era chato demais para a Rússia? Isso no sentido espiritual? Inexperiente demais?

Enquanto procurava entender, percebi que aquela noite tivera também outro efeito. Minha tentativa de beijar Elena, embora fracassada, trouxe-me de volta a lembrança de que as mulheres existiam. Até então, eu não tinha me dado conta do quão abatido ainda estava por causa de Sarah; se o término havia sido apenas constrangedor, a sensação esquisita que eu vinha tendo desde que chegara a Moscou, de que ela estava dormindo com outra pessoa, me deixara sexualmente deprimido. Eu nem estava mais interessado nisso. E morar com a avó, devo admitir, era uma experiência bastante antierótica.

Mas agora, ao circular pelas ruas ao redor da nossa casa, ou ficar horas no Café Grind, ou ligar a TV, me dei conta: queria trepar com todas as mulheres que eu via. Não saberia dizer se era eu ou elas: eu, porque estava sexualmente anulado; elas, porque se vestiam muito bem e cuidavam tanto de si mesmas. Seja como for, depois que comecei a pensar sobre isso não consegui mais parar. No Café Grind, frequentado não apenas pelo pessoal da FSB mas também por jovens trabalhadores dos escritórios da redondeza, eu observava as blusas finas das mulheres deixando entrever suas costas desnudadas quando se inclinavam para bebericar seus cafés. Eu as observava cruzando suas pernas. Na rua, onde caminhavam de salto alto, eu observava seus tornozelos, seus quadris. Por que a carne, onde quer que estejamos, tem tanta importância? É apenas pele, músculos e gordura. E, no entanto...

Era por minha causa ou por causa delas? Podia jurar que era por causa delas. Os homens russos tinham bebido, gritado e brigado tanto uns com os outros por tanto tempo que não tinham sobrado muitos. *Não havia homens o bastante.* E isso provocava uma imensa competição entre as mulheres por aqueles que restaram. As mulheres malhavam; vestiam-se bem; passavam horas em salões de beleza para manter a pele macia, as sobrancelhas bem desenhadas, seus traseiros bem massageados. O que eu via ao olhar à minha volta, com uma crescente protuberância dentro das minhas calças, era uma resposta calculada a uma trágica situação de escassez. Eu estava errado ao apreciar tudo aquilo. Continuava a me dizer isso.

Não fazia a menor ideia de como abordar aquelas mulheres, e elas não pareciam dispostas a me mostrar o caminho. Enfiado na universidade durante a maior parte da minha vida, eu não tinha aprendido a me virar sozinho, fora de determinado contexto, sem uma instituição que servisse de cenário para conhecer outras pessoas. Eu tentara algumas vezes puxar conversa na fila do Café Grind, mas sem sucesso.

Foi com esses sentimentos que, no Grind, certo dia me ocorreu uma ideia: encontros online com russas. Fiz uma pesquisa no Google e, depois de alguns tropeços, acabei encontrando um site de encontros. Estava cheio de belas garotas. Ou pelo menos de fotos delas. Hum. Peguei uma foto antiga minha no computador, rapidamente criei um perfil e mandei algumas mensagens para garotas que pareciam ser bem-educadas. Em menos de uma semana consegui marcar um encontro com uma loira atraente de vinte e cinco anos chamada Sônia. "Estarei no seu bairro amanhã à noite", escreveu ela. "Vamos nos encontrar."

Uau, pensei. O mundo moderno! E continuei a pensar assim quando encontrei com Sônia em um bar absurdamente caro chamado Sad (pronuncia-se Saad) perto da esquina da estação de metrô do bulevar Tsvetnoi. Sônia era bonita, muito parecida com a foto de seu perfil, e inteligente. Estudava moda na Universidade de Moscou e queria se tornar designer de chapéus. Viera da cidade sulina de Rostov, que era totalmente assolada pela criminalidade e pelo perigo, segundo ela. Seu melhor amigo do ensino médio havia sido raptado e assassinado uma semana depois da formatura. Moscou também não era um mar de rosas — ela tinha de viver modestamente e economizar muito para pagar o aluguel —, porém, em comparação a Rostov, ela encontrara ali um enorme alívio. De minha parte, contei-lhe algumas poucas coisas sobre minha vida em Nova York, e de como eu estava em Moscou para cuidar da minha avó e encontrar algum tema interessante para o meu próximo artigo acadêmico. Ela parecia um tanto impressionada, ou pelo menos não totalmente entediada.

Bebemos dois drinques cada um, somando uma conta arrasadora de cinquenta dólares, mas não me importei, pois Sônia parecia gostar de mim. Para meu grande alívio, ela não pediu nada para comer e depois de cerca de uma hora já perguntou se eu não gostaria de ir embora. Eu não tinha muita certeza de ter entendido o que isso significava, mas disse que sim. Era uma noite bonita e nós caminhamos rumo à estação enquanto eu me perguntava se devia ou não tomar alguma iniciativa. Mas, antes mesmo que eu tivesse tido tempo de pensar demais, assim que chegamos à esquina para pegar o bulevar, ela se enroscou em meus braços e me beijou.

Fiquei meio atordoado com isso. Meu primeiro beijo russo! Era como um beijo americano, porém melhor, mais intenso, e era na Rússia. Então tudo que eu precisava fazer era entrar na internet e preencher um formulário qualquer.

Sônia interrompeu o nosso beijo e levou sua mão ao meu peito. "Olha, Andrei. Eu adoraria levar você para minha casa. Mas tem uma taxa de limpeza a pagar."

"Taxa de limpeza?"

"Bem, sim. Se formos para minha casa, a gente certamente vai fazer uma boa bagunça lá." Ela meio que se enroscou de novo nos meus braços.

Até que finalmente entendi do que se tratava, e, até certo ponto, não dei muita importância, e perguntei: "Quanto é?".

"Três mil", disse ela.

"Três mil dólares?"

"Não, claro que não", disse ela dando uma risada. "Estamos na Rússia, ora. Três mil rublos."

Eram pouco mais de cem dólares. Eu tinha trazido exatamente essa quantia, como uma espécie de limite de gastos para aquela noite, e já tinha gastado metade com as bebidas.

"Não podemos fazer por mil e quinhentos?"

"Desculpe", disse ela. "São as regras. Talvez possamos passar em um caixa eletrônico?"

Eu estava muito excitado, mas aquilo era demais. Fiz que não com a cabeça.

"Tudo bem", disse ela com doçura, já se afastando de mim. "Me liga se mudar de ideia." Virou-se e caminhou em direção ao metrô.

Voltei para a casa da minha avó com cinquenta dólares a menos. Os canteiros de obras ao redor, assim como os prédios que já tinham sido erguidos, pareciam mais feios do que nunca. Adolescentes barulhentos bebiam cerveja e gritavam na faixa de pedestres do bulevar. Quando peguei a Petchatnikov e comecei a avançar por ela, passei na frente de outro restaurante caro. Homens ricos jantavam com belas e jovens — agora eu sabia — acompanhantes profissionais. Este lugar era péssimo. E era péssimo de uma maneira totalmente diferente daquela que eu poderia imaginar. O que tinha acontecido com a ditadura assustadora? O que tinha acontecido com o regime sanguinário? Tive um lampejo de que seria preso, mas na verdade ninguém iria me prender. Ninguém dava a menor bola para mim. Eu era pobre demais para isso. Ganhava agora quatrocentos e noventa e três dólares depositados diretamente em minha conta pela universidade a cada duas semanas pelas aulas que dava no PMOOC, salário não necessariamente risível para os padrões russos, mas eu ainda tinha no banco exatamente o mesmo montante de quando havia chegado — um pouco menos do que mil dólares. E meu pagamento ainda iria cair para trezentos e setenta e cinco dólares quinzenais a partir do próximo janeiro. Qualquer coisa além de aluguel, comida e um capuccino por dia no Café Grind estaria fora do meu alcance. Isso não permitia sair à noite na Lubianka; o dinheiro funcionava como uma espécie de controle social. Se as pessoas não pudessem propiciar a si mesmas mais do que o mínimo para sobreviver, provavelmente não formariam organizações políticas para tomar o poder. Assim não seria necessário levá-las para um gulag. Que bela fraude. O mundo, eu quero dizer. O mundo é uma porra de uma fraude.

6.
Vou à boate

Então essa era minha vida: uma série de incumbências a cumprir para Dima, pontuadas por uma série de rejeições pelas russas, e uma lista de atividades a cumprir com uma companheira de casa — minha avó — que só se lembrava daquelas de que não gostava. Minha viagem à Rússia não estava saindo conforme o planejado. Acima de tudo, minha ideia era que, depois de passar um tempo ali, minha situação ao voltar para casa fosse melhorar. Eu não era mais apenas um rato de biblioteca que contemplava a Rússia a partir de uma cadeira em Nova York; eu estava na própria Rússia! Mas o efeito não parecia ter sido esse; na verdade, um efeito oposto poderia ser notado. Certo dia, ao refletir sobre minha situação sentado no Café Grind, recebi um e-mail. "Caro Andrew Kaplan", começava a mensagem:

Meu nome é Richard Sutherland. Como você provavelmente sabe, ensino estudos culturais em Princeton. Viajarei em breve a Moscou para conversar com alguns agentes culturais sobre seus conceitos de "modernidade". Nosso amigo em comum Sacha Fishman disse que você está aí neste momento e estaria disponível para me ajudar. Obviamente, não falo nada de russo, mas obtive alguns financiamentos para a viagem (Princeton tem sido bastante generosa com relação a isso) e posso pagar pelo seu trabalho — o que acha de oito dólares por hora? Chegarei em 3 de outubro em um voo da Delta partindo de Nova York; se você puder me levar uma água com gás... tenho sempre muita sede depois de um voo longo! Desde já muito obrigado.
Richard

Encarei esse e-mail em meio à balbúrdia do Café Grind, em frente à KGB. Meu primeiro impulso foi simplesmente apagá-lo, mas logo refiz a operação e o resgatei. Fiquei estupefato — não deveria ficar assim, mas foi o que aconteceu. Será que alguém escreveria para uma pessoa pela qual tivesse um mínimo de respeito pedindo que a pegasse no aeroporto levando água gaseificada? Não sabia, mas suspeitava que não. Para piorar, essa pessoa recebera dinheiro de Princeton para pesquisar um tema que era *basicamente o meu tema*, mesmo *não sabendo nada do assunto*.

Mas, se aquilo era um insulto — e era —, esse insulto provinha, no fundo, de Fishman. Esse porra de Sacha Fishman! Eu estava tão furioso que, sem pensar muito, cliquei em "encaminhar" no e-mail que havia resgatado e escrevi o endereço dele.

Caro Sacha,
Sei que não sou uma estrela do mundo acadêmico como você, mas isso já é demais. Da próxima vez que você souber de alguém que precise de um empregado em Moscou, por favor ofereça-se para a função.
Andrei

Encaminhei a mensagem imediatamente, e imediatamente me arrependi de tê-lo feito. Não porque estivesse errado, mas porque isso permitiria a Fishman dizer alguma coisa condescendente. Tive de esperar um dia por isso, mas a resposta, evidentemente, veio. Ele escreveu usando o meu nome americano:

Andrew,
Sinto muito que você tenha interpretado dessa maneira. Tenho certeza de que tem coisas muito mais importantes a fazer aí do que receber um colega meu.

Tudo de bom.
Alex Fishman
Professor-visitante de Literatura Eslava etc.

Tudo bem, Alex, pensei. Vai ver só.

Mas, vai ver o quê? Eu mesmo não sabia. Se havia alguma maneira de envergonhar ou humilhar Alex Fishman, eu ainda precisava descobrir qual era. Ele parecia estar, de alguma forma, acima de qualquer vergonha e de qualquer humilhação. Certa vez, escrevera um post exuberante de cinco mil palavras em um blog enaltecendo as maravilhosas realizações acadêmicas do departamento de línguas eslavas de Princeton — *ao mesmo tempo que se candidatava para conseguir um emprego lá.* Como envergonhar uma pessoa dessa?

Teria eu, então, cometido um erro? Não apenas ao ir para a Rússia, embora ao fazer isso também. Teria eu estragado minha vida por completo? Meus pais haviam assumido um grande risco e passado por várias provações para me levar a um país onde eu poderia fazer, basicamente, tudo que eu quisesse. E o que foi que eu fiz? Meus amigos do ensino médio e da faculdade eram agora doutores, advogados, banqueiros. Alguns estavam em Hollywood; suas ideias eram divulgadas diariamente para milhões de pessoas, e, acima de tudo, eles estavam ricos. Viviam em belas casas em Los Angeles e deram à luz inúmeros filhos. Enquanto isso, eu escolhera ler livros. Que piada! Eu gostava de ler livros, e achava que a leitura me ajudaria a entender o mundo. Mas eu não entendia nada do mundo. Eu não sabia nada sobre o mundo. Ser um homem crescido — como eu era agora, sobre isso não havia dúvida — e continuar lendo livros? Era patético. E nesse mundo patético, Sacha Fishman pelo menos tinha um emprego. Não precisava dar aulas online para quatro turmas apenas para sobreviver. Ninguém jamais pensaria em contratá-lo por um valor mínimo para passear por Moscou.

A pior coisa de todo o caso Richard Sutherland é que, no final, eu poderia usar o dinheiro que ele me pagaria. Eu teria de tirar um pouco da atenção que dedicava à minha avó, mas, depois de alguns dias servindo água com gás para Sutherland, poderia convidar Sônia de novo e pagar sua taxa de limpeza. Depois da troca de mensagens com Fishman, porém, eu não tinha como voltar atrás. Escrevi para Sutherland e, educadamente, declinei da proposta.

Minha avó estava decepcionada comigo. Ela tinha um apetite insaciável por companhia, mas todos os seus amigos, como ela dizia repetidamente, estavam mortos ou haviam partido, e só lhe restavam as várias vezes ao dia em que ligava para Emma Abramovna para lhe dar indiretas sobre a datcha. Depois disso, vinha eu. Era possível conversar comigo. Mas eu tinha minhas próprias atividades. Depois que minha turma terminou *Os cossacos*, passamos para *Pais e filhos* e, em seguida, diretamente para *Guerra e paz*. Os estudantes acabaram contaminados pelo historicismo amador de Tolstói, e passaram a expor toda uma série de teorias. Alguns tinham estudado Hegel na faculdade, e há pouco tempo; outros não frequentavam nenhuma instituição de ensino havia quarenta anos. Um dos meus alunos mais velhos tinha uma teoria histórica sobre os muçulmanos que talvez violasse a política da universidade sobre o discurso de ódio; eu tinha de apagar seus comentários e depois falar com ele sobre isso, para depois postá-los novamente com uma introdução explicando por que fazia aquilo. E isso era apenas uma das turmas. Eu não tinha estabelecido nenhuma regra com relação a quando os estudantes poderiam ou não postar, por isso eles publicavam quando bem entendiam e eu tinha de ler tudo para ter certeza de que não havia nada muito desequilibrado, racista ou gritantemente falso. Em suma, isso tomava cada vez mais tempo, e, enquanto isso, eu não conseguia arranjar nenhum emprego para o ano seguinte. E, por causa disso, tinha cada vez menos paciência para as discussões com minha avó quase surda do que, em retrospecto, eu gostaria de ter tido.

A única atenuante é que eu achava que ela não iria se dar conta de nada. Ela ouvia pouco e esquecia muito. No dia seguinte a uma ida ao parque ou a uma visita a Emma Abramovna ela não dava nenhum sinal de que se lembrava desses eventos. Não conseguia se lembrar de algo que havíamos conversado apenas cinco minutos antes. Por que ela se lembraria, então, que eu havia saído correndo depois do almoço para ir ao Grind sem ficar por perto para bater papo?

De vez em quando um dos vizinhos, Howard, passava em casa para comer *sushki* e falar sobre suas reportagens — depois que ficou sabendo que eu era PhD em literatura russa, ele começou a me pedir referências literárias para poder enriquecer seus textos no *Moscow Times*. Mas as conversas rapidamente descambavam para histórias sobre as aventuras sexuais de Howard. Na primeira vez que o vi depois de uma ida sua ao Raspútin, ele me contou que alguém tinha colocado algo na sua bebida na casa noturna e ele foi enfiado em um táxi por Roberto (que achava que ele estava apenas bastante embriagado); quando acordou, estava no chão, na periferia da cidade, sem sua carteira. O motorista do táxi o roubara. Ele tentou ligar para os companheiros de casa, mas ainda estava tão confuso que não conseguia fazer com que entendessem o que estava dizendo. "Achei que fosse morrer ali", disse. Por fim conseguiu fazer um carro parar e explicou onde morávamos, mas o motorista não confiou nele e não deixou que subisse até o apartamento para pegar dinheiro, de modo que Howard teve de lhe pagar a corrida com o seu próprio celular. "Até que você conseguiu se virar", eu disse.

"Obrigado", disse Howard. "Mas era um celular de trezentos dólares." De todo modo, ele saíra incólume. Aliás, ele voltou mais uma vez ao Raspútin, e também passou a usar um site em que era possível encomendar os serviços de prostitutas depois de ler seus perfis e as *avaliações dos clientes* sobre suas performances.

"Está falando sério?", perguntei, chocado e admirado.

"Sim", disse Howard. "Quer ver?"

"Não!", exclamei. "Ou, não sei. Talvez mais tarde."

Quando ele saiu, vi que minha avó estava próxima da porta do quarto dela nos observando. Por um instante, temi que ela tivesse escutado Howard falando sobre o site de encontros. Mas nós havíamos conversado em inglês, e, ainda por cima, teria sido muito difícil que minha avó pudesse nos escutar dali onde estava. No fim das contas, ficou claro, em seguida, que ela estava chateada com outra coisa.

"Você nunca fala comigo desse jeito", disse ela.

"De qual jeito?"

"Com toda essa animação e esse interesse."

"Claro que falo", retruquei.

"Não", disse ela. "Não fala."

Fiquei meio perdido. Quer dizer, o site que Howard tinha me mostrado era muito interessante. Mas minha avó, obviamente, estava certa. E em vez de lhe pedir desculpas, eu neguei. "Nós conversamos o tempo todo", eu disse. "Estamos sempre conversando! Até mesmo agora, neste momento, estamos conversando! Podemos conversar um pouco mais. Sobre o que você quer falar?"

Minha avó apertou os lábios. Ela sabia que eu estava sendo injusto, mas queria me dar uma chance. "Tudo bem", disse ela. "Fale-me sobre a situação. Qual é a situação do país?"

Por algum motivo, essa pergunta me irritou. "Como posso saber? Passo o dia inteiro aqui tentando responder suas perguntas. Não faço a menor ideia de qual é a situação do país!"

Eu estava pairando ameaçadoramente sobre ela ao dizer isso.

"Não precisa gritar", disse minha pequenina avó entrando de volta em seu quarto e fechando a porta com suas mãos trêmulas. Senti-me um monstro.

Mais tarde, pedi desculpas, e ela me perdoou, mas episódios como esse continuaram a se repetir, ainda que de diferentes formas: ela criticando minha falta de zelo para com ela, eu na defensiva, descontente e sendo um cuidador cada vez menos zeloso.

Qual era a situação do país? Era verdade que eu não sabia. Mas não era verdade que eu não fazia a menor ideia.

Em Moscou, todo mundo parecia ter um Audi preto e havia sites na internet em que você podia encomendar os serviços de uma prostituta depois de ler avaliações de clientes sobre ela. À exceção de algumas poucas mercearias fedidas da era soviética, a comida era bastante cara, o aluguel era ultrajante e os rinques de hóquei não permitiam o acesso de estranhos. Eu ia sempre ao Café Grind, comprava o que havia de mais barato no cardápio e ficava pasmo com os outros clientes. De onde eles vinham naquele país traumatizado e ferido? Alguns vinham do prédio da KGB do outro lado da rua, mas não todos, e, de todo modo, aquela era a cafeteria mais barata nos arredores da casa da minha avó. Aquelas pessoas compravam expressos duplos e acompanhamentos variados ou sanduíches e pagavam trinta dólares por isso. O pior: elas nem discutiam! Algumas poderiam pelo menos questionar: "O quê!?". Mas ninguém fazia isso. Simplesmente estendiam o dinheiro. Nem sequer piscavam os olhos.

Então era essa a barganha putinista: vocês abrem mão de toda liberdade e eu os torno ricos. Nem todo mundo era rico, mas certamente um número suficiente de pessoas era para que o sistema funcionasse. E quem era eu para dizer que estavam todos equivocados? Se gostavam do Pútin deles, que ficassem com ele.

Claro que aquela complacência era um erro. No começo do terror stalinista, Mandelstam afirmou com desdém que as pessoas sempre achariam que tudo ia bem desde que os bondes continuassem a viajar nos seus trilhos. Como seria possível saber que as coisas não iam *nada* bem? Fazia tempo que, em Moscou, eles tinham desativado a maior parte dos trilhos dos bondes para dar espaço aos automóveis. Se os bondes remanescentes parassem de circular, quase mais ninguém notaria.

Às vezes eu ainda tinha dificuldade para adormecer. Embora já não houvesse mais o meu programa favorito sobre os infiéis, ainda ficava assistindo TV até tarde da noite. Graças ao Dima dos anos 1990, tínhamos um canal a cabo que exibia diferentes esportes, inclusive futebol americano. Sempre gostei de assistir a futebol americano, em especial o universitário, com toda a sua pompa e as multidões que o seguiam. Na faculdade, ficava ansioso para ser acordado nas manhãs de sábado pelo som de nossa banda avançando a caminho do estádio. E agora, ali em Moscou, tudo aquilo estava de volta. O único problema é que não havia o som original — nem da multidão nem dos locutores — e você era obrigado a ouvir um locutor russo que ainda estava aprendendo as regras do jogo. "Eles agora com certeza farão um *punt*", dizia o locutor durante uma quarta descida, embora às vezes eles não o fizessem. "Na verdade, eles decidiram não fazer o *punt*. Não estão fazendo o *punt*." Em um dos primeiros jogos a que assisti ocorreu um *safety*, e o locutor sabia o que era um *safety*, mas ficou confuso por causa de um *receiver* inelegível (compreensivelmente) e também, de maneira menos perdoável, pelo fato de a jogada não ter provocado um *fumble*. "Por alguma razão, eles não estão lhes dando a bola", disse ele referindo-se ao time que defendia e que conseguira (ou melhor, não conseguira) o *fumble*. Para qualquer americano "Um *ground* intencional não pode provocar um *fumble*" era algo tão evidente quanto "Todos os homens nasceram iguais".* Mas aquele locutor não era americano. Eu não estava nos Estados Unidos. Essa era a grande lição que eu continuava a aprender, embora eu não parecesse estar muito disposto a fazê-lo.

Em um final de semana do fim de setembro eu estava no quarto dos fundos tentando assistir a uma partida entre LSU e Auburn apesar do silêncio artificial em que ela vinha sendo jogada, quando meu telefone vibrou com uma mensagem. Lembro de minha estupefação ao me dar conta de que era a primeira mensagem que eu recebia desde minha chegada a Moscou. "Aqui é o Howard", dizia o texto, "vamos ao Teatr daqui a uma hora. Quer ir?" Teatr era uma boate que ficava perto de nossa casa. Eu havia passado por ali algumas vezes ao circular pela vizinhança. O espaço ocupava o edifício de um antigo teatro e tinha um neon enorme e vistoso na fachada.

O telefone à mão, fiquei pensando no que dizer. Por um lado, eu detestava boates e temia especialmente a perspectiva de gastar cinquenta dólares ou mais naquele lugar. Por outro lado, era fim de semana, minha avó estava dormindo e, pelo menos dessa vez, não sentiria a minha falta. Além de tudo, estava curioso. E solitário. Sem internet em casa, eu baixava vídeos pornô no Café Grind para assistir depois sozinho, mas recentemente deviam ter instalado algum tipo de contador de megabites, pois das últimas vezes que tentei fazer isso, não consegui.

Olhei para a televisão. Os jovens da LSU corriam em silêncio. O locutor parecia estar cansado. Aquilo não era vida. Vesti uma camisa e uma jaqueta e fui para o apartamento vizinho. "Ele vai conseguir, não acha?", perguntou Howard quando entrei.

---

* No futebol americano, um *fumble* pode provocar a troca da posse de bola entre os times. Isso, no entanto, não ocorre quando há um *ground* intencional na jogada conhecida como *safety*. [N. E.]

"Acho que sim", respondeu Roberto, me avaliando. "O *face control* do Teatr é bem tranquilo."

Tomamos algumas doses de vodca e umas cervejas e nos dirigimos à boate de táxi. Amontoado atrás com Howard, agitado, e Michael relutante, todos nós com casacos esportivos, senti-me bêbado e levemente empolgado. Finalmente, eu saía de casa.

Assim que chegamos à porta do Teatr, vimos que o clube estava agitado, tomado pela *dance music*. Como Roberto havia previsto, os dois seguranças apenas me revistaram para ver se não levava alguma arma e me deixaram entrar. Lá dentro, fomos recebidos por uma multidão de jovens se contorcendo numa pista de dança que desembocava em um ângulo estreito no palco; era um antigo teatro, e eles tinham simplesmente retirado todas as poltronas. Entretanto, o palco fora preservado, e o DJ ficava lá em cima com seu equipamento tocando em volume altíssimo.

Arrependi-me imediatamente de ter ido. Aquilo era o inferno. Meus vizinhos se espalharam no meio das pessoas, deixando-me sozinho. Eu não sabia como dançar aquela música, e tampouco me parecia que alguém ali dançaria comigo se eu soubesse. Todo mundo na boate tinha vinte anos; havia poucos homens com idade próxima à minha, gordos e carecas, suando em seus paletós, mas cercados por mulheres jovens — você quase conseguia ver os dólares voando para fora dos bolsos deles. Tentei dançar um pouco, mas, depois de me juntar a uns grupinhos que dançavam e perceber que as pessoas se afastavam de mim num movimento coordenado, parti em direção ao bar, onde comprei uma cerveja bastante cara que tentei beber devagarinho, lentamente, para ter o que fazer ali dentro.

Foi quando Howard me achou. Estava com uma jovem alta, magra, de olhos azuis, maçãs do rosto salientes e cabelo perfeito. Fiquei chocado. "Ah, achei você", disse Howard, como se tivesse estado à minha procura. "Natacha", disse ele, "esse é o proprietário do meu apartamento, Andrew."

"Proprietário?", perguntou Natacha em inglês.

"Bem, seria mais o representante do proprietário", eu disse, em russo.

"Você é russo?", perguntou ela.

"Sim, basicamente."

"Bem, e proprietário também. Isso é muito impressionante."

A maré parecia ter mudado. Eu já tinha visto outras meninas como ela nas ruas e, algumas vezes, no Café Grind, mas, nunca havia conversado com nenhuma delas. Era como falar com uma pessoa comum, só que muito mais bonita.

"Natacha quer ir embora para outro lugar", disse-me Howard. "Quer vir?" E como! Mas hesitei, por não saber se Howard preferiria ir sozinho ou se era cliente da Natacha. Mas ele parecia querer que eu fosse junto, e Natacha disse: "Venha conosco, proprietário!".

Não acho que ela sabia o que iria acontecer — pelo menos espero que não. Creio que ela achava que iríamos continuar aquela festa em outro lugar. Mas a falta de sorte de Howard estava prestes a me contagiar. Refizemos o caminho em meio à multidão dançante e saímos de volta para o ar revigorante do outono. Era bom estar do lado de fora, e com uma bela garota. Comecei a achar que finalmente havia tomado uma decisão correta.

Enquanto Howard fumava um cigarro, Natacha falava no celular, murmurando algo, de vez em quando com irritação. "O que houve?", perguntou Howard.

"Meu namorado é um babaca", disse ela.

Era a primeira vez que eu ouvia falar da existência de um namorado, mas Howard reagiu com naturalidade. Afinal, quem é que não tinha um namorado? E uma garota como Natacha deveria ter várias belas amigas. "Ele disse que está vindo me pegar para irmos para casa", prosseguiu Natacha. "Mas aposto que conseguirei convencê-lo a ir com a gente."

A boate ficava no trecho reservado aos pedestres do bulevar, a cerca de um quilômetro de nossa casa; para nos encontrarmos com o namorado de Natacha, tivemos de saltar uma pequena grade e sair para a rua. Ficamos ali por algum tempo; era por volta das duas da manhã de uma noite de sábado, já quase domingo, e a rua ainda estava movimentada. Cidade divertida, essa. Dali podíamos sentir a pulsação que vinha da boate; algumas pessoas saíam de lá de vez em quando para fumar um cigarro ou para pegar um táxi; havia uma fila informal de táxis clandestinos à espera de passageiros. O velho edifício de cor pastel do século XIX no bulevar do Tchistie Prudí transformado em centro comercial de roupas de luxo brilhava entre o amarelo e o rosa à luz do luar. Havia uma Benetton e um restaurante chamado Avocado que parecia ainda estar aberto. Natacha continuava digitando em seu celular, com um humor cada vez mais maluco. Lembro-me de ter pensado, porém, o quanto era comum aquela cena — pessoas se divertindo, aguardando uma carona, querendo que a noite seguisse em frente — e, realmente, era muito divertido.

Depois disso, tudo aconteceu muito rápido. Uma SUV Mercedes preta — a onipresente Gelenvagen preta, que parece um carro funerário, raro nos Estados Unidos mas muito popular em Moscou — estacionou, e do banco do passageiro saiu um jovem alto e loiro. Devia ser o tal namorado. Todos nos viramos e olhamos para ele. Howard e eu de forma amistosa, com feições nada ameaçadoras. Percebi que, como falante nativo do russo, caberia a mim fazer as apresentações, de modo que avancei um passo e comecei a dizer algo como "Eu sou Andrei e este é o meu amigo Howard" quando percebi que o namorado havia erguido a mão, como em um gesto que dizia para eu parar de falar, que na sua mão havia algo preto que eu podia jurar que era uma arma, e que a mão com a provável arma estava voando em direção ao meu rosto.

A arma atingiu o meu rosto antes que eu tivesse tempo de entender o que acontecia; meus joelhos se dobraram e caí no chão. "Ei!", gritou Howard. E então veio a dor. Minha bochecha esquerda latejava e minha cabeça girava. Preparava-me para ser golpeado mais uma vez, chegando até mesmo a erguer o braço para tentar me proteger, mas, ao olhar para cima, a Gelenvagen e Natacha já tinham partido. O namorado que me golpeara não havia dito uma única palavra. Continuei sentado desajeitadamente no chão. Senti que estava muito perto de chorar; aquilo tudo era tão humilhante, aquele país era tão horroroso, o que eu ainda estava fazendo ali?

"Meu Deus, que merda, me desculpe", disse Howard. Ele estava agachado perto de mim e parecia muito perturbado. Falar me causava dor, portanto não falei nada, mas a verdade é que Howard não tinha culpa de nada. "O carro tinha placa do governo", disse ele. "Esse canalha é provavelmente filho de algum deputado da Duma. Meu Deus!", continuou, para depois chamar um táxi que nos levaria de volta para casa.

Era uma corrida de apenas cinco minutos, mas pareceu uma eternidade. Howard ia sentado na frente, ao lado do motorista. Segurei meu queixo, como se ele corresse o risco de se descolar do rosto. Perguntava-me se ele não teria quebrado.

"Eles ferraram com o seu amigo, hein?", disse o motorista para Howard.

Howard anuiu com a cabeça. "*Pistolet*", disse ele, referindo-se à "arma".

"Ele bateu nele com uma arma?", perguntou o motorista, parecendo realmente preocupado. "Vocês, estrangeiros, precisam tomar cuidado. *Nach tchilovek inogda vozmet i po iebalniku dast, prosto tak*. Nossa pessoa", ou seja, um russo, "é capaz, de uma hora para a outra, de te dar um soco na porra", isto é, na cara, "sem motivo algum." E balançou a cabeça.

Paramos no farol da estação de metrô de Tchistie Prudí, perto dos correios, não muito longe da estátua de Griboiédov, onde eu e minha avó tínhamos visto a manifestação. Eu continuava segurando o queixo para ver se não sangrava. Saía sangue, sim, mas muito pouco. Seria um mau sinal?, eu me perguntava. Não era melhor se estivesse sangrando copiosamente?

O motorista parecia se sentir mal diante de toda a situação, como se representasse todos os russos, e enfiou a mão em um bolso de seu casaco. Por um instante, achei que sairia outra arma dali, mas não: era um frasco, que ele estendeu para mim no banco de trás.

"Remédio russo!", disse ele em inglês dando uma risada.

"Obrigado", respondi em russo. Tomei um gole do frasco: era vodca.

"Mas, você é russo?", perguntou o motorista.

"De certa forma sim", respondi.

Agora ele balançou a cabeça de novo, desgostoso, como se eu, como russo, devesse saber como eram as coisas. "Mas eu não sou russo", queria lhe dizer. "Sou americano. Sou de um lugar onde esse tipo de merda não acontece. Vou embora daqui e vocês nunca mais vão me ver." Achei que o simples fato de pensar isso já era humilhante. Mas eu de fato pensei. Estava convencido a ir embora. Eu era um péssimo cuidador para minha avó, e, além disso, não estava aproveitando o meu tempo para nada. Escreveria a Dima e perguntaria quando ele pensava em voltar, pois, assim que ele voltasse, eu cairia fora. Aquele era um país terrível, e eu não servia para aquilo.

Na manhã seguinte, acordei com o queixo bastante inchado, mas, aparentemente, não havia fratura. A dor era ruim, mas pior do que ela foi o choque que minha avó levou quando me viu. Eu não tinha elaborado nenhuma explicação, mas agora teria de fazê-lo. Disse a ela que na noite anterior eu estava assistindo alguns trabalhadores da construção civil asiáticos jogarem futebol em um terreno nas cercanias da Petchatnikov e a bola me atingiu em cheio. "Isso está péssimo", comentou.

Minha aparência, de fato, estava péssima, e assim permaneceu durante duas semanas. Mas o pior de tudo aconteceria naquela tarde. Eu decidira ficar em casa, sem ir ao Café Grind, colocando gelo no meu rosto o maior tempo possível; no meio da tarde, minha avó e eu tomamos chá e ouvimos a Eco de Moscou quando quem estava sendo entrevistado por Elena? Meu irmão.

Na semana anterior, alguns manifestantes de um grupo chamado Setembro tinham invadido um canteiro de obras da nova rodovia Moscou-São Petersburgo. Eu ouvira falar dessa rodovia porque Dima havia tentado obter licença para construir postos de gasolina ao longo dela, mas fracassara. Os manifestantes exibiam cartazes sobre os tratores de terraplanagem defendendo que as florestas pertenciam ao povo, não aos oligarcas — a rodovia seria construída ao longo de uma grande floresta ao norte de Moscou e destruiria, no processo, uma parte considerável dela — e tentavam dissuadir os trabalhadores de operarem as máquinas, chegando inclusive a colocar açúcar no tanque de gasolina de um dos tratores, o que destruiu, aparentemente, o seu motor. Em reação a isso, foram atacados por alguns torcedores de futebol contratados pela construtora. Os jornais do dia seguinte estampavam fotos desses jovens e simpáticos manifestantes, homens e mulheres, sendo agredidos por brutamontes que usavam luvas de MMA. Revelou-se que a construtora pertencia, em parte, a um executivo da Russ-Oil que também era deputado da Duma, integrante do Partido Rússia Unida. Isso causou tanta revolta que o tal deputado se viu obrigado a fazer uma declaração pública. Em sua declaração afirmava que aquele incidente lamentável era de responsabilidade de "certos executivos que moram no exterior" que tinham ficado decepcionados diante das "operações do livre mercado" e agora tentavam desestabilizar a situação. "Somos um país de leis e de respeito à propriedade", disse ele. "Quando a propriedade é atacada a mando de executivos estrangeiros, a lei precisa ser aplicada." Na hora achei que aquilo era uma referência a meu irmão, mas logo me pareceu tão distante que deixei a ideia de lado.

Agora Dima falava na rádio, conversando com Elena exatamente sobre essa questão. Ela lhe perguntava sobre os comentários feitos pelo deputado e se achava que eram dirigidos a ele.

"É o Dima!", exclamei.

"É?", perguntou minha avó, sem entender de imediato do que se tratava, para depois exclamar também: "É o Dima!".

"Se eu acho que ele se referia a mim?", dizia Dima. "Não faço a menor ideia. Não consigo ler o que se passa na mente doentia dos representantes desse regime doentio. Mas também acho que não assumir responsabilidades é justamente um sinal perfeito dessa doença. A mentira é assim. Não posso dizer se estão mentindo ou se acreditam nisso, e, também, pouco me importa."

"É verdade", disse minha avó. Mas eu estava surpreso. Primeiro diante da ideia de que as acusações oficiais contra ele pudessem ser verdadeiras, e que Dima tinha de fato organizado uma espécie de exército rebelde. Em segundo lugar, pela maneira como ele falara: ele não soava como alguém que planejasse voltar tão cedo a Moscou.

Naquela noite, Howard mandou uma mensagem perguntando como eu estava. Respondi perguntando se eu poderia usar o computador dele para checar meus e-mails. Dali, então, escrevi para Dima, dizendo que o havia escutado no rádio e perguntei como estavam os planos dele com relação à volta ao país. Não mencionei que tinha sido espancado na frente do Teatr, já que ele, antes de mais nada, certamente me chamaria de idiota por ter ido àquele lugar. De todo modo, ele respondeu em seguida dizendo que deveria estar de volta no final de outubro — e poderíamos conversar sobre tudo aquilo. Faltava ainda um mês inteiro para isso, mas achei que conseguiria segurar até lá. O inchaço no meu rosto já teria desaparecido quando Dima chegasse, e eu poderia lhe dizer que gostaria de ir embora.

Escrevi ao baterista de rock que sublocava o meu quarto avisando que provavelmente precisaria do local dali a um ou dois meses, e que ele precisava pensar na mudança.

7.
Vamos ao banco

Esperei, então: esperei que o inchaço no rosto diminuísse e que os dias passassem até que Dima voltasse, e eu, então, ficasse livre. Sentindo vergonha de frequentar o Café Grind com aquela aparência, passei a fazer o trabalho das aulas na agência dos correios no Tchistie Prudí; numa sala abafada sem janelas, no andar de cima, eles tinham alguns computadores velhos que você podia usar ao pagar o acesso à internet por minuto. Eu não gastava nenhum minuto a mais do que o absolutamente necessário ali, de modo que ficava muito mais tempo no apartamento. Minha avó insistia em observar como era bom me ter por perto daquele jeito. Às vezes eu me sentia bem ao saber que ela estava feliz ao meu lado; outras vezes eu me sentia magoado com o fato de que para isso acontecer fora necessária uma motivação de ordem violenta e não intencional.

No fim de setembro, o tsunami da crise financeira finalmente chegou à nossa pequena ilha de estabilidade. Não houve muitos alertas a respeito. Falava-se sempre em "ilha de estabilidade, ilha de estabilidade", e então, em um único dia, o rublo despencou dez por cento em relação ao dólar e ao euro. Em uma semana, quase todos os produtos vendidos na mercearia da nossa vizinhança tiveram seus preços aumentados em dez por cento.

Logo todo mundo comentava a *krisis*: os liberais na Eco de Moscou, os anunciantes nos noticiários da TV e, então, de repente, minha própria avó. Eu ainda estava ficando em casa, à espera de uma melhora no inchaço do meu rosto, quando ela entrou no meu quarto e disse: "Andrei, quero lhe fazer uma pergunta".

Estendeu-me uma pequena caderneta, pouco maior do que um cartão de crédito. Era do banco, o banco estatal de poupança, com uma lista de todas as transações realizadas por ela nos últimos anos. No começo da caderneta, essas transações estavam registradas manualmente, à caneta; a partir de um certo ponto vinham registradas por uma impressora rudimentar — os funcionários do banco devem ter enfiado a caderneta na impressora de alguma forma.

Minha avó mostrou-me o objeto e perguntou: "Quanto dinheiro eu tenho, Andriuch?".

Analisei o pequeno documento e concluí que ela possuía doze mil e alguma coisa — se fossem dólares, seria bastante coisa, mas se fossem rublos, não. Ao final, acabei encontrando a resposta em letras bem pequenas: eram rublos.

"Você tem doze mil", eu disse.

"Dólares?"

"Não. Rublos."

Ela pareceu abatida.

E perguntou: "E quanto é isso?", queria saber em dólares.

"Quinhentos", respondi.

"Quinhentos dólares?", agora ela parecia assustada.

"Sim."

"Tudo bem."

Pegou de volta a caderneta e saiu. A consultoria financeira terminara. Mas ela, então, voltou.

"Andriuch, meu dinheiro é em rublos ou em dólares?"

"Em rublos."

"Será que eu não deveria trocar isso por dólares?"

O rádio a deixara apavorada com os rumores sobre o colapso do rublo. Mas, na verdade, já era tarde demais. O rublo já tinha perdido um décimo do seu valor. Quando eu dissera que ela tinha quinhentos dólares, estava arredondando. Aquele total costumava corresponder a quinhentos dólares. Agora já eram quatrocentos e cinquenta. Mesmo que o rublo se valorizasse um pouco novamente, não seria muito. O transtorno de ir até o banco para fazer isso sobrepujava, e muito, as perdas potenciais de uma posterior desvalorização. Pelo menos era o que eu achava. Minha avó se acalmou por um ou dois dias, mas logo tivemos a mesma cena novamente, até que, concluindo que não valia a pena continuar me fazendo perguntas, minha avó passou a fazer seus próprios cálculos sobre um pedaço de papel, sentada na cozinha. Dei uma olhadinha neles um dia, mas, pelo que pude apreender, havia ali apenas um monte de números distribuídos aleatoriamente.

Passados alguns dias, numa manhã de sexta-feira, com o meu rosto já mais ou menos reconstituído, fiz o meu retorno triunfal ao Café Grind. Atualizei-me com voracidade a respeito dos comentários dos americanos sobre as eleições nos Estados Unidos, que ocorreriam dali a poucas semanas — os russos odiavam McCain por seu lado de velho falcão e pareciam otimistas com relação à possibilidade de Obama ser mais razoável na Casa Branca —, quando uma mensagem de Dima chegou no Gchat.

"Oi, você já depositou o aluguel? Não apareceu na minha conta."

"Não. Desculpe. Tem estado muito corrido aqui."

"Pode fazer isso hoje mesmo, por favor? O rublo vai colapsar neste fim de semana."

Sabiamente, Dima havia fixado o valor do aluguel em dólares para isentá-lo das flutuações da moeda, mas havia um porém: Howard e os outros tinham pagado em rublos pela conversão do primeiro dia do mês, e entre aquela data e essa sexta-feira o risco de uma queda significativa era grande. Se o rublo entrasse em colapso antes que eu conseguisse ir ao banco, Dima perderia bastante dinheiro. Nove dias tinham se passado desde o primeiro dia do mês. E Dima não gostava de perder dinheiro.

Eu disse: "Como você sabe isso sobre o rublo?".

"Sabendo!"

"Li que o Banco Central está fazendo de tudo para proteger a moeda."

"Por favor, você pode simplesmente fazer o depósito para mim? Na segunda de manhã o rublo já estará ferrado."

"Tá bem, tá bem."

"Obrigado!"

Mas fiquei muito irritado. Se era tão importante para Dima receber o aluguel em dia, ele deveria ter organizado as coisas de tal modo que eu não precisasse atravessar metade da cidade para ir com minha avó até o HSBC. Além disso, embora não pudesse dizer isso a Dima, não teria sido muito recomendável ir ao banco na semana anterior com o meu rosto todo inchado para realizar uma transação potencialmente irregular.

Encerrada a nossa conversa, porém, eu me dei conta de que deveria ter feito isso. Terminei de responder alguns e-mails dos alunos e voltei para casa.

Quando cheguei, minha avó tomava chá na cozinha. Ela sempre se sentava de costas para a porta, de frente para a janela, e às vezes não escutava quando eu entrava.

"Olá!", chamei, para não assustá-la.

Ela se virou sobre a cadeira e sorriu. "Oi-oi!", disse, mostrando contentamento. Estava sem a dentadura, o que lhe dava a aparência de uma alegria infantil ao sorrir. "Chegou mais cedo. Posso esquentar seu almoço?"

Lembrei-me, então, de sua poupança, a sua poupança de toda a vida! Fazia alguns dias que ela nada comentava a esse respeito, mas se o rublo realmente despencasse, ela jamais me perdoaria. E eu mesmo jamais me perdoaria.

"Escute", eu disse. "Quer passar para dólar o que você tem na conta?"

"O quê?"

"Sua conta no banco. Você quer que seja em dólar?"

"Claro!"

Ela até podia ter esquecido da desvalorização, mas mantinha bem clara a sua fé no dólar.

"Tudo bem", eu disse. 'Vamos ao banco."

Minha avó colocou a dentadura, vestiu suas melhores calças, um suéter, seu casaco rosa e o chapéu, e saímos. Seu banco, o Sberbank, estatal, ficava na esquina, e imaginei que poderíamos primeiro passar ali e depois depositar o aluguel para Dima, que eu trazia comigo.

Mas o Sberbank estava lotado. Era uma agência muito pequena — uma fileira de guichês com um espaço estreito, não mais do que um metro e meio, para a espera. Era impossível formar qualquer tipo de fila naquele espaço, de modo que as pessoas se aglomeravam ao acaso, onde dava. "Quem é o último da fila?", perguntei.

Um homem de óculos perto dos cinquenta anos disse que a fila terminava nele.

"Todas essas pessoas estão na sua frente?", perguntei.

"É assim que funciona uma fila", confirmou.

"Então estamos atrás de você", complementei. Não dava para imaginar o quanto aquilo demoraria. Eu poderia pedir para o sujeito guardar o meu lugar na fila e levar minha avó de volta para esperar em casa, mas, se a fila de repente andasse mais depressa do que calculara eu teria de sair correndo para pegá-la e trazê-la de volta ao banco. O melhor, provavelmente, seria aguardar ali mesmo. Enquanto estudava todas essas alternativas, escutei minha avó agradecendo a alguma pessoa; era uma mulher, que lhe oferecera para se sentar na única cadeira disponível.

Em seguida, uma mulher entrou na agência, olhou estoicamente à sua volta e perguntou quem era o último na fila.

"Eu", respondi.

"Estou atrás de você", disse ela. Anuí com a cabeça.

"Por que tanta gente aqui hoje?", perguntei ao sujeito que estava à minha frente, imaginando que ele também tivesse ouvido falar da iminente desvalorização do rublo.

"Sexta-feira é sempre assim", disse ele. E pensou por alguns instantes. "E nos outros dias também."

No final das contas, tivemos de esperar mais de duas horas. Quando finalmente chegou a nossa vez, um bancário exausto e irritado converteu a poupança de toda a vida da minha avó em dólares e nos entregou uma caderneta nova do banco.

"É só isso?", perguntou minha avó ao deixarmos o guichê.

"Sim", respondi. "Seu dinheiro agora está em dólares."

Minha avó deu uma batidinha no meu braço, em que se apoiava. Estava exausta, mas satisfeita. Ainda dava tempo de ir ao banco de Dima, mas eu não podia fazer isso com ela. Estava cansada demais. Voltamos para casa e eu passei o fim de semana no Café Grind checando os sites de notícias para acompanhar as novidades sobre o tal colapso do rublo. Ao invés disso, o noticiário continuava dominado pela eleição americana. De todo modo, preventivamente, desativei o Gchat para que meu irmão não pudesse falar comigo. No fim, o rublo amanheceu segunda-feira um pouco mais valorizado do que no fechamento da sexta. A primeira coisa que fizemos foi ir ao HSBC, logo de manhã, para depositar o dinheiro de Dima. O meu atraso, a rigor, acabara lhe sendo favorável, rendendo-lhe um pouco mais de dinheiro, mas eu não chamaria a atenção para isso, principalmente porque duas semanas depois o rublo teria outro dia bastante ruim — a Quinta-feira Ruim —, caindo mais dez por cento. E a poupança da minha avó conseguiu passar quase ilesa pela tempestade.

Naquelas primeiras semanas depois da surra na frente do Teatr, toda vez que eu saía de casa sentia um pouco de medo. Meu coração acelerava ao pensar que eu poderia reencontrar o sujeito que me atacou: deveria sair correndo ou, ao contrário, confrontá-lo? Se eu o fizesse, será que ele me agrediria novamente? Quando se dá conta de que outras pessoas podem atacá-lo fisicamente sem nenhum aviso prévio ou provocação anterior, você passa a ver as coisas de um jeito diferente. Eu detestava sair de casa durante aquelas primeiras semanas, mesmo tendo de ir à mercearia e me obrigando a sair algumas vezes para caminhar e não ficar deprimido. Como eu disse, isso durou poucas semanas e depois passou. Meu coração parou de acelerar toda vez que eu via algum sujeito alto e loiro na Sretenka ou no Café Grind. Enfim, eu percebi que iria embora dali a pouco.

Sentia que Obama ganharia a eleição presidencial. Imaginava-me retornando a um país esclarecido, sem racismo, assim que meu irmão voltasse.

Nesse meio-tempo, na esteira da desvalorização do rublo, eu fiquei mais rico. Meus cappuccinos tinham ficado vinte por cento mais baratos. Uma ou duas vezes, nas semanas posteriores à desvalorização, cheguei até mesmo a comprar um sanduíche. Aproveite, Kaplan, eu dizia. Aproveite.

8.
Minha avó pede chinelos novos (da Bielorrússia)

Outra coisa passou pelo meu caminho antes da visita de Dima. Minha avó anunciou que precisava de novos chinelos vindos da Bielorrússia. Que ela precisava de novos chinelos era verdade. Como todos os russos, minha avó tirava os sapatos quando entrava em casa, trocando-os pelos chinelos. E como ela ficava o tempo todo circulando pelo apartamento, os chinelos já estavam bastante gastos, o que era visível. O problema é que ela gostava de seus chinelos atuais e acreditava que eles tinham vindo da Bielorrússia. Assim, os novos teriam de ser chinelos vindos da Bielorrússia.

Isso não seria nada fácil. Havia uma loja na Sretenka onde eu comprara meus chinelos — eles tinham uma sola interna preta e estampa em losangos; eram ótimos —, mas a loja não tinha nada da Bielorrússia. Procurei em todas as lojas da vizinhança, mas nada. Escrevi a Dima perguntando se ele por acaso sabia de onde eram aqueles chinelos e ele respondeu negativamente, questionando se eu não poderia comprar chinelos normais para a minha avó. Não, eu não podia — embora começasse a me perguntar por que não. Os chinelos dela não eram tão extraordinários; havia inúmeros chinelos chineses, russos ou ucranianos iguais àqueles. Mas ela insistia. Um célebre historiador certa vez definiu o povo russo — *Homo sovieticus* — como uma "espécie cujas mais elevadas capacidades englobam a caça e a obtenção de bens escassos em um ambiente urbano". Eu nunca tinha desenvolvido essas habilidades. Parecia-me injusto exigir que eu as desenvolvesse agora.

Ao final, acabei confessando à minha avó que eu estava tendo muita dificuldade para encontrar os chinelos da Bielorrússia. "Você tentou ver no mercado que fica em frente ao Estádio Olímpico?", perguntou. Eu não tinha ido ali. "Vamos lá", disse ela. E assim fizemos.

O Estádio Olímpico ficava a apenas uma estação de metrô de nossa casa. Ele fora construído para as Olimpíadas de verão de 1980, aquelas que foram boicotadas pelo Ocidente depois da invasão soviética no Afeganistão, e a que sediara o torneio de boxe (em que os cubanos foram campeões). Nos anos 1990, ele foi ocupado por pequenas lojas de roupa, e, embora estivesse agora novamente ativo como estádio — o Metallica tocaria ali no mês seguinte —, o amplo espaço à sua frente se transformara em um mercado de roupas. Chegamos lá pela estação de metrô Prospekt Mira (Avenida da Paz), cruzando uma ampla e caótica praça com uma igrejinha, um McDonald's e, à sua volta, uma linha de bonde moderna e bastante utilizada. Um bonde passava regularmente por ali, e as pessoas tinham de se afastar dos trilhos para lhe dar caminho. Moscou era uma loucura.

Finalmente chegamos a um verdadeiro mar de barracas. Passamos por elas o mais rápido que conseguimos, embora minha avó não estivesse com nenhuma pressa. Pela primeira vez, ela parecia se sentir bem em um lugar. Havia um número significativo de quiosques que vendiam calçados, e minha avó os consultava, um a um, perguntando se tinham chinelos da Bielorrússia; depois que um bom número deles disse que não, ela concordou em experimentar alguns chinelos que não eram da Bielorrússia. Todos os quiosques tinham um banquinho onde ela podia se sentar, descalçar seus mocassins e experimentar alguns chinelos. As vendedoras se mostravam compreensivas. Afinal, a gente passa metade da vida de chinelos. Escolher um par deles era coisa séria.

Minha avó rejeitou todos eles. Isso foi muito desencorajador para mim, mas ela não deu importância. Percebi que estávamos fazendo compras. Depois de cerca de uma hora nessa toada, finalmente voltamos para a estação de metrô. Mas eu não contaria essa vibrante história se não fosse pelo que aconteceu depois. Enquanto atravessávamos a praça que abrigava um McDonald's, a igreja, e que era rodeada pelo trilho do bonde, notei duas adolescentes à nossa frente carregando sacolas de ginástica e uns patins; pareciam estar bastante coradas, como se tivessem acabado de patinar. Normalmente minha timidez me impediria de dizer qualquer coisa, mas depois de passar uma hora vendo minha avó experimentar chinelos, minha inibição parecia ter diminuído significativamente. Abordei as meninas e perguntei se havia algum rinque ali perto. Elas disseram que sim e apontaram para trás, na direção do estádio. "Se você der a volta pelo estádio e descer, fica bem ali, em frente à piscina."

"Sabem se jogam hóquei lá?"

"Acho que de noite sim."

Se isso fosse verdade e eu conseguisse usar os meus patins ali, seria uma reviravolta decisiva no meu destino — o lugar era bem perto de nossa casa.

Na noite seguinte, depois que minha avó se deitou, fui até lá. Dessa vez, não levei comigo a sacola da Ikea cheia de equipamentos. A entrada ficava em frente à piscina, como tinham dito as duas patinadoras, e tradicionais seguranças moscovitas com ternos pretos de tecido barato posicionados na frente. Quando perguntei onde ficava o rinque de hóquei, eles me indicaram o final do corredor, e quando perguntei se eu podia ir até lá, eles deram de ombros — o que significava que sim. Segui pelo saguão, desci alguns degraus, avistei uns vestiários à esquerda, e então abri uma porta de metal para finalmente encontrar... um rinque de hóquei. Não era um rinque profissional como a de Sokolniki, não havia cadeiras para milhares de torcedores, e, como ficava debaixo do estádio, parecia uma espécie de rinque secreto. De todo modo, era um rinque de hóquei, tinha aquele cheiro de bolor misturado com suor e ar frio parado, e alguns caras estavam jogando hóquei.

Decidi que dessa vez verificaria primeiro os vestiários. Um deles estava fechado. No outro, encontrei dois sujeitos mais ou menos da minha idade, um bem grande, olhos azuis, careca — mais tarde soube que se chamava Gricha —, o outro, mais baixo e um pouco mais velho, com cabelo castanho e um rosto meio agressivo — Fédia. Estavam sentados ao lado de suas bolsas fechadas, enfaixando seus tacos. Jogadores de hóquei.

E então aconteceu a mesma coisa, mais uma vez. Eles não queriam me deixar jogar. Insisti. Disseram que não. Não conseguiam entender quem eu era. Naquele dia, o inchaço do meu rosto já não existia mais, e eu vinha falando em russo continuamente havia quase dois meses, o que significa que o meu sotaque também desaparecera, de modo que eu lhes parecia ser, basicamente, um cara normal. Por que então eu não tinha uma rede de conhecidos para a qual poderia apelar de modo a ser apresentado a um grupo de jogadores? A certa altura, Gricha chegou a se levantar e a gritar, frustrado com a minha recusa em ir embora dali: "Quem é você? O que você quer?"

"Eu só quero jogar hóquei", respondi. Gricha se virou, irritado, mas Fédia, que antes me parecera ser o mais malvado dos dois, disse: "Venha aqui na quarta-feira. E traga quinhentos rublos". Agradeci e saí dali antes que Gricha pudesse retirar o convite. Quinhentos rublos equivaliam a vinte dólares antes da desvalorização; agora eram dezessete. Eu podia bancar.

Isso se deu numa sexta-feira. Passei os cinco dias seguintes imaginando como seria jogar hóquei na Rússia — e então descobri como era. Quando cheguei no vestiário e sorri para Gricha e Fédia, este mal ergueu os olhos na minha direção e simplesmente disse: "Você vai jogar no outro time", e me mandou ir para o vestiário ao lado. Lá, os caras me deram passagem, mas, por outro lado, nenhuma atenção. Já no rinque, o time de Gricha e Fédia não me poupou de um nível altíssimo de violência física. Fui enganchado, agredido pelas costas e socado por ninguém mais ninguém menos do que o grandalhão Gricha. A certa altura, um dos colegas de time deles — não Gricha — me agrediu com tanta força na perna que não consegui me segurar e bati nele também. Ele ficou tão mal com isso que ameaçou bater na minha cabeça. A essa altura, eu já não ligava mais — não estava me divertindo. Um dos caras do meu time o empurrou para trás, mostrando, pela primeira vez, que alguém do meu time tinha notado a minha presença.

O time de Fédia e Gricha era bom; usavam camisas brancas que combinavam entre si, e jogavam com grande entrosamento. Nossa equipe não era tão boa. Vestíamos roupas de cor diferentes (nosso goleiro estava de vermelho brilhante no estilo dos antigos uniformes olímpicos soviéticos, com as letras CCCP na frente), e não estávamos entrosados. Além disso, nossa postura era ruim. Em minha primeira jogada, avancei com o disco para a zona de ataque, mantive-o num dos cantos, e fui cercado por trás por Gricha. O disco escapou; meu ponta direito, Anton, o recuperou e tentou lançar para o ponta esquerdo, Oleg, bem na frente do gol. Mas o passe saiu um pouco fora do alcance de Oleg e Gricha acabou recuperando o disco, fazendo um belo lançamento para o seu ponta direito, que passou o disco para Fédia, que o devolveu ao ponta, que disparou em direção à área e marcou o gol.

Nossa equipe começou a se desentender. Assim que chegamos ao banco, Anton e Oleg começaram a gritar um com o outro. Eram uns sujeitos grandalhões, com mais de um metro e oitenta, e um pouco mais velhos do que eu; Anton vestia uma camisa azul de Ovetchkin do tempo em que ele (Ovetchkin) jogava no Dínamo; Oleg usava um uniforme vermelho de Karlovi Vari e tinha um rosto rechonchudo com traços amistosos.

"Porra, Oleg!", exclamou Anton. "Para onde você estava olhando?"

"*Bliad!*", respondeu Oleg. "O que você quer de mim? Lança o disco um pouco mais perto do meu taco que eu consigo, porra."

Isso durou o jogo inteiro. Nenhum dos caras gritou comigo; eles pareciam me ignorar em campo. Mas continuavam a gritar uns com os outros.

Em Boston, onde joguei toda a minha infância, os jogadores de hóquei nunca gritavam. Em Nova York, as coisas já eram um pouco diferentes; havia uma escola de hóquei em Long Island que era mais exuberante, onde os caras falavam mais palavrões — mas apenas em direção aos adversários. Em Boston, partidas inteiras podiam se desenrolar em completo silêncio. Se alguém do outro time dizia alguma coisa para você, você deveria apenas lhe lançar um olhar de indiferença e dizer: "Vá se foder". Se ele continuasse falando, você podia passar a jogar em outro espaço ou tirar as suas luvas e partir para a briga. Mas, na maior parte dos casos, ninguém falava nada. Simplesmente jogavam.

Para ser franco, eu estava bem chateado. Devemos ter perdido de seis ou sete gols de diferença e o astral no vestiário, depois da partida, estava bem baixo. Ninguém me convidou para a partida seguinte, e eu não voltei pro rinque. Prefiro não jogar hóquei, pensei, a jogar hóquei com esses babacas.

Mas na quarta-feira seguinte eu estava pronto para tentar mais uma vez. Quando cheguei ao vestiário, meia hora mais cedo, pensando em ocupar algum espaço no local, nosso goleiro já estava ali. Era um sujeito baixinho e magro, mais ou menos da minha idade, mas jogava bem na posição — não era culpa dele o fato de o outro time ser bem melhor que o nosso. "Ah!, vo-vo-você veio!", disse ele. Gaguejava um pouco e usara o *ty* de um modo claramente amigável. "A gente achou que você não fosse voltar. Talvez você não tenha percebido, mas nós precisamos de mais velocidade na frente." Senti-me extremamente agradecido por aquilo, e dei uma risada. "Falando nisso, meu nome é Serguei", disse ele. "Olá, Serguei", respondi, também usando o *ty*. Trocamos um aperto de mão. Fomos então para o jogo, e perdemos novamente. No entanto, apesar das agressões e de ter sido enganchado, senti-me melhor dentro do rinque. Os caras eram violentos, mas lentos; eu poderia antecipar meio segundo e fazer com que meus passes fossem mais precisos, e então tentar um gol. Não fiz nada de extraordinário, mas comecei a entender onde estava. Depois do jogo, no vestiário, um dos sujeitos virou-se para mim e disse: "Você vem na sexta?".

Outro *ty*.

"Você acha que eu deveria vir?", perguntei, usando o *ty* também.

"Acho que você tem que vir."

"Tudo bem", respondi. Eu estava no time. Não era um time bom; perdia fácil e era frequentemente humilhado pelo time branco, mas, de todo modo, eu estava dentro. Um dos caras chegou até mesmo a perguntar sobre a minha sacola da Ikea. "É confortável?", perguntou.

"Funciona bem", menti. "Deixa os meus equipamentos respirarem."

O sujeito balançou a cabeça, um tanto cético, mas tudo bem.

Quanto aos chinelos da minha avó, poucas semanas depois da nossa tentativa fracassada de encontrá-los no Estádio Olímpico, eu estava andando por uma passagem subterrânea a caminho de uma loja de artigos para hóquei para afiar meus patins quando vi uma senhora que vendia chinelos. Eram parecidos com os da minha avó. "Desculpe, mas de onde eles são?", perguntei.

"De Gomel", disse a mulher.

"Na Bielorrússia?"

"Sim, mas e daí? Eles são tão bons quanto os russos."

"Não, isso é ótimo!", exclamei, para surpresa dela.

Desde o acidente de Tchernóbil, os bielorrussos são sempre muito cautelosos com relação a seus produtos. Comprei dois pares e os guardei na minha sacola da Ikea. Minha avó ficou muito contente e falou várias vezes a respeito deles com Emma Abramovna ao telefone. Tenho certeza de que Emma Abramovna ficou emocionada.

Nesse meio-tempo, Dima chegou para nos visitar.

9.
Dima vem a Moscou

Todas as famílias felizes se parecem; a nossa, obviamente, não era uma família feliz.

Onde foi que erramos? Sob vários aspectos, pode-se dizer que tínhamos feito tudo certo. Por poucos anos, no final dos anos 1970, os soviéticos permitiram a emigração de seus judeus. Primeiro, mandaram os criminosos e os críticos ao regime ("deixem eles roubarem e criticarem os americanos!"), mas não havia tantos criminosos e críticos assim, de modo que eventualmente também liberaram programadores de computação, como meu pai, e escritores intelectuais, como minha mãe. Meus pais não eram burros. Quando você tem a oportunidade de trocar um país pobre, decadente e fragilizado por um país rico, poderoso e dinâmico, você não a desperdiça. E eles não a desperdiçaram. Preencheram suas inscrições, subornaram alguém que disseram que ajudaria, venderam tudo que tinham — e lá fomos nós.

Não foi fácil. Eu tinha seis anos de idade quando imigramos, mas até eu posso dizer isso. Inicialmente, ficamos com outra família, depois fomos para um apartamento bem esquisito em Brighton, bem longe da Boston respeitável. Lá alguém roubou nosso cheque caução. Com o primeiro salário mais substancial recebido por meu pai, compramos um carro enorme e horrível. Enquanto meus pais circulavam por Brighton visitando seus amigos russos — todos eram russos —, eu me esparramava no banco de trás e adormecia.

Em algum momento as coisas se arrumaram, meu pai saiu de um bom emprego para outro melhor, e minha mãe se tornou uma das poucas literatas russas a obter um emprego realmente na sua área. Mudamo-nos de Brighton para Brookline e para o aristocrático Newton. Enquanto isso Dima experimentava todas as frustrações e limitações de nossa nova vida. Chamava os russos com quem meus pais andavam de perdedores; considerava os seus novos colegas de classe uns idiotas. Dizia que odiava a União Soviética, mas que lá pelo menos havia pessoas com quem conversar.

A única pessoa de quem ele parecia gostar era eu. Ao começar a ganhar dinheiro no seu primeiro emprego nos Estados Unidos — conseguiu trabalho como frentista em um posto de gasolina, o que incluía, como me contou orgulhosamente, tanto um salário quanto boas gorjetas — sempre me comprava pequenos presentes e dividia comigo suas teorias sobre o capitalismo. Imaginava cooptar-me para estar ao seu lado nas futuras disputas com nossos pais, apresentando-me também todo o (limitado) lado sujo da família.

Quando Dima saiu para o mundo — ele deixou a nossa casa assim que completou dezoito anos, anunciando aos meus pais, estupefatos, que não faria faculdade, e criou a sua primeira empresa antes da saída completar um ano (eles bolaram uma espécie de video game) —, eu o via com uma profunda fascinação. O que seria aquele novo mundo e o que um Kaplan poderia esperar fazer nele? Como se poderia viver? Eu não tinha a menor ideia. Meus pais eram bacanas, mas viviam dentro de um gueto russo. Não só seus amigos eram russos, mas todo mundo: nosso médico era russo, nosso dentista era russo, o mecânico do nosso carro era russo, o palhaço que vinha animar festas em nossa casa era russo, o sujeito que consertava o telhado era russo. Como diabos eles conheciam tantos russos? O fato é que eu conhecia esse mundo, essa comunidade fechada, e que ela não estaria disponível para mim. Era como se meus pais tivessem sim emigrado, mas apenas para uma Rússia interna aos Estados Unidos; Dima e eu teríamos de emigrar de novo, para os Estados Unidos propriamente ditos. Dima saiu para o mundo e compreendeu isso muito bem. Ele representava a vanguarda da nossa dupla. Eu não precisei fazer o que ele fez — no fundo, na maior parte das vezes, acabei fazendo exatamente o contrário —, mas ao menos pude aprender com ele quais eram as possibilidades existentes. Até os meus dezesseis anos, não havia ninguém que eu admirasse mais do que Dima.

Então nossa mãe morreu. Ela adoeceu quando eu estava no ensino médio, teve de enfrentar tratamentos terríveis, e morreu mesmo assim, dois anos depois, sofrendo muito. Meu irmão estava em Nova York naquela ocasião, trabalhando em Wall Street, e passou uma semana conosco em Newton depois do enterro. Todos nós estávamos em estado de choque, muito mais, acredito, do que achávamos estar naquele momento.

Com a ausência de minha mãe, era como se toda a nossa história, nossa emigração, nossas vidas não fizessem mais sentido. Ela era o centro de tudo, ela e Dima. A partir daí, nós nos dispersamos: eu fui para a faculdade, meu pai vendeu a casa e se mudou para Cape Cod, acabando por se casar com uma americana e criando uma nova família; e Dima largou o emprego que tinha e mudou para Moscou. Não sei se ele enxergou seu retorno como uma reprimenda ou como uma homenagem a meus pais. Talvez tenha sido as duas coisas.

Não sei no que ele se meteu ao construir seu próprio caminho no novo capitalismo russo. De vez em quando, em algumas de suas cada vez mais raras visitas aos Estados Unidos, ele contava sobre um ou outro projeto infalível e entusiasmante — estava investindo em uma empresa de demolição, se antecipando à destruição total do mercado imobiliário soviético; estava comprando um armazém para guardar autopeças; estava derrubando florestas inteiras nas cercanias de Moscou para vender madeira aos noruegueses —, para, na vez seguinte, revelar que já estava fazendo outras coisas. O mesmo acontecia com suas esposas e namoradas. Ele se casou e separou antes que eu concluísse a faculdade, e de novo quando eu fazia mestrado, e agora se casara pela terceira vez.

Não seria justo de minha parte dizer que notei algumas mudanças nele ao longo do tempo, porque não notei. Ele continuava a ser a mesma pessoa. Mas, certamente, à medida que obtinha sucesso e acumulava coisas, ele se tornou, cada vez mais, ele próprio. O Dima com quem eu crescera era impaciente, agressivo e ressentido —características que fizeram de sua adolescência um verdadeiro inferno, para ele e para os meus pais. Na Rússia, porém, ele encontrou um terreno fértil para abrigar essas qualidades. Era um lugar onde ser impaciente e agressivo podia valer a pena. Lembro de uma visita que lhe fiz, pouco depois de iniciar meu mestrado. Ele tinha acabado de comprar o apartamento no mesmo andar da nossa avó e estava reformando o piso. O pessoal contratado havia feito um trabalho longe da perfeição — sobrara um pequeno vão entre o último taco e a parede. Quando digo pequeno vão, refiro-me a menos de um centímetro — eu nem sequer o notaria se Dima não o tivesse mostrado. No entanto, quando o empreiteiro, um russo corpulento que vestia macacão de operário, apareceu para receber o pagamento, Dima caiu em cima dele. O trabalho estava uma porcaria, gritava, acrescentando que não pagaria nada por aquilo. "Você e os seus funcionários incompetentes terão de voltar amanhã e refazer tudo isso", disse Dima. O empreiteiro, cuja barriga avantajada batia quase no peito de Dima, parecia considerar seriamente a ideia de dar um belo soco em meu irmão. Mas, em vez disso, tentou acalmar as coisas. "Por que não retiramos apenas uns dois ou três mais próximos e os recolocamos?", sugeriu. "Vai dar na mesma."

Dima farejou a fragilidade. "Vocês vão retirar cada taco, um por um. Você está entendendo, seu urso de merda?"

O empreiteiro respirou fundo, encheu o peito, mas logo voltou à posição normal. Deve ter feito um cálculo: se desse um belo soco em Dima, não seria pago, poderia ser preso, ou, ainda pior — se uma pessoa nanica como aquela se dava o direito de gritar com ele daquele modo era porque tinha costas quentes. "Tudo bem", disse o empreiteiro em tom de lamento, e no dia seguinte seus operários voltaram e refizeram todo o trabalho. O empreiteiro parecia até ter gostado, de alguma forma, de Dima, que, depois disso, era só paz e amor.

"Sem ressentimentos, certo?", disse o empreiteiro, estendendo-lhe a mão.

"Claro que sim", disse Dima, e manteve isso. Esse empreiteiro era Stiepán, que agora consertava tudo para Dima e às vezes (a contragosto) para mim.

Enfim, a ferocidade de Dima superou quaisquer defeitos inerentes ao livre mercado russo, e ele retornou, com algum êxito, para o setor onde fizera algum dinheiro na juventude — os postos de gasolina. Criou uma pequena rede de postos, com cerca de dez unidades, em Moscou e sua região metropolitana, começando, assim, a ganhar dinheiro. Foi então que se enunciou o projeto de construção da rodovia Moscou-São Petersburgo e, com ele, a proposta de um contrato para postos de abastecimento. Era um contrato amplo que previa vinte postos, além da possibilidade de sublocar espaço neles para lojas ou restaurantes — dezenas de milhões de dólares, configurando um novo patamar para Dima. Foi aí que os problemas começaram, porque ele não era o único interessado nessa ideia. Ao final, ele perdeu a concorrência para a nossa velha amiga RussOil, naquilo que ele chamou de um processo viciado, para depois fazer um verdadeiro escândalo. Isso é o que sei a respeito do caso, e, até onde posso afirmar, creio que foi por isso que ele teve de deixar o país.

Minha esperança era de que ele, de uma forma ou de outra, tivesse conseguido dar um jeito nessa história — talvez sua entrevista no rádio fosse parte de alguma dura negociação — e agora estivesse voltando.

Quando contei a minha avó que Dima estava vindo nos visitar, ela levou um susto.

"Onde ele vai ficar?"

"No nosso quarto", respondi.

"Seu quarto?"

Levei-a até o meu quarto para lhe mostrar a cama beliche em que havíamos dormido quando crianças. Eu tinha jogado hóquei pela primeira vez na noite anterior e deixara meus equipamentos para secar, espalhados ao acaso pelo chão. O resto do quarto tampouco podia ser considerado um modelo de limpeza.

"Dima não pode ficar aqui", disse minha avó, horrorizada.

"Metade dessa porcalhada toda é dele mesmo", eu disse. O que era verdade. Mas isso não importava. "Vou limpar antes que ele chegue."

"Tudo bem", disse minha avó.

No dia seguinte — seis dias antes da chegada de Dima —, ela entrou no meu quarto novamente. Eu já tinha limpado uma parte dele, mas ela não ficou satisfeita. "Andriuch, estive pensando", disse ela. "Talvez você possa sair desse quarto enquanto Dima estiver aqui?"

"E onde eu vou ficar?", questionei. Teoricamente, eu poderia ter ficado no quarto dos fundos, mas isso implicaria ter de passar pelo quarto da minha avó para ir ao banheiro ou para pegar um copo d'água. E, de todo modo, eu não me sentiria bem tendo de deixar o meu quarto por uma semana.

"Este quarto está bom para Dima", eu disse. "Ele vai gostar."

"Tem certeza?"

E assim fomos levando. Até que certo dia, à tarde, ao chegar em casa vindo do Café Grind, vi que minha avó tinha posto a mesa para três pessoas. Retirara do armário os seus melhores pratos e até mesmo a garrafa de vinho tinto meio vazia que estava guardada na geladeira para as ocasiões especiais. Eu não fazia ideia de quanto tempo ela ficara na geladeira, e nós dois não tínhamos feito nenhum progresso para esvaziá-la. "O que é isso?", perguntei.

"Dima chega hoje", disse minha avó, cheia de orgulho. "Você conhece Dima, o meu neto?"

"Conheço", respondi. "Porque ele é meu irmão, e só chega na quinta-feira."

"Bem, e que dia é hoje?"

"Segunda."

"Tem certeza?"

Nesse dia, afixei na geladeira um bilhete que dizia "Dima chega na quinta-feira", mas minha avó o retirou dali. "Eu sei quando Dima vai chegar", disse ela. E continuamos a ter esse tipo de conversa até o dia em que ele finalmente chegou.

Dima era meu irmão. Tínhamos emigrado juntos, nos adaptado aos Estados Unidos juntos, fomos ao enterro da minha mãe juntos e depois, juntos, ajudamos meu pai a mudar de nossa casa. Tivemos muitas discussões, mas ele era meu irmão; sempre fora o meu irmão. O que faz uma pessoa construir uma vida se não outras pessoas, e tempo? Pessoas vezes tempo. Mas as pessoas podem mudar. As circunstâncias podem mudar. O dinheiro pode mudar — o dinheiro pode mudar tudo.

Ele chegou no fim da tarde num voo da British Airways proveniente de Londres. Minha avó passara o dia anterior na cozinha. Preparou borscht, *kotletí* e *kacha*. Normalmente Dima comia pouco, ele parecia sobreviver à base de uma reserva inesgotável de energia nervosa. Mas, quando chegou, com sua mala de rodinhas, seu casaco cinza e caríssimas botas de couro, concordou em ir logo para a mesa, o que agradou minha avó imensamente. "Dima!", disse ela. "Tenho tanto orgulho de você!"

"Obrigado, vovó", disse Dima.

"Você é uma pessoa incrível!", insistiu minha avó, radiante. Ali estava Dima! "Ouvimos você no rádio!"

"Obrigado, vovó", repetiu Dima.

"Se você cortasse um pouco o cabelo", disse minha avó. O cabelo de Dima estava meio longo mesmo. "E viesse me ver mais vezes!"

"Estou morando em Londres neste momento."

"O que?", minha avó não o escutara.

"Londres!", exclamou Dima, com uma voz mais alta. "Na Inglaterra!"

"Ah!", disse minha avó. "Inglaterra. Sim, é um bom lugar." Mas ela logo esqueceu o que isso significava e emendou, lamentando: "Se você viesse me ver de vez em quando. Ninguém me visita mais".

"Estou aqui agora", disse Dima.

"Sim", disse minha avó, no mesmo tom tristonho.

Dima terminou seu borscht e viu que minha avó tinha colocado água para ferver. Olhou para a chaleira por um instante e então perguntou-me em tom de acusação: "Onde está a chaleira elétrica?".

"O quê?", perguntei.

"Vovó", disse Dima. "O que você fez com a chaleira elétrica que eu lhe dei?"

Minha avó olhou para ele sem entender.

Dima se levantou e começou a bisbilhotar os armários da cozinha. Por fim, tirou de dentro de um deles, atrás de alguns potes, uma chaleira elétrica novinha.

"Eu trouxe esse negócio aqui porque ela já queimou três dessas chaleiras", explicou, apontando para aquela onde a água já começava a ferver sobre o fogão. Dima desligou o fogo e disse: "Vovó, eu lhe trouxe isso aqui porque é mais fácil de usar".

"Não gosto dela", disse minha avó, fazendo um gesto de desdém para o objeto. "É barulhento."

"*Barulhento*?", perguntou Dima, quase gritando. E balançou a cabeça. "É mais seguro, vovó. Você deveria usar ela."

Deixou a chaleira sobre o balcão. Notei que ele continuava a averiguar como estava a situação da cozinha. "Onde está a lixeira?", perguntou para mim.

"O quê?", perguntei de novo. "Está debaixo da pia."

Dima espiou sob a pia, onde minha avó deixava uma pequenina lixeira; era tão pequena que normalmente ficava cheia todos os dias, às vezes duas vezes por dia, mas isso era bom porque a lixeira do prédio ficava perto, e eu gostava de levar o nosso lixo quando o saco ficava lotado.

"Vovó, o que a senhora fez com a lixeira que eu lhe dei?", perguntou Dima.

"Não lembro", respondeu minha avó meio renitente.

Dima então saiu para procurar sua lixeira. Eu e minha avó permanecemos sentados na cozinha, como duas crianças cheias de culpa. Dima finalmente voltou trazendo do quarto dos fundos uma lixeira grande, moderna, de aço inoxidável. "Estava guardada dentro do armário do quarto dos fundos", disse ele, olhando para mim.

"Essa lixeira é muito boa, vovó. Os insetos não conseguem entrar nela." (Tínhamos tido algumas moscas na cozinha em agosto.) "E é bonita também."

"Eu não gosto dela", disse minha avó. "Ocupa espaço demais."

"Cabe direitinho aqui", respondeu Dima, colocando-a ao lado da geladeira, onde ficou quase encaixada.

"Não quer um pouco de chá?", perguntou minha avó.

"Estou sem tempo", disse-lhe Dima, para depois se virar para mim e acrescentar: "Preciso mandar alguns e-mails. Podemos beber alguma coisa depois disso?".

Respondi que sim. Dima pegou seu laptop, o abriu na mesa da cozinha e começou a digitar ali mesmo — aparentemente ele conseguia pegar bem o sinal dos soldados. Lavei a louça do jantar e minha avó, depois de tentar chamar a atenção de Dima algumas vezes, sem sucesso, saiu em direção ao seu quarto. Quando Dima anunciou que já tinha acabado de mandar seus e-mails e perguntou se eu já estava pronto, senti como se traísse minha avó ao dizer que sim, como se escolhesse ele em vez dela. Mas, na verdade, eu também estava louco de vontade de sair de casa. Enfiei a cabeça um pouco no quarto dela e disse que voltaria dali a uma hora. Ela estava deitada na cama lendo Tchékhov. Sem erguer a cabeça, apenas fez um sinal de despedida com a mão.

Já estava de noite, e Dima sugeriu irmos ao clube de striptease no andar de cima da livraria. "Você já foi lá?"

Fiz que não com a cabeça.

"Bem", disse ele, mostrando desapontamento. "*Nuuuuu*. Você precisa mudar de vida."

Saímos. Era muito estranho caminhar pela rua ao lado de Dima. Ele era magro e elegante, tinha cabelo preto, nariz fino e bastante semita, exatamente ao contrário do sujeito eslavo grande, desajeitado e de rosto inchado que descia a rua em nossa direção. Ele era o oposto de um russo típico, era um antirrusso, mas, mesmo assim, combinava com o lugar. Sabia que ninguém gostava dele e isso o deixava à vontade.

O clube de striptease se chamava Senhores da Sorte, em homenagem a um famoso filme russo de mesmo nome, e era constituído por duas salas grandes. A primeira fora montada mais como um café, com mesas, cadeiras e garotas de topless servindo bebidas. A segunda sala era um espaço aberto com bancos alinhados nas paredes onde os homens se sentavam e as mulheres dançavam para eles. As moças pareciam ter sido recrutadas pela idade, entre dezenove e vinte e quatro anos, e, embora algumas fossem loiras de olhos azuis e outras tivessem cabelos escuros e olhos castanhos, sendo de fato de diversas nacionalidades, todas eram uniformemente magras, pequenas e muito atraentes. Achei de fato perturbador o quanto elas pareciam atraentes e jovens. Eu e Dima sentamo-nos no salão do café; ele pediu um drinque bem caro e eu pedi uma cerveja, e então, enquanto eu me esforçava para tentar ignorar as garotas de topless, ele me contou o que tinha acontecido com os seus negócios. À medida que ele falava, eu me esquecia das meninas.

"Basicamente eles me desligaram de tudo", dizia Dima. "Entrei com uma ação para auditarem a licitação da rodovia, e eles não gostaram disso. Meus postos começaram a ser perseguidos pela Receita. Tentei entrar em contato com as pessoas que conheço no Kremlin, mas elas pararam de atender meus telefonemas. O pessoal da Receita fechou meus postos. Colocaram uma porra de uma fita de polícia nos postos, como se tivessem acontecido assassinatos neles. Tive de deixar o país para evitar um processo criminal, e eles ainda têm um caso aberto se precisarem fazer isso."

Ele parou de falar para ver qual efeito suas palavras produziam em mim.

Eu disse: "Isso não é nada bom".

"Não, não é. Agora que me têm na mão, vão retirar os postos de mim; se eu não desistir deles, continuarão com o processo. Então, estou caindo fora."

"O que?", eu não tinha entendido bem.

"Não vou voltar. É isso. Para mim este lugar já deu o que tinha que dar."

Eu não esperava por isso. "Você vai deixar o país de vez?"

"Sim. O que você quer que eu faça?"

"Não sei", eu disse. E obviamente não tinha a menor ideia. "Ficar? Lutar?"

"E ir parar na prisão igual Khodor?" Khodor era Mikhail Khodorkovski, um oligarca que permaneceu no país, lutou e acabou na cadeia por cinco anos. "Não, obrigado."

"Tudo bem", respondi. Não ia discutir com ele sobre aquele assunto.

"A questão é a seguinte", prosseguiu Dima, dando a entender que o que ele havia dito até então era apenas um prelúdio do que viria. "Você pretende ficar aqui por quanto tempo?"

"Aqui? Eu planejava ficar até você voltar. Achei que isso aconteceria logo." Minha voz saiu com um tom patético de reprovação, embora eu tenha tentado evitá-lo. "Já avisei meu sublocatário que preciso do meu quarto de volta."

"Tudo bem", disse Dima. "E você ainda quer fazer isso?"

"Bem, eu não sei... Por quê?"

"Minha dívida fiscal é astronômica e preciso começar a me desfazer de ativos. Quero começar com os que se desvalorizaram menos até agora."

"Tudo bem", eu não conseguia enxergar o que isso tinha a ver comigo.

Dima disse: "Os ativos que menos desvalorizaram são os imóveis".

"O quê?", mais do que o conteúdo, o modo como ele falou me fez entender o que estava querendo dizer. "Você se refere ao apartamento?"

Dima aquiesceu com a cabeça.

"Mas isso também não desvalorizou?", eu perguntei.

"Não tanto quanto as outras coisas que tenho. Você viu o MICEX?"

"O que é isso?"

"O mercado de ações, professor. Caiu oitenta por cento. Oitenta! O apartamento caiu dez, no máximo quinze. Não vou mexer nas minhas ações até que elas voltem ao que eram antes."

"Mas você não pode vender o apartamento da vovó. Não é seu."

"Na verdade, é sim. Está no meu nome e eu tenho uma procuração. E será a melhor coisa para ela também. Ela não vai conseguir dar conta de subir essas escadarias por muito mais tempo, e isso também nos daria um caixa para contratar alguém para cuidar dela."

"Ela morou neste apartamento praticamente a vida inteira."

"Qual é o problema? Ela não consegue nem se lembrar do que tomou no café da manhã."

"Mas ali ela sabe onde ficam as coisas. Pode se orientar sozinha."

"Vamos arrumar o novo local com as coisas dela, nos mesmos lugares. Como no caso de Emma Abramovna."

Refleti por alguns instantes. "Por que você não vende o seu próprio apartamento?"

"Ah, eu vou vender. Mas o comprador que encontrei quer os dois apartamentos, para fundi-los. E se dispõe a pagar um tanto a mais por isso."

"Não", eu disse. "Você não pode fazer isso com ela."

"*Eu* não posso?", indagou Dima, olhando para mim como se estudasse algum detalhe do meu nariz. "Desculpe, devo ter esquecido de todas as contribuições que você deu nos últimos quinze anos para a saúde e o bem-estar da vovó. Você as fez escondido?" E fez uma pausa como se aguardasse resposta. "Não? Você não fez? Então você na verdade não esteve aqui esse tempo todo, não colocou nem sequer os pés neste país durante todos esses anos, e não sabe nada do que está acontecendo? Foi o que pensei."

Voltou a tomar um gole de seu drinque caro. Dentro do copo havia uma casca de laranja. Ele era tão mais velho do que eu que nunca chegamos a brigar ou a lutar como irmãos costumam fazer, e, de todo modo, ele não era de entrar em brigas físicas. Era totalmente cerebral, e seu cérebro estava focado em maximizar lucros e provar que estava sempre certo. Eu tinha ficado aquele tempo todo nos Estados Unidos. Minha avó começara a ficar senil na minha ausência. O fato de eu ter reaparecido não mudava isso.

"Quando você está pensando em fazer isso?", perguntei.

"O mais rápido possível. Se você for embora perto do feriado de Ação de Graças, será ótimo, conseguiríamos provavelmente uns trezentos pelo lugar. Talvez eu tenha de fazer um empréstimo de cerca de cem para as minhas despesas legais. O resto, duzentos mil, colocamos em uma reserva para a vovó — para pagar o aluguel dela, contratar uma enfermeira que more com ela, e para quaisquer despesas médicas que ela tiver nos próximos anos. Se os gastos dela forem de cerca de três mil por mês, isso daria, mais ou menos, sessenta e seis meses, ou cinco anos e meio. É bastante tempo para ela."

"Sim", respondi. Nossa avó dificilmente viveria mais do que cinco anos e meio.

"Metade desse dinheiro será seu e eu terei a possibilidade de lhe devolver isso dentro de dois ou três anos. Podemos até fazer um contrato."

"Eu não preciso de dinheiro."

"Tudo bem, Sr. Bem de Vida. A gente toca no assunto quando chegar a hora."

Fiquei em silêncio. Eu vinha aguardando o momento da minha partida, mas isso era diferente; se eu partisse, minha avó acabaria sendo colocada em algum lugar qualquer.

"Então, o que você acha?", perguntou Dima.

"Não sei", respondi. "Preciso pensar."

"Tudo bem", disse Dima. "Então pense."

Fez então alguns gestos cujo significado não captei, e uma das moças se aproximou e se sentou no colo dele. Ela fazia topless, e nitidamente já o conhecia. Ele sussurrou algo no ouvido dela, que deu uma risada, e se virou para mim: "A Vera está me dizendo que tem uma amiga que gostaria de conhecer você. Podemos convidá-la?". E depois acrescentou: "É por minha conta".

Uma parte de mim dizia que eu devia aceitar a proposta; outra parte, que não. Eu estava bastante confuso diante das novidades trazidas por Dima. Agradeci a Vera e a ele e disse que iria para casa. Dima deu de ombros e disse: "Vejo você lá". E assim se encerrou a nossa conversa.

Fiz um caminho mais longo até em casa, para refletir sobre tudo aquilo. As noites estavam ficando mais frias. Eu estava com um suéter e um casaco de outono, mas não era o suficiente. Até aquele momento eu estivera tão ansioso para partir. Passei pelas cafeterias super caras de que eu não gostava, pela Hugo Boss, pelo teatro experimental... Já estava me habituando a esse lugar, e talvez tivesse mesmo encontrado um local para jogar hóquei. Mas, pensando bem, talvez fosse melhor assim. Eu, de fato, não era exatamente o melhor cuidador do mundo para minha avó.

Será que eu achava que Dima deveria ficar? Quero dizer, entre ir para a cadeia e partir, é claro que ele deveria partir. Mas de alguma forma isso não me caía bem. Sempre houvera uma espécie de argumento moral, da parte de Dima, paralelo aos seus negócios. Ele não estava voltando para a Rússia apenas para fazer fortuna imediata, mas para construir o capitalismo, a democracia, uma nação moderna. Continuaria o trabalho iniciado pelos grandes dissidentes soviéticos tão admirados por meus pais. Por isso conseguira chegar tão alto e ser tão imponente no Facebook ou ser entrevistado por Elena na Eco. Por isso podia ir para a cama com strippers e mesmo assim se achar um sujeito honrado — estava construindo a nova Rússia! Era óbvio que precisava extravasar!

Agora estava indo embora. E tudo bem. Mas, se a ideia tinha sido construir alguma coisa, e essa coisa ainda não estava construída... será que nunca havia existido a intenção de construir nada?

Talvez eu estivesse sendo injusto. Mas podemos ver a mesma coisa na academia. Pessoas iam à Rússia, entrevistavam russos, escreviam seus artigos e livros — e então obtinham um emprego, ou um cargo, ou o prêmio Nobel, e o que os russos ganhavam com isso? Todo esse dinheiro que os russos têm agora não veio da chegada de Dima e da construção de seus postos de gasolina, e evidentemente tampouco da publicação de alguns artigos acadêmicos. Ele veio do tio Liev e do grande dissidente judeo-italiano Pontecorvo, quando descobriram a maldita natureza molecular do petróleo. Ele veio da invenção do tio Liev de instrumentos capazes de detectar a emissão de nêutrons. Nenhum americano chegou e mostrou aos russos como encontrar petróleo; os russos fizeram tudo aquilo por conta própria.

Quando cheguei em casa, minha avó estava na cozinha já de camisola, bebendo uma xícara de chá. Já tinha retirado a dentadura e dirigiu a mim um sorriso desdentado assim que me sentei de frente para ela. Sempre parecia muito graciosa sem os dentes, como um bebê muito velho, sábio e grisalho.

"Você voltou para casa, Andriuch. Estava preocupada. Por onde andou?"

"Saí com Dima."

"Dima? Ele está aqui?"

"Sim."

"Ele é meu neto, sabia?", disse minha avó, entristecida. "Agora mora em Londres."

"Eu sei."

"Está com fome?", perguntou. "Tem umas panquecas com geleia. Você quer?"

Fez um movimento de se apoiar na mesa para levantar-se, mas eu a contive. "Eu pego", emendei.

As panquecas estavam no parapeito da janela — mais parecia, a rigor, um aparador embutido na janela, com sessenta centímetros de profundidade —, em um prato de alumínio coberto por outro prato. Minha avó não tinha nenhum tupperware. Coloquei duas panquecas em um prato e voltei para a mesa. Minha avó bebericava o chá devagarinho, metodicamente.

Não sei quanto eu e Dima tínhamos acabado de gastar com aqueles drinques. Trinta dólares? E Dima certamente ainda gastaria muito mais. Quanto seria a taxa de limpeza de Vera? Duzentos dólares? Quinhentos? Eu não fazia a menor ideia, mas quinhentos dólares me pareceram um valor plausível. Isso representava toda a poupança da minha avó.

"Minha mãe costumava fazer essas panquecas", disse minha avó subitamente. "Ela não era boa cozinheira. Era dançarina. E jogava xadrez muito bem. Era uma das melhores jogadoras de xadrez de Moscou."

Eu nunca tinha ouvido falar naquilo.

"Sim", disse minha avó. "Ela era muito talentosa, mas não gostava de crianças, embora de vez em quando, ao voltarmos da escola, ela nos aguardasse em casa com essas panquecas para comermos."

"Pobre vovozinha", pensei. Já tinha vivido tantos anos, e ainda assim se recordava das panquecas da mãe.

Não era certo que ficasse tão sozinha assim. E isso tinha acontecido porque nós havíamos emigrado. Naquela época não víamos desta forma — tudo era uma grande aventura —, mas, ao partir, fizemos uma ruptura de gerações. Tínhamos abandonado minha avó. Levou um tempo para que essas ramificações se desfizessem, mas aquela emigração, mais do que qualquer outra coisa, tinha sido a grande tragédia da vida da minha avó.

"Quer jogar anagramas?", perguntei-lhe.

Seus olhos se abriram enormemente. "Claro!", disse ela. Jogamos três vezes. Ela me trucidou. Depois fomos dormir. Seja qual tenha sido a hora que Dima chegou em casa, eu não escutei nada.

Na manhã seguinte, escrevi ao baterista dizendo que meus planos tinham mudado e que ele poderia continuar ali caso já não tivesse encontrado outro lugar. Ele respondeu rapidamente, contando que não tinha arranjado nada e que ficaria contente em permanecer.

Falar para Dima era mais difícil, mas — de uma forma que não era nada comum para mim —, decidi não enrolar. Disse-lhe que queria ficar mais alguns meses, que ainda estava começando a me habituar, e que achava que não devíamos fazer minha avó mudar de casa enquanto eu estivesse ali podendo cuidar dela. A reação dele foi melhor do que eu esperava. "Tudo bem", disse Dima. "Se você estiver aqui para ajudá-la a subir as escadas, poupamos despesas com cuidadores, tanto melhor. Mas, se o imóvel perder valor, vou ter de tirar da sua parte."

"Tudo bem", eu disse.

Dima ficou a semana toda em Moscou. Cuidamos de algumas coisas da casa juntos e acompanhamos as eleições e o discurso de Obama em seu computador, mas, para além disso, dificilmente eu o encontrava. Ele entrava e saía do apartamento como um fantasma, fosse de manhã bem cedinho, fosse bem tarde da noite. Ele evitava minha avó, eu creio, e ela percebia. Quando o via, ela dizia: "Dima! Tenho tanto orgulho de você! Você construiu uma carreira tão bela! Nós ouvimos você no rádio! Se você pudesse vir me visitar um pouco! Eu estou bem aqui!".

"Vovó, preciso ir", dizia Dima, de olho no celular e já vestindo seu casaco, as botas e o chapéu. "Vamos falar sobre isso mais tarde, está bem?"

"Você não pode ficar um pouquinho mais?", insistia minha avó. "Vamos jogar anagramas."

"Agora não posso."

"Nem uma partida?"

"Não posso."

"Você nunca pode."

"Ando muito ocupado!"

Quanto mais ela pressionava, mais ele caía fora. Entendi qual era a dinâmica. *Ele* achava que ela o criticava, minimizando ou até mesmo ignorando todo o tempo que ele havia passado com ela ao longo de vários anos, todas as atenções que lhe dedicara, ao passo que *ela* estava apenas expressando um desejo e também, agora eu percebia, tentando inutilmente pensar em alguma coisa para dizer. Ali estava Dima. Mas, o que dizer a ele? A primeira coisa que lhe ocorria era, sempre, algum tipo de censura. Ela simplesmente tentava estabelecer uma conversa, para que ele ficasse por mais algum tempo, para se relacionar.

Observei tudo isso e fiquei muito triste. Talvez eu pudesse fazer diferente. Dima ia partir. Mas eu ia ficar.

Parte 2

I.
Lá fora esfria

Dima se foi, e o frio chegou. No começo era um friozinho que dava para administrar; depois ficou um pouco mais frio — e então ficou muito, muito frio.

Não era um frio úmido, e não ventava muito. Era simplesmente um frio do cacete. Doze graus abaixo de zero eram corriqueiros. Se chegasse a dezessete graus negativos, aí era duro. Se a temperatura subia para uns seis graus negativos, as pessoas afrouxavam um pouco os cachecóis e tiravam os chapéus.

Em um dia comum, antes de sair de casa, você se perguntava: será que vou morrer congelado hoje? Para onde quer que fosse, você ia acabar andando. A cidade era muito grande. As ruas eram bastante largas. Enquanto caminhasse, não haveria nenhum lugar aquecido para se proteger. E se você caísse? O que aconteceria se você se perdesse ou se desanimasse de continuar andando? Durante a guerra, no cerco de Leningrado, as pessoas simplesmente morriam nas ruas de frio e de fome. Outras pessoas caminhavam sobre elas. Até que alguém aparecia para recolher os corpos congelados.

Depois de uma semana convivendo com esse frio, concluí que o casaco que eu usava para me proteger do inverno em Nova York não servia ali, então, com autorização da minha avó, fui bisbilhotar o armário do quarto dos fundos para ver se encontrava alguma coisa melhor. Para meu espanto, encontrei ali um *telogreika* — literalmente, um "aquecedor de corpo" — verde. Eu já tinha visto aquilo em fotos antigas de trabalhadores soviéticos, inclusive no gulag — eram agasalhos de trabalho com um revestimento externo verde e preenchidos com lã. O mais importante: eles eram quentes. O tio Liev deve ter usado um desses ao trabalhar em algum campo de petróleo. E isso deve ter acontecido quando ele ainda era jovem, um homem mais robusto, pois, quando o experimentei, coube em mim perfeitamente. Agora, portanto, eu tinha uma jaqueta de inverno, apesar do seu estilo meio hipster. Havia ali também uma mochila vermelha para trilhas com a palavra СПОРТ atrás e dentro da qual consegui encaixar, não sem me valer de certa criatividade logística, todo o meu equipamento de hóquei. Abandonei minha sacola da Ikea e, a partir de então, passei a ir para o jogo de hóquei com uma bela mochila vermelha soviética.

Logo passei a frequentar assiduamente o hóquei. Nosso time continuava a ser derrotado pelo time branco todas as quartas e sextas-feiras, mas isso não me intimidava. Eu estava fascinado pelo time branco. Individualmente não eram jogadores extremamente técnicos, mas jogavam juntos havia muito tempo e sabiam ocupar muito bem os espaços do rinque. A saída deles da zona defensiva era feita de uma maneira que eu nunca tinha visto antes. Ainda em evolução, a nossa saída era simples: quando os defensores estavam com o disco, os pontas se colocavam próximos da linha azul e, se estivessem livres, recebiam o primeiro passe, que redirecionavam ou para o central ou em direção à área de ataque; se os pontas estivessem marcados, o central recuava em direção ao nosso gol, recebia um passe curto do defensor e tentava avançar a partir dali. O time branco fazia um jogo mais espaçado: colocavam seus pontas na linha azul oposta e então fechavam em direção aonde estivesse o disco; o defensor enfim lançava o disco para um ponta que voltava, e esse ponta o direcionava para o central, que saía de sua posição. De certa forma, era a mesma jogada — o defensor passava para o ponta, que passava para o central — só que, nessa variação, o central recebia o disco um pouco mais à frente do que na saída de jogo com que eu estava acostumado. Mas tanto o jogador como o disco cobriam uma longa distância, e isso pesava muito, na medida em que obrigava a defesa a se compactar, e tornava o ataque subsequente mais difícil de ser contido. E isso exigia também uma habilidade de passe — tanto no sentido de dar o passe quanto no de saber recebê-lo — digna de nota. Com uma exceção — um atacante atarracado e jovem chamado Aliocha —, os jogadores do time branco não eram muito velozes, embora todos soubessem dar excelentes passes. Aliocha jogava com Fédia, aquele que eu conhecera no meu primeiro dia e que era, como entendi depois, dono de uma pequena rede de restaurantes no centro da cidade e, consequentemente, um sujeito que tinha de lidar com toda uma série de organizações criminosas ou semicriminosas. Fédia tinha uma capacidade sobrenatural para perceber quem era quem. Talvez tenha desenvolvido isso ao observar atentamente a multidão. Ali, no rinque, ele usava essa capacidade para passar o disco para Aliocha em silêncio, rápido e com uma precisão absurda. E Aliocha, então, fazia o gol. Não tínhamos condições de pará-los.

Considerei que talvez eu pudesse, sim, pará-los, se conseguisse jogar melhor. Toda vez que alguém mencionasse uma partida, desde que fosse à noite, eu compareceria. "Há um jogo no sábado à noite perto do cinema Kirguizia", disse uma vez um dos nossos defensores, Iliá. "Trezentos rublos. Quer ir?" Eu fui. Ficava longe, já no limite da cidade, na última estação da linha amarela, logo depois do cinema, e o vestiário era uma tenda dentro do estacionamento. Não havia chuveiros. Mas o rinque era bom, o preço era metade do que pagávamos no Estádio Olímpico e os rapazes eram amigáveis — eram pessoas mais simples, mais pobres, alguns deles com dentes de ouro na boca. Riam bastante, sonhavam em partir para suas datchas (mesmo no fim do inverno) e em beber um pouco de cerveja. Depois que descobri essa partida, também achei uma terceira, para jogar às segundas-feiras: era no

Instituto de Educação Física, local que deu origem, como eu soube mais tarde, ao hóquei na União Soviética; o rinque era decrépito, com péssimo sistema de aquecimento no vestiário; havia também uma espécie de fosso com alguns centímetros de largura nas laterais, de forma que, quando o disco caía ali era preciso pescá-lo de volta. Eu não ligava para isso. Queria jogar mais. Logo passei a jogar seis vezes por semana. O disco já começava a se encaixar no meu taco. Para mim, o rinque passou a ser algo mais natural do que o próprio chão.

Circulando por todos os lados para ir aos jogos, presenciei coisas estranhas. Quando você saía do centro da cidade — o qual, para falar a verdade, também tem suas próprias esquisitices —, isto é, quando você se distanciava da vizinhança imediata do Kremlin, era como se a civilização ficasse para trás. Ou, melhor ainda, era como se outra civilização — a soviética — ressurgisse, como as geleiras da Era glacial, e exibisse suas imensas torres de apartamentos, com doze ou dezesseis andares, algumas ocupavam um quarteirão inteiro, outras eram tão alongadas que os construtores quase nem introduziram traços curvos nelas, como se já contassem com a curvatura natural da Terra. E então, como as geleiras, essa civilização soviética se desfazia. Agora, uma nova civilização substituía esses blocos de apartamento decrépitos e erguia seus próprios monumentos: oficinas mecânicas, shopping centers enormes e horrorosos, mercados labirínticos horríveis do tamanho de aeroportos. Mas também, como uma espécie de compensação para tudo isso, muitos rinques de hóquei. Para uma das pistas, aos domingos, eu tinha de ir de metrô até a última estação, pegar um ônibus elétrico lotado, caminhar por uma paisagem semiapocalíptica ao longo de um elevado que passava por um gasoduto enorme até finalmente chegar ao rinque, que se aninhava entre dois blocos de apartamentos, como se fosse um local clandestino.

Havia ruas e calçadas, mas a maioria das pessoas e dos carros ignoravam isso. Todos os espaços entre os blocos de apartamentos tinham se transformado em ruas. Se não era uma casa, era uma rua; se não era uma rua, era casa. E só.

Visitar regiões como essas — indo de metrô até a última estação, pegando um ônibus e ainda tendo de caminhar por uma paisagem totalmente árida — era algo revelador. Era assim que a maioria das pessoas vivia na cidade. As distâncias eram inacreditáveis. Não é de estranhar que estivessem sempre de mau humor.

Nunca me senti inseguro ao me deslocar para esses lugares, embora sempre houvesse algum bêbado perambulando por perto, e uma ou outra vez também tenha visto gangues de adolescentes procurando confusão. Eu ainda andava meio desconfiado depois de ter levado aquela coronhada no rosto. Mas o fato é que o cara que acertou meu rosto com uma arma tinha saído de uma Mercedes SUV preta, e não havia muitos desses carros nos pátios ou nas calçadas na periferia de Moscou; além disso, ali era possível ter um gostinho do que virara a indústria automobilística soviética (a maioria fabricava carros parecidos com os Hyundai ou alguns Ford populares). Ademais, eu levava comigo um belo taco de hóquei, e sabia muito bem como usá-lo. Então seguia em frente, jogando e melhorando cada vez mais.

Ainda assim, não conseguíamos derrotar o time branco. Eles eram tantos no rinque, e por mais rápido que eu fosse, o disco ia sempre ainda mais rápido. A fragilidade do meu time não ajudava muito. Lembro-me de uma vez, nesse período — eu estava provavelmente na minha melhor performance de hóquei desde que saíra da faculdade —, em que eu estava com o disco na zona central e vi que Gricha avançava. Atirei o disco à lateral, ultrapassei Gricha e peguei o disco de novo mais adiante, do outro lado; mas, nesse instante, um companheiro de Gricha, Sacha, o mais violento do time deles (Gricha era apenas o mais sujo), veio em minha direção. Não havia como escapar dele; antes que ele me alcançasse, porém, consegui fazer o disco passar entre suas pernas num passe para o meu ponta direito, Anton, que avançava ao meu lado. Sacha me jogou no chão, mas Anton ficou sozinho e seguiu em frente. Aos solavancos conduziu o disco desastradamente e, quando o goleiro se aproximou, atirou-o por cima da rede.

"Por que você fez aquilo, porra?", perguntou-lhe Oleg, do meu time, quando voltamos para o banco.

"Tentei jogar por cima dele", disse Anton.

"Você só precisava acertar na rede, seu idiota."

"Eu tentei! E você, onde estava? O Andrei tinha sido derrubado, e você estava onde?"

"Vá se foder!", disse Oleg.

E assim por diante. Continuavam gritando entre eles, nunca comigo. E, logicamente, perdemos mais uma vez.

A caminho de um jogo debaixo do frio, com o vapor de minha respiração visível diante de mim, eu pensava sobre dinheiro. Não que não pensasse nisso antes, mas, até então, aquilo era parte do jogo: conseguiria ganhar vinte e cinco mil dólares em Nova York? Que tal vinte e dois mil? E assim por diante. Mas nunca vira como um crime o fato de não ter dinheiro. Agora, porém, isso estava acontecendo. Se eu conseguisse comprar a parte do meu irmão do apartamento, minha avó não precisaria se mudar. O fato é que eu não tinha como conseguir tanto dinheiro e, portanto, era só uma questão de tempo pra ele chutar ela de lá.

No hóquei — no meu time original, em que continuávamos a ser esmagados pelo time branco —, os caras falavam sobre dinheiro. Tentei acompanhar a conversa deles para ver se tirava algum conselho útil. Não era fácil. Cresci falando em russo com meus pais, já estava no país falando só em russo por três meses, mas, mesmo assim, ainda tinha dificuldade para entender tudo. O problema era o linguajar chulo deles. Eles não apenas xingavam, mas *trocavam* palavras comuns por palavrões. E os verbos eram as principais vítimas. "Pego meus rublos e emboceto num bordel qualquer lá fora", disse Tólia certa vez. "Eles fodem por lá um pouco, e eu meto de volta aqui outra vez." Acho que Tólia estava descrevendo uma simples operação de câmbio, trocando rublos por euros para tirar vantagem da queda do rublo. Mas não podia ter certeza de que era isso mesmo que ele tinha dito.

Com exceção de Serguei, nosso goleiro, que tinha um carro russo antigo e raramente falava no vestiário, todos os caras trabalhavam em algum tipo de negócio. Oleg, meu ponta esquerdo, era dono de propriedades que alugava; Anton, o ponta direito, era advogado de empresas; Tólia trabalhava em banco; Vânia era dono de uma fábrica de açúcar; e Iliá era CEO de uma empresa agrícola. Tinham carros alemães caros. Mas não eram como os amigos de Dima — eram mais rudes, menos educados, e ainda não estavam espiritualmente moldados pelo Ocidente. Eram russos, tinham feito seu dinheiro na Rússia, e morreriam russos, mesmo que viessem a morrer em uma casa que tivessem comprado no litoral sul da Espanha.

Viajavam muito, e não apenas para foder com os rublos. Conheciam os horários de voos de Moscou para Frankfurt tanto quanto os homens de negócios de Boston sabem de cor quais são os voos da Delta para Nova York. Mas não viviam nenhuma ilusão de pertencerem a qualquer outro lugar que não fosse aquele onde viviam.

"Frankfurt é um aeroporto do caralho!", dizia Tólia. "Gosto de chegar ali cedo antes do voo e meter uma cerveja ou duas."

"Frankfurt é legal, mas você conhece o de Istambul?", perguntou Vânia. "Sentei o rabo lá um pouco a caminho de Dubai no ano passado. Puta que pariu! Filhos da puta, esses turcos! Fiquei até com vergonha, para ser sincero. Você precisa dar o cu para encontrar na Rússia um hotel com mobiliário tão legal como o que eles têm na porra desse aeroporto."

"Sim", disse Anton. "É isso que acontece quando não te fodem a cada meio dólar. Você consegue meter algo legal."

Havia tão poucas palavras usuais que às vezes eles mesmos ficavam confusos. "Tudo é fodido na Alemanha", disse Vânia a certa altura. Eu achava que "fodido" significava normalmente algo "ruim", mas a maneira como Vânia dissera aquilo, acentuando "fodiiiido", como se estivesse impressionado, deixava um espaço aberto para outra interpretação.

"Você quer dizer fodido no bom ou no mau sentido?", perguntou Anton.

"No bom!", disse Vânia. Depois, pensou a respeito por um instante e acrescentou: "Se eu disse que as coisas na Rússia são fodidas, aí sim seria fodido no mau sentido".

E todos riram.

"O que você acha, Serioja?", perguntou Iliá dirigindo-se ao nosso goleiro, Serguei, que vestia sua blusa de goleiro vermelha da CCCP. "Na União Soviética as coisas eram diferentes, não?"

Serguei sorriu. "B-b-bom, eram sim", respondeu. "As coisas eram estáveis. Vocês não precisariam ficar preocupados em foder com seus rublos. Você podia dormir tranquilo à noite e pensar em hóquei."

"Tem razão", disse Tólia, levantando-se. "Está na hora de jogar um pouco de hóquei."

Fomos então para o rinque, jogamos... e perdemos de oito a um.

Não havia nenhuma maneira de eu conseguir comprar a parte de Dima do apartamento. Cento e cinquenta mil dólares significavam vinte anos seguidos de aulas no PMOOC. Mesmo que eu conseguisse um emprego como professor de verdade, com um verdadeiro salário de professor, só conseguiria entre sessenta e setenta mil dólares por ano. Se poupasse, milagrosamente, metade do meu salário, ainda levaria cinco anos. E aí já seria tarde demais.

De todo modo, ter um emprego acadêmico não me faria nada mal. Havia algumas vezes por semana uma palestra ou uma leitura feita por um escritor ou intelectual em uma livraria/bar chamada Bilingua, e passei a frequentar o local. Participei de encontros em que se falava sobre o uso de Púchkin pela propaganda soviética; sobre o conceito de "Ucrânia" no pensamento russo do século XIX; e sobre a campanha de "indigenização" nas repúblicas étnicas soviéticas nos anos 1920. Isso tudo era muito interessante, e, embora esses temas não fossem exatamente do meu campo de estudos, senti que poderiam representar uma espécie de semente de algum projeto futuro para mim. Certa noite, ao voltar para casa depois de um desses eventos — eles aconteciam sempre às seis da tarde, ou seja, durante o horário em que minha avó estava mais animada —, deparei-me com a ausência dela. Seus chinelos estavam ao lado da porta, seu casaco não estava no cabideiro, não havia nenhum bilhete na mesa da cozinha. Ela simplesmente tinha se levantado e saído de casa.

Já havia precedentes disso. Minha avó fazia suas próprias compras na mercearia, embora, com a chegada do frio, normalmente pedisse que eu o fizesse. Ocasionalmente saía para fazer uma caminhada sozinha pelas cercanias. Uma vez ou outra, ao retornar do Café Grind, eu não a encontrava em casa, e ela voltava, depois, sem problema algum. Mas não era comum que saísse sozinha de noite. Enquanto raciocinava sobre isso, o telefone tocou, e era da casa de Emma Abramovna. "A Seva está, Andrei?", perguntou ela. Minha avó dissera a Emma

Abramovna que estava indo para lá, mas já deveria ter chegado havia uma hora. E chegar atrasada aos lugares não era costume da minha avó.

Entrei em pânico, desliguei o telefone e saí de casa correndo. Andei pelo bulevar Tsvetnoi, que era no caminho para a casa de Emma Abramovna, pensando que talvez minha avó não tivesse conseguido pegar um táxi e estava ainda avançando por ali a pé. Nada. Corri em direção ao Tchistie Prudí imaginando também que ela poderia ter pegado a direção errada: nada. Dirigi-me então à delegacia de polícia da Sretenka, onde fui recebido por um policial de feições joviais que ficou visivelmente perplexo com a minha jaqueta de gulag — a única outra pessoa que vi trajando algo parecido fora aquele sujeito que comia da lixeira perto de casa. Anotou meu telefone e disse que me chamariam caso encontrassem uma senhora idosa perdida na vizinhança. Cheguei à conclusão de que o melhor lugar onde eu deveria estar seria em casa mesmo, para a eventualidade de ela telefonar para lá. Vinte minutos depois de ter voltado para o apartamento, ouvi o barulho de chave na porta de entrada. Corri para lá e deparei com minha avó semicongelada, tremendo inteira. Tinha pegado um táxi, contou-me enquanto eu a envolvia com um cobertor e lhe servia chá quente, mas havia muito trânsito e o motorista fez um desvio para ir à casa de Emma Abramovna. Minha avó se deu conta de que não lembrava o endereço da amiga. Então ficaram desesperançosos e perdidos circulando pelo centro de Moscou por alguns minutos. Por fim, ela desistiu, e o motorista passou a dirigir de volta, pelo mesmo trajeto da ida. Ela havia pegado um táxi de verdade, algo raro em Moscou e bem mais caro do que um veículo particular, e ela viu que o taxímetro já chegava perto dos mil rublos. "Mas não chegamos ao nosso destino", comentou com o motorista.

"Não é minha culpa", ele disse. A corrida até a casa de Emma Abramovna custava normalmente cem rublos, e minha avó só tinha levado quinhentos rublos. Disse isso ao motorista, que lhe disse para sair do carro. Ela sabia como chegar em casa daquele lugar, mas era a quase um quilômetro e meio de distância, e estava frio. Enquanto ela contava tudo isso, o telefone tocou novamente, e era Emma Abramovna. Minha avozinha atendeu e começou a lhe contar o que havia acontecido. Logo se sentiu muito cansada, e disse que lhe telefonaria mais tarde para contar tudo. Assim que desligou, começou a chorar. Sentou-se em sua cadeira à mesa da cozinha, segurando o telefone, e chorou.

Depois disso, parei de frequentar os eventos na Bilingua. Poderia fazê-lo em outro momento. Se minha avó quisesse visitar Emma Abramovna, eu ia junto. Diminuí até mesmo a frequência de meus jogos de hóquei, embora as partidas no Estádio Olímpico fossem mais tarde da noite, num horário que não interferia em nada no que minha avó e eu estivéssemos fazendo.

Claro que continuávamos a perder para o time branco, e eu comecei a me sentir cada vez mais frustrado com isso. Durante um jogo que aconteceu pouco depois da terrível aventura da minha avó, recebi o disco de Oleg perto da ranhura do campo. Eu deveria ter dominado e dado um toque curto, mas estava cheio de raiva e, em vez disso, tentei um golpe forte. Quando meu taco tocou no gelo, quebrou-se bem no meio. A parte de cima ficou nas minhas mãos, a parte inferior saiu voando em direção a um canto, e o disco avançou fraquinho em direção ao gol. Para o restante da partida, Anton me emprestou seu taco. Depois, já no vestiário, ele me perguntou se eu não queria ficar com o seu taco, cortando um pouco o tamanho para ficar bom para mim. Eu não gostava do ângulo que havia entre a base e o bastão do taco dele, mas comprar um novo custaria cento e cinquenta dólares. "Sim", eu disse. "Obrigado." E a partir daí passei a jogar com o taco de merda do Anton.

2.
Amplio meu círculo social

De vez em quando eu cruzava o corredor para tomar uma cerveja com os soldados, mas, depois do incidente no Teatr, nunca mais saí com eles, e minha vida social, de modo geral, era quase nula. Maksim, o amigo de Dima, convidava-me vez por outra para ir a uma festa ou à abertura de alguma exposição de arte. Mas eu nunca ia. Eu sabia que, se saísse com aquelas pessoas, fatalmente chegaria um momento em que teria de gastar pelo menos cinquenta dólares em um bar ou um restaurante, e isso significaria a impossibilidade de ir ao Café Grind por uma semana. Além disso, eu me sentia sem graça por ter tentado beijar Elena. Então, ficava em casa.

Ficava perplexo com o pessoal do hóquei. Já me habituara ao fato de que eles jamais faziam brincadeiras, nem sequer sorriam — Vânia certa vez tentou sorrir para mim como uma forma de me deixar mais à vontade entre eles, em vez disso pareceu um lobo exibindo os dentes — mas era estranho que nunca tenham tido vontade de tomar uma cerveja. Nos Estados Unidos, fazia parte da tradição beber algumas cervejas no vestiário depois do jogo, mesmo se você não conhecesse bem as pessoas com quem havia jogado; se você jogava um pouco com os caras, no final sempre acabava com eles em algum bar e ficava sabendo mais de suas vidas. Na Rússia, onde você podia acabar bebendo com pessoas que acabara de conhecer na rua, eu imaginava que isso aconteceria a qualquer momento em qualquer lugar. Mas nunca foi assim. Certa noite, tentei forçar um pouco a barra e levei algumas garrafas de cerveja para o vestiário, para ver se alguém queria. Todos recusaram, ainda que muito educadamente. E levei de volta a cerveja para casa, feito um idiota.

Apesar disso, observei que meus companheiros de defesa, Anton e Oleg, começaram a ficar mais tempo no vestiário depois das partidas, sem pressa, conversando depois de terem trocado de roupa. Eram divertidos. Anton era, provavelmente, o pior jogador do nosso time — além de patinar mal, ainda tinha algum ferimento permanente que o obrigava a manter apenas uma das mãos no taco a maior parte do tempo —, mas estava na equipe havia muito tempo, e era dos mais tagarelas no vestiário. Chegava ao estádio guiando uma Mercedes preta enorme. Oleg era diferente: jogador talentoso, alto e esguio, dono de uma tacada certeira. Mas era preguiçoso. Se o disco não estivesse no lugar certinho, não corria atrás, e depois, no banco, ficava reclamando. Não era o meu tipo de jogo. E é bem possível que eu tenha sido colocado para jogar ao lado deles porque ninguém mais no time queria fazer isso. De todo modo, eram os meus companheiros.

Aos poucos passei a conhecer suas histórias. Anton estava perto dos quarenta anos. Era formado em matemática por uma das melhores universidades de Moscou. Se tivesse se formado uns anos antes, provavelmente teria integrado algum instituto de pesquisa, como o tio Liev, e passaria anos e anos tentando encontrar uma forma de escapar dali. Em vez disso, partiu direto pros negócios. Junto com alguns amigos programadores, criou um software que eles achavam que poderia ser muito útil para os departamentos de recursos humanos das empresas, mas que acabou não dando em nada. Criaram, então, um video game, que deu mais certo. O ambiente jurídico de negócios na Rússia dos anos 1990 era tão complexo que Anton começou a fazer aulas de direito à noite, principalmente para evitar problemas legais para ele e seus sócios. No final, acabou acumulando créditos suficientes para obter um diploma de direito, e com sua ajuda a empresa saiu do ambiente volátil (e perigoso, até mesmo no caso dos video games) do varejo, para passar a prestar serviços jurídicos. Já havia uma década, então, que vivia da prestação de assessoria jurídica para novos empresários russos; uma de suas especialidades mais conhecidas era a abertura de empresas de fachada em territórios offshore para driblar os altos (ou quaisquer) impostos russos.

Oleg tinha uma história mais interessante. Era alguns anos mais novo que Anton e de origem mais humilde, de modo que não teve a possibilidade de escapar do serviço militar; por causa de sua inteligência, porém, prestou o serviço no Extremo Oriente, como operador de radar, monitorando sinais do tráfego aéreo americano. Era uma função considerada prestigiosa e intelectual, de modo que, ao deixar o serviço militar, foi logo contratado pela KGB e ganhou uma vaga na melhor universidade para diplomatas (ligada à KGB). No entanto, não era isso que ele queria. Ao fim, acabou se voltando para os negócios. Sua primeira atividade foi explorar os horários limitados em que as lojas de bebidas podiam ficar abertas durante a campanha de Gorbatchev contra o alcoolismo. O jovem Oleg comprava vinhos baratos em uma dessas lojas de noite e voltava ali no dia seguinte para vendê--los a preços mais altos para as pessoas que ainda aguardavam na fila, do lado de fora, antes mesmo de a loja abrir. Depois de acumular algum dinheiro com isso, investiu-o na compra de um carro usado, logo após o colapso da União Soviética, com o qual viajava até a Ucrânia para comprar cigarros baratos e revendê-los em Moscou. Enchia o porta-malas com a mercadoria, e a vendia na rua ou a intermediários, sempre na expectativa de que não fosse parado pela polícia, senão teria que pagar propina. Era um trabalho difícil, mas que rendia bem, de maneira que, ao final, Oleg acumulou dinheiro e contatos suficientes para adquirir por um preço bem baixo dois espaços comerciais no centro de Moscou. Agora, esses espaços estavam alugados para bancos estrangeiros — um banco europeu, na Tverskaia, e, inacreditavelmente, o HSBC, aquele mesmo onde eu e minha avó depositávamos o aluguel pago pelos soldados. Tinha uma renda de cerca de vinte e cinco mil dólares por mês e poucas despesas, de modo que passava a maior parte dos dias curtindo, e levando pessoas para almoçar.

Oleg vivia com a esposa e o filho pequeno na estrada de Rublevka, uma região elitizada nos limites da cidade, onde viviam também muitas autoridades, inclusive Pútin, a maioria em casas bastante amplas. Anton morava com o pai e um filho adolescente no velho apartamento da família perto da Universidade de Moscou. Tinha outro filho, que morava com a mãe na Espanha; visitava-os com frequência. Oleg tinha uma casa de veraneio na Espanha. Os dois sempre conversavam sobre a possibilidade de se encontrarem algum dia nas férias de verão naquele país.

Oleg andava muito nervoso por causa da crise financeira, e vez ou outra me perguntava sobre como estava no Ocidente a imagem dos bancos que eram seus locatários. "As pessoas falam que eles vão conseguir sair dessa?", perguntava ele. E eu dizia: "Não tenho a menor ideia…". Ao que ele reagia movendo a cabeça pesarosamente, como se me desse razão: sim, eu estava certo, ninguém tinha de fato a menor ideia do que iria acontecer.

Uma noite, depois do hóquei, Oleg sugeriu de nós três sairmos. Concordei imediatamente. Imaginei que iríamos beber cerveja em algum lugar, mas, no final, acabamos indo a um dos cafés bem caros na Sretenka, onde Anton e Oleg pediram suco de frutas. Ficou claro para mim, depois, que o motivo pelo qual ninguém bebia cerveja era porque havia uma política efetiva de tolerância zero com relação a dirigir após ingerir bebida alcoólica. Se você fosse pego mesmo com uma quantidade ínfima de cerveja no bafômetro, corria o risco de receber uma multa significativa. Além disso, quando esses caras bebiam, bebiam muito. "Quando eu bebo", disse Oleg, "a tendência é continuar bebendo por vários dias. Então, procuro evitar."

A maior parte do tempo, claro, falávamos sobre dinheiro. "Escute", disse Oleg, "quanto custa uma casa nos Estados Unidos?"

Respondi que dependia da localização.

"Será que eu conseguiria uma casa legal por um limão?", um "limão" era um milhão de dólares.

"Sim", respondi. "Com certeza."

Isso agradou Oleg.

"Sabem o que eu faria?", disse Anton. "Compraria uma casa pequena em uma cidade pequena e a usaria como base para viajar para todos os lados com minha motocicleta." Fiquei sabendo, então, que Anton gostava muito de viajar de motocicleta. Tinha cruzado toda a Europa e algumas partes da América do Sul de moto. "Voltaria para essa casa, descansaria um pouco e sairia viajando de novo", completou.

"Quanto custa uma casa pequena?", perguntou Oleg.

"Depende."

"O Anton conseguiria uma dessas por cinquenta mangos?" Um "mango" significava mil dólares.

"Não", eu disse. "Mas poderia conseguir por cento e cinquenta mil."

"E em Nova York?", perguntou Oleg. "Como são os preços para imóveis comerciais?"

"Bem altos", respondi, fazendo uma suposição.

"Como seria se eu quisesse comprar alguma coisa no térreo para alugar", perguntou Oleg.

"Igual aos seus bancos?"

"Sim."

"Não sei", eu não fazia mesmo nenhuma ideia. "Podemos ver melhor, mas eu imagino que em Manhattan seria perto de cinco milhões."

"Por um espaço no térreo?"

"Não sei se você pode comprar só no térreo. Mas se puder, seria isso mesmo ou algo assim."

"Mesmo hoje em dia?", insistiu, referindo-se à crise financeira.

"Mesmo agora", eu disse. Até onde eu sabia, tudo continuava a ser muito caro em Manhattan.

Oleg parecia refletir. Cinco milhões era uma quantia certamente maior do que ele tinha. E ficou claro, em seguida, que fazia essas perguntas por uma razão mais profunda. "Filhos da puta", ele disse. "Meus europeus disseram que vão embora." O HSBC ficaria, mas o banco europeu, na Tverskaia, estava caindo fora. Oleg estava em busca de um novo locatário. "Se eu não encontrar um novo locatário rápido, estou ferrado", disse.

"Não se preocupe", disse Anton. "Vai dar certo."

"Sim, provavelmente", respondeu Oleg, embora parecesse bastante preocupado.

Eles pediram mais uma rodada de sucos, e depois fomos cada um para sua casa.

Dezembro se aproximava, e o semestre ia chegando ao fim. Jeff, o professor, gostava de acrescentar no final do período um livro que fosse do século XX ou até mais atual, para trazer o assunto para a época moderna. Para esse semestre, indicou *Contos de Kolimá*, de Chalámov.

Eu não os havia lido. Participara de um seminário inteiro sobre Soljenítsin na faculdade, e ao final dele já não aguentava mais falar nos campos. Era uma espécie de reação aos meus colegas, que se tornavam tão melodramáticos quando discutiam o gulag, assim como a Soljenítsin, que parecia gritar o tempo todo. Eu não conseguia aguentar nenhum dos dois.

Pelo menos entendia por que Soljenítsin gritava. Mas por que meus colegas estavam tão tristes? *Nós* não estávamos no gulag. Isso deveria deixá-los contentes.

"Por que essa cara fechada?", perguntei uma vez quando Fishman não parava de falar sobre como eram terríveis os campos soviéticos. "Estamos em Nova York! Olhe para fora da janela!"

"É importante dar testemunho de todo esse sofrimento", disse Fishman. "É o mínimo que podemos fazer."

Então achei que já estava cansado do gulag e, por isso, hesitava com relação a Chalámov. Mas a primeira coisa que aprendi sobre ele — a partir do livro de suas memórias que encontrei na livraria embaixo do clube de striptease — foi que ele odiava Soljenítsin. Isso era animador. Ele trazia, como ficou claro depois, uma visão diferente sobre os campos. Não era rancoroso com relação a eles. Não buscava passar o resto de sua vida se vingando dos infortúnios por que passara, sobretudo por saber que muitos dos homens que o tinham agredido nos campos também haviam sofrido muito nas mãos de outras pessoas — tinham sido assassinados ou torturados, ou espancados até a morte, tal como eles mesmo haviam feito com outros. Ele não se interessava em ficar discursando sobre o sentido dos tempos que passou nos campos. Mas queria, sim, recordá-lo. E as pessoas que tirassem suas conclusões a partir disso. Pode-se dizer que Chalámov tinha uma crença tocante no poder da arte.

Estava com Chalámov sobre a mesa, quando minha avó entrou na cozinha e perguntou o que eu estava lendo. Mostrei-lhe o livro.

"Chalámov", disse ela, tristemente. "Sim."

E se sentou à minha frente.

"Klavdia Gueórguievna o conheceu", disse ela.

Eu nunca tinha ouvido falar em Klavdia Gueórguievna, mas, de alguma forma, imaginei quem fosse. "Tia Klava?", perguntei.

"Sim. Ela estava no Cazaquistão."

"Não sabia disso", afirmei. Pois não tinha mesmo conhecimento do fato.

"Ela não era tia de ninguém, claro", disse minha avó.

"O quê?"

"Eu disse às pessoas que ela era minha tia. De Pereiaslavl. Cheguei a contar isso para Iolka."

Era verdade. Tia Klava, que morava no apartamento quando minha mãe era pequena, morrera antes de os meus pais se casarem, por isso eu tinha ouvido falar pouquíssimo sobre ela. Eu acreditava que ela havia sobrevivido à guerra na Ucrânia e depois mudado para Moscou sozinha.

"O marido dela era um comunista húngaro importante", contou-me minha avó. "Ele veio para construir o comunismo. Deram-lhe este apartamento. E depois o prenderam. E Klavdia Gueórguievna também. Ele morreu, mas ela sobreviveu, e depois voltou.

"Nós já morávamos aqui. Com Iolka. Ela voltou e eu não sabia o que fazer. Era o apartamento dela."

De alguma forma, eu nunca havia pensado no fato de que para minha avó receber um apartamento de Stálin alguém tinha de perdê-lo.

"Então decidimos que eu ficaria com o apartamento, mas ela poderia viver nele enquanto isso. Ela morava no seu quarto e me ajudava com Iolka. Era uma mulher maravilhosa, uma doutora."

"Eu não sabia disso."

"Ninguém sabia. Nem sequer contei para Ielotchka. Não queria que ela tivesse de mentir para as pessoas. E quando isso não tinha mais importância, já era tarde demais."

Minha avó brincava com o pequeno saleiro de metal sobre a mesa.

"Às vezes penso que eu deveria ter me mudado", disse ela. "Que devia ter deixado o apartamento quando ela apareceu. O que você acha, Andriuch?"

O que *eu* achava? Quem se importava com o que eu achava? Ainda assim, eu tinha notado que minha avó fazia isso cada vez mais, tratando-me como uma pessoa a quem se podia recorrer para obter alguma orientação moral.

"Eu não sei", respondi. Ainda refletia sobre aquelas novidades todas a respeito de tia Klava. "Você também precisa ter um lugar para viver."

"É verdade."

"E...", comecei, pensando no que dizer. Toda uma ética havia se desenvolvido em torno da questão do stalinismo que era, naquela época, difícil de analisar. Soljenítsin, que havia sofrido de uma forma tão branda nos campos, estabeleceu o princípio do "não vivamos uma mentira", querendo dizer "não participemos das decepções do regime". Isso certamente incluía aceitar um apartamento de Stálin pela sua participação em um filme de propaganda e permanecer ali depois que o proprietário anterior reprimido pelo regime retornava. Minha avó havia vivido uma mentira. Mas, o que Soljenítsin fez? Ele proclamou o seu princípio; recebeu o prêmio Nobel; e, em seus últimos anos, tentou se aproximar de Pútin, pondo em xeque com um largo sorriso televisionado (quando Pútin foi visitá-lo) a autoridade moral que havia levado cinquenta anos para construir.

Eu havia lido Chalámov. O que teria dito Chalámov? Ele via as coisas de maneira diferente de Soljenítsin. Via-as duplamente, de forma ambivalente. Para ele, Soljenítsin era um charlatão. Dor física, raiva e frio cortante: isso tudo não podia ser "superado" pelo espírito. Tampouco podia se dividir o mundo, como fazia Soljenítsin, entre amigos e inimigos do regime. Para Chalámov, nos campos havia as pessoas que o ajudavam e havia as que o agrediam (que o espancavam, roubavam sua comida, traíam-no), mas a maioria que conheceu não eram nem uma coisa nem outra. Simplesmente tentavam sobreviver, como ele. Havia uma enorme brutalidade nos campos, e pouquíssimo heroísmo. Em suas memórias, ele conta uma história singular sobre o que aprendeu durante um dos momentos mais horríveis de sua vida no campo, quando sua cunhada, Ássia, a quem era muito ligado, estava em um campo próximo ao dele. Chalámov estava no hospital por causa de uma disenteria, e um dos médicos queria saber se ele queria mandar alguma mensagem para Ássia. Bastante entorpecido, Chalámov rabiscou um bilhete curto e frio. "Ássia", dizia o texto, "estou muito doente. Mande-me um pouco de tabaco." E só. É claro que Chalámov se recorda disso cheio de vergonha, mas também entendendo o gesto: ele estava fraco, à beira da morte, reduzido a uma existência quase animal. Não havia nenhuma grande lição a tirar dali, a não ser a de que, sob certas condições, um homem deixa rapidamente de ser um homem.

Não era nada pessoal, como se diz. Apenas o século XX. Agora eu me perguntava se, tendo conhecimento desse fato, eu estaria obrigado a contatar os parentes de tia Klava e tentar lhes dar o apartamento de volta. Mas logo afastei essa ideia de minha cabeça. Ao hospedar tia Klava, minha avó saldara a dívida que tinha com ela. Pelo menos até onde esse tipo de débito podia ser saldado.

Portanto, eu não sabia o que responder a minha avó. Ela tinha vivido uma mentira, mas o fizera solitariamente e em silêncio, de modo que não levara ninguém a fazer o mesmo. Para mim, isso refletia muita coragem. Mas, o fato de isso ainda pesar em sua consciência talvez fosse algo que, ao menos em parte, a animava e a mantinha viva — não seria, portanto, algo com que eu deveria acabar. Embora, ao mesmo tempo, me parecesse certo tentar fazê-lo.

"Você ganhou esse apartamento", eu disse. "Ganhou-o trabalhando naquele filme. E quando tia Klava voltou, você abriu as portas para ela."

"Sim", concordou minha avó, hesitante.

"Poucas pessoas teriam feito isso", arrisquei. As pessoas que deixavam os campos muitas vezes não tinham autorização para retornar a Moscou, e certamente não podiam voltar para os seus velhos apartamentos. Ao voltar para Moscou, tia Klava tinha provavelmente descumprido a lei, e minha avó a protegeu.

"É verdade", disse minha avó. "Infelizmente, é verdade", disse ela, de forma assertiva.

Parecia novamente triste, mas apenas do jeito que era de costume.

"Sabe, Andriuchik, todos os meus amigos já morreram. Todos os meus parentes já morreram. Estou totalmente só."

"Você não está totalmente só", eu disse.

"Sim", disse ela. "Estou sim."

Era estranho. Depois de conversas como essa ou em outras ocasiões — quando assistíamos o noticiário noturno juntos ou quando jogávamos anagramas, ou simplesmente quando bebericávamos o nosso chá depois do almoço —, eu sentia que ela por fim admitia a minha presença ali como algo real e sólido, ainda que não para sempre. Era raro que gostasse de alguma coisa específica que eu lhe tivesse feito; bastava a minha presença. Quando eu me preparava para ir ao Café Grind ou para fazer compras, ela nunca deixava de expressar algum tipo de espanto: "Andriuch, fico impressionada. Como você é alto", dizia.

Eu tinha — tenho — cerca de um metro e setenta de altura. Mas minha avó era tão pequenina que eu devia mesmo parecer alto para ela. Pelo menos é o que dizia.

Certo dia, fui ao assim chamado mercado e comprei produtos variados; como os sacos plásticos eram cobrados, eu sempre levava minha sacola da livraria Labyrinth, e dessa vez eu a preenchi até a borda com mexericas, batatas, *sushki* e um bolo de semente de papoula, o preferido da minha avó. Enquanto fazia as compras fui ficando com uma vontade irresistível de urinar, então logo que cheguei em casa larguei minha sacola, tirei o tênis correndo e fui direto ao banheiro. Quando saí, vi minha avó puxando a sacola por uma das alças, arrastando-a bem devagar pelo chão em direção à cozinha. Aquele era um sinal incrível. Ela era uma pessoa indomável. Interrompi-a nesse movimento e peguei a sacola.

"Você conseguiu carregar tudo isso sozinho?", perguntou ela, incrédula.

Mas com a mesma frequência ela podia revelar uma profunda falta de confiança em mim. Dois incidentes mostram isso. O primeiro aconteceu durante uma das raras visitas de Emma Abramovna. Aparentemente, ela não viu com bons olhos a tentativa frustrada da minha avó de visitá-la, e, além disso, seu filho Arcadi estava passando alguns dias com ela enquanto a esposa e filha dele estavam fora da cidade, de modo que Emma Abramovna podia dispor de um carro para se deslocar, e decidiu vir nos visitar. Minha avó estava muito emocionada e tentou caprichar nos preparativos, chegou até mesmo a me perguntar, seriamente, se eu achava que a velha garrafa de vinho que estava na geladeira ainda estava boa para beber, e, se não estivesse, o que eu achava que deveríamos servir no seu lugar. Sugeri uma garrafa de Abkhazian branco e saí para comprá-la. No dia da visita, minha avó pôs a mesa com seus melhores pratos, bandejas e guardanapos logo cedo, e tomamos o café da manhã na mesa do quarto dos fundos, de modo a não desfazer a arrumação.

Chegou finalmente a hora do almoço, e, junto com ela, Emma Abramovna e Arcadi. Arcadi tinha pouco mais de cinquenta anos, e era um programador de computação bastante calado; ele passou a maior parte da visita de olho no celular. De todo modo, a visita dizia respeito apenas a minha avó e Emma Abramovna. O encontro se passou como sempre transcorriam os encontros entre as duas, marcado pelas apreciações que Emma Abramovna fazia sobre seus filhos (maravilhosos!) e minha avó, sobre seus netos (negligentes, a não ser para mim), suas amigas em comum (a maioria em Israel) e o frio horrível que estava fazendo. Arcadi e eu tentávamos de vez em quando introduzir algum assunto diferente, mas sem muito êxito. E então, minha avó — eu praticamente podia ver isso acontecendo — caiu em sua habitual ladainha pós-almoço. "Sim...", disse ela, "sim...", e antes que eu pudesse intervir, continuou: "Sabe, a questão é que todos já morreram. Todo mundo que eu conhecia já morreu. Todos os parentes, todos os amigos. Todos morreram e me deixaram sozinha.".

"Pare com isso, Seva", reagiu Emma Abramovna.

"Mas é a verdade", insistiu minha avó.

"Eu ainda estou viva", disse Emma Abramovna, mordendo a isca.

"Sim... você sim. É verdade. Mas, quem mais?"

"Como vou saber?", exclamou Emma Abramovna. "Tenho certeza de que existem outras pessoas que estão vivas além de mim."

"Sim", disse minha avó, melancolicamente. "Talvez..." E assim sua melancolia tomou conta da sala.

Depois disso, Arcadi levou Emma Abramovna para casa, e eu não me contive.

"Vovó, você valoriza tanto a amizade com Emma Abramovna. Estava tão preocupada em lhe proporcionar um bom momento aqui. E, quando ela estava aqui, você só falou sobre como você está sozinha e deprimida."

"E daí?", disse minha avó, olhando para mim (eu estava lavando a louça enquanto ela descansava na mesa da cozinha — qualquer atividade social a deixava sem fôlego). "É a pura verdade, não é?"

"Essa não é a questão! As pessoas não querem ficar ouvindo você dizer o quanto está deprimida!"

"Não precisa gritar", disse ela. Então se levantou, colocou sua xícara de chá sobre a pia e saiu da cozinha. Eu não estava gritando, eu achava que não. Mas também não era que eu não tivesse gritado. Vi-a caminhar em direção ao seu quarto, entrar e fechar a porta. Não sei por que eu achava que conseguiria fazer minha avó mudar de comportamento ao criticá-la daquele jeito. Que tonto eu era. Voltei a lavar a louça.

O segundo episódio aconteceu cerca de uma semana mais tarde, quando minha avó anunciou que iria à sua consulta médica anual. Se essa visita era de fato anual eu não fazia ideia, e estava ansioso para ir junto com ela. Minha avó se queixava de muitas dores, mas nenhuma delas parecia impedi-la de fazer nada, e, ao mesmo tempo, ela continuava indo à farmácia e trazia para casa vários medicamentos para tratá-las. Eu esperava, assim, poder revisar a sua lista de remédios com um médico, para saber se estavam certos.

Não me decepcionei. A médica era uma bela mulher na casa dos cinquenta anos, com os cabelos castanhos presos em um coque; falava com minha avó seriamente, auscultou sua respiração e seu coração e, de modo genérico, deu-lhe uma espécie de atestado de boa saúde. Depois disso, leu a relação de remédios da minha avó e disse, olhando para mim: "Você está maluco?".

"O quê?"

"Quem fez essa lista? Foi você?"

"Ela vai à farmácia e volta com tudo isso."

"Mas metade desses remédios são contrários entre si. Veja aqui, este é um remédio para pressão baixa e esse outro é para pressão alta. Ela não podia estar tomando os dois ao mesmo tempo!"

Aparentemente, minha avó vinha se automedicando, com a ajuda de algum farmacêutico local.

"Então o que ela precisa tomar?"

A médica seguiu lendo a relação de quinze remédios e riscou dez deles. "Estes estão certos", disse ela. "E nada de acrescentar alguma coisa a não ser que seja prescrito por algum médico de verdade."

Concordei com essa abordagem, e quando voltamos para casa descartei todos os medicamentos que a médica havia riscado. Minha avó acreditava piamente nessa médica — ela levara uma caixa com chocolates de presente para ela, rira bastante de todas as brincadeiras que a doutora havia feito e se mostrara imensamente grata pelos quinze minutos de atenção que havia recebido —, por isso não comentei nenhum dos problemas e, na verdade, achei que ela não iria perceber o que estava sendo feito. No entanto, ela logo percebeu: "O que aconteceu com meus remédios?", perguntou depois do jantar.

"A médica falou para diminuir os remédios que você toma", eu disse. "Esta aqui é a nova lista."

"Mas o que aconteceu com os outros?", perguntou.

"Eu joguei fora."

"Por quê?!"

"Assim você não corre o risco de tomá-los sem querer. Eles não faziam bem para você!"

Minha avó levou a cabeça entre as mãos. "Como você pôde fazer isso comigo? Eu precisava daqueles remédios." E acrescentou: "Você não quer que eu fique bem, não é?".

"O quê?"

"Você quer que eu fique doente."

"Não é verdade."

"Tudo bem", disse ela. "Então ficarei doente." Fez um biquinho e, mais uma vez, deixou a cozinha.

Fiquei chateado, ainda que, dessa vez, eu tivesse razão. No dia seguinte, toda essa conversa já havia sido esquecida. Vez ou outra minha avó perguntava quem havia rabiscado a lista de remédios dela, e eu dizia que havia sido a médica, e ela aceitava. A partir de então, fiquei atento para que ela não tomasse nenhum medicamento novo por conta própria. Mas esse incidente me acompanhou, e não era boa a ideia de que ela poderia se voltar contra mim subitamente e com tamanha convicção. Nos meses seguintes, porém, as coisas ficariam ainda piores.

3.
Vou a um jantar

Em meio a uma saraivada de publicações no blog sobre literatura russa — algumas delas muito boas —, chegou ao fim o meu primeiro semestre pleno no PMOOC. Li todas e respondi uma a uma. E lá pela segunda semana de dezembro, já tinha acabado tudo.

Eu havia imaginado já estar de volta a Nova York àquela época, mas, diante da situação, eu não podia me permitir tomar um voo de volta, e nem havia muitos motivos para fazê-lo. Meu pai ia esquiar com sua família, eu já não tinha um lugar para ficar em Nova York, e ninguém me convidara para participar de nenhum seminário de férias no departamento de línguas eslavas. Então, fiquei por ali mesmo. Voltei a alguns rinques de hóquei e joguei anagramas com minha avó.

No encerramento do semestre, fui agraciado, de certa forma, com um convite para um jantar, enviado por um estudante de pós-doutorado que eu conhecia, chamado Simon. Ele estava passando um ano em Moscou por conta de um projeto de longo prazo sobre as relações culturais entre tchecos e russos, e daria uma festa, conforme escreveu, em homenagem à visita que o encantador Alex Fishman faria à cidade. Ele realmente disse isso: "encantador". Fishman viria à cidade de férias e Simon preparava um jantar para ele.

Desde a minha chegada eu havia evitado Simon e o restante dos meus colegas acadêmicos que viviam em Moscou. Todos estavam na Rússia por algum motivo, com objetivos específicos e projetos definidos, enquanto eu morava com minha avó sem ter a menor ideia do que estava fazendo ali. Não seria, com certeza, uma conversa que eu gostaria de ter com alguém. Esse jantar, porém, era diferente. Moscou, de toda maneira, era a minha cidade. Eu havia nascido ali. Não havia como Fishman visitar a cidade sem encontrar comigo. Além disso, devo admitir, eu estava solitário.

A noite não aconteceu conforme o planejado. Meu primeiro erro foi chegar com uma hora de atraso — por culpa da minha avó. Eu passara o dia redigindo a última avaliação dissertativa de meus vários alunos. Esse era um dos benefícios gratuitos que se tinha ao fazer o PMOOC, em oposição ao velho e normal MOOC: além do diploma, você recebia uma avaliação dissertativa! Quando finalmente estava pronto para sair, minha avó bloqueou o caminho e me perguntou se eu não iria jogar anagramas com ela. "Nós já jogamos hoje", eu disse, o que era verdade, pois tínhamos feito isso depois do almoço.

"Jogamos?", perguntou minha avó. Parada no corredor, com seu roupão cor-de-rosa, uma caneta e um pedaço de papel já em suas mãos, ela parecia muitíssimo desapontada. Eu não podia fazer isso com ela.

"Tudo bem, vamos fazer um jogo rápido", respondi.

Acabamos fazendo quatro jogos — como sempre, uma carnificina dela contra mim —, e só então consegui sair.

Quando cheguei, as pessoas já estavam comendo e Fishman, eu sabia, já monopolizava a conversa. Eu podia ouvi-lo do hall de entrada, enquanto tirava meu sapato e cumprimentava Simon. O apartamento de Simon ficava no décimo segundo andar de um condomínio residencial pertencente à embaixada tcheca, e fora reformado recentemente. Tinha uma bela vista que dava para a praça do Triunfo e o monumento a Maiakóvski. Ele me acompanhou até a cozinha, onde pude deixar uma sacola de cervejas que tinha comprado — não havia engradado para seis garrafas na Rússia — na geladeira e pegar uma para mim. (Notei que alguém tinha comprado cerveja de uma marca superior, mas seria falta de educação pegar uma dessas logo de cara em vez de uma mais barata como a que eu havia trazido, por isso fiquei com uma dessas mesmo). "Escuta, você e Alex estão bem?", perguntou Simon baixinho enquanto eu abria minha cerveja.

Fiquei surpreso. Eu achava que tinha conseguido guardar para mim mesmo o meu desconforto com Fishman. E continuei nesse caminho: "Sim", eu disse. "Por quê?"

Notei que era a vez de Simon ficar surpreso. Aparentemente ele achou que eu soubesse coisas que na verdade eu não sabia. E tinha revelado isso para mim inadvertidamente.

"Por quê?", perguntei novamente.

Com muita relutância, ele respondeu: "Por causa de Sarah...".

"Sarah", repeti, mexendo a cabeça como se soubesse o que ele queria dizer. E então percebi que sabia, sim. Tinha entendido tudo: com quem Sarah estava saindo e quem tirara todas aquelas fotos. Se eu não tivesse deixado de acompanhar os posts de Fishman no Facebook depois de sua foto odiosa de Princeton, teria entendido isso muito antes. "É", eu disse. "Que bom. Para eles." Eu não tinha o direito de ficar com raiva, eles eram adultos, eu estava morando em Moscou, e, de todo modo, Sarah tinha me dado o fora — além disso, eu não queria estragar a festa de Simon. Afinal, ele era um sujeito bacana. Mesmo assim, segui-o até a sala de jantar um tanto quanto aturdido.

Havia umas dez pessoas sentadas em torno de uma mesa de vidro bebendo vinho. A iluminação era suave e a mobília era contemporânea (embora, suspeitei de cara, tcheca), e, se não fosse a vista do monumento de Maiakóvski na janela, você poderia achar que estava em um apartamento qualquer em plena Manhattan. Reconheci de diferentes conferências ou palestras algumas das pessoas em torno da mesa, assim como Fishman, é claro, que tinha deixado crescer uma barba longa de hipster desde a última vez que o havia visto, e que agora acenava para mim com a cabeça, meio ressabiado, para logo prosseguir na conversa com o seu assunto predileto, a saber, ele próprio. O mais impressionante em Fishman naquele dia, além do fato de estar vestindo uma camisa caríssima, era a bela moça sentada ao lado dele. Não guardei o nome de todos quando fui apresentado rapidamente, mas o dela sim — Iulia. Pelo modo como se vestia e como me cumprimentou, pude perceber que era russa. Como será que ela conhecia Fishman?

Simon tinha preparado uma enorme travessa de espaguete, e eu pude esconder o rosto por trás de uma porção enquanto tentava encaixar, primeiramente, a ideia de que Fishman estava dormindo com Sarah, e, em segundo lugar, o fato de estar em meio a pessoas que não eram meus companheiros de hóquei, que só falavam palavrões, nem minha avó. Inicialmente imaginara que seria irritante, mas, para minha surpresa, percebi — sempre que Fishman parava um pouco de falar — que não era irritante. Estava legal ali. O grupo era uma mistura de russos e americanos, todos estudantes de pós-graduação ou de pós-doutorado. Alguns dos temas sobre os quais trabalhavam eram muito interessantes. Um dos russos estava escrevendo a biografia do polêmico crítico formalista Victor Chklóvski. Outro estudava os arquivos de Marina Tsvetáieva guardados na NKVD. Eram pessoas agradáveis e honestas que haviam ingressado na academia por darem importância ao conhecimento. Os americanos que estavam ali traziam algumas notícias sobre a crise financeira: havia rumores de que certas universidades dissolveriam os departamentos de línguas eslavas para fundi-los com os departamentos de história ou de literatura, e cortariam pessoal — as matrículas diminuíam, ninguém mais queria aprender russo, e o dinheiro estava escasso. Senti compaixão pelos meus colegas de estudos eslavos. Tinha passado muito tempo no Facebook maldizendo o sucesso deles, seus posts invejáveis ou seus futuros brilhantes, mas eles eram boa gente! Não era culpa deles o fato de agora estarem envolvidos em uma busca humilhante por qualquer promoção funcional em um campo de atuação cada vez mais restrito. As motivações que os haviam levado a isso eram as mais puras. Talvez até mesmo no caso de Fishman — ou, nesse caso, talvez não.

Por que isso havia acontecido com as pessoas? Todos nós poderíamos ter seguido carreiras mais lucrativas. Havia gente da nossa área que saiu da academia e prosperou. Aaron Bloom abandonou nosso programa depois de dois anos, foi para a faculdade de direito e tornou-se advogado de propriedade intelectual em Washington, D.C., ganhando centenas de milhares de dólares por ano. Ou Eugene Priglachóvkin, um emigrado como Fishman e eu, que achava tão interessante um dos seus temas de pesquisa — a existência pós-soviética de um antigo gulag na Sibéria — que fez um documentário a respeito. Agora ele estava em Hollywood dirigindo filmes de verdade. Relatos sobre a nova vida de Priglachóvkin em Los Angeles preenchiam as conversas no departamento de línguas eslavas como rumores vindos de outro mundo. Priglachóvkin estava namorando uma atriz. Priglachóvkin foi a uma festa na casa de Leonardo DiCaprio! Até Fishman, quando cruzei com ele na biblioteca no ano anterior, me puxou até um computador para me mostrar a casa de Priglachóvkin no Zillow.com. Tinha sido comprada por dois milhões e duzentos mil dólares. Por Priglachóvkin.

E ainda assim as pessoas nesta sala tinham resistido! E eu também tinha resistido! Pode ser que tenhamos ficado frustrados, contrariados, amargos, pobres, mas pelo menos ainda tínhamos o sonho. O sonho da bolsa de estudos, do ensino, do aprendizado, do avanço do conhecimento humano. Qualquer um que permanecesse na academia por todo esse tempo era meu irmão, pensei comigo mesmo enquanto me servia de outra porção de espaguete. Merda, até mesmo Fishman.

Mas Fishman estava decidido a não me permitir ter esses pensamentos generosos — nem a respeito dele, nem de ninguém. Ele não parava de falar e, quanto mais falava, mais eu me sentia puxado de volta para toda a mesquinhez acadêmica, como se Fishman evocasse isso magicamente por pura força de vontade.

"Quero dizer", ele afirmava agora, "o que se deve fazer é marcar uma consulta no departamento de línguas eslavas e, em seguida, abrir seu próprio 'centro de pesquisa'. Essas coisas são os maiores engodos que existem. Mas fazem com que a universidade pareça engajada em debates contemporâneos." Minha mãe tinha trabalhado em um centro de pesquisa. Era algo precário, mas não um engodo.

Fishman! Sarah, obviamente, não era mais minha namorada. Mas também era verdade que Fishman tinha uma queda pelas namoradas dos outros. Era algo de que ele falava, quando ainda éramos amigos, no nosso primeiro ano no departamento. Durante o segundo ano, essa predileção causou muitos problemas a todos: Fishman, em uma festa, ficou com a namorada, que estava bêbada, de um aluno do primeiro ano vindo de Wisconsin chamado Jake. Essa era uma das coisas boas sobre a pós-graduação em línguas eslavas — as pessoas vinham de todos os lugares, não havia somente filhos de imigrantes russos. E eu não sei como alguém que não fosse de Wisconsin teria lidado com isso, mas Jake, que era um palmo mais alto que Fishman, agarrou-o pelo colarinho sem dizer uma palavra, o atirou no chão e foi embora da festa, com a namorada arrependida e agora um pouco menos bêbada arrastando-se atrás. Tudo isso teria sido lamentável e perturbador, mas ainda dentro dos limites do que acontece na pós-graduação, se depois Fishman não tivesse reclamado com o departamento a respeito da "agressão física", e dito que agora se sentia "inseguro" com o pobre Jake na universidade. Meu orientador, que na época era chefe do departamento, fez o possível para convencer Fishman a desistir daquilo. "Desde que não se meta no relacionamento dos outros", disse meu orientador, "você estará em perfeita segurança". Mas Fishman estava irredutível — era uma questão de princípio, disse ele — e levou o caso ao conselho disciplinar da universidade. Graças a isso, Jake foi expulso da escola por um ano e meu orientador foi oficialmente repreendido pela universidade, por não ter respondido de imediato às preocupações de um aluno com sua segurança física. Meu orientador interpretou tudo filosoficamente — "Vou lhe contar o que cria um ambiente inseguro: Fishman, aquela víbora!" — e no fim do ano renunciou ao cargo de chefe de departamento, o que de certa forma ele já queria fazer, e agora lhe agradava ter uma desculpa. Mas Jake não voltou após seu ano sabático forçado. Eu ainda era amigo dele no Facebook, mas ele quase não postava nada.

Então, esse era Fishman. Desde o incidente com Jake, esperava que ele fosse punido, que recebesse seu castigo do Deus dos Estudos Eslavos, justo e vingativo, mas pelo visto isso nunca aconteceria. Houve alguns empregos que ele não conseguiu, de fato, porque no fim das contas só se pode enganar um tanto de gente com um trabalho sobre a digitalização do gulag, baseado em um modismo, mas Fishman sempre se safava. Ele havia terminado sua dissertação um ano antes de mim e ido com uma bolsa Fulbright para Moscou; depois começou seu pós-doutorado em Princeton. Deleitava-se com isso agora. "É um ambiente muito solidário", ele disse. "Você pode ser novo ou antigo no corpo docente, dá na mesma, é um lugar de camaradagem."

Eu ouvia Fishman, mas dava várias olhadas, quantas pude sem que fosse explicitamente inadequado, para a garota ao lado dele. Seria possível que, além de Sarah, Fishman também estivesse saindo com ela? Nos primeiros minutos do jantar tentei me convencer de que ela não era tão bonita quanto parecia. Magra demais, talvez? E tinha dentes tortos! Mas não funcionou. Ela era bonita. Tinha o cabelo preto e curto, grandes olhos verdes, ombros estreitos e mantinha a postura ereta, como um ícone soviético. E tinha vergonha dos dentes, então, quando ria de uma piada, feita por Fishman por exemplo, desviava um pouco a cabeça para que eles não aparecessem. Era um gesto adorável. Ela claramente estava ligada a Fishman de alguma maneira, mas como? Se Fishman estivesse dormindo com essa garota, eu seria obrigado a contar para Sarah? Não, eu não contaria. Mas meu Deus! Várias vezes durante o jantar Fishman virou para ela para dizer algo baixinho demais para que os outros ouvissem, e uma vez chegou a pôr a mão sobre o seu braço. Fishman estava sempre pondo as mãos nas pessoas de um jeito conspiratório. Que babaca.

"Princeton, Princeton, Princeton", disse Fishman, para um grupo de pessoas que estariam dispostas a mastigar o próprio braço esquerdo se, reduzindo seu volume, isso lhes permitisse passar espremidos pelas pesadas portas de carvalho daquela universidade. Fiquei esperando um deles se rebelar, se livrar das amarras de Fishman: quem ele pensava que era, falando assim com os demais? Em vez disso, esses alunos russos e americanos queridos, de mestrado, doutorado e pós-doutorado, estavam embevecidos. Um deles perguntou, sobre uma famosa especialista em Bakhtin, "Como é a Caryl Emerson?"

"Ah," disse Fishman, "super amigável. Outro dia mesmo eu estava contando a ela sobre meu novo projeto, ela me deu o maior apoio. Ela tem os pés no chão, sabe?"

Ele comentou isso como se o resto de nós achássemos que Caryl Emerson andasse para todos os lados de helicóptero. O que, na verdade, meio que achávamos mesmo.

O último projeto dele, Fishman continuou falando, era um esquema para colocar umas coisas da Biblioteca do Estado Russo (antiga Biblioteca Lênin) na internet. A propósito, Fishman estava na cidade esta semana para negociar com a biblioteca os direitos digitais, embora eles estivessem resistindo. "Eles disseram 'para que olhar na internet se você pode visitar a biblioteca?'" A maioria das pessoas à mesa riu; Iulia, sentada ao lado de Fishman, não. Será que ela odiava a internet e amava bibliotecas? Eu também amo! "Eles ainda usam fichas catalográficas", Fishman prosseguiu. "A certa altura, é preciso interpretar isso como um ato de hostilidade com relação ao conhecimento." As pessoas assentiram com a cabeça. Virei o resto da minha cerveja e fui à cozinha buscar outra.

Maldito Fishman. Esse era o sujeito que uma vez me perguntou o que Lótman tinha de especial. "Ele é apenas um Barthes de segunda categoria, não acha?" Não, eu não achava. Fishman era um idiota.

Decidi começar a tomar a melhor cerveja, uma Budweiser tcheca que eu nunca tinha visto em lata. Peguei uma da geladeira e abri. Hum — encorpada e um pouco doce, bem como eu me lembrava. Pensei em levar um monte comigo para a mesa, mas Simon havia arrumado tudo tão bem que eu não queria estragar o visual com uma pilha de latas. Ao mesmo tempo, eu não queria continuar saindo de fininho para buscar cerveja na cozinha. Eu estava vestindo um cardigã azul com bolsos laterais, eram bolsos bem fundos, e enfiei uma Budweiser no do lado esquerdo. Ele ficava um pouco proeminente, mas tudo bem; de qualquer forma, ninguém estava realmente prestando atenção em mim.

Fishman não era apenas um idiota, era um idiota perigoso. Os pais dele emigraram da União Soviética, como os meus, e mais ou menos na mesma época. Como muitos de nós, ele cresceu falando russo e, como muitos de nós, herdou a ambivalência de seus pais com relação ao país de onde fugiram. Nossos pais eram tão céticos com relação à Rússia, tinham tanto medo dos russos, que desarraigaram suas vidas, encaixotaram tudo e foram aos correios dezenas de vezes para despachar seus livros para os Estados Unidos, justamente para que pudessem escapar. Mas eles também permaneceram ligados à Rússia por um milhão de laços de memória, hábitos e afetos. Assistiam a filmes russos, faziam compras em lojas russas e preferiam os doces russos. Meu pai, lá em Massachusetts, com sua mulher americana e filhos que não falavam russo, agora baixava da internet novos programas da TV russa e os assistia por horas enquanto andava de bicicleta ergométrica. Ao passo que nós, filhos desses emigrados... se estivéssemos envolvidos com a Rússia, éramos críticos da Rússia e dos russos, um pouco como nossos pais haviam sido, mas também, de algum jeito, não. Não mantínhamos os mesmos laços; não experimentávamos o mesmo vínculo. Às vezes, me lembrava da acusação de Gershom Scholem contra Hannah Arendt durante o frenesi em torno de *Eichmann em Jerusalém*, um livro profundamente crítico tanto com relação a Israel quanto aos muitos judeus que, segundo Arendt, foram complacentes demais com aqueles que queriam exterminá-los. O livro de Arendt era erudito e agudo, disse Scholem. Mas faltava nele *ahavat Israel* — "amor a Israel", um amor por seu povo. A acusação pode ter sido injusta com Arendt, mas acho que foi justa conosco, os filhos dos emigrados. Em tudo o que fizeram, até mesmo na ferocidade com que rejeitavam a Rússia, nossos pais se aferraram ao amor pela Rússia. Seus filhos, não.

Alguma coisa quando Fishman caçou da Biblioteca Lênin me irritou de verdade. Ou talvez tenha sido essa linda garota sentada ao lado dele que tenha me irritado. E é claro que havia a questão nada irrelevante de que ele estava dormindo com a minha ex-namorada. E talvez houvesse ainda, além disso tudo, uma frustração minha neste belo apartamento em que Simon morava sozinho, perante as magníficas perspectivas de carreira dele sobre o intercâmbio cultural russo-tcheco, o que tornava ele próprio um avatar do intercâmbio cultural — um falante de russo e de tcheco que morava em um apartamento tcheco em Moscou, enquanto eu morava com minha avó, em um quarto em parte ainda ocupado pelas caixas de Dima, e ninguém nem sequer respondia mais aos currículos e cartas de apresentação que eu enviava, assim como eu não esperava mais que o fizessem.

De qualquer forma, voltei para a mesa com minhas cervejas. Fishman discorria agora sobre sua teoria da Rússia de Pútin. "Eu disse ao meu colega Richard Sutherland que realmente a pedagogia sobre a Rússia deveria se concentrar no totalitarismo. Precisamos entender o totalitarismo. Porque o regime de Pútin é somente totalitarismo com disfarce pós-moderno. Ele está transformando o país inteiro em um gulag."

Ahh, as pessoas exclamaram. Isso é a pura verdade.

Eu já não aguentava mais.

"Fishman", disse, antes que pudesse voltar atrás, "você ao menos escuta a si mesmo?"

"O quê?" disse Fishman. Ele olhou para mim como se tivesse esquecido de que eu estava lá.

"'As pessoas da Biblioteca Lênin são bárbaras. Eu estou em Princeton. Pútin é totalitário.' Você é capaz de se ouvir?"

"Tanto quanto qualquer outra pessoa", disse Fishman, olhando diretamente para mim. "Eu sou meu pior crítico, na verdade." Ele estava bem tranquilo, e eu quase me exaltando. "Mas me diga, qual o problema com o que eu disse?"

"Você menospreza tanto a Rússia! Reclama e faz piadas dela *o tempo todo*. E, no entanto, também lucra com isso. É seu trabalho estudar a Rússia, mas você parece não ter mais do que desprezo pelo país."

"Criticar não é o mesmo que desprezar. A crítica é parte de um diálogo."

Nesse ponto, eu ainda poderia ter recuado. Poderia ter deixado pra lá. Mas eu tinha perdido a paciência. "O QUE VOCÊ

FEZ PELA RÚSSIA?!", gritei. Não sei exatamente o que quis dizer com isso, mas a falta de clareza da minha fala foi compensada em volume. "O que você já fez na vida pela Rússia, Fishman?"

Fishman parecia achar que eu ia pular na mesa e agarrá-lo pelo pescoço. Não seria a primeira vez que ele teria sido agredido fisicamente por alguém do nosso departamento. Olhei para as minhas mãos. Elas estavam agarradas à borda da mesa — inclusive a mão esquerda, que até então segurava a cerveja no meu bolso para garantir que não fosse cair.

"Não sou assistente social, se é isso que você quer dizer", disse Fishman, recuperando a calma. "Mas gosto de pensar que as pessoas que conhecem minhas críticas acham que são revigorantes. Mas, me diga, o que *você* fez pela Rússia?"

"Não sei", disse eu. Era justa a pergunta. "Talvez nada. Mas eu gostaria de fazer."

"Genial", disse Fishman. "Boa sorte."

Houve um momento de silêncio. Olhei ao redor da mesa para ver onde as pessoas estavam; acho que queria que todos estivessem olhando para Fishman com asco, como ele merecia. Mas não estavam. Ao contrário disso, algumas pessoas olhavam para mim. Iulia estava olhando para mim, com uma expressão que só consigo descrever como indecifrável; e os outros encaravam seus pratos, constrangidos. Mas a vergonha deles, não pude deixar de notar, não era por Fishman. Era por mim — um cara incapaz de conseguir um emprego, que ia a jantares e, mal tendo sido provocado, gritava com ex-colegas de classe mais bem-sucedidos do que ele. E era difícil discordar deles. Eu também estava envergonhado de mim mesmo.

Levantei-me para ir embora. Ao fazer isso, a lata de Budweiser por fim tombou do meu bolso e caiu no chão. Todos assistimos ela rolar até a parede e então parar. Por um instante, cogitei fingir que não era minha, mas isso era impossível. Fishman estava rindo. "Por que você tem uma cerveja no bolso, Kaplan?"

Ignorei a pergunta de Fishman. Juntei toda a dignidade que me restava, inclinei-me e apanhei a lata. "A Rússia está doente" eu disse, me aprumando novamente. "Quando alguém está doente, não precisa de críticas. Precisa de ajuda."

Assim que eu disse isso soube que citara alguém. Mas quem? Era Chalámov? Era o discurso de Dostoiévski sobre Púchkin, que lemos no feriado de Ação de Graças? Eu não conseguia localizar.

Foi Fishman que descobriu. "'A Rússia está doente'", ele me imitou. Então, abrindo um sorriso largo: "Calma aí, Pútin diz isso. Você falou o que Pútin disse!".

"Já chega você com Pútin!", eu gritei. Ele estava certo, me dei conta; as palavras tinham borbulhado para fora de mim. Mas ele também estava errado. "Só porque Pútin disse isso, não significa que não seja verdade", eu disse.

"Hmm", murmurou Fishman, sorrindo. Iulia, ao lado dele, continuava olhando para mim com uma expressão que eu não conseguia decifrar.

Enfim, hora de ir embora. "Desculpe ter perturbado o seu jantar," eu disse a Simon, que deu um pequeno grunhido de reconhecimento. Estava claro que ele queria que eu fosse embora.

Levei bastante tempo no corredor calçando os sapatos e, enquanto isso, ninguém na mesa de jantar disse uma palavra. Por fim, saltitei com um sapato pela metade, e só no elevador consegui terminar de calçá-lo. Eu tinha me agarrado à cerveja que peguei no chão e a abri no elevador. A espuma espirrou com força por toda a manga do meu *telogreika*. Devo ter perdido um quarto da lata. Mas bebi o restante caminhando no frio de volta para casa.

O que eu fiz pela Rússia? Eu não tinha feito grandes coisas. Tinha lido muitos livros escritos em russo e por anos ensinara literatura russa a estudantes — acho que isso é alguma coisa. Mas não cheguei a mudar a opinião de ninguém com relação à Rússia. Não descobri nada de novo sobre a Rússia. Fazer de fato alguma coisa pela Rússia, como acadêmico, significaria alcançar uma nova interpretação, uma nova maneira de enxergar, que mudaria a maneira como as pessoas falam sobre a Rússia e pensam sobre ela, e que mudaria a própria Rússia. Isso não era impossível. Mas não era fácil e eu ainda não tinha feito nada próximo a isso.

Passei uma noite péssima em meu quarto e, na maior parte do dia seguinte, um domingo, fiquei com minha avó tentando esquecer o incidente constrangedor. Naquela noite, joguei hóquei no estranho rinque ao lado do gasoduto elevado. Na segunda-feira, recebi um e-mail de IuSemenova@yandex.ru — Iulia Semenova — a Iulia de sábado à noite. Ela disse que tinha pegado meu endereço no convite inicial de Simon. Se desculpou por incomodar, mas estava organizando um pequeno debate sobre o neoliberalismo no ensino superior, que seria na livraria Falanster em algumas semanas, logo após o Ano-Novo e, caso eu estivesse disponível, ela ficaria feliz se eu pudesse falar um pouco sobre o sistema americano. O evento estava agendado para as sete da noite; ela esperava que houvesse um bom público.

Fiquei perplexo. O que eu havia dito ou feito para fazê-la pensar que eu seria uma pessoa competente para tratar da situação do neoliberalismo no ensino superior? Era porque eu tinha causado um rebuliço e roubado uma cerveja no jantar de Simon, e ela queria que eu causasse um rebuliço e roubasse uma cerveja no seu debate? Isso não fazia nenhum sentido. Será que ela tinha enxergado, através do ruído da minha loucura, um coração bom e leal? Era improvável. Mas só havia um jeito de descobrir. Respondi que seria um prazer participar.

4.
Revelação

Passei a véspera de Ano-Novo em casa, mas não sem surpresas.

Primeiro, recebemos pelo correio um cartão de Ano-Novo do primeiro-ministro Pútin. Dirigia-se diretamente à minha avó. "Cara Seva Efraímovna!", dizia. "Que você tenha um novo ano maravilhoso. Nosso país agradece pelos seus sacrifícios. Não esqueceremos nem perdoaremos!"

Minha avó não foi ludibriada. "Por mim eles podem ir para o inferno", ela disse, e jogou fora o postal.

Um pouco mais tarde, quando eu estava na cozinha tomando café instantâneo e ouvindo a Eco, minha avó veio e me entregou uma chave.

"Andriuch", disse ela. "Acabei de encontrar esta chave. Você sabe de onde é?"

Era uma chave antiga e pequena, do tipo de escrivaninha ou armário, e calculei que não havia muitas respostas possíveis para a pergunta. "Vamos ver", respondi. Com minha avó atrás de mim, entrei no quarto dela e experimentei na gaveta da escrivaninha, que já estava destrancada. Felizmente, não era dali a chave. Depois testei na estante do seu quarto, que ficara trancada o tempo todo em que estive aqui e que agora, *voilà*, estava aberta.

"Viva!", vibrou minha avó.

"Você precisava de alguma coisa daqui?", perguntei.

"Não sei!", disse minha avó. "O que tem aí?"

Havia muitas coisas. Velhos papéis de trabalho da minha avó. Suas fotos antigas. Uma série de outros documentos. E depois, em cima de tudo, tinha uma velha caixa de chocolate repleta de cartas. Eram da minha mãe para a minha avó, depois de termos emigrado. E lá estavam as cartas da minha avó para a minha mãe — meu pai deve ter enviado de volta para minha avó em algum momento, depois que minha mãe morreu.

Passei o dia inteiro lendo as cartas. As da minha mãe eram cheias de longas e animadas descrições, nem sempre eufóricas, da nossa vida nos Estados Unidos, minha infância, a rebeldia de Dima, o distanciamento esporádico dela em relação ao meu pai pragmático. As de minha avó continham considerações tristes sobre a vida familiar dos amigos e parentes que minha mãe havia deixado para trás. Sobre sua própria vida, minha avó falava com uma espécie de provocação vazia. Mesmo nas cartas destinadas a amenizar a culpa de sua filha por tê-la deixado, minha avó não conseguia deixar de dar um toque de tristeza. Os invernos em Dubna eram muito sem graça; os filmes a que assistira em Moscou a desapontaram. E havia uma inveja ou até um ressentimento com relação ao tio Liev, disfarçados de admiração. "Ele está totalmente consumido pelo trabalho, não se desvencilha do trabalho nem quando estamos viajando — quando fomos para Koktebel no mês passado, ele começou a se perguntar por que ninguém nunca havia verificado se havia petróleo por lá. É uma pessoa incrível!" Isso não era exatamente sarcástico, mas um pouco pesaroso: minha avó escolhera uma profissão que acabou ligada a todo tipo de bobagem política e, basicamente, ela teve que abandoná-la, enquanto o tio Liev tornara-se um cientista e, por mais que o partido por vezes tenha ficado tentado a interferir na ciência, deixou seus homens do petróleo em paz.

Acima de tudo, nas cartas da minha avó, havia um desejo de reencontrar sua filha, uma sensação de que o centro de seu mundo tinha desaparecido. As cartas eram incrivelmente frequentes — uma por semana nos primeiros anos, depois nunca menos de uma por mês até o final da década de 1980, quando o contato telefônico se tornou mais fácil. Minha mãe tinha um apelido para minha avó; minha avó chamava minha mãe de "minha querida filhotinha". E embora as cartas fossem sofisticadas, irônicas, cheias de conversas sobre os filmes que viram e livros que leram, elas se dirigiam uma à outra com uma honestidade total e desafetada. Embora isso fizesse todo o sentido — minha avó havia criado minha mãe sozinha, durante alguns dos anos mais difíceis do século — eu realmente não fazia ideia do quão próximas elas eram. Eu não fazia ideia do quanto elas sentiam saudade uma da outra. Quando a União Soviética começava a cair aos pedaços, houve até uma conversa sobre minha avó e meu tio Liev irem morar em Boston. Isso nunca aconteceu. Tio Liev tinha uma credencial de segurança e, mesmo nos últimos anos da União Soviética, não era permitido que pessoas com essa condição fossem embora. E depois minha mãe morreu.

"É minha culpa, você sabe, ela ter ido embora", disse minha avó, após ter lido sozinha algumas das cartas.

"Em que sentido?"

Estávamos no quarto da minha avó — eu na poltrona verde ao lado da cama, ela na cama que se transformou em sofá, descansando.

"Eu contei a verdade a ela", minha avó respondeu. "Quando ela ainda era uma garotinha, eu lhe contava a verdade sobre este lugar, sobre como este país era terrível. Então, quando cresceu o suficiente, ela partiu."

Eu não disse nada. Minha avó não lhe contara toda a verdade — não havia revelado o segredo da tia Klava, por exemplo —, mas esse não era o ponto.

"E é minha culpa ela ter morrido", minha avó continuou. "Quando ela trabalhava aqui, as mamografias eram obrigatórias. Mas nos Estados Unidos não. Se ela tivesse ficado aqui, teriam retirado aquilo a tempo."

"Você não sabe", respondi de imediato. Mas agora entendia o que ela queria dizer todas as vezes em que afirmara que minha mãe tinha ido para os Estados Unidos e morrido. Antes eu pensava que estava comunicando dois fatos não relacionados. Mas minha mãe morreu de câncer de mama após um diagnóstico que chegou tarde demais. Minha avó tinha um ponto.

Naquela noite, peguei uma garrafa de vinho e bebemos até a virada do ano. "É tão bom ter você aqui comigo, Andriuchenka", disse minha avó. Fiquei muito emocionado. Ela ligou para Emma Abramovna para desejar feliz Ano-Novo e foi para a cama cedo. Quanto a mim, subi a escada para visitar os soldados. Eles iam para uma grande festa mais tarde, mas por enquanto estavam fazendo uma mini-pré-festa em casa.

Depois de tomarmos algumas cervejas, Howard me chamou num canto.

"Olha", disse ele, "preciso lhe pedir um favor."

Ele tinha conhecido uma garota por meio da avaliação dos clientes do site de profissionais do sexo, e tinha ido até a casa dela. "Eu chego lá e a mãe dela está na cozinha. Uma senhora muito simpática. Tomamos um chá juntos e, então, a garota me leva para o quarto dela e fode comigo. Você acredita nisso? Me senti um adolescente. Foi uma das maiores experiências eróticas que já tive."

Howard fez uma pausa. Qual favor ele poderia cogitar me pedir?

"Gostaria de deixar uma avaliação muito boa para ela, mas em russo", disse Howard. "Se eu escrever e enviar para você por e-mail, você pode dar uma olhada para garantir que não tenha muitos erros?"

Alguns dias depois, recebi notícias interessantes. Meu orientador me ligou. "*S novim godom!*", exclamou. Feliz Ano-Novo.

"Obrigado", respondi.

"Tenho notícias tristes", prosseguiu meu orientador. "Frank Miller morreu."

Frank Miller era um professor muito querido de estudos russos, em um lugar chamado Watson College. Watson era uma faculdadezinha comum de ciências humanas, localizada nos frígidos confins do norte do estado de Nova York, mas com a vantagem de ter um ex-aluno excêntrico, que havia lucrado milhões fabricando sistemas de armas no auge da Guerra Fria, e doara para a instituição uma cátedra permanente de história e literatura russas. Frank Miller a ocupara com distinção. Quando ele, que também era amigo íntimo e mentor do meu orientador, tirou um sabático alguns anos atrás, meu orientador providenciou que eu assumisse suas aulas. Fiz o meu melhor, tanto para dar as aulas como para evitar a depressão, e as avaliações dos alunos foram boas.

"Não sabia que ele estava doente", comentei.

"Não, ele manteve em segredo. E foi de repente. No dia de Ação de Graças ele recebeu a notícia de que o câncer já estava no fígado e, a partir daí, aconteceu muito rápido."

"Que droga."

"E é mesmo", concordou meu orientador. "Mas a questão é a seguinte. Atualize o seu currículo. Eu acho que vão procurar um substituto para ele e devem fazer isso logo. Vou dizer que deveriam sondar você."

"Tudo bem", respondi. "Obrigado."

"E outra coisa", ele continuou, "você precisa publicar algo. Todo mundo agora é obcecado por publicação. Sua avó te contou um monte de bobagens legais sobre a União Soviética?"

"Não."

"Bem, então pense em outra coisa. Você precisa publicar algo. Isso vai te ajudar muito."

Foi um telefonema estranho de receber. Eu estava praticamente resignado à minha nova vida em Moscou, e agora aparecia meu orientador me empurrando de volta para a vida que eu tinha antes. Eu não sabia bem como me sentir com relação a isso. Mas atualizei meu currículo.

Foi difícil encontrar a livraria Falanster, onde seria o debate sobre neoliberalismo no ensino superior. Depois de deixar minha avó na casa de Emma Abramovna, fui caminhando no frio cortante e vaguei pelos arredores do endereço por uns quinze minutos, tendo passado sob um grande arco pelo qual entrei e saí várias vezes de um pátio, ficando cada vez com mais frio e preocupado com a possibilidade de perder o evento. Por que será que eu continuava achando que, só por saber o endereço, seria capaz de localizar um lugar, mesmo depois de todas as vezes em que isso havia se provado falso?

Finalmente perguntei a alguém, que apontou para o arco. Ao longo do tempo, os russos pegaram esses velhos edifícios da era tsarista e os dividiram de um milhão de formas diferentes, e ali estava uma livraria de verdade, dentro da estrutura do arco.

Dava para dizer de cara que era uma boa livraria. Eles tinham todos os livros acadêmicos editados pelo lendário jornal *New Literary Observer* e uma excelente seção de revistas. Não havia pôsteres de Pútin acima da caixa registradora, como tinha na livraria debaixo do clube de striptease da Sretenka, nenhum livro sinistro sobre o *Plano dos Estados Unidos para roubar o nosso petróleo*, nenhum tratado obscuro sobre uma revelação divina. Havia livros sérios de poesia, filosofia e ciência política. E também um pequeno busto de gesso de Karl Marx no canto, apoiando uma pilha de jornais velhos.

A livraria estava cheia com cerca de doze pessoas, e eu vi Iulia, de suéter vermelho e saia de lã marrom, com aparência ao mesmo tempo severa e sexy. Ela estava conversando com um cara e não parecia me ver. Será que esqueceu que tinha me convidado? Eu estava fingindo estudar as pilhas de livros no meio da loja quando vi uma pessoa de aspecto muito familiar entrar na loja. Ele me lembrou algo bom, mas de onde o conhecia? Ele estava tão fora de contexto que por um tempo não atinei. Até que descobri. "Serguei!", eu disse. Era o goleiro do meu time de hóquei. Ele olhou para cima, sorriu e se aproximou de mim. "O que você está fazendo aqui?", perguntei.

"Vou falar no debate", ele disse. "E você?"

"Eu também." Isso soou pouco convincente, como se eu o estivesse imitando, então acrescentei: "Iulia me convidou".

"Ah, Iulia," disse Serguei. "Bom, que ótimo." Ele me deu um tapinha no ombro e foi falar com alguém que vinha tentando chamar sua atenção.

"Ah, Iulia" queria dizer o que exatamente? Tive que deixar o pensamento de lado agora que Iulia se aproximava. "Obrigada por ter vindo", ela disse, colocando a mão no meu braço por um segundo. "Serguei Ivánov" — nosso goleiro! — "vai dar uma palestra sobre sua trajetória na educação contemporânea, mas achei que seria útil ter um pouco de contexto global, então, se você não se importar, eu apresento você e peço que diga algumas palavras sobre essa situação nos Estados Unidos, e em seguida apresento Serguei. Está bem assim?"

"O que você quer que eu diga sobre a situação americana?"

"O que você pensa a respeito, só isso. A situação dos professores, adjuntos e o mercado de trabalho."

Entendi exatamente o que ela queria: a merda da posição constrangedora dos adjuntos, as humilhações infligidas a eles e a seus alunos pela universidade, a ascensão dos cursos PMOOC como uma solução que nada resolve. Como ela sabia que eu sabia de tudo isso? Talvez tenha falado sobre mim com Fishman. Ou talvez apenas soubesse. Eu queria lhe perguntar, mas não sabia bem como e, em todo o caso, depois de explicar o que queria, ela se afastou, foi para a frente da livraria, e pediu para todos tomarem seus lugares. Olhando em volta, vi pessoas na casa dos vinte anos, muitas delas de óculos, suéter surrado, má postura; se pareciam um pouco com o grupo do jantar do outro dia, mas mais desleixados — eram alunos de pós-graduação que poderiam não ser alunos de pós-graduação. Gostei imediatamente de todos.

"Nosso primeiro debatedor", disse Iulia, lindamente, "será Andrei Kaplan, de Nova York, onde é professor adjunto de estudos russos. Andrei?"

Levantei-me e, um pouco nervoso — eu teria ficado nervoso de qualquer jeito, mas falar em russo na frente de um grupo piorava as coisas —, fiz uma breve descrição da situação dos adjuntos nos Estados Unidos. Minha principal queixa era a desigualdade: se você ganhasse na loteria acadêmica e conseguisse um emprego em tempo integral, recebia cerca de quinze mil dólares por curso. Caso contrário, poderia receber algo em torno de três mil. (Ou mil dólares, no caso dos cursos PMOOC.) Isso era injusto. Na minha opinião, nada justificava tamanha disparidade na remuneração, especialmente em instituições que se consideravam modelos de democracia e liberalismo.

Disse tudo isso o mais rápido que pude. As pessoas balançaram a cabeça, sinalizando concordância ou compreensão e, quando eu terminei, deram uma breve salva de palmas. Iulia se levantou, me abriu um sorriso, curvou a cabeça para esconder os dentes e me agradeceu. Sentei-me, aliviado e feliz, e em seguida Iulia apresentou Serguei.

"Como alg-gu-guns de vocês sabem", Serguei começou, com um pouco de gagueira, "eu larguei a universidade três anos atrás em protesto contra a crescente privatização da educação na Rússia. Meu primeiro impulso logo que saí foi fazer alguma coisa totalmente diferente. Pensei que deveria escrever um romance. Mas achava isso maçante e, de qualquer modo, eu não tinha talento. E comecei a pensar mais sobre o que minha experiência na universidade significou para a minha experiência de vida em nosso país.

"O termo 'neoliberalismo' está em voga ultimamente na escrita estrangeira, acadêmica e política, e por muito tempo eu tinha certeza de que ele não tinha nada a ver conosco, comigo. Era uma palavra estrangeira e nossas realidades eram diferentes das realidades que eram descritas, mesmo em uma situação aparentemente análoga à dos Estados Unidos, como Andrei Kaplan acaba de resumir.

"Mas quanto mais eu pensava nisso, mais claro ficava. É uma palavra feia, mas define um fenômeno feio. É a descrição da privatização de assuntos que antes eram públicos, da mercantilização de questões e relações humanas. E na Rússia isso explica muito do que vemos.

"Estamos acostumados a pensar em nossos ditadores como Stálin: é Stálin ou não é Stálin? Isso é 1937 ou não é 1937? E se essa é a pergunta, a resposta sempre será: não é 1937, e esse não é Stálin. Os supermercados estão abarrotados de mercadorias, as pessoas têm televisões novas, algumas estão com carros novos: tudo está bem.

"Mas nem tudo está bem! Você sabe disso e eu sei disso. Stálin não é mais a referência. Porque há um ditador que é tão duro quanto Stálin e tão brutal quanto Stálin, mas é também mais aceitável do que Stálin, mais popular do que Stálin jamais foi. É o chamado mercado.

"O que temos visto na Rússia nos últimos vinte anos é a substituição de um Estado estagnado, por vezes violento e opressor, mas que basicamente funciona, por uma ditadura do mercado. Pessoas morreram de fome, depressão, alcoolismo e violência, e não só passaram por isso em silêncio, mas *de bom grado*. Aplaudiam quem os vencia. Todos nós conhecemos os bolcheviques que na década de 1930 confessaram crimes terríveis de que eram inocentes. A situação era muito parecida com essa. Exceto que os velhos bolcheviques tinham sido torturados! Pessoas como nossos pais faziam isso por livre e espontânea vontade. Eles tinham construído um país; servido a este país com lealdade e o máximo de suas capacidades. Agora confessavam pecados atribuídos a eles pela economia neoclássica. Estavam dispostos a renunciar a tudo o que já haviam pensado porque acreditavam que, no decorrer da história, estavam errados.

"E, você sabe, por muito tempo eu concordei. Achava que o comunismo era a pior coisa que poderia acontecer a um país. As mentiras, a escassez, a violência contra os dissidentes. Era abominável.

"Muitos de nós sabíamos que as coisas nos anos 1990 eram ruins. Que o novo capitalismo era, em muitos aspectos, mais destrutivo, mais enganoso e mais violento do que a União Soviética tinha sido nos anos de 1970 e 1980. Quando Pútin se tornou presidente, muita gente pensou que ele representava o retorno da União Soviética — que não havíamos conseguido 'limpar' o país da ameaça comunista, e que agora estávamos nessa enrascada de novo. Outras, como vocês devem se lembrar, afirmaram que Pútin era jovem e 'reformista', que a KGB era a única organização metódica na União Soviética e que ele continuaria com as 'reformas'.

"O que compreendi na universidade em 2001, 2002, 2003, observando a administração adotar cada vez mais os jargões e práticas das grandes empresas, foi que as reformas de fato prosseguiam. E que Pútin *era* um reformista, exatamente como disseram os otimistas, mas que, como disseram os pessimistas, adotava métodos soviéticos de repressão política, controle da imprensa e assim por diante. Parecia contraditório. Mas não era. À medida que lia mais sobre o tema, entendi: *É assim que o capitalismo se parece à margem do sistema mundial.* Turquia, China, México, Egito... Todos esses países tinham governos parecidos com os nossos, economias que se pareciam com as nossas. Se esse era um estado permanente das coisas, eu não sabia (embora tivesse alguns palpites). O que eu sabia, o que continuo sabendo, é que esse era um estado das coisas, e um regime, que precisava ser combatido. E precisava ser combatido em nome do anticapitalismo. Não do anticomunismo, como pensavam e pensam os liberais — o que, além de ser um diagnóstico equivocado da situação, também os alinha com as piores forças da vida internacional —, mas do anticapitalismo, que calha de ser correto e também nos alinha com o melhor dessas forças — com os estudantes radicais na Grécia, com os trabalhadores da indústria automobilística em greve na Espanha, com os funcionários da indústria do petróleo protestando no Cazaquistão, com os recém-conscientizados acadêmicos dos Estados Unidos." Serguei fez um gesto com a cabeça olhando para mim. "Então, foi isso que eu enfim entendi."

Serguei fez uma breve pausa e tomou um gole d'água. Enquanto ele fazia isso, tentei, da maneira mais discreta possível, me virar na cadeira da primeira fila e ver como o público estava reagindo. Sentia que algo muito especial acontecia ali, mas agora, olhando para os outros, não vi nada mais nada menos do que um grupo de estudantes ouvindo educadamente. Alguns até aproveitaram a breve pausa de Serguei para olhar seus celulares. "Mesmo apresentando a eles o Sermão da Montanha", disse certa vez meu orientador, "eles apenas permaneceriam sentados fazendo anotações."

Este não era o Sermão da Montanha, eu sabia — mas para mim, naquela sala, naquele momento, poderia muito bem ter sido. Eu não estava acreditando. Serguei era um bom goleiro, mas não excepcional. Parecia ser um cara legal, mas não sobre-humano. No meio das piadas e gritarias vulgares do nosso vestiário, eu mal tinha reparado nele.

No entanto, ele tinha entendido tudo. De repente, tudo o que eu vinha observando — não apenas nos últimos meses em Moscou, mas nos anos recentes na universidade, e nos últimos quinze anos estudando a Rússia — ficou claro para mim. A Rússia sempre estava atrasada em relação às conquistas e realizações da civilização ocidental. Seu atraso era seu charme e sua praga — era como se a Rússia fosse um viciado em drogas que só injetava a mistura quando estivesse perfeitamente cristalizada, na máxima potência. Em nenhum lugar as ideias ocidentais, as crenças ocidentais, eram levadas mais a sério; em nenhum lugar eram implementadas de forma tão apaixonada. Daí veio a Revolução Bolchevique, que derrubou o antigo regime; daí veio o movimento dos direitos humanos, e a calça jeans, que derrubaram o movimento bolchevique; e assim, por fim, veio esta nova forma de capitalismo inventada aqui, que enriqueceu e depois expulsou meu irmão, e que empobreceu minha avó e matou o tio Liev. Não era preciso ler mil livros para perceber isso; bastava ficar onde você estava e observar seu entorno.

Iulia se sentou a algumas cadeiras depois de mim. Se eu fosse ela, estaria apaixonada por Serguei. Mas ela não parecia estar. Ela olhava mais para a plateia do que para ele. Ela havia organizado o evento e queria que corresse bem. Voltei a prestar atenção na palestra. Além de tudo, percebi que a gagueira de Serguei desaparecia quando ele falava desse jeito.

"Foi difícil para mim sair da universidade, apesar de todos os motivos que tive para fazer isso. Tínhamos uma filha pequena e, embora meu salário fosse parco, era alguma coisa. E eu acreditava na ideia da universidade. Eu acreditava na educação. Mas, de novo, qual é o sentido da educação? O destino final da educação é a libertação. Não pode haver libertação total, e por isso a educação nunca termina. O que me dei conta é de que não é preciso permanecer dentro de uma instituição de ensino para continuar a sua educação e para continuar educando outras pessoas. O objetivo do nosso movimento é a liberdade e, para sermos livres, primeiro devemos aprender a pensar. Devemos aprender a pensar juntos; devemos praticar a solidariedade; devemos nos organizar e organizar os outros. Só assim podemos avançar contra a escuridão; só assim podemos construir igualdade e democracia aqui na Terra."

Serguei fez uma pausa.

"Seria um prazer responder a algumas perguntas."

A sessão de perguntas e respostas durou uma hora. Quando acabou, Iulia me disse que ela, Serguei e algumas outras pessoas iam tomar um drinque em um bar perto dali. Eu teria adorado tomar um drinque com Iulia ou perto de Iulia, mas precisava buscar minha avó na casa de Emma Abramovna. Caminhei naquela direção pela Tverskaia, pensando no que acabara de ouvir.

Foi a primeira vez que andei por Moscou e não vi somente restaurantes caros e câmaras de execução. Sim, havia restaurantes caros e câmaras de execução. Mas havia também as casas das pessoas que foram executadas nessas câmaras. E lá estavam os livros que leram e os livros que escreveram. E então, chegando por fim à casa de Emma Abramovna, onde ela e minha avó estavam sentadas jogando anagrama, havia as casas daqueles que, de uma forma ou de outra, sobreviveram.

No dia seguinte, no Café Grind, pesquisei Serguei na internet. Seu rompimento com a universidade e com o regime que a sustentava tinha sido público e, pelo visto, polêmico. Ele o anunciou na sua página do LiveJournal e depois passou semanas discutindo com as pessoas nos comentários. Li todos. Ele foi acusado de abandonar a educação dos jovens russos, de exagerar o nível de corrupção dentro da universidade particular, de ser comunista. Serguei respondeu calma e metodicamente a todas as acusações. Ele estava abandonando a educação dos ricos, explicou, mas pretendia continuar a ensinar a quem não tem recursos; não era exagero; e, sim, ele era comunista.

De onde ele pensava que o dinheiro para a universidade — para as instalações físicas, o acervo da biblioteca, os salários de professores vagabundos como ele — viria? Serguei respondeu que deveria vir do governo, que a educação era algo pelo qual as pessoas, indivíduos e corporações, deveriam pagar com seus impostos. "Se o Estado pode reformar suas forças armadas e colocar bilhões de dólares em autoestradas, por que não deveria ajudar suas universidades a fornecer educação gratuita para seus filhos?"

"Pessoas como você ensinam as crianças a não acreditar na lei de Deus e vários outros tipos de idiotice", disse alguém. "Por que eu deveria pagar por isso?"

"Ah", disse Serguei.

Mas ele não arrefeceu.

Tínhamos hóquei à noite e cheguei cedo, para o caso de Serguei também vir antes. Mas ele chegou junto com os outros. Ele me cumprimentou e elogiou minha palestra da noite anterior. Passei boa parte do jogo me perguntando como abordaria novamente o tema do nosso debate. Foi Serguei que o propôs. No vestiário, depois que perdemos, ele perguntou se eu queria uma carona para casa. Eu vinha pegando carona com Oleg, mas imediatamente respondi que sim. Oleg não se importou. Havia acabado de encontrar um inquilino para o seu imóvel comercial, antes alugado para o banco dos europeus. Quando mencionou isso no vestiário e nomeou o grupo que agora estava ocupando o espaço, vi vários dos caras levantarem as sobrancelhas. Sem entender, perguntei: "É um banco?".

"Não exatamente", disse Oleg. Era uma organização criminosa. Quando Tólia se perguntou em voz alta se isso era sensato, Oleg riu. "Não vou fazer negócio com eles", respondeu, "só vou alugar um espaço". Oleg parecia atordoado com as notícias, como se mais uma vez tivesse conseguido pregar uma grande peça no mundo, e percebi então que ele era menos cuidadoso, menos reservado do que os outros caras com quem jogávamos. Isso era parte de seu charme, mas notei que os caras estavam preocupados com ele.

Serguei tinha um Lada quadradinho antigo, e pusemos nossas coisas no porta-malas. Eu nem precisava ter ficado preocupado em puxar conversa com ele. Ele parecia feliz simplesmente por continuar sua palestra da noite anterior.

"Um dos acontecimentos políticos importantes na minha vida foi a Guerra do Iraque", me contou. "Ou melhor, observar a reação a essa guerra aqui na Rússia. Vi gente que se opôs ao Pútin, com quem concordei por instinto, apoiando a Guerra do Iraque, da qual discordei por instinto. Portanto, ou meus instintos estavam errados ou havia algum problema aqui.

"Até então, eu tinha sido um liberal bastante comum. Votei em Iéltsin. Mas comecei a pensar em meus pais e avós. Eram boas pessoas, pessoas trabalhadoras. E foram totalmente dizimados pelas reformas. Passei a investigar isso. Estudei literatura, como você. Escrevi minha tese sobre a nova poesia não conformista soviética. Mas fui atrás de ler sobre política, política mundial e política russa. E quanto mais eu lia, mais eu entendia que não eram meus pais o problema, as reformas é que eram o problema, o capitalismo é que era o problema, e Pútin era um tipo bem particular de capitalista. Logo que enxerguei isso, enxerguei muitas coisas."

A essa altura, tínhamos chegado à praça Trúbnaia; Serguei encostou ao lado de um dos grandes canteiros de obras.

Alguns anos atrás, disse, ele e alguns amigos formaram um grupo político chamado Outubro. Ainda era pequeno, tinha umas vinte pessoas, mas estava crescendo.

"E a Iulia?" Não pude deixar de perguntar.

"Iulia se juntou ao grupo há um ano, com seu marido, Pétia Chipalkin. Mas depois eles se separaram. Iulia ficou conosco e Chipalkin se juntou aos anarquistas." Sergei riu. "Iulia é muito boa organizadora", acrescentou.

Foi a primeira vez que ouvi falar em marido, mas agora era ex-marido, e eu tinha uma pergunta mais imediata sobre o Fishman.

Serguei ficou surpreso. "Sacha Fishman? Você o conhece?"

"Sim, ele era do meu departamento."

"Bem." Sergei riu novamente. "Fishman é Fishman. Um pouco sorrateiro. Ele é amigo do Chipalkin, mas desde a separação ele liga para Iulia quando vem a Moscou."

"Ah."

"Pois é", disse Serguei. "Fishman é assim."

"Existe outro grupo", disse, "chamado Setembro?"

"Ah, somos nós. Quer dizer, éramos nós. Era tipo, a Revolução foi em outubro, e nós estávamos no mês *anterior* à Revolução."

"E agora a revolução está mais perto?"

"Na verdade, não, nós só decidimos que esse nome era idiota."

"Vocês que fizeram aquele protesto contra a rodovia Moscou-Petersburgo?"

"Fizemos."

"Meu irmão é Dima Kaplan. As pessoas o acusaram de estar envolvido nisso."

"Ele é seu irmão?" Serguei achou graça. "Não, não tivemos nada a ver com ele, nem nunca teríamos. Ele é uma cobra capitalista. Sem ofensa."

Nenhuma ofensa. Agradeci a Serguei pela carona e peguei minhas coisas no porta-malas.

"Nos vemos na semana que vem", Serguei falou, antes de partir.

Finalmente eu havia encontrado algumas pessoas com quem podia conversar.

5.
Fico doente

Não vi Serguei na semana seguinte porque fiquei doente no fim de semana. De alguma forma milagrosa, até agora eu havia me esquivado de adoecer, mas comecei a sentir a garganta arranhar e, antes que me desse conta, estava com febre. Ainda estávamos no recesso de inverno, então pude ficar na cama por alguns dias.

Ali deitado, pensava em minha avó, que heroicamente vinha me ver a cada cinco minutos. Ela tinha sido roubada pelo capitalismo, eu agora entendia. Ou por uma conspiração acidental entre o capitalismo e o comunismo. O comunismo nacionalizou os recursos do país: todo o petróleo que o tio Liev encontrara pertencia ao Estado. Quando esse Estado entrou em colapso, vendeu por uma ninharia o controle do petróleo para alguns homens bem relacionados. Na verdade, era a política explícita dos reformistas russos de criar megacapitalistas — os oligarcas, como acabaram sendo chamados — que modernizariam a economia russa e puxariam o país para o futuro. "As pessoas que cresceram sob o comunismo têm mentalidade de escravo", afirmou Dima na primeira vez que o visitei na década de 1990. "Elas não fazem nada por conta própria. Você tem que forçar. E, é verdade, às vezes a coisa fica feia. Não se pode preparar uma omelete de capitalismo sem quebrar alguns ovos!" Foram pessoas assim, com ideias como essa, que criaram as condições nas quais minha pobre avó perdeu sua datcha e tio Liev teve um derrame.

Eu nunca fui socialista. Na verdade, eu era antissocialista. Foi assim que fui criado. Tínhamos fugido da União Soviética, onde ninguém tinha permissão para ficar com nada que fizesse ou ganhasse, ido para os Estados Unidos e transformado nossas vidas. Meu pai votou no candidato republicano em todas as eleições desde que passou a poder votar. Sob influência da faculdade e da pós-graduação, eu tinha ido para a esquerda e me tornei um liberal, mas diante da palavra "socialismo" havia uma barreira. Incomodava-me, como quando meus amigos americanos inteligentes eram estúpidos ou ingênuos, como com relação a iPods. Na minha opinião uma pessoa não precisava de um iPod se podia ouvir música de graça no rádio. E, do mesmo modo, não precisávamos do socialismo se o capitalismo democrático estava funcionando bem.

"Essas pessoas acham que Karl Marx é um velhinho simpático de barba", meu orientador me disse certa vez, quando um grupo de alunos de pós-graduação, que exigia um sindicato, assumiu o controle de uma das cantinas do campus. Isso irritava meu orientador em vários níveis, sobretudo porque essa cantina fazia seu sanduíche preferido de frango à parmegiana. "Acham que ele é o Papai Noel!", exclamou sobre os alunos da pós. "Eu gostaria de arremessar esses amigos da classe trabalhadora na Petrogrado de 1917. Ver quanto tempo eles durariam."

No departamento eslavo, todos nós líamos Mandelstam, Akhmátova, a viúva de Mandelstam, Grossman, Soljenítsin, Bródski... Estávamos mergulhados nas memórias da violenta Revolução e da sua ainda mais violenta sequência stalinista. Sempre que algum pós-graduando do departamento de inglês dizia "socialismo" com os olhinhos brilhando, recorríamos às nossas estantes de livros. "Vivemos sem sentir o chão nos pés,/ A dez passos não se ouve a nossa voz./ Uma palavra a mais e a montanhez/ Do Kremlin vem: chegou a nossa vez."* O epigrama de Stálin, de Mandelstam. Mais alguma dúvida?

---

* Tradução de Augusto de Campos para o poema publicado no livro *Poesia da recusa* (São Paulo: Perspectiva, 2006, p. 123). [N. T.]

Mas socialistas *russos*? Aquilo era diferente. Aquilo era interessante. Ao ouvir Serguei, percebi que ele não precisava de nenhuma lição minha de história soviética. Ele sabia sobre os campos, os expurgos, as mentiras. Mas o socialismo é mais do que isso, ele parecia estar dizendo. Não era apenas campos e manicômios. E o que substituiu isso — "as reformas" — não tornou as coisas nem um pouco melhores.

No auge da minha febre, tive um sonho com minha mãe. Ela não tinha morrido, tinha apenas ido embora por um tempo, e agora estava de volta. Estávamos em Newton, em nossa antiga casa. Meu pai ainda morava lá. "Estou morando com Baba Seva", eu disse à minha mãe. "Eu sei," ela respondeu. "Espero conseguir um emprego como professor em breve", meio que menti. "Eu sei", ela repetiu. "Não tenho filhos", contei, porque minha mãe amava crianças. "Tudo bem", ela respondeu. "Não é tão tarde." Eu queria dizer que pensávamos que ela estava morta, mas tinha sido um mal-entendido, e eu estava muito feliz por ela ainda estar viva. Mas no sonho eu não fui capaz de lhe dizer essas coisas. Acordei com um calor profundo percorrendo meu corpo, e dentro em pouco estava me sentindo melhor de novo.

6.
Outubro

Logo que comecei a me sentir melhor, Serguei me convidou para participar de um protesto antifascista na estação de metrô Tchistie Prudí. Era um dia gélido e, quando cheguei, havia apenas seis pessoas lá. Mas uma delas era Serguei e outra era Iulia. Ela estava de jaqueta puffer preta com capuz forrado de pele, do tipo que adolescentes gângsteres usam em Nova York, e por baixo do capuz um chapéu de pele com protetores de ouvido. Seu nariz e suas bochechas estavam vermelhos de frio, e ao que parecia havia lágrimas, também de frio, em seus grandes olhos verdes.

"Oi", falei.

Ela acenou com a cabeça.

Eu queria contar a ela que estive doente, e minhas ideias sobre o socialismo, e o sonho que eu tive com minha mãe, mas evidentemente era cedo demais para isso, e tentei, então, me concentrar no protesto. Alguém tinha feito uma grande faixa, que estendemos, com os dizeres PELO FIM DO FASCISMO. Ficaríamos na frente da estação de metrô, perto da entrada do parque, segurando essa faixa por trinta minutos, no frio. "É isso?", perguntei a Serguei. Ao me preparar para o protesto, e desconhecendo a presença de fascistas na Rússia neste momento, fiz uma pesquisa online. Descobri que havia muitos fascistas; suas atividades incluíam atacar, e às vezes matar, imigrantes da Ásia Central e postar vídeos dos ataques no YouTube. Eles também se engajavam na luta e às vezes no assassinato de ativistas antifascistas, ou antifas. Eu tinha ido ao evento preparado para quase tudo. Esse não era o plano. "Por enquanto", disse Serguei, "só precisamos mostrar às pessoas que não temos medo, e que elas também não precisam ter. É o bastante."

Nos revezamos segurando a faixa. Gritamos slogans antifascistas — "Abaixo o fascismo!", "Fascistas não passarão!" As pessoas saíam do metrô e passavam por nós. A maioria não olhava para a gente. No entanto, parecia que estávamos fazendo algo.

Iulia não prestou muita atenção em mim. Mas gostei de ouvi-la dizer que fascistas não passarão.

E então notamos uma comoção na entrada do metrô Tchistie Prudí. Eram os manifestantes pró-regime, que se amontoavam no telhado, onde respeitosamente desfraldaram sua bandeira nos instando a não vandalizar. Nosso pequeno protesto não atraiu nenhum policial, mas esses caras estavam alertas.

Serguei não perdeu tempo. Assim que eles levantaram a bandeira, ele se aproximou e gritou: "Este é um protesto antifascista! Vocês são a favor do fascismo?".

"O que você quer dizer?", um deles gritou de volta.

"Nossa faixa diz: 'PELO FIM DO FASCISMO'. Você acha que o regime é fascista e que, portanto, dizer não ao fascismo vai desestabilizar o regime?"

"Quê?"

"Desça aqui e vamos conversar", disse Sergei.

Os contramanifestantes ficaram nitidamente confusos com isso. Falaram entre si e por fim desceram e se juntaram ao nosso protesto. Depois de Serguei passar um tempo convencendo-os, eles até seguraram um pouco a nossa faixa. Eles eram só garotos — estudantes universitários. Admitiram que tinham recebido quinhentos rublos cada, para fazer esses contraprotestos. Um deles tentou dar em cima de Iulia. Por fim, eles ficaram entediados e foram embora, mas não sem carregar alguma literatura socialista que Serguei levara com ele.

"Você pode conversar com praticamente qualquer um", me disse Serguei. "Não necessariamente vai convencê-los, mas a total ausência de qualquer discurso político real no país significa que há uma abertura às ideias, já que as pessoas não estão acostumadas a ser ouvidas."

Ficamos por mais quinze minutos no frio e aí Serguei anunciou que era hora de tomarmos um chá e nos aquecermos. Neste momento, Iulia se desculpou: "Tenho uma entrega e o prazo é amanhã".

Ela se virou em direção à entrada do metrô. Fazia uma semana desde o evento da livraria e eu não tinha ouvido um pio dela. Ela podia estar separada do marido e podia não ter realmente gostado de Fishman, mas isso não indicava de modo algum que gostasse de mim. Mesmo assim, me aproximei dela e perguntei, usando a forma educada de "você", quando a veria de novo.

Ela me olhou sem surpresa. "Acho que em breve", respondeu, e sorriu. Eu vi seus lindos dentes tortos, e então ela baixou a cabeça e partiu. Achei isso alentador. Quando Serguei perguntou se eu queria tomar um chá com os demais manifestantes, me perguntei se já estava me tornando parte do grupo.

A resposta, por enquanto, era não. No café do subsolo para onde me levaram — que era em parte um reduto de boêmios, em parte um lugar onde homens de meia-idade soturnos sentavam para beber cerveja, embora ainda fosse o início da tarde — fui tratado com educação, mas como um convidado. Todos resolveram pedir drinques de vodca com *cranberry* em vez de chá, e depois os caras me explicaram o socialismo deles. Além de Serguei, havia dois alunos de pós-graduação, cada um de um tipo — Micha, loiro, magro e bonito; Boris, crânio e gordinho de cabelo escuro — e um programador de computadores chamado Nikolai, que usava rabo de cavalo. Acontece que eles sabiam tudo sobre Dima — parece que brigavam com ele há anos. "Liberais como o seu irmão acham simplesmente que se houvesse livre mercado, se só tivéssemos um 'bom' capitalismo, então tudo funcionaria", disse Boris. "O que eles não entendem é que isso *é* o capitalismo. Já estamos nisso. E, se não houvesse restrições, seria ainda pior."

"Mas como você pode dizer que é capitalismo se não há livre mercado?", questionei. "Quando um mercado é deformado pela corrupção, não é exatamente um mercado, concorda?"

"Sim e não", Boris respondeu. "Você está certo ao dizer que não é um mercado que funciona de forma eficiente. Mas ainda assim existe o trabalho assalariado, existem lucros investidos, empresas comprando outras empresas. Só porque um mercado está deformado, não quer dizer que ele não é um mercado. Mesmo que você imagine que todos os burocratas corruptos desapareçam, se todos eles fossem extirpados amanhã e fuzilados, esse dinheiro não iria para os bolsos dos trabalhadores. Iria para os bolsos dos capitalistas. Seria usado para comprar iates e times esportivos estrangeiros."

"Então, qual é a solução?", perguntei. "Revolução?"

"Exatamente", disse Boris. "Isso mesmo. A expropriação dos capitalistas. Assembleias de trabalhadores para eleger líderes. Propriedade comum."

"Já tentaram isso neste país."

"Já tentaram muitas coisas. O capitalismo também, inclusive neste país. E deu origem à exploração, à miséria e à morte. Isso não impede que as pessoas tentem outra vez."

"Olha", disse Micha, inclinando-se para o grupo. Estávamos sentados ao redor de uma velha mesa de madeira, fazia frio naquele subsolo e quase todos continuavam vestindo seus casacos. "A questão é só que a vida não pode continuar como antes. As companhias de petróleo estão mancomunadas com o Estado para suprimir salários, tirar nossos direitos e destruir o planeta. E é importante entender que fazem isso em conluio com o resto do sistema capitalista mundial, quer os figurões se deem bem individualmente, quer não. Precisamos lutar contra eles."

Eu devo ter parecido indeciso, porque neste momento Serguei interveio.

"Você está morando com sua avó, certo?", perguntou. Assenti. "Ela fazia o que na União Soviética?"

"Era professora universitária. O marido dela era geofísico."

"E eles eram más pessoas? Mentiam, trapaceavam, roubavam? Ou tentaram construir um país, apesar dos vários obstáculos?"

"Tentaram construir um país", eu disse.

"Nossos pais também eram assim. Eram médicos e arquitetos e engenheiros. Estavam tentando construir um bom lugar. Fizeram o que podiam. E depois tudo o que construíram foi tomado por um pequeno conluio de pessoas que tinham conexões com a administração de Iéltsin. Isso não está certo."

"Não é só que não seja certo", disse Boris. "Era total e completamente previsível. Essa é a cara do capitalismo. E para resistir é preciso saber o que ele é. Essa é a diferença entre nós e os liberais. Eles acham que tudo diz respeito a um homem mau chamado Pútin. Nós sabemos que é um sistema econômico que existe há centenas de anos."

Ficamos lá sentados por três horas — a certa altura, pedi um prato de bolinhos e Boris me criticou por colocar creme azedo demais neles, mas eu lhe disse que meu pai também fazia isso e ele recuou. No fim recebemos uma conta de mil e duzentos rublos, quarenta dólares. Foi incrivelmente barata, visto que nós cinco estávamos bebendo há tanto tempo, mas pareceu impressionar os outubristas. "Puta merda," disse Micha. "Não acredito que a gente bebeu tantos drinques de vodca com *cranberry*!" Fiz questão de dar mais dinheiro do que os outros, por causa dos bolinhos.

O Watson College anunciou oficialmente sua procura por um substituto de Frank Miller. Esperei um tempo adequado e enviei os documentos para minha candidatura.

Por um lado, parecia uma traição a tudo o que eu estava fazendo. Por outro, quem sabe como as coisas estariam dentro de oito meses, quando o próximo ano letivo começasse? Minha avó poderia nem estar viva. Deus sabia — ela não cansava de me dizer — que gostaria de não estar. E era pouco provável que eu conseguisse o emprego — afinal, tinha sido rejeitado em todas as outras tentativas. Então, decidi me candidatar. E isso significava que, nesse meio-tempo, seguiria o conselho do meu orientador de tentar alguma publicação.

"Olha só", escrevi a ele um dia, quando vi que estava online no Gchat. "Conheci uns jovens socialistas aqui. Você acha que esse é um tema interessante?"

"Sem dúvida", ele respondeu. "O retorno dos reprimidos. Os russos incorrigíveis. Qualquer coisa assim. Sim. Vai em frente."

Será que Serguei acharia essa ideia covarde? Ele queria se libertar e libertar os outros das instituições acadêmicas, para que pudessem começar a mudar o mundo. E aqui estava eu propondo fazer dele e de seus camaradas objeto de estudo acadêmico. Mas dois dias depois fomos jogar hóquei, e decidi perguntar. Ele foi receptivo à ideia. "Teremos que discutir isso internamente", comentou, referindo-se ao grupo Outubro, "mas não vejo por que não. É possível que conversar com alguém de fora possa nos ajudar a formular melhor nossas ideias. Vou discutir com o grupo." No jogo de hóquei seguinte, ele me disse que o pessoal tinha concordado, e que eu estava convidado para começar a frequentar os encontros semanais de estudos marxistas. "Mas é claro que, como não acreditamos em discurso científico objetivo, você precisa participar. Essa foi uma das condições que o grupo colocou."

Eu não tinha problema nenhum com isso. Estava dentro.

As reuniões de estudo eram nas terças-feiras à noite no apartamento de Micha, perto da estação ferroviária Belarus. Micha morava com outro estudante de pós-graduação, também chamado Micha, em uma quitinete ampla que tinha sido de sua avó; só havia uma cozinha e um cômodo, mas um cômodo grande, e os dois Michas dormiam nele, em sofás-camas em lados opostos. O outro Micha estudava grego e o seu lado do aposento tinha uma grande pilha de textos gregos, enquanto o nosso Micha estudava história e sociologia, e o seu lado estava apinhado com Weber, Marx e Wallerstein. Nas noites de terça-feira, o segundo Micha tinha um seminário sobre alguma coisa relacionada à Grécia, e em geral o espaço ficava só para a gente.

Os demais integrantes regulares do grupo eram Boris e Nikolai, que conheci no protesto antifascista; Vera, uma aluna precoce do ensino médio, com óculos de lentes bem grossas; e, mais importante de tudo, Iulia. Serguei comparecia a mais ou menos metade das reuniões; ele era o único do grupo casado e com filho, e eu estava começando a achar que sua vida doméstica não era tranquila, então às vezes ele não aparecia.

O grupo de leitura existia há pouco tempo, e aparentemente eles tinham passado os primeiros encontros discutindo o que leriam. Parte do grupo queria ler as obras de escritores marxistas contemporâneos, enquanto outros queriam voltar à fonte e ler *O Capital* de Marx. No fim, os *Capital*-istas tiveram uma vitória apertada e, algumas semanas antes, o grupo embarcou na obra-prima de Marx. Na minha primeira reunião, discutiram por meia hora sobre retomar ou não a votação, à luz do fato de que havia um novo integrante presente. Quem iniciou a discussão foi Boris, que parecia querer uma recontagem, mas os demais embarcaram com entusiasmo e debateram os detalhes da minha participação, seus trâmites de votação e políticas consensuais, até que por fim Iulia disse que eu era um associado não votante e, em todo o caso, eles já tinham começado a ler o livro!

Ficou decidido, então, que faríamos uma pausa para um lanche, e começaríamos a falar do livro logo depois.

Em suma, não fiquei surpreso ao saber que eles ainda estavam no primeiro capítulo e que eu poderia alcançá-los.

Como Micha era solteiro e não tinha nada na geladeira além de cerveja e vodca, todos nós levávamos algum tipo de petisco para o grupo de leitura — eu me ative a coisas básicas como pão de centeio e salame, outros levaram tortinhas ou saladas que preparavam. Iulia às vezes levava vinho para ela e Vera. Antes da reunião, todos liam um trecho do texto, mas uma pessoa era previamente selecionada para conduzir a discussão. Essa pessoa passaria a semana estudando o texto com especial atenção e também faria leituras complementares para entendê-lo melhor. Quando coube a mim pela primeira vez, me deixaram pular, mas na vez seguinte, todos disseram, eu teria que aceitar.

Enquanto isso, eu fui ficando cada vez mais apaixonado por Iulia. Fiquei sabendo que ela era estudante de pós-graduação em literatura russa; sua dissertação tratava de uns textos eslavos medievais que achei difíceis de entender quando li na universidade. Em breves conversas que tínhamos nos intervalos, logo percebi que ela sabia bem mais sobre literatura russa do que eu. Ela usava roupas sóbrias — camisas de botão, suéteres e saias longas — mas que acabavam realçando suas formas. Ela era uma graça. E também extremamente educada. Dirigia-se a mim usando o *vy*, o que no início pensei que tinha a ver com minha idade — ela tinha vinte e nove, era quatro anos mais nova do que eu —, mas por fim concluí que era por causa de sua criação tradicional. Iulia não era a integrante mais expressiva do nosso grupo de estudo — esse era Micha, que gostava de beber cerveja nos encontros e se tornava especialmente loquaz sobre o tema do capital depois da segunda ou da terceira rodada; ou Boris, que parecia ter lido tudo e tinha uma memória fotográfica do livro, ainda que às vezes um pouco robótica —, mas ela estava sempre envolvida, sempre fazia a leitura e levava tudo muito a sério. Eu adorava vê-la falar, a precisão com que insistia em discutir esse texto tão difícil e, quando alguém dizia algo engraçado, adorava vê-la baixar a cabeça e dar risada. É verdade que eu estava seco por companhia feminina que não fosse de uma avó, mas, mesmo que não estivesse, acho que teria sentido o mesmo por ela.

No início fiquei um pouco consternado com o número de caras no grupo de estudos, mas logo ficou claro que eles não estavam ligando para Iulia. No geral, Boris não parecia se interessar por garotas, só pelo socialismo, enquanto Micha parecia estar envolvido, de maneira irregular, com uma das colegas de quarto de Iulia, Macha. Quanto a Nikolai, ele podia estar interessado em garotas, mas tive a impressão de que elas não se interessavam por ele.

Dito isso, tampouco parecia que essa garota em especial estivesse interessada em mim. Nos encontros de estudo ela estava sempre focada na discussão e, mesmo depois, quando saíamos e caminhávamos todos juntos até o monumento a Maiakóvski, onde nos separávamos, nunca consegui fazer com que ela conversasse comigo. Ela ficava interrogando Boris sobre a situação política em uma sucessão de países da Ásia Central, e eu tinha que me defender de Nikolai, que, como soubemos, estava construindo uma datcha fora da cidade e sempre tentava recrutar pessoas para ajudá-lo. Entretanto, todo mundo já tinha se livrado, e agora ele estava de olho em mim. Eu disse a ele que tentava passar os fins de semana com minha avó, mas ele continuava insistindo. E Iulia continuava perguntando a Boris sobre a Ásia Central. E então chegávamos ao monumento a Maiakóvski e cada um ia para um lado.

Uma noite, enquanto Serguei me dava uma carona depois do hóquei, por fim comentei com ele esse assunto. "Lembra daquela noite na Falanster?", perguntei. "Quando eu disse a você que a Iulia tinha me convidado, você respondeu meio assim, 'Ah, Iulia'. O que quis dizer com isso?"

"O que eu quis dizer?", Serguei repetiu.

"Sim. Vai, você quis dizer alguma coisa."

"O.k. Bem. A Iulia é muito boa recrutadora. Ela é realmente capaz de identificar pessoas que podem simpatizar conosco. Pode-se dizer que ela tem intuição."

"Tá."

"Bem, e às vezes acontece que a pessoa que ela identifica é um homem, e ele começa a formular ideias a respeito dela."

"Entendi", eu disse.

Existe um lance no hóquei chamado *slew-footing*. É quando um jogador desliza o pé batendo atrás dos patins do adversário, fazendo ele derrapar de pernas pro ar. É uma jogada considerada muito suja, porque a vítima cai para trás, e às vezes bate a cabeça no gelo. Quando Serguei me disse que os caras costumam se apaixonar por Iulia quando entram no Outubro, me senti vítima de *slew-footing*.

Serguei talvez tenha intuído isso. "Escuta só", ele disse. "Eu não sei realmente qual é a situação dela. Chipalkin não era muito bom camarada nem bom marido, e minha impressão é que ele ainda está por perto. É muito confuso para ela, imagino. Ele também era assim conosco, você sabe, em termos de política — primeiro era socialista democrático, depois aceleracionista, agora é anarquista.

"Então, eu não sei bem o que está acontecendo. Mas acho que se alguém levasse Iulia a sério resolveria a situação."

Concordei. Serguei dissera mais do que o suficiente. Tirei minhas coisas de hóquei do carro e peguei o bulevar em direção à minha casa. No caminho, comprei em um quiosque uma grande lata marrom de cerveja Jigulóvskoie. Em algum momento, percebi que já não fazia minha barriga doer.

Quem eram essas pessoas e de onde tinham vindo? Por que não eram mais como os amigos de Dima, que tinham frequentado tantas escolas em comum e haviam lido pelo menos alguns livros em comum?

Eu não tinha uma resposta pronta para isso, mas sabia que tinha algo a ver com a experiência de vida pós-soviética deles. No grupo de Maksim, eu sabia, os pais de todos tinham dinheiro. Eles haviam convertido suas credenciais antissoviéticas em empregos na televisão, no mercado editorial ou no mundo sombrio da "consultoria". Minha impressão sobre o grupo Outubro era de que os pais mal se sustentavam. Não sei se esse era o fator decisivo, mas certamente era algo de que os outubristas falavam muito.

Eu me vi, de forma gradual mas inequívoca, olhando para o mundo de um modo um pouco diferente. Uma vez achei bem estranho que do outro lado da rua da KGB houvesse um café bonitinho com wi-fi. Mas não era estranho. Não era mais estranho do que o fato de que a minha universidade americana, um lugar onde as pessoas deveriam viver de forma silenciosa e monástica em busca de conhecimento, tinha uma academia de ginástica de muitos milhões de dólares; ou que, no meu antigo bairro no Brooklyn, a violenta remoção de pessoas das casas onde viveram por décadas e dos degraus na entrada dos edifícios onde costumavam sentar-se deram lugar a... cafés bonitinhos. Os cafés bonitinhos não eram o problema, mas também não eram, como à primeira vista eu pensava, o oposto do problema. Dinheiro era o problema. Era sempre o problema. Propriedade privada, posses, o fato de que algumas pessoas tinham que sofrer para que outras pudessem ter suas vidas prazerosas: esse era o problema. E um problema ainda maior era a existência de argumentos intelectuais que justificavam isso com fervor.

No grupo de leitura, a reação à minha presença foi tranquila. Por um lado eu era observador, e por outro um observador-participante, e por fim, presumiu-se que eu era um simpatizante.

Meu total desconhecimento sobre Marx e sobre o marxismo foi atribuído à ignorância geral dos americanos em relação a tudo, enquanto meus comentários ligeiramente ambíguos sobre meu próprio passado eram sempre interpretados da melhor forma possível. Um dia, Micha, que certa vez foi expulso da faculdade por ter protestado, me perguntou se havia um agito estudantil no meu campus. Sim, respondi, lembrando-me da campanha pela sindicalização dos pós-graduandos e pelo controle da cantina. Micha não perguntou se eu participara do movimento — ele presumiu que sim. "Qual foi o resultado?", ele quis saber. O resultado foi que, em troca da saída dos alunos do refeitório e da liberação do frango à parmegiana, a universidade concordou em criar uma comissão para analisar a sindicalização dos alunos. A comissão acabou propondo que, em vez de um sindicato, haveria uma nova comissão (outra, diferente) para analisar as queixas dos pós-graduandos. Quatro anos depois, ainda não havia sindicato, e por acaso eu soube que a universidade estava usando a crise financeira para coibir algumas proteções que os alunos da pós tinham finalmente conquistado. "*Svolochi*", disse Micha.

Svolochi. Canalhas. Era verdade. Conforme eu soube pelo Gchat com meu orientador, eles não só estavam destruindo o sindicato emergente, mas também tentavam acabar com o departamento de línguas eslavas. Uma ou duas pessoas que tinham pesquisas mais voltadas para questões históricas estavam sendo forçadas a ir para o departamento de história; as demais, mandadas para o departamento de estudos germânicos, que seria rebatizado de departamento de literatura e linguística germânica e eslava. Os alemães estavam no comando. E a alguns professores que tinham bem poucos alunos matriculados, por enquanto não o meu orientador, estavam pedindo que antecipassem a aposentadoria. "É verdade", concordei com Micha. "São uns canalhas."

Se os outubristas eram de famílias vitimadas pelas reformas, o que dizer de mim? Meu pai, nos Estados Unidos com sua nova família americana, não era uma vítima, embora às vezes eu me perguntasse, enquanto pensava nele em sua bicicleta ergométrica assistindo aos programas da TV russa, se ele era solitário e gostaria de nunca ter partido. Meu irmão, o pretenso magnata dos negócios, se descrevia como se fosse vítima do novo regime, mas na verdade era cúmplice. No máximo, ele foi uma vítima da influência corrupta do regime, como tantos outros que foram corrompidos pelo fluxo de riquezas no país, junto com os altos preços do petróleo e as reformas parciais.

Ao passo que minha avó — minha avó realmente tinha sido roubada.

Um dia, nessa época, estávamos caminhando pelo bulevar. Caía um pouco de neve e minha avó segurou firme no meu braço. Em Moscou não costumava nevar muito de uma vez, mas o frio era tão constante que, assim que a primeira neve caía, no início de novembro, não derretia até a primavera, então os flocos se acumulavam gradualmente, ficando marrons e endurecidos, de vez em quando renovados por uma nova neve. Em Nova York, os proprietários eram os responsáveis pelas calçadas, e eram multados se não removessem a neve e o gelo em tempo hábil; já em Moscou, a prefeitura era dona da maioria dos edifícios e, de todo modo, a maioria das casas eram voltadas para pátios internos, portanto, cabia à prefeitura limpar as calçadas. Isso às vezes levava semanas. Andar ao ar livre era algo traiçoeiro.

Estávamos, então, saindo para nossa caminhada, quando passamos pela imponente estátua de Krúpskaia, que retrata uma jovem Nadiéjda Krúpskaia, esposa de Lênin, envolta em um xale esvoaçante. Coberta por uma fina camada de neve, ela ficava ainda mais dramática do que de costume, o que talvez tenha levado minha avó a fazer um comentário dessa vez, após ter passado por ela quase diariamente nos últimos cinco meses: "Olha ela! Era uma senhora muito modesta. Mas aqui ela é — uma bailarina!".

Olhei para minha avó. Ela andava na neve de um jeito cuidadoso, mas indomável. Outro dia, no grupo de leitura, enquanto discutíamos o relato de Marx sobre a subtração de valor do trabalhador por meio da sua exploração, comecei a falar sobre a expropriação do petróleo do tio Liev e a resmungar sobre o quanto isso tinha sido injusto. Boris me estimulou a seguir em frente. "O que isso tem a ver com justiça?", ele perguntou. "Estamos falando das leis do capitalismo."

"Mas não são justas!", esbravejei. Boris deu de ombros.

"Vovó", eu disse ainda na caminhada. "O que você acha do comunismo?"

"Do comunismo?", ela deu um de seus suspiros típicos. "O que eu acho do comunismo? Acho que valeu a pena tentar. Neste país terrível, nada nunca vai funcionar. Mas valeu a tentativa."

"A vida era melhor sob regime comunista?"

"Para algumas pessoas era melhor. Para nós era melhor. Tínhamos uma datcha e este apartamento e todo mundo tinha trabalho. Mas também havia coisas ruins. Não se podia dizer nada para os jornais. Havia livros aos que não tínhamos acesso. Eu não sei, Andriuch. O que você acha?"

"Não sei", respondi. "Eu não vivi isso." Outro dia, Vânia chegou para jogar hóquei soltando faíscas. Haviam solicitado que sua fábrica de açúcar mantivesse os preços artificialmente baixos, para que o açúcar não ficasse muito caro para as pessoas cujos salários vinham sendo afetados pela crise financeira. "Puta merda, a mesma coisa outra vez", ele disse. Na época da União Soviética, ele trabalhava como diretor de uma fábrica de calçados. "Fazíamos botas por quinze rublos o par e vendíamos por cinco. Sem ofensa, Serguei" — no vestiário era sabido que

Serguei simpatizava com a experiência soviética —, "mas essa merda tinha que acabar."

"Agora estão fazendo exatamente a mesma coisa, mas do outro lado", ele prosseguiu. "Temos mercado, temos preço, sou o dono da fábrica, mas continuam nos fodendo." Ele tinha expulsado do seu escritório as autoridades locais que foram fazer o pedido e alguns dias depois recebeu a visita do promotor local, que já tinha um processo redigido contra ele por infrações fiscais. "Então é o que eu vou fazer. Mas isso quer dizer que não vou poder reajustar os salários dos meus funcionários" — conforme a inflação — "e é claro que ninguém está nem aí para isso."

"Eu conheci o Pútin em Petersburgo", contou Tólia. Pútin havia trabalhado lá como vice-prefeito nos anos 1990, antes de sua mudança para Moscou e de sua ascensão meteórica à presidência. "Se envolvia em sujeira com todo mundo. Assim ele conseguia coisas das pessoas. Era cheio de podres."

"É isso mesmo!", Vânia confirmou. "Agora todo o Estado é governado dessa forma."

"Então, qual é a solução?", Iliá perguntou. Ele se dirigia a Serguei.

"A democracia", Serguei respondeu prontamente. "Conselhos operários. Vânia, os seus funcionários são também donos da fábrica?"

"É claro que não", disse Vânia. "Compramos toda a parte deles nos anos 1990."

"Aí é que tá", disse Serguei. "Se a fábrica pertencesse aos operários, nenhum promotor apareceria para ameaçá-los. Por acaso ele ia colocar toda a fábrica na prisão? Se colocasse, não ia ter açúcar para ninguém. Isso é pior do que o açúcar ser caro."

Vânia ponderou. "E quanto a mim?", perguntou. "Eu sei administrar aquela fábrica."

"Sem problemas", Serguei respondeu. "A fábrica vai precisar de um bom gerente. Você continua tendo o respeito dos seus colaboradores. Mas talvez seu salário não seja tão alto."

"Em vez de viajar para a Espanha todo fim de semana, a fábrica inteira viaja uma vez por ano", disse Tólia. Todo mundo deu risada. Ficaram imaginando os operários de Vânia — com dentes de ouro e roupas estranhas, sem educação — curtindo o calor das praias da Espanha. Mas foi uma risada calorosa. Ninguém parecia pensar que aquela era uma má ideia.

Minha avó e eu tínhamos chegado ao fim do nosso trecho no bulevar, com o enorme prédio da RussOil fazendo sombra sobre o nosso caminho. Aquilo me fez lembrar de Dima; outro dia ele me enviou um artigo sobre a rápida deterioração do mercado imobiliário de Moscou. Os imóveis residenciais no centro de Moscou desvalorizaram quatro por cento desde a última vez que conversamos. "Você me deve seis mil dólares", ele escreveu. Não respondi aquele e-mail.

"Se tivesse funcionado", disse agora minha avó, sobre a experiência soviética, "teria sido bom."

Demos meia-volta e de novo estávamos diante de Krúpskaia, a noiva da Revolução, fiel esposa de Lênin.

7.
A festa de Serguei

Iulia não comentou nada sobre meu despertar político, se é que o notou. Ela era discreta em nosso grupo de leitura. Eu a via sorrir das minhas gaguejantes manifestações de indignação, mas não sabia se isso significava que ela estava encantada ou apenas educadamente com vergonha de mim. Em nossas caminhadas até o monumento a Maiakóvski, em geral ela só conversava com Boris sobre a Ásia Central. Algumas vezes Boris e Nikolai me levavam para beber em uma cervejaria tcheca não muito longe de Maiakóvskaia, mas Iulia nunca foi conosco. E sempre, de fundo, havia a figura de Chipalkin. Mencionei isso uma vez, bebendo cerveja com Boris e Nikolai. Descobri que Boris, em particular, não gostava nada do Maihem, grupo anarquista ao qual Chipalkin se juntou depois que saiu do Outubro. "O problema deles", disse Boris, "é que não têm posição política. Eles acham que vão derrubar o regime pichando carros da polícia!" Há pouco tempo o Maihem tinha feito exatamente isso em Moscou, e em seguida postado um vídeo no YouTube. "É como Lênin disse", concluiu Boris. "O anarquismo é um distúrbio infantil."

"Tudo bem", eu disse. "Mas qual é lance dele com a Iulia?"

Boris olhou para mim como se não pudesse entender por que alguém se importaria com uma banalidade dessas quando tínhamos a oportunidade de denunciar o anarquismo. "Você quer saber no sentido pessoal? Eu não faço ideia. Sei que ela vê o anarquismo da mesma forma que eu." Isso foi tudo que ele disse.

"Vocês vão fazer alguma coisa neste fim de semana?", Nikolai perguntou. "Porque seria bom ter alguma ajuda na datcha." Boris e eu tivemos que inventar desculpas para não ir.

Então, depois da nossa quinta ou sexta reunião, o grupo todo, já do lado de fora, deparou com um dândi de aspecto nervoso. Iulia estava rindo de algo que Boris falou e, no momento em que o viu, se deteve. "Pétia", ela disse, "o que você está fazendo aqui?"

"Eu queria falar com você", disse o dândi, que logo entendi ser Chipalkin. Ele usava um casacão de lã e um cachecol jogado no ombro, com luvas de couro e Converse de cano alto, o visual de um hipster moscovita. A outra coisa notável era que ele se parecia comigo — era um judeu baixo e de pele cor de oliva, da Europa Oriental. Não éramos gêmeos idênticos nem nada, mas se antes eu tinha me perguntado se Iulia ao menos cogitaria a possibilidade de sair com um cara com a minha aparência, agora eu tinha a resposta.

E aconteceu mais uma coisa. Chipalkin apertou a mão de Boris e Nikolai e disse *priviet* para Vera. Depois me lançou um olhar inquisitivo, que parecia até um pouco hostil. "Este é o Andrei", disse Iulia baixinho.

"Ah", disse Chipalkin. "Achei que fosse."

Poderia haver centenas de razões para essa reação, em teoria, mas a mais simples era a seguinte: Iulia tinha lhe dito algo sobre mim de um jeito que ele me considerara uma ameaça. Quer dizer, pode ser que haja outras explicações. Mas essa era plausível. Os homens não são tão idiotas quanto fingimos ser. Um marido rejeitado sabe da sua situação.

Uma semana depois, Serguei convidou alguns de nós para uma festa em sua casa. Sua esposa tinha ido com a filha de quatro anos passar o fim de semana em São Petersburgo para visitar a mãe dela, e Serguei disse que estava se sentindo sozinho e queria companhia.

"A sua esposa está brava por você não ter ido com ela?", perguntei.

"Acho que está, sim", Serguei respondeu diretamente. Estávamos no carro dele, depois do hóquei.

"E você não liga?

"Ligo", respondeu. "Mas eu não queria ir. No fim das contas, descobri que é melhor não fazer coisas que não quero fazer. É melhor para todo o mundo."

Então teve a festa. Serguei morava bem longe, para além das periferias da cidade. Peguei a linha cinza do metrô na direção norte, um ônibus, e depois caminhei, passando por cinco prédios idênticos de dezesseis andares, até chegar ao sexto, que era o dele. O bairro era um exemplo exato do que os arquitetos modernistas, liderados por Le Corbusier, haviam imaginado: as pessoas viviam em blocos gigantes, e para se locomover entre eles tinham que usar automóveis. Ao mesmo tempo, o terreno entre os blocos seria preenchido com parques e árvores e outros espaços de lazer.

Que babaca, pensei enquanto caminhava diante dos seis largos blocos, chegando ao de Serguei. Se era para as pessoas irem a todos os lugares de carro, por que gastariam tempo cuidando dos jardins entre os prédios? A resposta era que não gastariam. Como acontece com os grandes projetos de habitação pública construídos nos Estados Unidos, o terreno entre os enormes blocos de apartamentos não era automaticamente preenchido com parques, árvores e crianças brincando. Talvez na era soviética fosse diferente, mas agora eles estavam cheios de lixo, carros que as pessoas não tinham onde estacionar, mais lixo e projetos de construção. Devo ter passado por pelo menos meia dúzia de buracos, como se fossem de obras, no trajeto até a casa de Serguei, embora eu não tivesse a mínima ideia do que exatamente estava sendo cavado; e para completar, já estava escuro. Os cães latiam. A rua por onde andei era tão deserta que me preocupei por não encontrar nem mesmo uma loja para comprar cerveja, mas, por fim, quando cheguei ao prédio de Serguei, vi que havia uma no subsolo. Comprei um monte de cerveja e interfonei lá para cima.

Alguém abriu para mim. Puxei a porta pesada de metal e entrei em um hall apertado e mal iluminado; era exatamente o mesmo estilo do antigo prédio da minha avó em Dubna, com uma pequena cabine fechada para o "supervisor", que em geral ficava sentado assistindo televisão — aliás, era o que ele estava fazendo — e fazia cara feia para quem chegasse. Não era bem um porteiro com um livro de visitas que você tinha que assinar, mas também não deixava de ser um porteiro. Cometi o erro de dizer olá, ao que o homem, que parecia ter uns sessenta e tantos anos, retrucou sem agradecer a saudação: "Quem você veio visitar?".

"Serguei Ivánov", respondi.

O homem grunhiu. "Estão fazendo algum tipo de festa lá em cima ou o quê?"

"Só uma festinha", eu disse, sorrindo.

Ele não respondeu e eu segui adiante. Passei pelas caixas de correio, que estavam na mesma posição das do prédio da minha avó em Dubna e nas mesmas condições — amassadas, semiabertas, pichadas —, depois subi três degrauzinhos e cheguei ao elevador. Cheirava a mijo. Prendi a respiração e apertei o número nove.

Assim que cheguei ao andar dele, as coisas melhoraram. Ouvi música vindo de seu apartamento, e Iulia abriu a porta. "Andrei!" ela exclamou, de uma maneira que eu nunca tinha ouvido ela dizer meu nome. Estava de vestido de algodão branco e florido, radiante, e quando entrei me deu um beijo na bochecha. Ela estava bêbada. Me disse para largar o casaco na cama e depois saiu dançando pela sala de estar. Ainda processando as coisas, fui até a cozinha deixar as cervejas que levei e pegar uma para mim. Lá estavam Micha, Nikolai e algumas pessoas que eu não conhecia sentadas à mesa e bebendo. Micha estava contando uma história sobre crescer em um bairro dos arredores de Moscou antes de herdar o apartamento de sua avó. Enquanto o pequeno Micha explorava a área no início dos anos 1990, gangues de crianças se aproximavam dele. "Grunge ou metal?" eles diziam, querendo dizer, o que você prefere? Qualquer uma das duas poderia ser a resposta certa, e se você errasse levaria uma surra. "Mas normalmente a resposta certa era metal", disse Micha. "Eles diziam: 'Ah, é? De que bandas você gosta?'. Mas você podia blefar, porque eles não conheciam mais do que você. Eu dizia 'Deep Purple'. E eles 'Tá bem, Deep Purple, legal', e me deixavam ir embora."

"No meu bairro era 'rap ou metal'", comentou Nikolai. "E, sem dúvida alguma, a resposta era sempre metal, porque o contrário significava que você gostava de pessoas negras. Isso facilitava as coisas. Embora às vezes eu ainda apanhasse."

Eu gostava muito desses caras. Era como se eles tivessem vivido uma versão exacerbada da minha própria vida, em que a cultura popular ocidental se infiltrava lentamente, a princípio apenas na forma de rumores sobre o rap e o metal, mas pouco a pouco eliminando a cultura literária russa mais antiga que nossos pais nos haviam transmitido. No meu caso, para que eu pudesse me encaixar, saber sobre a cultura pop americana era só questão de me atualizar. No caso deles, era uma espécie de decisão que aceitavam e tinham que reaver quase todos os dias. Ser russo era, de certa forma, ter de escolher o tempo todo, não entre o rap e o metal per se, mas entre o russo e o ocidental — quanto àquilo que você comia, ouvia, pensava. E Micha, Iulia, Serguei, Boris, meus amigos, haviam optado por um híbrido atraente: ninguém que conheci na Rússia tinha estudado a cultura ocidental tão a fundo quanto eles e extraído tanto do que ela tinha de bom, enquanto permaneciam fiéis, o máximo que podiam, ao seu lugar de origem. A visão política deles também era assim. Marx era um filósofo alemão que escapara de sua terra natal para ir a Paris e depois a Londres. Mas alcançou seu maior sucesso, teve seus mais devotados alunos, entre os russos. E aqui os tinha até hoje.

Fiquei de pé na cozinha olhando pela janela. Estávamos perto da periferia da cidade; um apartamento como aquele, tão distante do centro e do metrô, custava bem barato e, ainda assim, que vista ele tinha. Da cozinha de Serguei dava para ver uma rodovia, uma linha de trem, uma linha de metrô elevado, uma rodovia elevada e outra linha de trem. No escuro, os carros e trens corriam em ambas as direções; era, por um lado, uma visão da modernidade, do futuro, mas, por outro lado, tinha um aspecto miserável e improvisado, claramente o resultado de não se fazer as coisas bem-feitas já de primeira. Dava a nítida impressão de que um dos carros ou trens estava prestes a cair e colidir com alguma coisa. Entre essas ferrovias do futuro havia prédios altos como aquele em que eu estava; pareciam estantes de livros abandonadas, cambaleantes, em uma esquina.

Peguei minha cerveja e andei pelo corredor até a sala de estar, onde tocava *dance music* e cerca de dez pessoas dançavam meio desengonçadas. Eu ainda estava pensando no beijo na bochecha que Iulia me dera, quando entrei na sala e meus olhos se ajustaram à relativa falta de luz e não consegui localizá-la. Por um instante, temi que ela estivesse na festa com Chipalkin, que isso justificasse o seu bom humor e que os dois agora estivessem juntos em algum lugar. Então, alguém agarrou a manga da minha camisa e me puxou em sua direção: Iulia. Até pensei ter visto uma leve expressão de impaciência em seus olhos. Nós dançamos. Sou péssimo dançarino, mas Iulia também era, então foi tudo bem. Em algum ponto de "Stayin' Alive", Iulia deu uns passos de *disco dance* bastante plausíveis, e eu a imitei. Aí ela me puxou para perto dela, se endireitou e me beijou na boca. Foi só um beijo fugaz, mas foi intencional e, depois que ela me soltou, me olhou de um jeito que parecia dizer que ela não era cega para o fato de que há dois meses eu estava de olho nela. Continuamos dançando e nos beijamos um pouco mais, e mais intensamente, e depois ficou tarde, e ela, Boris, Micha e eu dividimos um carro de volta para o centro, já que a essa hora o metrô estava fechado. Boris, Iulia e eu nos aconchegamos no banco de trás e, durante toda a viagem, Iulia ficou com a cabeça no meu ombro, adormecida. Nós a deixamos em casa primeiro, depois os rapazes e por último eu. Pedi que o motorista me deixasse na esquina da Sretenka com o Anel de Jardins, para que eu pudesse comprar um pastel dos caras do frango do Azerbaijão. Caminhei no frio, comendo, pelos poucos quarteirões que faltavam até minha casa. Eu não tinha certeza do que exatamente tinha acontecido entre Iulia e eu, e se ela gostaria de dar continuidade no dia seguinte e depois, mas não me importava. A Sretenka estava toda iluminada nesta noite, e toda ela parecia sorrir para mim.

No dia seguinte, minha avó caiu da escada.

8.
Minha avó cai da escada

Algumas semanas antes, finalmente consegui wi-fi no apartamento. O novo semestre ia a todo vapor e eu estava à mesa da cozinha uma noite, respondendo no modo offline a e-mails de alunos que achavam que Tolstói dava importância demais ao divórcio de Anna Kariênina, quando minha avó apareceu e perguntou se eu queria um pouco de chá e panquecas. Continuei trabalhando enquanto ela os preparava — era o fim do mundo escolher o amor em vez dos filhos? Sim, caros amigos. Era o fim do mundo, ou de um mundo — e quando ela terminou, eu já sem energia coloquei meu computador no parapeito da janela em vez de levá-lo de volta para o quarto. Ao fazer isso, apareceu uma mensagem no ícone de acesso à internet, informando que eu tinha sinal. Não me entusiasmei muito — no começo, eu tentei obter conexão no apartamento e apareceram muitos sinais promissores — mas quando, como um experimento, abri meu navegador e digitei o endereço eletrônico do *New York Times*, lá estava a Gray Lady* me contando as novidades. Eu tinha internet! Ao sair do peitoril da janela, perdi o sinal. Se eu deixasse meu computador ali, puxasse uma cadeira e sentasse com as pernas abertas, como se montasse a cavalo, teria sinal. Eu estava na internet.

Minha vida mudou. Não precisaria passar cinco horas no Café Grind todos os dias se não quisesse. Não precisaria baixar tudo antes de sair do Café Grind ou escrever meus vários e-mails em um aplicativo de texto em casa, para depois recortá-los e colá-los no Gmail quando estivesse online novamente.

---

* Gray Lady, senhora grisalha, é um apelido do jornal *The New York Times*. [N.T.]

Quase sem perceber, ao longo dos meses, desenvolvi todo um sistema ad hoc, sustentado por cabos, cordas e pela minha própria irritação nervosa, para me comunicar com o mundo. Agora eu poderia descartá-lo.

Eu continuei indo ao Grind quase todos os dias, mas não por muito tempo, e comecei a passar horas sentado em uma cadeira da cozinha, trabalhando no parapeito da janela. Com isso, eu ficava mais por perto. "Você vai ao trabalho?", minha avó, já acostumada com aquilo, perguntou uma manhã.

"Vou ficar aqui", respondi, "tudo bem?"

"Claro!", disse minha avó. Ela estava bem contente.

Mas a internet do peitoril da janela também me deixou menos atento à minha avó. Os e-mails dos meus alunos pareciam intermináveis. E, além disso, havia o fato de que eu queria ler várias coisas. O grupo Outubro tinha uma lista de e-mails para a qual todos sempre mandavam material — artigos, propostas de manifestações, discussões. Havia um anarquista, um sócio de Chipalkin, que volta e meia escrevia acusando os outubristas de tendências ditatoriais, e um comunista que escrevia os acusando de sectarismo. As discussões extensas, e às vezes interessantes, se prolongavam por dias a fio. Eu as acompanhava da janela, comendo biscoitos de aveia e *sushki*, e bebendo uma xícara atrás da outra de café solúvel, trocando para chá no fim do dia.

Na noite seguinte à festa de Serguei, eu estava no peitoril da janela lendo uma dessas discussões — agora não me recordo sobre o que era — quando minha avó avisou que iria passear. Estava nevando e, embora fosse pouco, dava para ver que estava escorregadio, mas não *muito* escorregadio. Apesar do frio, minha avó já tinha saído naquele dia mais cedo para ir ao mercado, e tudo tinha corrido bem. Achei que talvez devesse ir com ela, mas ao mesmo tempo queria continuar lendo. Eu teria que passar a vida inteira preso, tendo que acompanhar a minha avó, sempre que lhe desse vontade de sair? Isso não era jeito de viver. Cheguei perto dela, dei um beijo em sua testa e desejei bom passeio.

Nem trinta minutos depois, ouvi um grito agudo vindo da escada. Primeiro pensei que fosse um cachorro ou uma criança, mas depois me dei conta exatamente de quem era. Corri para o corredor, minha avó estava caída ao pé da escada. Estava deitada de costas, de olhos abertos, segurava a nuca olhando para mim, com medo. Desci os degraus — estavam molhados e escorregadios por causa da neve acumulada nos calçados de quem passava ali — e ajudei-a a subir; seu casaco rosa e espesso tinha amortecido a queda mas, quando olhei para o ponto na parte de trás da cabeça, que ela estava segurando, vi que tinha sangue. "Oh, Andriuchenka", ela lamentou, enquanto eu a ajudava a subir a escada devagar. "Sou tão estúpida. Que estúpida. Minha cabeça está girando."

Levei-a para cima, carreguei as coisas que ela trazia, deitei-a na cama e então corri para o meu computador na janela e procurei o número da emergência para chamar uma ambulância. Era 03. Disquei e expliquei que minha avó tinha batido a cabeça. A mulher do outro lado perguntou se eu achava que ela corria perigo. Eu não fazia ideia. "Ela está consciente?", a mulher perguntou. Eu disse que sim. Aparentemente, isso a ajudou a tomar uma decisão a respeito de onde nos mandar. Ela disse que uma ambulância chegaria em vinte minutos, e de fato chegou.

Em retrospecto, não sei o que deveria ter feito. Perguntei a médicos que conheci, e alguns deles disseram que uma pancada na cabeça como a que minha avó levou ao cair poderia ter sido danosa, mas não fatal; outros disseram que os mais variados tipos de sangramento perigosos podem ocorrer na idade dela, e que fiz bem em levá-la ao hospital. Como disse, não sei. A ambulância chegou com dois jovens pálidos de uniforme médico e uma maca, e enquanto eles gentilmente deitavam minha avó sobre ela, sugeriram que eu preparasse uma bolsinha de toalete, mudas de roupa e livros de que ela gostasse. Pelo que eu sabia, minha avó não tinha malas de viagem, então fui até o meu quarto, tirei as coisas do hóquei da minha mochila velha e a enchi com algumas roupas, a escova de dentes e os óculos da minha avó. Em seguida, partimos.

Nunca vou esquecer a vista de Moscou que tive da parte de trás daquela ambulância, quando estávamos parados e arrancamos em meio ao tráfego do Anel de Jardins. Depois de um tempo, minha avó adormeceu na maca ao meu lado; um dos paramédicos estava conosco na parte de trás, entretido com seu telefone, e quando perguntei a ele se era normal ela adormecer, ele disse que sim. Observei a cidade pela janela de trás. Estava coberta de uma fina camada de neve branca, a mesma neve em que minha avó escorregara enquanto eu estava no computador lendo e-mails. De dentro da ambulância, dava para ver o frio que fazia. As pessoas caminhavam de casacos pretos, chapéus pretos e sapatos pretos, tentando se manter perto dos prédios para se aquecer. Assim que paramos no semáforo, em um cruzamento, vi dois carros darem uma batidinha. No mesmo instante, os motoristas saltaram para fora e se dirigiram um ao outro. Um deles era maior, mas o menor foi mais rápido; deu dois longos ganchos e o cara maior segurou a cabeça que ficou doendo, e em seguida acabou. Eles voltaram para seus carros aquecidos e esperaram o tráfego voltar a fluir novamente.

Quando finalmente saímos do Anel de Jardins e entramos na rodovia Kiev, perguntei ao paramédico que estava sentado ao meu lado quanto tempo mais demoraria. "Mais ou menos uma hora", ele disse.

"Uma hora? Não há nada mais perto?"

"Eles disseram para ela ser encaminhada para a clínica neurológica", ele explicou, "porque é uma lesão na cabeça. Não se preocupe, é uma boa clínica."

Continuamos passando por bairros industriais e bosques na margem sul da cidade. O hospital onde finalmente a ambulância chegou ficava no bosque. Na penumbra da entrada dos carros, pude ver um prédio de tijolos amarelos de quatro andares, antigo e comprido; dada a sua distância da cidade, deve ter sido um hospital de vila, de antes da Revolução. Ou depois. Quem poderia saber. Os paramédicos cuidadosamente levaram a minha avó, coberta por uma manta quentinha, da ambulância para o hospital. Ela agora estava acordada. Não parecia incomodada com os procedimentos; na verdade, parecia estar gostando. Sua saúde vinha importunando-a. Agora, algumas pessoas estavam levando isso a sério. "Obrigada", ela não parava de dizer aos paramédicos. "Obrigada."

Por dentro, o hospital parecia ainda mais antigo. Um elevador trêmulo nos levou ao último andar e lá caminhamos por um corredor mal iluminado. Já estava ficando tarde e as portas da maioria dos quartos estavam fechadas. No corredor, cadeiras velhas de madeira barata indicavam que, durante o dia, devia ter havido visitas.

Chegamos a uma porta aberta, em frente à qual um jovem com olheiras e uniforme verde hospitalar estava sentado fumando um cigarro. Era o neurologista chefe. "Olá, Arkadi Ivánovitch", disse um dos paramédicos. "Mulher caiu, bateu com a cabeça, há um pequeno sangramento. A equipe da emergência pediu para trazermos ela até você."

"Leve-a para a sala de exames 410, por favor", disse o neurologista, e depois nos acompanhou até lá.

Eu senti um pouco do que minha avó sentia: era um alívio que ela e sua saúde estivessem, finalmente, nas mãos de profissionais, mas eu também estava apreensivo. Este lugar era sujo e longe de casa. Eu não tinha certeza se podia confiar nessas pessoas. Por motivos que desconheço, os paramédicos ficaram zanzando do lado de fora da porta da sala de exames, mesmo depois de terem deixado minha avó sobre a mesa de exame e pegado a maca de volta. Ao perceber isso, o médico desviou os olhos deles para mim.

"Você sabe como é", ele murmurou para mim, "eles não ganham muito bem." "Ah!", exclamei. Puxei minha carteira, tinha quinhentos rublos, e entreguei o dinheiro ao paramédico que havia sentado ao meu lado.

"Obrigado", ele disse, e por fim foi embora.

Na sala de exames, o jovem médico verificou a nuca da minha avó, acendeu uma luz em seus olhos e fez algumas perguntas. Quando terminou, ele disse a ela e a mim que estava salva por enquanto, mas que seria prudente ficar de olho e fazer alguns exames enquanto ela estava aqui.

"O que você acha, Seva Efraímovna?", ele gentilmente lhe perguntou.

Minha avó se virou para mim. "O que Andriucha achar que é melhor", ela respondeu.

Eu endireitei minha postura. "Será que vamos poder ir para casa amanhã?", perguntei.

"Não", disse o médico. "Isso vai levar uma semana."

"Uma *semana*?" Nos Estados Unidos, eu teria me preocupado com o custo; na Rússia, a questão era outra. O atendimento médico era gratuito. Mas eu estava preocupado em deixar minha avó por tanto tempo. Olhei ao redor da sala, com teto alto e pintura azul lascada. Eu estava preocupado em deixá-la neste lugar.

O médico acompanhou meu olhar. "Não parece, mas este é um hospital decente", ele afirmou. "De qualquer forma, não posso obrigá-lo a deixar ela aqui. Às vezes, o sangramento craniano decorrente de uma queda como essa não aparece imediatamente. Mas, é claro, pode não haver sangramento. A decisão é sua."

Senti a pressão da competência médica. Se ela morrer ou sofrer danos cerebrais ou tiver suas funções prejudicadas de alguma outra forma, ele estava dizendo, porque você ficou achando que a pintura descascada queria dizer que não sabíamos nada de medicina aqui, será sua responsabilidade, não minha.

"Vó", perguntei, "você quer ficar um pouco aqui para eles poderem fazer alguns exames?"

"Tudo bem", ela concordou. "Se você acha que devo ficar, eu fico."

Eu não sabia o que pensar. Mas também sentia que não tinha outra escolha. "Acho, sim", respondi.

"Então está bem."

"Certo", disse o médico. "O horário de visita é do meio-dia às oito. Vou pedir a uma enfermeira que a leve ao quarto dela."

E ele foi embora. Poucos minutos depois, uma enfermeira chegou com uma cadeira de rodas e, com minha ajuda, sentou minha avó e a conduziu até uma cama em um grande quarto no fim do corredor. As luzes do quarto foram reduzidas. Havia uma cortina, do outro lado da qual parecia haver outra cama e, pelo jeito, outro paciente. Quando a enfermeira sinalizou, transferimos minha avó da cadeira de rodas para a cama. Ela era incrivelmente leve.

A enfermeira era uma mulher loira e forte, na casa dos quarenta. Ela era cuidadosa com minha avó e parecia saber o que estava fazendo. Depois que pusemos minha avó na cama, ela foi embora.

Desde que tínhamos chegado, minha avó estava acordada, mas cabisbaixa. Peguei seus produtos de higiene pessoal e trocas de roupa e coloquei-os na mesa de cabeceira. Também anotei meu número de telefone. "Estarei de volta amanhã", eu disse.

"Tudo bem", ela falou. "Você tem a chave do meu apartamento?"

"Tenho."

"Que bom. Ainda sobrou um pouco de sopa, não deixe de comer."

"Tudo bem", respondi. Dei-lhe um beijo na testa e parti.

O metrô estava fechado quando saí de lá e tive que pegar um táxi para casa. Custou vinte e cinco dólares. Quando voltei para o apartamento vazio, arrumei a bagunça que deixei ao fazer a mochila, esquentei a sopa de batata e abri meu computador. No Gchat, a luzinha verde de Dima estava acesa. Mandei uma mensagem para ele.

"A vovó está no hospital", eu disse.

Ele respondeu imediatamente. "O quê??"

"Ela caiu da escada e bateu com a cabeça. O médico disse que não há perigo."

"Onde você estava quando isso aconteceu?"

"Eu estava em casa."

"Eu te falei dessa escada!"

Não respondi essa mensagem.

"Você está em casa agora?", Dima perguntou.

"Estou."

"Vou te ligar."

Um minuto depois, o telefone tocou.

"Em que hospital ela está?", Dima quis saber.

"Clínica Neurológica Número Oito", eu disse. Eu tinha trazido um cartão comigo, que li com atenção. "Fica no fim da rodovia Kiev."

"Caralho!", Dima exclamou. "Isso é um hospital do Estado. Agora existem hospitais particulares, onde é possível ser bem atendido."

Eu não disse nada. Claro que eu não fazia ideia. Eu deveria ter ligado para Dima imediatamente, mas tudo aconteceu muito rápido.

"Você pode tirar ela de lá?", perguntou Dima.

"Este lugar é bom", eu disse. "Não é ruim. E é dedicado à neurologia."

"Leve a vovó para a Clínica Americana", disse Dima. "Fica perto da estação Prospekt Mira. Você vai poder ir andando até lá."

"Quanto custa?"

"Eu vou pagar", disse Dima.

"Vou pensar sobre isso", respondi. Eu não queria colocar minha avó outra vez por duas horas em uma ambulância, enquanto ela estivesse com um ferimento na cabeça. E não queria que Dima pagasse para ela.

"Se você a mantiver neste lugar, pelo menos dê algum dinheiro ao médico", ele disse. "Dê três mil rublos para ele." Cem dólares. "E dê quinhentos à enfermeira. Isso vai ajudar."

"Está bem", respondi.

"Você só tinha uma coisa para fazer", disse Dima. "Tinha uma merda de uma coisa que você deveria fazer."

Eu não disse nada.

"Inacreditável", Dima completou, e desligou.

Metade da minha sopa ferveu e transbordou da panela. Comi o que restou e passei uma hora na internet lendo sobre traumatismo craniano. Depois, fui para a cama. Foi a primeira vez na vida que tive o apartamento da família só para mim. Dormi mal.

Ao longo da semana seguinte, o hospital fez exames de todos os tipos de doenças neurológicas em minha avó. Puseram-na em máquinas, conectaram-na a monitores e pediram que ela lesse letras e números em uma grande lousa. Ela obedeceu a tudo; estava aliviada porque finalmente alguém supunha que ela estava doente.

Passei aquela semana no ônibus que ia e voltava da frente do hospital até a estação de metrô mais próxima. O ônibus parecia não ter um horário regular e muitas vezes, querendo sair do frio, embarquei no sentido errado, já que só havia um ônibus no trajeto e retomaria a minha direção de qualquer maneira. Era mais quente dentro do ônibus do que lá fora, embora nunca fosse quente o suficiente.

Eu decidi não tirar minha avó de lá. Ela estava confortável em seu quarto, e a equipe era atenciosa. Estava apreensivo por ter que pagar ao médico, mas aquilo funcionou. Não consegui achar nenhum envelope novo no apartamento da minha avó, então dobrei minhas três notas de mil rublos em uma página que arranquei de um de meus cadernos. Ficou meio ridículo e, quando encontrei o médico em seu pequeno consultório e apresentei aquilo, ele hesitou. Mas eu insisti. "Por favor", eu disse. Por fim ele concordou e, abrindo a primeira gaveta de sua mesa, enfiou o envelope improvisado dentro. "É desnecessário", ele afirmou, olhando com dignidade para mim, "mas obrigado".

E assim foi. Sem recibo, sem troca de bens, e em seguida voltei para o quarto da minha avó. Mas o pagamento funcionou, pelo menos para mim. Senti como se tivesse comprado uma pequena parte do hospital. Eu já não era um estranho por lá. E depois que paguei também às enfermeiras, observei que minha avó ganhou um cobertor extra e que levaram uma televisão para o seu quarto.

A colega de quarto da minha avó era uma mulher tagarela chamada Vladlenna. Ela era poucos anos mais nova que minha avó, mas grande e barulhenta, enquanto minha avó era pequena e calada. Na manhã da minha primeira visita, minha avó estava na cama e Vladlenna a entretinha com histórias de sua saúde. "Ah, Vladlenna Viktorovna, este é meu neto Andrei", disse minha avó.

"Prazer em conhecê-lo, Andriucha!", Vladlenna gritou de sua cama. Ela tinha no colo algum objeto amarelo meio tricotado, e estava trabalhando nele enquanto falava. Ela pesava uns noventa quilos, com certeza. "Seva", ela gritou, "esse rapaz é casado?"

"Receio que não", disse minha avó.

"Bem, nós vamos cuidar bem disso!", disse Vladlenna. "Conheço um monte de garotas!" E deu umas risadinhas. Eu sorri por educação. A verdade era que, se não fosse pelo recente surgimento de Iulia, eu provavelmente teria pedido alguns números de telefone a Vladlenna.

Tinham colocado uma camisola hospitalar verde em minha avó, e ainda havia um curativo na sua nuca. Eu não sabia se era recente ou não. Fora isso, ela parecia bem. Ela ainda tinha sua força. Sorriu quando olhou para mim.

"Como é a comida aqui?", perguntei.

Minha avó sacudiu a cabeça, de modo a indicar que a comida era horrenda.

"É muito boa!", Vladlenna gritou do outro lado do quarto. "Esta manhã nos deram mingau de aveia com geleia e um chá gostoso!"

"É verdade?", perguntei a minha avó.

Ela pareceu confusa. "Você sabe", ela disse, "eu não me lembro."

"Ha!", Vladlenna prosseguiu. "Não estou dizendo que foi a coisa mais marcante que já aconteceu e que precisamos lembrar disso para o resto de nossas vidas. Ha ha!"

Fiquei com elas por um tempo, depois saí e descobri onde era a cafeteria. Comi uma tigela de borscht e um prato de *kacha* e *kotletí*, tudo por cerca de três dólares. Comprei também umas tortinhas que ficavam ao lado do caixa para levar para minha avó e Vladlenna. Fiquei lá até oito horas, alternando entre umas circuladas, trabalho no meu laptop enquanto minha avó cochilava e trocas de gentilezas com Vladlenna. Depois parti para a longa e fria viagem de volta para casa.

E assim se passaram todos os dias. Conseguia trabalhar um pouco pela manhã, pegar o metrô e o ônibus, e depois passar o resto do tempo (levava quase duas horas para chegar ao hospital) com minha avó e sua colega de quarto. A tomografia não mostrou nenhum sangramento interno, mas passaram a fazer toda uma série de outros exames neurológicos, sempre ressaltando "enquanto a tinham em mãos". Todos os resultados foram negativos. Minha avó estava bem de saúde.

"Tem certeza?", perguntei ao médico quando, no último dia, ele me entregou esse laudo. "Ela sempre se esquece das coisas. Coisas básicas", eu lhe disse.

"Quantos anos ela tem?"

"Oitenta e nove."

"Perfeitamente normal. Ela tem demência em estágio moderado, o que para a idade dela, depois da vida que levou, é bom. É acima da média."

"Não há nada que ela possa tomar? Ela está bem deprimida."

Antes, quando o médico me perguntara sobre esses mesmos sintomas, eu os havia subestimado. Mas agora que ele estava fornecendo um atestado de boa saúde para minha avó, eu queria discutir.

"Você mora nos Estados Unidos, certo?", perguntou o médico.

Confirmei.

"Eu sei que nos Estados Unidos prescrevem medicamentos para esse tipo de coisa. Talvez estejam certos em fazer isso. Mas são remédios fortes, que têm efeitos colaterais. Aqui, somos mais cuidadosos. Meu conselho é manter sua avó com a mente ativa, o máximo que puder. Converse com ela. Discuta com ela. A memória dela vai desaparecer, mas você pode desacelerar esse processo. E ela ainda pode desfrutar da família. Ela ainda pode desfrutar do ar livre. Esses remédios talvez retardem alguns processos, mas eles também podem romper alguma outra coisa no cérebro ou no corpo dela, então eu evitaria usá-los." O médico acenou com a cabeça, como se dissesse: "Chega". Ele nunca tinha me dado tantas orientações ao mesmo tempo, e eu estava surpreso e grato. "*Vot tak*", ele disse. "Então é isso." "Boa sorte." E ele estendeu a mão para eu apertar.

Tudo isso por cem dólares.

Era hora de ir para casa. Chamei um táxi, busquei minha avó, que agora vestia sua roupa costumeira, e ajudei-a a sair da cama.

Ela quase desmoronou em meus braços. A enfermeira estava lá e viu. "Ela está deitada na cama há uma semana", comentou. "Vai demorar um pouco até recuperar a força. Mas ela vai conseguir."

Nos despedimos de Vladlenna, que nos entregou um pedaço de papel com seu número de telefone, e amparei minha avó pelo corredor e no elevador. O jovem médico veio se despedir de nós. "Foi um prazer recebê-la, Seva Efraímovna", ele disse.

"Obrigada", ela respondeu, radiante.

Eles pareciam ter se preocupado de verdade com ela, e lamentavam que ela estivesse indo embora.

Mas algo horrível tinha acontecido. Forçar uma senhora idosa, acostumada a caminhar vários quilômetros por dia, mesmo que apenas de um lado pro outro dentro do seu apartamento, a ficar de cama por um tempo prolongado foi aniquilador. Eles não quiseram causar danos a ela! Mas minha avó entrou com um ferimento leve na cabeça e saiu mancando. Na saída, compramos uma bengala na lojinha do hospital.

No táxi, perguntei à minha avó quando ela pretendia contatar Vladlenna, sua nova amiga.

"Aquela mulher?", minha avó se exaltou. "Eu não vou ligar para ela. Ela é antissemita."

"O que? Como você sabe?"

"Eu sei", disse minha avó. "Pude perceber pela maneira como ela disse 'Seva Efraímovna'. Deixe-me ver o número de telefone dela."

Entreguei-lhe o papelzinho. Minha avó o amassou e, antes que eu pudesse impedi-la, baixou um pouco o vidro da janela e o jogou fora.

"Ei!", disse o motorista. "Se me pararem, você vai pagar a multa." Minha avó não o ouviu. Já eu, estava em choque.

"Você me escutou?", insistiu o motorista.

"Sim", respondi. "Não se preocupe com isso."

Seguimos em frente. Minha avó tinha sobrevivido a todos os seus amigos, mas nem por isso estava à procura de outros.

9.
Tarefas domésticas

Por todo o tempo em que minha avó esteve no hospital, eu não vi Iulia. Trocamos algumas mensagens de texto — eu nunca havia escrito mensagens em russo, então gostei disso; tinha comprado um telefone russo barato, depois que meu Samsung começou a dar problema; o novo corrigia a minha grafia — mas não era como se eu fosse arrastá-la para o hospital, e eu não tinha tempo para mais nada. Na ida e volta de ônibus para o hospital, eu elucubrava muito sobre o nosso próximo encontro mas, assim que minha avó voltou para casa, tive que enfrentar outro problema.

Na manhã seguinte ao nosso retorno, acordei e vi minha avó na cozinha, ralando lentamente uma maçã, como de costume. Dei um beijo em sua nuca, perfeitamente curada, e ainda com um pequeno curativo.

"Oh, Andriuch", disse minha avó, virando-se. A bengala que compramos no hospital estava apoiada na parede ao lado de sua cadeira. Ela disse: "O que vamos fazer?".

"Como assim?"

"O que vamos comer?"

"Posso preparar o café da manhã," eu disse.

"E para o almoço?"

"No almoço, vamos a um café." Decidi isso naquele instante. Iríamos ao Café Grind! Seria uma excelente oportunidade para minha avó fazer algum exercício, e também ver onde eu passava tanto tempo. De almoço, ela poderia comer um dos sanduíches de atum que faziam. Na outra vez que paramos em um café, no meio de uma de nossas caminhadas, ela deixou claro que a comida era intragável, mas talvez no Grind fosse diferente. Era caro demais para ser uma solução de longo prazo, mas nos ajudaria no dia de hoje, e amanhã eu poderia cozinhar.

"Um café?", minha avó questionou, incrédula. Pelo jeito que ela falou, percebi que estava imaginando um balcão pequeno, algumas mesinhas, talvez uma máquina de café expresso. "Não vai ter nada para comer em um café."

"É tipo um restaurante. Vamos a um restaurante."

"Um restaurante?" Agora ela estava pensando em um salão de banquetes, uma refeição com vários pratos, muita vodca, música alta e dança, provavelmente. Era o tipo de lugar onde se vai uma vez por ano, para um aniversário ou um casamento. "Isso é muito caro."

"Não, não é."

"Claro que é! É um restaurante."

"Este não é um restaurante chique. É mais uma lanchonete."

"Ah, uma *lanchonete*." Ela visualizou uma sala grande e espaçosa, onde pegaria uma bandeja e se serviria de um pouco de *kacha*, *kotletí* e sopa em seu prato, como em uma prisão americana. "Está bem."

Então, mais tarde naquele dia, fomos à lanchonete. Era uma caminhada de cinco minutos, talvez seis, pela rua Bolchaia Lubianka, e no caminho minha avó grunhia uis e ais enquanto tentávamos não escorregar no gelo. Eu a segurei com força pelo braço, e ela, cautelosamente, começou a usar sua bengala. Passamos por uma galeria de arte que surgira há pouco tempo, e do lado de fora havia algumas garotas, sem casacos, fumando. "Olhe só essas meninas", minha avó se referiu em voz alta às fumantes em trajes sumários. "Não estão vestidas!" Ela estava mais fraca e mancando, mas pelo menos seu humor estava de volta.

Eu mantive a cabeça baixa e finalmente chegamos. Subimos o degrau até o Café Grind e a bela barista, do outro lado do salão, nos cumprimentou efusivamente, do jeito que cumprimentava todo mundo, e eu levei minha avó para sentar. Era estranho estar lá com ela — estava nervoso, como se, caso ela não gostasse, o Grind fosse cair no meu conceito. Eu tinha que me assegurar de que ela não veria os preços, então pedi que ficasse ali quieta enquanto eu ia comprar algo para comermos. Ela concordou. Pedi um bule de chá, duas tortinhas de repolho e dois sanduíches de atum. Custou vinte e cinco dólares. Paguei depressa e meti o troco no bolso. De volta à nossa mesa, minha avó não tinha notado os preços. Depois, para minha surpresa, ela comeu sem reclamar de nada. Talvez no hospital seu alto padrão tenha sido ligeiramente rebaixado.

"Andriuch", ela disse, enquanto tomávamos o chá após a refeição. "Você é uma pessoa boa. Você não vai ficar aqui, vai?"

"Em que sentido?" Eu não tinha certeza do que ela queria ouvir.

"Neste país. Não fique neste país. É um país terrível. Pessoas boas se tornam pessoas ruins, ou acontecem coisas ruins com elas."

Ela se curvou devagarzinho e bebericou o chá, que ainda estava quente. Às vezes, quando o chá estava quente demais, ela o despejava em uma vasilha para esfriar e bebia da vasilha. Estava fazendo isso agora.

"Eu já contei a você sobre a empresa de Lieva?", ela perguntou.

"Um pouco," respondi.

"Ele teve uma ideia maravilhosa e abriu uma empresa com os amigos", ela disse. "Eram pessoas em quem ele confiava. E então..." — notei que ela lutava para se lembrar — "algo ruim aconteceu." Ela não conseguia lembrar a história, mas lembrava as lições que ela deixara. "Ele confiou neles e eles o traíram", afirmou. "Foi isso o que aconteceu."

Assenti. Foi basicamente isso o que aconteceu e, além de tudo, me entristecia o fato de que minha avó passava seus últimos anos de vida pensando nessa história.

"Sendo assim", concluiu minha avó, "não fique neste país. É um país terrível."

Ela terminou de beber o chá e recostou-se um pouco na cadeira. Sim, pensei, é um país terrível na maior parte do tempo, mas aqui estávamos nós, nada menos do que do outro lado da rua da KGB, e não estava tão ruim. Era possível encontrar pequenos oásis aqui, pequenas ilhas de paz. Então, antes que eu pudesse pensar em uma maneira de contê-la, minha avó tirou a dentadura e colocou-a na vasilha onde estava o chá. Eu nunca tinha visto ela fazer isso em público, embora, é claro, quase nunca tivéssemos comido fora juntos. Dei uma espiada em volta do Café Grind, eu tinha posicionado a gente em uma mesa de canto, fora da passagem, e aparentemente ninguém estava prestando atenção. Relaxei.

Ficamos sentados, por um tempo, em silêncio e satisfeitos. Minha avó tinha perdido muito peso no hospital e estava pálida. Bem, cuidaríamos disso! Por fim, retirei nossos pratos. Ao deixá-los no balcão, ouvi um choro atrás de mim. Virei-me e vi um garotinho, de uns três anos, com sua mãe; eles estavam sentados em outro ângulo, mas agora, enquanto a mãe vestia o menino para ir embora, ele olhara para minha avó, vira seus dentes e estava apontando para eles. "Mamãe", ele gritava apavorado, "o que aconteceu com os dentes dela?" Eu me virei para minha avó. Ela não conseguia entender por que o menino estava gritando, e ficou fazendo caretas desdentadas para tentar alegrá-lo. Ela amava criancinhas. Quanto mais ela fazia caretas, mais o menino chorava. Eu não sabia o que fazer, voltei para a mesa com minha avó e fiquei sem fazer nada ao lado dela. A mãe me lançou um olhar de reprovação até que por fim terminou de vestir o menino, o pegou no colo e saiu do Café Grind. Minha avó, alheia, pôs a dentadura de volta na boca e disse que era hora de irmos embora.

Enquanto caminhávamos devagar para sair, a bela barista que nos cumprimentara se aproximou e, falando baixo o suficiente para que minha avó não ouvisse, me disse para não levá-la mais lá.

Minha avó fez um aceno educado para ela. "Muito obrigada", disse.

Eu, por outro lado, estava indignado. "Venho aqui todos os dias e você está me dizendo que não posso trazer minha avó?"

A barista não se abalou. "Precisamos manter certos padrões. E quanto a você, me desculpe, mas você vem aqui todos os dias, compra o item mais barato do menu e depois fica sentado por cinco horas com seu computador."

Isso foi abjeto. "Quer saber?", eu disse. "Não vou mais incomodar."

"Que assim seja", disse a barista, e fez uma leve reverência.

"E seus cappuccinos são intragáveis."

Ela se curvou novamente, mas vi seu rosto corar um pouco.

Virei o rosto e saí com minha avó.

"Andriucha", ela disse, já que estávamos na rua. "Obrigado pelo almoço. De jantar podemos comer queijo cottage com geleia. Mas amanhã o que vamos fazer?"

Eu estava espumando. É verdade que minha avó não deveria ter tirado os dentes. Mas não é como se ela chegasse lá todos os dias arrancando a dentadura. Foi uma emergência. E também era verdade que eu ficava lá sentado por cinco horas. Mas o propósito de um café era que as pessoas pudessem ficar ali por um tempo! Ahhh!

"Andriuch", minha avó chamou outra vez. "Amanhã o que vamos fazer?"

"Eu vou cozinhar", respondi com aspereza.

"Você sabe cozinhar?", perguntou minha avó.

"Você vai me ensinar."

"Tudo bem", minha avó concordou e, meio nervosa, me deu um tapinha no braço.

Voltamos pela Bolchaia Lubianka. "Sabe", disse minha avó, "esse é o grande prédio assustador". Ela apontou para a sede da

KGB, do outro lado da rua. "Mas era neste" — ela agora apontava para um edifício verde, pequeno e bonito, do século XIX, à nossa esquerda — "que levavam a cabo a maioria das execuções."

"É mesmo?", perguntei. Sempre achei que fosse no grande prédio do outro lado da rua.

"É, sim", respondeu minha avó sem titubear. "Bolchaia Lubianka, número onze. É aqui."

E seguimos em frente.

Acordei na manhã seguinte com minha avó preocupada. "Andriuch", ela disse, "o que vamos fazer?" Eu lembrei a ela que iria cozinhar e me pus a preparar ovos e café solúvel. Mas é claro que, no sentido mais amplo, ela estava certa. Mesmo se encontrássemos algo para comer, *o que íamos fazer*? No sentido geral. Com nossas vidas. Eu não sabia.

Eu nunca tinha aprendido a cozinhar. Eu nunca tivera a sensação de que isso era uma falha moral; mas agora tinha. Muitos fatores combinados produziram esse fracasso em mim. Passei grande parte da minha vida em universidades, com suas lanchonetes, noites de pizza e sanduíches grátis caso assistisse à palestra de alguém. Eu tinha morado em Nova York, onde sempre dava para comprar um cachorro-quente ou um espetinho de frango, e caso você estivesse em uma parte da cidade onde os caras cobravam caro, podia barganhar com eles. Eu tinha namorado garotas que cozinhavam, e quando não tinha mais ninguém para cozinhar e eu estava sem dinheiro para comprar um sanduíche, ia à mercearia e comprava uma lata de grão-de-bico, outra de atum e um pacote de macarrão. Grão-de-bico com atum com um pouco de azeite era uma salada; macarrão com manteiga era o prato principal. Desse jeito, eu me alimentava. Mas é claro que eu nunca poderia alimentar outra pessoa da mesma forma. Isso nunca tinha sido necessário.

Minha avó cresceu em um país onde, apesar de todas as promessas de vida em comunidade, havia pouquíssimos lugares públicos onde se podia comer alguma coisa. Se você não fosse capaz de cozinhar, e cozinhar com parcimônia, aproveitando ao máximo as irrisórias quantidades de ingredientes disponíveis, então passaria fome. Você tinha que cozinhar ou morreria de fome.

Então talvez eu finalmente pudesse mudar. Depois do café da manhã, coloquei um papel e uma caneta diante da minha avó e pedi uma lista de compras. Eu ia fazer *kotletí* com batatas, além de sopa de batata. Isso nos proveria de comida por dois ou três dias, dependendo do quão rápido comêssemos as *kotletí*. Depois eu cozinharia de novo.

Com sua letra grande e arredondada, minha avó fez uma lista: um quilo de carne do açougue do subsolo na Sretenka, de preferência sem muita gordura; um pão para fatiar e leite — o pão era mais barato na padaria da avenida, minha avó disse, e o leite era mais barato no chamado mercado. Para fazer a sopa de batata, um litro de leite e dois quilos de batata, também a mais barata do mercado. Cebolas e farinha já tínhamos em casa.

Pensei em desobedecer às instruções sobre onde comprar o quê, mas sabia que ela ia perceber, então fui ao açougue na Sretenka, à padaria na avenida e, finalmente, ao mercado. Depois voltei e, orgulhoso, coloquei os alimentos na bancada. Sentada em sua cadeira à mesa da cozinha, minha avó me deu orientações para moer a carne — piquei e depois tirei o máximo que pude de gordura, o que foi difícil de fazer porque a gordura estava bem entranhada na carne, de modo que depois de soltá-la com a faca e arrancar uma certa quantidade com os dedos, desisti. Comecei a moer a carne, e fui misturando pão e um pouco de leite. O moedor de carne era manual, de modo que eu tinha que girar a manivela como antigamente, e gostei disso até o momento que, mais ou menos na metade do processo de moagem, o moedor começou a girar devagar. Até que travou. "O que houve?", perguntei à minha avó.

"A gordura fez tudo grudar", ela disse. "Você precisa desmontar o moedor." Eu desmontei e com bastante esforço raspei a gordura. Em seguida, lavei as peças e montei tudo de novo. Havia poucas peças no moedor de carne, então não foi complicado, mas levei um tempo para encaixar as pecinhas de ferro em seu lugar.

Por fim, eu tinha moído o quilo de carne, metade de um pão branco, leite e uma cebola, e feito uma mistura de carne. Essa acabou sendo a parte fácil. Em seguida, cobri a bancada da cozinha com farinha, cobri minhas próprias mãos de farinha, como se fosse um halterofilista nas Olimpíadas e, com as mãos polvilhadas, enrolei pequenas esferas de carne moída. "Elas não podem ficar muito pequenas nem muito densas", minha avó instruiu. No fim das contas, infelizmente, não ficaram densas o suficiente e, quando as coloquei na frigideira, começaram a despedaçar. Observava-as com receio e, com uma espátula de madeira, tentava grudar os pedaços que soltavam. Mas isso era impossível.

No meio dessas atividades ou depois delas, minha avó me ensinou a fazer *kacha*. Eu não fazia ideia. *Kacha*, ou *gretchka*, trigo sarraceno, era o alimento básico da dieta russa, ingerido pela manhã com leite, à tarde com *kotletí*, à noitinha nos bolinhos de trigo sarraceno, se você tivesse sorte. Sem *kacha* não havia nada, e até este dia eu não sabia como prepará-lo.

Kacha era mais fácil de fazer do que *kotletí*. É preciso separar uma xícara de *kacha* e virar em uma panela pequena. Despejar água fria em cima, para que o pó e os pedaços de *kacha* já assados e dourados subam à superfície; escorrer a água; escorrer uma vez mais; em seguida, despejar sobre a panela duas vezes mais água fervente do que há de *kacha*. (Nesta primeira vez e outras tantas vezes depois, mostrei à minha avó, que media a

quantidade de olho: está bom.) Colocar no fogo e deixar ferver (por cerca de três minutos); em seguida misturar manteiga
e sal e cozinhar em fogo brando; depois cobrir. Em torno de
quinze a vinte minutos depois, você tem um *kacha* perfeito.

Ver isso acontecer — ser o receptáculo pelo qual o *kacha*
vem ao mundo, depois de uma vida inteira comendo *kacha* —
como descrever essa sensação? Tolstói havia comido *kacha;*
Tchékhov havia comido *kacha.* Com o poder do *kacha* em minhas mãos, eu não precisava depender de mais ninguém. Eu
ainda faço *kacha* quase todos os dias.

Mas esse foi meu único sucesso. As *kotletí* se desfizeram,
como eu disse, e a receita simples de sopa de batata da minha
avó — batatas, um pouco de água, algumas cebolas, um pouco
de leite — acabou aguada demais. (No entanto, para ser justo:
pelo menos eu fiz sopa.) Comemos em silêncio. Antes de nos
sentarmos, depois que terminei de limpar todos os resquícios
de farinha da cozinha, olhei para o relógio. Passavam poucos
minutos das quatro horas. Eu tinha começado a fazer as compras de mercado às nove da manhã. No total, o processo levou sete horas; essas *kotletí* duvidosas e a sopa aguada durariam três dias, ou dois, sendo mais realista, se eu voltasse para
casa com fome depois do hóquei. Depois, eu iria ao mercado
novamente.

Minha avó almoçou com gosto. "Preciso recuperar minhas
forças", ela disse. "A única maneira de fazer isso é comendo
mais." Eu não a via tão animada há muito tempo. Mas logo uma
sombra de preocupação mais uma vez passou pelo seu rosto.

"Andriuch", ela disse. "Isso vai durar dois dias. Depois, o
que vamos fazer?"

Naquela noite, procurei um e-mail antigo de Dima para encontrar o telefone de uma mulher chamada Serafima Mikháilovna — ela costumava vir para fazer limpeza e cozinhar
para ele no seu intervalo entre uma esposa e outra. Serafima

Mikháilovna concordou em vir depois de amanhã. Ela era ex--professora de matemática ucraniana, muito sociável, de uma cidadezinha que havia parado de pagar o salário dos professores anos antes, e preparou uma fornada fantástica de *kotletí*, purê de batata e borscht, que duraria até que ela voltasse três dias depois. O *kotletí* dela era bom, e o borscht ainda melhor. Cobrava quinhentos rublos por dia, ou dezesseis dólares, mais o valor dos suprimentos, que ela mesma comprava. Era um bom negócio. No início, minha avó achou um pouco incômodo ter essa pessoa meio estranha em casa fazendo o que ela costumava fazer e tendo que, minha avó notava, supervisioná--la. "Uff, é exaustivo", ela desabafou. "Cozinhar e limpar sozinha é insuportável. Mas ter outra pessoa em casa fazendo isso é exaustivo!" Ainda assim, ela foi se acostumando. E desde que Serafima Mikháilovna passou a vir para cozinhar e limpar, minha avó nunca perguntou de onde sairia nossa próxima refeição. Estava na geladeira. Devidamente providenciada. Assim chegou ao fim a minha experiência com tarefas domésticas. À exceção do *kacha*, até hoje não aprendi a cozinhar.

10.
Chipalkin frustra meus planos

A essa altura duas semanas tinham se passado desde a festa de Serguei. Não é que eu achasse que Iulia me esqueceria, exatamente. Mas me preocupava que qualquer feitiço que tivesse sido lançado ou qualquer ilusão que a tenha envolvido, a ponto de me beijar em uma festa, seriam desfeitos se mais tempo passasse. E então *foram* desfeitos. Na sexta-feira de manhã, primeiro dia após o surgimento de Serafima Mikháilovna, mandei uma mensagem para Iulia perguntando se ela queria sair no dia seguinte, um sábado. Como estava muito frio, sugeri que fôssemos à Galeria Tretiákov.

Iulia não respondeu de imediato e eu abri meu laptop no peitoril da janela para verificar meu e-mail. A primeira coisa que vi foi uma mensagem de Micha para o grupo Outubro, cujo assunto era "Urgente". Abri. "Pessoal", dizia o e-mail, "ontem à noite nosso velho camarada Pétia Chipalkin foi preso durante uma ação contra a FSB. Eu sei que tivemos nossas diferenças, mas nada disso importa agora. Ele está detido na delegacia de Sretenka — se vocês puderem, vamos nos encontrar lá ao meio-dia para mostrar nosso apoio. Sem dúvida, haverá gente do Maihem por lá — vamos tentar ficar fora de discussões por enquanto e somente demostrar nossa solidariedade."

O e-mail atipicamente sombrio de Micha prosseguia traçando a logística e compartilhando números de telefone. Anotei todos em um bloquinho, mas o tempo todo fiquei pensando: Chipalkin. A porra do Chipalkin. Foi por isso que Iulia não me escreveu de volta. Se ela tivesse me escrito contando que isso tinha acontecido, seria uma coisa. Mas não foi assim.

Trabalhei desconcentrado por umas duas horas, vi que minha avó estava descansando depois de um café da manhã farto e tardio, vesti três suéteres e minha jaqueta de gulag e saí no frio. "O ativista civil Piotr Chipalkin", ouvi na rádio Eco de Moscou enquanto me arrumava, "foi preso ontem à noite na frente da Lubianka enquanto organizava um protesto contra a violência política". Ele já estava sendo transformado em herói.

Cheguei à delegacia logo depois do meio-dia. Havia uma multidão surpreendente, talvez cinquenta pessoas, circulando do lado de fora. Parecia estar dividida em três grupos distintos. Um era formado por Serguei, Micha, Boris e o resto (Iulia ainda não), com suas parcas baratas e seus chapéus velhos. O meu pessoal. Havia também um pequeno grupo com uns tipos de visual artístico, alguns vestiam jaquetas de couro e até calças de couro, todos estilosos e de preto. Esses deviam ser do Maihem. E, depois, havia um grupo ainda maior de pessoas mais bem-vestidas, entre as quais reconheci um dos amigos de Dima da noite da festa de aniversário de Maksim, e então, com um microfone na mão e entrevistando alguém, estava Elena, da Eco de Moscou.

Ela reparou em mim e veio falar comigo. "O que você está fazendo aqui?", me perguntou.

"Eu moro aqui perto", respondi. "E você?"

Ela ergueu o microfone para mostrar que estava trabalhando. "Você conhece esse cara?", ela perguntou.

"Não muito."

"Hmm", Elena murmurou, perdendo o interesse em mim e percorrendo a multidão com os olhos em busca de possíveis entrevistados.

"Acho que essa é a turma dele", eu disse, acenando para a aglomeração do Maihem.

"Ah é?", disse Elena. "Obrigada." E partiu na direção deles.

Não me importei. O feitiço de Elena tinha sido definitivamente quebrado por Iulia. E por um momento me permiti indagar se o motivo da ausência de Iulia neste quase protesto queria dizer que a reação dela à prisão de Chipalkin estava sendo diferente da que eu esperava. Talvez ela ainda achasse Chipalkin um idiota; talvez ela achasse mais nobre visitar a avó no hospital do que fazer tolices perigosas na frente da KGB. Mas, em seguida, Micha me disse que ela estava lá, dentro do prédio, com o advogado de Chipalkin. Eu soube, então, que não nos veríamos de novo tão cedo. Ela vinha tentando esquecer Chipalkin e agora ele tornara isso impossível.

Conforme Micha comentou, Chipalkin alcançou esse feito bêbado, ao aparecer na noite anterior na Lubianka com uma lata de molho de tomate. Ele começou a jogar o molho com as mãos no atual grande prédio da FSB, gritando: "Mãos ao molho, tire a mão!". Para surpresa dos colegas do Maihem que observavam sua "ação", ninguém saiu do edifício da Lubianka para confrontá-lo; em vez disso, minutos depois, um carro da polícia chegou e os policiais o abordaram. Ele tinha passado a noite na delegacia. O que aconteceria depois ia depender de acharem que o motivo principal era ele integrar um movimento político ou o fato de ele estar bêbado. Bêbado seria bem melhor para se livrar daquilo.

Achei tudo bem estúpido. Aqui estava um regime que tinha minado sistematicamente os direitos dos trabalhadores; entrado em várias guerras desagradáveis, mais recentemente com a Geórgia; prendido militantes sindicais e dissidentes, e encorajado a extrema direita. E Chipalkin pretendia derrotá-lo jogando molho de tomate na FSB? Que piada. Boris — e Iulia — estavam certos.

Finalmente Iulia saiu, com o advogado, e foi até onde Micha, eu e as outras pessoas do Outubro estávamos. Ela abraçou a todos sem fazer distinção; pela sua cara, havia chorado. Eu não sabia o que fazer ou dizer.

Agora o advogado pedia que as pessoas prestassem atenção e os três grupos se reuniram para ouvi-lo. Ele disse que Chipalkin estava sendo acusado de extremismo político. "Estamos tentando acalmá-los, mas isso pode ficar sério", ele disse. "Gostaria de recomendar que vocês, se possível, tenham cuidado com o que vão dizer online e para as mídias nos próximos dias e semanas. Se querem que Pétia esteja livre em breve, não tentem transformá-lo em um mártir político."

"Que tipo de mártir?", me ouvi dizendo. "E se dissermos que ele é um idiota sem nenhum bom senso nem conhecimento político?"

O advogado me examinou por um tempo. "Bem, na verdade, do ponto de vista jurídico, isso seria bom", ele respondeu.

Mas meu comentário causou uma comoção. "Quem é esse cretino?", um dos caras do Maihem disse atrás de mim, alto o suficiente para que eu pudesse ouvir.

Fui me virando, para me apresentar, mas nesse momento um jovem policial saiu do prédio. "Sinto muito", ele disse educadamente. "Vocês todos não podem ficar aqui. Senão teremos que considerar isso uma reunião pública não sancionada."

"Estamos saindo agora", respondeu o advogado. "Certo, pessoal?"

Os três grupos, Outubro, Maihem e os liberais, que estavam juntos para ouvir o informe do advogado, confabularam separadamente sobre o assunto e decidiram ir embora. "Podemos ir ao Café Grind", alguém propôs.

"Lá é caro", disse um dos caras do Maihem.

"Eles não têm garçons", disse Micha. "Podemos pedir um cappuccino para todo mundo e será suficiente." A proposta foi aceita. Algumas pessoas me lançaram olhares de desaprovação antes de seguir na direção do Grind, mas foi só isso.

Sem se dirigir a mim, Iulia foi atrás deles.

"Ei", eu disse, chamando-a. "Vou voltar e ver como está minha avó."

"Tudo bem", ela respondeu. E não tirou os olhos do chão ao dizer isso.

"Podemos nos ver em breve?", perguntei.

Dessa vez ela olhou para mim, e eu vi que estava brava. "Por que você falou isso sobre Pétia?"

Quer fosse justo ou não, fiquei furioso outra vez. "O anarquismo é um distúrbio infantil!", grunhi. "Você também achava isso."

Iulia olhou bem na minha cara. "Em primeiro lugar", ela disse, "por favor, não venha me dizer o que eu pensava ou deixava de pensar. Em segundo lugar, como você se atreve? Não importa o que você e talvez eu pense sobre a política de Pétia, agora ele está lá dentro e nós aqui fora. E tem mais, em pouco tempo você vai estar para aqueles lados." Tensa, ela apontou na direção dos Estados Unidos. "É indecente criticar alguém que está em uma posição que você nunca terá que ocupar", ela disse.

Eu me senti exposto. Um mês atrás, eu não tinha ideia de que o anarquismo era um distúrbio infantil. Agora eu estava proclamando isso para o mundo. E embora afirmasse para mim mesmo, para Dima e para minha avó que ficaria, ao mesmo tempo eu sabia que chegaria a hora de ir embora. Não disse nada.

"Então?", disse Iulia, me dando oportunidade de responder. "Está bem", ela concluiu. "Vejo você no grupo de estudos."

E assim aconteceu. Ela foi para o Café Grind. Eu me virei e dei de cara com Elena. Ela estava me olhando como se tivesse descoberto algo sobre mim. "Foi interessante essa declaração sobre o manifestante", ela disse. "Você quer dizer isso na TV?"

Eu tinha, a essa altura, perdido todo o interesse em Elena. "Não", respondi, "não quero." E fui para casa.

Na semana seguinte, por algum motivo, o grupo de estudos marxistas foi transferido para quarta-feira, de modo que era incompatível com o hóquei. Liguei para Serguei para saber o que ele achava. "Acho que devemos jogar hóquei", disse Serguei. "Marx não vai a lugar nenhum." Concordei. Devido a isso, não voltei a ver Iulia até a outra semana, quase quinze dias após a prisão de Chipalkin. Chipalkin ainda estava preso, agora em Lefortovo, a prisão especial da FSB. Parte da discussão naquela noite foi sobre o que era possível fazer por ele. Iulia o visitara na prisão — ela conseguiu porque legalmente ainda eram casados. Ela contou que ele estava assustado e aborrecido. Nossa caminhada pela Tverskaia com Boris e Nikolai foi embaraçosa; Iulia e eu nos comportamos como desconhecidos. Como poderia ter sido diferente? Lefortovo era grave: é onde colocavam terroristas, grandes criminosos, oligarcas decadentes e outras pessoas que planejavam tirar de circulação por muito tempo. Outro militante que tinha sido preso por vandalizar um prédio do governo — ele havia grafitado Medvedev chupando o pau de Pútin em uma delegacia de polícia em Novosibirsk — recebera recentemente uma sentença de três anos. Iulia seria forçada a esperar esse tempo todo? Não era impossível. Ela estava infeliz e não havia nada que eu pudesse fazer.

II.
Para levantar o astral, vamos às compras

Eu finalmente havia encontrado alguém, e não qualquer pessoa, mas Iulia, e aí a perdi. A Rússia a havia roubado. Minha avó tinha razão.

Redobrei meus esforços para tentar a vaga do Watson College. Escrevi às pessoas que me recomendariam, atualizando-as sobre minhas atividades na Rússia, para que pudessem incorporá-las a qualquer mensagem que quisessem enviar ao comitê de seleção, e li sobre antigos grupelhos marxistas, para poder compará-los melhor ao Outubro. Se eu submetesse logo meu artigo a um dos periódicos russos, talvez houvesse tempo para que fosse aceito antes de Watson tomar a decisão. Eles tinham começado tarde o processo, e provavelmente não terminariam antes de maio.

Minha avó estava melhorando e piorando ao mesmo tempo. Vinha recuperando a força. Ela andava arrastando os pés pelo apartamento, quase como antes; e estava comendo normalmente. Mas com a recuperação da força, veio o retorno da depressão —como se, tendo vencido a maior parte das dificuldades físicas, pudesse voltar a se preocupar com as do espírito. Ela começou a falar com frequência sobre suicídio. "Você sabe", ela disse uma vez após o almoço, "chega para mim."

Pela maneira como ela falou, eu sabia o que queria dizer, mas decidi que seria terapêutico para ela verbalizar isso. "Chega de quê?", perguntei.

"De tudo isso," ela disse. "Da vida. Eu tive minha cota."

"Bem", eu disse. Eu não sabia o que dizer. "Você só vai ter que tolerar um pouco mais."

"Pois é", disse minha avó. "Parece que sim."

Tentei o meu melhor. Em um dia que não fazia muito frio, a levei à loja de departamentos em frente à estação de metrô Tchistie Prudí. Apesar de só estar dando três cursos do PMOOC, eu tinha conseguido economizar algum dinheiro indo menos ao hóquei e boicotando o Café Grind, e achei que seria bom comprar um novo casaco rosa para ela, já que o que ela tinha estava puído e com um buraco chamativo no ombro direito. O passeio não deu certo. Enquanto caminhávamos devagar em direção à loja de departamentos, minha avó começou a relembrar sobre as compras soviéticas. "Era impossível encontrar qualquer coisa", disse ela, "mas se você encontrasse, conseguia comprar. Tudo era acessível. É claro, isso não fazia diferença, porque ninguém encontrava nada. A maioria das minhas roupas veio dos Estados Unidos."

"O que você quer dizer com veio dos Estados Unidos?"

"Alguém mandou para mim, dos Estados Unidos."

"Minha mãe?", perguntei. "Sua filha?"

"Minha filha?"

"Você tinha uma filha nos Estados Unidos."

"Ielotchka?"

"Isso."

"Sim, deve ter sido ela. Ela morreu, sabe."

Caminhamos em silêncio. A loja, exceto pelo segurança corpulento na entrada, estava vazia. As pessoas ainda sofriam os efeitos da crise. E esta loja não era barata. Não era uma loucura, como as lojas de luxo mais próximas ao Kremlin, mas sem dúvida era careira. Eu sabia disso quando entrei. Mas não havia previsto — embora devesse — o efeito que isso teria sobre minha avó. Quando fui com ela até a seção de agasalhos e encontrei um rosa de que achei que ela gostaria, ela logo pegou a etiqueta de preço. Custava cinco mil rublos, cento e sessenta dólares. "Ah meu Deus!" ela gritou e soltou logo a etiqueta como se tivesse se queimado.

Eu me peguei tendo uma reação interessante. Eu mesmo tinha sido essa pessoa que tantas vezes reclamava dos preços, em incontáveis lojas, restaurantes, cafeterias — em todo lugar. Especialmente na Rússia, onde alguns dos preços eram bastante razoáveis e de acordo com os salários que as pessoas ganhavam, e outros eram muito ultrajantes, mais de acordo com o roubo maciço do topo da pirâmide, que era impossível não reclamar. Ou seja, minha avó tinha razão. Este era um agasalho de trinta dólares. Mas minha reação interessante se deu porque tomei o partido da loja. "É quanto custa um casaco!", eu disse. "É um belo suéter."

"Não, obrigada", disse minha avó.

"Você pode pelo menos experimentar?"

"Para quê?"

Deve haver uma seção de liquidação, pensei. Eu deveria ter procurado mais à frente e levado minha avó direto para lá. Que idiota.

"Espere", eu disse. "Vou achar uns suéteres mais baratos. Já volto."

Minha avó já tinha ido perambular na seção de lingerie e estava apanhando calcinhas minúsculas — de fato tinham muito pouco tecido —, olhando os preços e gargalhando horrorizada. "Três mil rublos!", ela gritou, me chamando e segurando uma tanga fio-dental azul.

Eu a deixei lá e comecei a andar pela loja em ritmo acelerado. Havia casacos de inverno suecos caríssimos, chapéus de inverno noruegueses caríssimos, alguns jeans que na verdade não eram tão caros, ou pelo menos não tão caros quanto os jeans costumam ser, mas todos tinham algum tipo de aplique de lantejoulas brilhantes. Por que o preço de tudo era tão exorbitante? Não era porque as pessoas de toda a cadeia de trabalho recebiam salários justos — elas não recebiam. Eu sabia, pelas conversas com Michael, o sublocador, que trabalhava com logística, que as estradas da Rússia eram ruins, os trens eram bons, mas superlotados, e as taxas alfandegárias eram extremamente altas. Moscou ficava bem no interior, então, mesmo que houvesse as melhores condições, seria um lugar difícil para a entrega de mercadorias. E um dos sistemas econômicos mais corruptos da Terra estava longe de ter as melhores condições. Então, no fim das contas, um casaco fininho de algodão rosa custava cinco mil rublos. Terminei meu tour pela loja. Não havia liquidação em parte alguma.

Quando voltei para a seção de lingerie, minha avó não estava mais lá. Ela também não tinha voltado para os agasalhos. Tinha acontecido alguma coisa? Finalmente a encontrei parada na frente do segurança grandalhão.

"Me diga", ela dizia, "vem muita gente nesta loja? É caríssima."

O gigante deu de ombros. Como ele saberia? Tudo o que sabia era que se alguém tentasse roubar alguma coisa, ele ferrava a pessoa.

"Bom." Minha avó não desistia. "Não parece que há muitas pessoas aqui, não é?" Ela mostrou a loja vazia.

O semblante do gigante mudou e por um segundo eu achei que tinha visto ele se aproximar ligeiramente da minha avozinha. Será que ela estava tentando roubar alguma coisa e ia se ferrar? As coisas mais estranhas já tinham acontecido neste país.

Segurei minha avó com firmeza pelo cotovelo. "Podemos ir?", perguntei.

"Está bem", disse minha avó.

Fomos caminhando para casa. Nas duas semanas seguintes, toda vez que minha avó ligava para Emma Abramovna, ela fazia questão de reclamar dos preços na loja. A princípio, isso me deixou magoado — parecia que ela estava reclamando de mim —, mas depois percebi que isso lhe deu um assunto para conversar. Ela continuou a usar o casaco furado. Era só um pequeno buraco. Tudo bem.

Emma Abramovna falou de um documentário sobre a Tsvetáieva sobre o qual ela havia lido. Tínhamos assistido? Não. "Nunca mais fomos ao cinema", lamentou minha avó. "Andrei é muito ocupado."

"Não sou, não", respondi. Era verdade que eu passava muito tempo com Serguei, seguia-o para todo lado, enquanto ele dava aulas voluntárias, mas ainda assim quase todo fim de tarde eu estava livre e, de todo jeito, não era por isso que não íamos ao cinema. Eu disse: "Você não gosta de nenhum dos filmes que vemos".

"Eu iria gostar desse", afirmou minha avó.

"Ótimo!", respondi. "Vamos assistir."

Então, algum tempo depois, em um dia que não teria hóquei, pusemos roupas quentinhas e partimos para a noite. Chegando na avenida minha avó começou a acenar para os carros. Mercedes atrás de Audi depois de Mercedes passaram velozes sem lhe dar atenção. "Esse carro não vai parar", eu ficava dizendo. Minha pobre avó me ignorava, saía para a rua e voltava alguns segundos depois, decepcionada.

"Como você sabia?", ela perguntou.

"Porque é um Mercedes."

Então eu vi um Zhiguli velho vindo a duras penas em nossa direção. "Já aquele carro," eu disse, estendendo a mão, "vem nos pegar". E, conforme o previsto, aquela carcaça velha encostou e o motorista perguntou aonde iríamos. Minha avó olhou para mim como se eu tivesse poderes místicos de premonição. Depois, ficamos no trânsito por vinte minutos. A avenida não tinha sido construída para carros, mas os carros não tinham escolha a não ser passar por ela. Teria sido mais rápido caminhar até o teatro, embora assim, pelo menos, estávamos sentados. Minha avó, no banco na frente, passou a maior parte do trajeto falando sobre sua idade e sobre como todos os seus amigos haviam morrido.

O motorista assentia gentilmente e, por vezes, emitia um murmúrio solidário. Quando finalmente chegamos, minha avó lhe deu cinquenta rublos, que era muito pouco. Felizmente, previ que isso pudesse acontecer e lhe dei mais cinquenta.

Entramos no cinema depois que as luzes tinham se apagado; minha avó se agarrou a mim enquanto nos acomodávamos em dois assentos da primeira fila. Dessa forma, ela poderia esticar as pernas. E lá estávamos, enfim. O filme foi projetado bem na nossa frente: mostrou a vida de Tsvetáieva antes da Revolução, uma vida feliz cercada da intelligentsia moscovita, seu pai era professor e fundador da coleção de arte que originou o Museu Púchkin. Os Tsvetáieva viviam no conforto, tinham empregados, mas não eram aristocratas ou parasitas; eram o que havia de melhor no mundo que a Revolução destruiria. O documentário tinha boas imagens de arquivo. Muito do que mostravam se passou perto de onde estávamos sentados — Tsvetáieva cresceu praticamente ali na esquina, na travessa Triokhprúdni.

"Andriuch", disse minha avó bem alto, virando-se para mim. "Nós compramos ingressos?"

"Compramos."

"Tem certeza?"

Garanti a ela que tínhamos ingressos.

"Com licença!", alguém disse, querendo dizer fiquem quietos, por favor.

Tsvetáieva começou a ter sucesso com sua poesia ainda jovem e seus primeiros casos de amor foram com seu futuro marido, Serguei Efron, e também com a poeta Sophia Parnok. Então os bolcheviques chegaram ao poder. Tsvetáieva logo foi afastada de Efron, que estava lutando contra os bolcheviques na Crimeia, enquanto ela tinha ficado em Moscou com as duas filhas pequenas.

"Andriuch", disse minha avó, "preciso ir ao banheiro."

Peguei sua mão e a conduzi pelo corredor. Quando chegamos perto o suficiente, deixei-a seguir sozinha. Ela estava estranha, apressada, ao entrar no banheiro feminino. Esperei por ela no café vazio e sem graça do cinema. Ela demorou um pouco e depois saiu, minha pobre avó, parecendo muito cansada.

Tínhamos perdido cenas da guerra civil, da terrível morte da filha de Tsvetáieva por inanição, e da emigração da poeta para Praga, onde encontraria o marido que havia fugido dos bolcheviques.

Tsvetáieva foi feliz em Praga e deu à luz um filho; depois, ela foi infeliz em Paris, escreveu alguns dos principais poemas russos do século XX e tentou se sustentar. Nesse tempo todo, seu marido não fez nada. Ou melhor, nada não: ele estudou. Estudava muito. Em Praga, aos trinta anos, Efron matriculou-se na universidade e criou uma revista literária estudantil. Alguns anos depois, quando se mudaram para Paris, Efron *outra vez* se matriculou na universidade, desta vez para estudar cinema. Comecei a ter a sensação de que o filme era uma espécie de crítica a mim.

Foi só em 1934, aos quarenta e dois anos, que Serguei Efron finalmente arranjou um trabalho — e esse trabalho era para a NKVD. No início, tudo o que ele tinha a fazer era elogiar a União Soviética para a comunidade de emigrados em Paris, que era profundamente antissoviética, e disso, Efron, recém-convertido ao comunismo soviético, podia dar conta com a consciência limpa. No entanto, mais adiante, o trabalho passou a incluir assassinatos políticos. Isso é o que acontece quando se trabalha para a NKVD. Efron ajudou a planejar os assassinatos do agente soviético Nathan Poretski e (talvez) do filho de Liev Trótski, Liev Sedov. Efron fez um trabalho mediano e, com a polícia no seu encalço, fugiu para

Moscou. Logo depois, Ariadna, filha do casal que venerava o pai, foi atrás dele.

Neste momento, minha avó teve que ir ao banheiro de novo. Fiquei de bobeira na porta do cinema até ela voltar, assistindo ao filme e aguardando ela sair.

Tsvetáieva estava agora em Paris sozinha com seu filho adolescente, Mur, depauperada, cercada por uma comunidade de emigrados hostis, que achava que ela estava aliada com o marido e, por extensão, com a NKVD. Ela sabia muito bem o que estava acontecendo na Rússia de Stálin, embora ninguém que estivesse fora de lá pudesse realmente imaginar o quão ruim era. Ela teve um encontro fatídico com Pasternak em Paris, em 1935. Em linguagem codificada — ele tinha medo de falar livremente — ele tentou alertá-la. Mas ela não entendeu. Tudo o que ela sabia era que sua família a tinha abandonado, seus amigos se recusavam a falar com ela. A Alemanha nazista avançou pelo leste, e a França, embora muito devagar, se preparava para a guerra. Será que ela deveria voltar para a União Soviética? Alguns anos antes, ela havia escrito um de seus poemas mais impactantes. "Saudades da pátria", assim começava, "mas que besteira!" Ela não voltaria por causa de algum sentimento equivocado sobre sua dita pátria mãe. Mas seu marido e sua filha estavam lá.

Após um período terrível de indecisão, Tsvetáieva pegou o trem para Moscou em 1938. Encontrou um país amedrontado. Seus velhos amigos a evitavam; até sua meia-irmã se recusou a vê-la. (Sua irmã por parte de mãe e de pai, Anastássia Tsvetáieva, já estava no gulag.) Efron e Ariadna estavam em um esconderijo da NKVD fora de Moscou, para onde Tsvetáieva e Mur se dirigiram. Em menos de seis meses, Efron e Ariadna foram presos, e Tsvetáieva e seu filho foram expulsos do esconderijo. Eles procuraram hospedagem com os familiares remanescentes em Moscou. Enquanto isso, Mur, um adolescente mimado que falava russo precariamente, teve dificuldade de se ajustar à vida soviética. Ele conseguiu piorar uma situação já ruim. Logo eles se juntaram à evacuação em massa antes do avanço alemão, e a vida se tornou ainda mais difícil e solitária. Depois, ficou insuportável. Dois anos após a chegada dos alemães, Tsvetáieva se enforcou. Efron, seu marido superinstruído, foi fuzilado pela NKVD naquele ano. Seu filho, que mal tinha saído da adolescência, foi morto no front alguns anos depois, em 1944. Apenas a filha, Ariadna, que passou anos no gulag, sobreviveu.

Minha avó, neste ponto, tinha retornado do banheiro, e entramos novamente no cinema. Quanto dessas coisas ela tinha vivido? Uma parte delas, com certeza. Ela também estava em Moscou durante a invasão alemã e também foi removida para o interior soviético. Seu pai estava doente e ela já estava grávida da minha mãe, mas quando Stálin pediu, as pessoas foram e, de qualquer forma, os alemães estavam chegando. Ela também perdeu o marido naquela época, mas era trinta anos mais nova que Tsvetáieva. Passou por dificuldades menos complicadas. Ela sobreviveu.

O filme acabou e as luzes se acenderam. Para minha surpresa, era admiravelmente sutil, documentado de forma escrupulosa, inteligente e humano.

Minha avó se virou para mim quando saímos e disse, com uma expressão um pouco azeda no rosto: "O que você achou?".

"Eu achei ótimo!", sussurrei.

"Eu não. Achei chato e sem sentido."

"O quê?", eu questionei, em tom mais alto do que imaginei. "Como é que você pode dizer isso?"

Minha avó franziu os lábios e balançou a cabeça. Reconheci o gesto porque de alguma forma o herdei, suponho que através da minha mãe, e o usava quando era forçado, quase contra minha vontade (conforme indicava o gesto), a dizer que algum filme, programa de TV ou livro muito elogiado era, na verdade, um lixo. "Não sei", disse minha avó. "Eu não entendi."

Ela estava esnobando o filme, que apresentava essa biografia com tanto cuidado, ressuscitando e honrando o sofrimento de toda uma geração — sofrimento que ela mesma, minha avó, havia compartilhado! Eu estava em um estado de irritação inexplicável. Não eram *meus* sofrimentos. Meu sofrimento se resumia a uma viagem de carro um pouco embaraçosa e a ter que sair da sala algumas vezes para minha avó ir ao banheiro. (Será que foi algo que comemos?) E, além do mais, era ela quem queria assistir!

"Quer saber?", eu disse. "Se você não gostou deste filme, não viremos mais ao cinema! Eu não sei qual o sentido."

Ela me ouviu. Parou e se virou para mim. "Andriuchik", ela disse com doçura, "não fique bravo. Eu realmente não entendi sobre o que era o filme. Era sobre o quê?"

Meu olhar estava fuzilando, eu sabia, mas logo senti esse olhar evaporar. Minha avó, pobrezinha. Ela não conseguia ouvir, nem mesmo no cinema com os alto-falantes enormes, deve ter sido difícil para ela entender tudo o que estava acontecendo. E ela tinha uma memória péssima — como ela poderia acompanhar o enredo se não se lembrava de nada de um minuto para o outro? Claro que ela não gostou do filme.

"Era sobre a Tsvetáieva", eu disse.

"Tsvetáieva?" ela disse. "É uma poeta fabulosa."

"Sim. O filme era sobre a vida dela."

"Ela se enforcou", disse minha avó. Em seguida, acrescentou: "Durante a guerra".

Minha avó ainda se lembrava de uma série de poemas russos e agora recitava este:

Não, não foi sob um céu estrangeiro,
nem ao abrigo de asas estrangeiras —
eu estava bem no meio de meu povo,
lá onde o meu povo infelizmente estava.*

"É...", minha avó exprimiu. "Lá onde meu povo infelizmente estava."
Eu estava confuso. "É da Tsvetáieva?", perguntei.
"Não. Da Akhmátova."
Ela me deixou chamar o carro dessa vez. Eram quase dez horas, as ruas estavam um pouco mais vazias, e não havia trânsito no caminho de volta para casa.

---

* "Réquiem", de Anna Akhmátova (In: *Antologia poética*. Trad. de Lauro Machado Coelho. Porto Alegre: L&PM, 2009). [N.T.]

12.
Me alisto

Meu problema com o hóquei é que eu não era um jogador muito bom. Eu não era ruim, era competente, mas em comparação com meu amor pelo hóquei, minha aptidão era minúscula. Nessa brecha deposito toda a minha decepção. Eu era um jogador aceitável. Mas queria ser muito melhor.

Mesmo assim, fazia o possível. No hóquei existem dois tipos de jogadores — os habilidosos e os esforçados. Eu era esforçado. Minha tacada nunca foi muito boa, mesmo no colégio, e jogar com o taco de merda do Anton não ajudava; eu não sabia fazer movimentos que me permitissem ganhar espaço e tempo nos esportes radicais. Eu era bastante bom em antecipar onde a jogada aconteceria e como chegar nela, porque, sendo ruim em manejar o taco com a cabeça erguida, isso me permitiria ver e antecipar muito mais. Marquei alguns gols naquele ano, mas os lances de que me lembro foram aqueles em que fiz um bom passe longo do disco para Anton ou Oleg; ou a vez em que consegui acertar Gricha pelas costas quando ele passava da nossa linha azul, e recebi aplausos espontâneos do nosso banco de reservas; ou a vez em que alcancei Aliócha, do time branco, enquanto ele manobrava o disco em direção ao nosso gol.

Mas eu não era um jogador profissional de hóquei, nem jamais seria. À medida que o resto da minha vida se tornara mais ocupada, tive que reduzir o hóquei ao mínimo. Continuei jogando contra o time branco nas quartas e sextas, mas parei de ir àquele rinque infernal ao lado do gasoduto elevado e também ao jogo cujos vestiários eram tendas no estacionamento.

Decidi focar meu artigo na saída de Serguei da universidade e em suas atividades, em particular suas atividades de ensino desde então. Ele inventara algo que chamava de salas de aula móveis, embora a parte móvel fosse na verdade Serguei dirigindo seu velho Lada. Ele havia passado alguns meses distribuindo por Moscou panfletos que anunciavam um professor com experiência universitária para ministrar seminários de literatura gratuitamente. Demorou um pouco, ele disse, mas depois de um tempo se formaram seis ou sete grupos fixos, com os quais se reunia semanalmente.

Seus alunos, para minha surpresa, eram sobretudo homens, sem muita formação, que queriam falar sobre suas experiências em um mundo que estava em transformação. Serguei possibilitava isso, inserindo nas conversas, quando era o caso, ensinamentos dos livros que liam e, em outras ocasiões, simplesmente deixando os homens falarem. Ele também dava aulas para alunos do ensino médio, cujos pais não podiam pagar professores particulares para prepará-los para as provas de admissão à universidade, e ensinava russo para operários da Ásia Central. Ele tentava dar duas ou três aulas em um dia, organizando-as de maneira que não precisasse percorrer trajetos muito longos entre uma e outra. Mas Moscou era uma cidade grande e ele dirigia bastante. Eu o acompanhei por uma semana e ao fim estava tão cansado que mal conseguia dormir. Mas Serguei parecia não notar o esforço. Ele não era pago por ninguém, embora quase sempre houvesse comida nas reuniões, uma cerveja nos fins de tarde, e em uma das aulas de que participei, no dormitório de alguns operários do Tadjiquistão, os homens tenham lhe dado um tradicional pandeiro *tajique*, em sinal de gratidão — àquela altura, Serguei dava aulas para eles há exatamente um ano.

Nem tudo era como uma montagem de um filme inspirador sobre educação radical. Em metade das aulas a que compareci a frequência foi baixa — duas ou três pessoas. Em uma delas, quatro homens barrigudos de meia-idade, que tinham decidido recorrer a um programa de crescimento pessoal, queriam saber por que Serguei os tinha encarregado de ler Tsvetáieva, a quem eles alegremente se referiram como uma vagabunda, mesmo depois de Serguei explicar por que não deveriam dizer isso. Mas talvez o pior incidente que eu tenha visto foi a mãe de um menino que Serguei estava ajudando a se preparar para as provas — de graça, junto com outro menino — atazanando Serguei sobre a natureza teórica das discussões em turmas pequenas. Será que ele não poderia simplesmente dizer aos meninos que tipo de pergunta a banca examinadora faria? Serguei tentou responder que os meninos precisavam aprender a *pensar* sobre a literatura, mas a mãe não sossegou. Ela só cedeu após ele insinuar que aprender a pensar sobre literatura de um modo teórico, na verdade, capacitaria seu filho para responder a perguntas sobre livros que ele nem mesmo tinha lido. "Então ele não precisa ler todos esses livros?", ela perguntou.

"Nãããããão, ele precisa", respondeu Serguei. "Mas na prova pode haver livros que não temos." A mãe, uma mulher magra com grandes olhos azuis que aparentemente morava sozinha com seu filho adolescente no apartamento de um cômodo, limpo, porém antigo, sinalizou estar desconfiada e retirou-se para a cozinha.

Ainda assim, era incrível, não só porque era exaustivo, desanimador, mentalmente desgastante e talvez até mesmo perigoso, mas porque ele não estava sendo pago. Sua esposa trabalhava como editora na Lenta.ru, uma grande empresa de mídia, e ganhava pouco, mas o suficiente para viver, e o único dinheiro com que Serguei contribuía vinha de jogar como goleiro em várias ligas masculinas — ele ganhava vinte dólares por partida, e jogava mais ou menos três vezes por semana. Em certo sentido, não era bem o ensino que me impressionava tanto, mas a disposição de viver à custa de sua esposa. Serguei admitiu que isso era motivo de tensão na família. "É como se ela tivesse se casado com uma pessoa e agora estivesse morando com outra", ele disse sobre sua esposa. "E ela acha que essa nova pessoa se preocupa mais com suas convicções políticas do que com ela e sua filha."

"Isso é verdade?"

"Não. Pode ser. Não sei. Quero que minha filha viva em um país justo. Mas minha esposa quer que eu arranje um emprego."

Ele se sentia mal com isso, mas não ia mudar. De cada qual, segundo sua capacidade; a cada qual, segundo suas necessidades. Isso tinha a força — ou deveria ter tido a força — de um mandamento bíblico. E era assim que Serguei vivia.

Já era quase março, e eu ouvia mais e mais notícias de Dima. "Você realmente vai embora no final do verão, certo?", ele escreveu um dia no Gchat.

"Não sei", eu disse. Eu tinha recém-descoberto que meu antigo rival Fishman também estava se candidatando à vaga da Watson — era uma faculdade medíocre, ficava isolada, a atração cultural mais próxima era uma penitenciária federal gigantesca, mas o mercado de trabalho estava difícil e pelo menos em Watson ninguém faria você ensinar alemão. Então, meu orientador me contou, para minha surpresa e desgosto, que Watson trouxera de Princeton Richard Sutherland, o homem que tinha me pedido para levar água com gás para ele no aeroporto, para chefiar o comitê de seleção. ("Eles queriam alguém que não soubesse de nada para ajudar a enganar as outras pessoas que não sabem de nada", foi como meu orientador explicou; nós dois sabíamos que com isso Fishman agora levava vantagem na disputa pela vaga.) Mas neste exato momento, conversando com Dima no chat, tentei demonstrar confiança. "Estou me candidatando a uma vaga para o outono", disse a ele, "e espero conseguir. Mas, caso contrário, acho que vou ficar aqui."

"E fazer o quê?"

"O que tenho feito."

"Isso é ridículo!", Dima digitou. "A vovó vai ficar cada vez pior. Vai chegar o momento em que ela vai precisar de ajuda para tomar banho. Ela não vai querer que você faça isso. Vamos precisar de uma enfermeira, isso vai custar dinheiro e não vou ter esse dinheiro se não vendermos os apartamentos."

Mas há certas coisas que não se deve fazer por dinheiro, pensei. Eu estava sentado ao parapeito da janela. Era uma sexta-feira e passava da meia-noite — eu tinha voltado do hóquei e tomava uma cerveja Jigulóvskoie com uns *sushki*. Enquanto discutíamos pelo Gchat, minha avó saiu do quarto, de camisola, para ir ao banheiro. A queda e a subsequente estada no hospital perturbaram seu ciclo de sono, me parece, e agora ela se levantava com mais frequência durante a noite. Ela me viu e acenou.

Certas coisas não se deve fazer por dinheiro. Em vez disso, devem ser repartidas de acordo com os princípios comunistas — de cada qual, segundo sua capacidade; a cada qual, segundo suas necessidades. Dima poderia digitar tudo o que quisesse — eu permaneceria ali.

Depois de acompanhar Serguei por um tempo, concluí que tinha material suficiente e me sentei para escrever. Inseri sua atividade no contexto das tentativas quixotescas russas de reorganizar o mundo. Serguei me faz pensar em um personagem de Tolstói, o tipo de pessoa que abre mão de tudo para vagar pelo mundo e seguir os ditames da sua consciência. Ele estava vagando por Moscou, não pelo mundo, e não estava descalço, mas em um Lada avariado. Eu não queria dizer que Serguei era um santo. Queria dizer, acho, que ele era um tolo — um tolo sagrado. Ele estava fazendo o que todos nós gostaríamos de fazer, mas éramos cautelosos, práticos e covardes demais para isso.

Escrevi o artigo e o enviei tanto para Serguei quanto para a *Slavic Review*. Foi um tiro no escuro. Eu já tinha submetido uma quantidade razoável de artigos para a *Slavic Review* ao longo de anos, e nunca resultara em nada. Este era melhor, mas isso não era motivo para achar que teria mais sucesso. A *Slavic Review* ficava longe. Enquanto o Outubro, Serguei, meu time de hóquei, minha avó e, por fim, eu ainda esperava, Iulia, estavam bem aqui.

Não muito depois de eu ter enviado o artigo, Serguei me perguntou de uma maneira um tanto formal se poderíamos nos encontrar. Meu primeiro pensamento foi que ele tinha detestado o texto. Meu segundo pensamento foi mais sombrio: que ele e/ou o Outubro estavam irritados por causa de Iulia. Eu a beijei e depois fiz aquele comentário sobre Chipalkin na frente da delegacia. Será que eu tinha deixado meus sentimentos por Iulia atrapalharem meu julgamento político? Eu continuava vendo Iulia nos seminários marxistas e ela já não parecia estar com raiva de mim, mas também não parecia querer conversar comigo. E Chipalkin, seu marido, ainda estava em Lefortovo.

Serguei e eu combinamos de nos encontrar em um café Mu-Mu, a um quilômetro e meio da minha casa. Se ele estivesse bravo por causa do artigo, eu seria capaz de lidar com isso. Outra possibilidade era que, agora que eu tinha submetido o artigo, não tinha mais desculpa para ficar me encontrando com eles e, portanto, teria que sair do grupo. Mas eu não queria sair. Eu gostava do que estava fazendo. Mesmo sem Iulia, fiquei muito ligado a todo o grupo Outubro.

Simulei todos os cenários ruins na minha cabeça, enquanto caminhava para o Mu-Mu. Mu-Mu, tal como o barulho que a vaca faz, ficava em um subsolo, era tipo uma cafeteria, muito boa e barata. Se fosse um pouco mais perto de casa, eu levaria minha avó lá sempre que precisássemos comer. Vi Serguei sentado diante de uma tigela de borscht. Peguei uma tigela de borscht para mim e me sentei com ele. Serguei foi direto ao ponto.

"Escute", ele disse. "Eu não sei q-q-quais são seus planos ou impressões, mas agora que você concluiu seu artigo, gostaria de lhe perguntar uma coisa."

Eu assenti.

"Nós, do Outubro, vamos lançar um site em breve. Queremos ter um espaço para discutir políticas de esquerda, teoria educacional, eventos culturais, esse tipo de coisa. Achamos que é importante para a esquerda ter uma plataforma desse tipo."

"Acho bacana." Isso me pareceu uma forma bastante indireta de me expulsar do grupo.

"E achamos que algumas partes — não tudo, certamente, mas as coisas boas — valeriam a pena ser traduzidas para o inglês, como forma de construir solidariedade internacional. Um dos problemas com a esquerda russa nas últimas décadas foi seu isolamento do Ocidente. Precisamos acabar com isso."

Eu, de novo, concordei.

"Então, alguns de nós estávamos conversando, e eu sei que você estava envolvido mais para fins de pesquisa, mas gostaríamos muito que você traduzisse os textos. Você entende o que estamos fazendo. E seu inglês é bom."

"Ah!", exclamei. Estava super aliviado. "Vou adorar fazer isso."

"Não podemos pagar, é claro."

"Não, eu nem ia querer isso." Isso era, na maior parte, verdade. Por mais que eu tivesse pouco dinheiro, esses caras tinham menos.

"O.k. Bem, ótimo." Serguei se inclinou e colocou a colher de borscht na boca. "Tem mais uma coisa. Você gostaria de entrar no Outubro? Isso tornaria o trabalho em conjunto mais fácil e acho que também mais agradável."

Isso foi inesperado.

"Para mim seria uma honra", eu disse. "O que tenho que fazer?"

"Bem." Serguei parecia um pouco sem graça. "Há um juramento. Alguns anos atrás, quando começamos, tivemos uma longa discussão sobre isso, mas decidimos que era a coisa certa: isso explicaria com clareza as responsabilidades do grupo com você, e as suas com o grupo."

"Tudo bem", eu disse. "Como é?"

Foi um juramento curto. "Eu me comprometo a fazer o que for melhor para o grupo, de acordo com a minha consciência, e a tentar viver de forma honesta, de forma a dar credibilidade ao grupo. O grupo, por sua vez, compromete-se a me ajudar, a me aconselhar e a me apoiar, caso eu precise de apoio." Serguei parou. "É isso."

Fizemos tudo ali mesmo, no café Mu-Mu. Agora eu era integrante do Outubro. Nas semanas seguintes, comecei a traduzir o primeiro texto para o inglês. E continuei frequentando o grupo de leitura. A minha entrada no Outubro indicava que as pessoas confiavam mais em mim. Micha me contou sobre seu problema com a bebida, Boris sobre o fato de que sua mãe queria que ele se mudasse e se casasse. Serguei sempre tinha sido franco comigo, mas agora, enquanto seu casamento agonizava, sentia-me quase como seu único confidente. Sua esposa disse que não podia mais viver assim; ele disse a ela que não podia viver de outra maneira; eles estavam em um impasse. Serguei sentia que não havia remédio, mas se preocupava, assim como sua esposa, com a filha deles. "É normal que as pessoas mudem", ele comentou. "Nós nos casamos quando ainda estávamos na faculdade. É claro que mudamos. Mas é impossível para uma criança entender isso. Se ao menos existisse uma maneira de dizer a elas, desde o início, que mamãe e papai não são para sempre. Que estaremos aqui, mas não necessariamente juntos. Deve haver alguma maneira, porque senão é uma mentira." Ele estava preso à sua própria criação, mas, pelo visto, isso não tornava as coisas menos dolorosas.

Iulia continuava comedida comigo, e isso era compreensível: seu marido estava na prisão e ela passava muito tempo pensando nele, ficando na fila para visitá-lo, conversando com advogados sobre a situação dele. Sim, nós nos beijamos, mas isso foi há muito tempo. Eu encontraria outra pessoa para beijar, provavelmente. Howard, para surpresa geral, depois de meses dormindo com garotas do site de prostitutas online, conheceu uma garota legal que trabalhava na *Esquire* russa e estava namorando. Ele tinha aventado a possibilidade de ela ter amigas solteiras. E Oleg, no vestiário, sugeriu a mesma coisa. "Andrei", me perguntou um dia, "você tem uma garota?"

"Não", eu disse.

"A minha garota tem uma amiga que pode se interessar", disse Oleg. A palavra que ele usou para sua "garota" foi na verdade *telka*, que significa bezerra — neste contexto era uma palavra para "sua senhora". E foi assim que, alguns dias depois, me vi sentado em um café caro e vistoso perto de Tchistie Prudí com Oleg, a bezerra de Oleg e a amiga da bezerra de Oleg, chamada Polina. A bezerra de Oleg era uma garota quieta e com jeito furtivo que ficava mexendo no telefone, mas Polina era uma garota alta, saudável e atraente, de vinte e cinco anos. Elas trabalhavam juntas em um salão de beleza. Alguns meses antes, eu teria mergulhado de cabeça, mas agora não havia nenhuma empolgação dentro de mim. Quando Oleg sugeriu que continuássemos a noite juntos em uma boate, eu disse que precisava voltar para casa e ver como estava minha avó. "Tudo bem", Oleg respondeu, e não guardou mágoas.

Poucos dias depois, enquanto minha avó me derrotava jogando anagrama, recebi uma mensagem. Era Iulia.

"Você pode sair?", dizia.

Eram oito da noite de uma sexta-feira. Eu tinha hóquei, mas podia faltar. Presumi que Iulia queria me dizer o que Serguei não conseguiu — que ela gostaria que eu deixasse o grupo de leitura. Talvez eu pudesse fazê-la mudar de ideia. Respondi que seria um prazer sair e, mostrando coragem, acrescentei uma carinha sorridente — os russos faziam isso usando vários parênteses, assim:))) Era uma forma estranha de fazer um rosto, já que não havia olhos, mas por outro lado você podia usar quantos parênteses quisesse, para indicar um sorrisão. Eu usei quatro. Mas, quando saí para a cervejaria tcheca perto da casa dela, me senti como um homem a caminho da forca.

Ela já estava lá quando cheguei, pálida, linda, nervosa e já bebendo uma taça de vinho.

"*Priviet*", eu disse.

"*Priviet.*" Ela parecia chateada. Não falei nada. Ela, educadamente, perguntou pela minha avó, e em seguida disse: "Você tinha razão sobre o Pétia". Pétia era Chipalkin. Ela estava arrasada ao dizer isso.

"Eu tinha?"

"Ele foi solto", disse Iulia.

"Isso é bom!" Respondi, sendo parcialmente franco.

Iulia não parecia ter me ouvido. "Ele abandonou todo mundo", ela disse.

"O quê?"

"Ele delatou os caras. Dedurou."

"Você não tem como saber."

"Eu sei. O advogado dele disse que a expectativa era ele pegar cinco anos, que não havia esperança a menos que ele cooperasse com a investigação e desse os nomes dos outros membros do Maihem."

"A polícia já não sabe quem são os outros membros do Maihem?"

"Parece que não. Eu não sei. Mas Pétia foi solto dois dias atrás e ontem eles pegaram dois dos caras, outro pegou um trem para Kiev."

"Nossa", eu disse. Parecia mesmo que ele tinha abandonado os caras. Por que Iulia estava me contando isso?

"Bem", eu disse, sem saber o que mais dizer, "o que ele vai fazer agora?"

"Não sei", disse Iulia, "e não quero saber."

Ela tomou um gole do vinho.

"Você me faria um favor, Andrei?"

Concordei.

"Pode ficar bêbado comigo?"

Então, ficamos bêbados. Enquanto isso, tentei não pensar muito no que estava fazendo. Será que Iulia estava vulnerável agora, devido ao comportamento vergonhoso de seu ex-marido? E eu, por me demorar ali com ela, nesse estado vulnerável, estava me aproveitando disso? E será que isso significava que — não pude deixar de pensar —, uma vez que ela não estivesse mais neste estado, perderia o interesse novamente? Iulia estava vestindo jeans brancos justos e um casaquinho de algodão preto que moldava seu busto. Ela era uma garota magra e muito branca. Os grandes olhos verdes em um rosto como o dela lhe davam um aspecto particularmente dolorido. As garotas russas, mesmo as intelectuais e marxistas, passavam fome de propósito. E ainda assim, no caso de Iulia, não fazia diferença. Eu gostava. Não que ela passasse fome, é claro. Mas da sua aparência.

Ela ficou bêbada depois de três taças de vinho, enquanto eu, depois da mesma quantidade de cerveja, fiquei só um pouco zonzo. Levei-a à sua casa, um bloco de doze andares não muito longe do lago do Patriarca, e paramos na porta. "Boa noite, Andrei", ela disse, me abraçando. Eu teria preferido que ela me beijasse, mas ela parecia tão chateada, tão triste, que mais do que tudo eu queria que isso passasse. Despedimo-nos e ela entrou.

Depois disso, começamos a trocar mensagens, e a ir ao cinema. Isso era bem inocente, já que nossas idas ao cinema não eram necessariamente românticas. Eu não queria apressá-la. No entanto, eu queria impressioná-la e, no início, como aconteceu com minha avó, tentei fazer isso pesquisando filmes de arte. Depois ela me confessou que, na verdade, não se importava de ver algo menos cabeça, então, aliviados, fizemos isso. Assistimos à versão russa de *Titanic*, chamada *Admiral*, sobre o almirante Kolchak, do Exército Branco, que lutou contra os bolcheviques; e uma espécie de *Flashdance* russo, chamado *Stiliagui*, sobre um grupo de rebeldes dos anos 1950 em Moscou, que usavam roupas de cores vibrantes e ouviam jazz como forma de protestar contra a asfixiante conformidade da indumentária no stalinismo. Esse foi o filme a que assistimos na noite em que Iulia me convidou para subir ao seu apartamento.

Naquela noite, Moscou, para mim, mudou para sempre. Deixou de ser o lugar terrível onde nasci para ser outra coisa. Eu queria estar em casa quando minha avó acordasse, então no meio da noite sussurrei boa noite para Iulia e desci. Eram três da manhã e meados de março em Moscou, e ainda fazia muito frio. O metrô estava fechado e, se eu não quisesse andar, teria que pegar um táxi; mas não estava com vontade de compartilhar meus sentimentos, minha alegria e minha sensação de pertencimento com ninguém, portanto, resolvi andar. Eram cerca de dois quilômetro e meio até minha casa, fazia frio e silêncio, e caminhando pelas ruas transversais que se aproximavam do grande e medonho complexo viário que é o Anel de Jardins, senti a terrível liberdade deste lugar. Era uma fortaleza situada em um ambiente hostil. De um lado, os mongóis; do outro, os alemães, bálticos e vikings. Portanto, os russos construíram esta fortaleza aqui em uma dobra do rio Iáuza, e esperavam pelo melhor. Construíram-na bem grande porque estavam com medo. Era um país gigantesco e, até hoje, no século XXI, mal governado. Era possível fazer qualquer coisa, realmente. E em meio a essa liberdade, a essa anarquia, as pessoas se encontravam e se apaixonavam e tentavam consolar umas às outras.

Nos nossos últimos encontros, mas sobretudo quando estávamos deitados na cama juntos, fiquei sabendo da família de Iulia. Ela tinha crescido em Kiev, e era filha única, assim como a maioria dos filhos daquela geração, porque todos eram muito pobres. Seus pais eram engenheiros. Quando o país começou a desmoronar, eles tiveram maus presságios e decidiram, uma vez que o pai de Iulia era judeu, que emigrariam para Israel. Iulia tinha onze anos quando seu pai partiu para reconhecer o território e buscar trabalho, enquanto sua mãe vendia as coisas que tinham e se preparava para a mudança. No início, ele mantinha contato frequente, relatava a dificuldade de se adaptar à vida de imigrante, reclamava dos demais imigrantes, temia não encontrar trabalho; mas depois ele parecia estar muito ocupado, e entrava em contato com menos frequência. A mãe de Iulia, contudo, continuou a vender as coisas, porque elas não iam levar, por exemplo, a televisão para Israel, nem o sofá, e foi alguns dias depois de venderem a televisão que ela soube, por um conhecido em comum, que seu marido tinha sido visto com outra mulher nas ruas de Haifa. A mãe de Iulia confrontou o marido pelo telefone, e ele confessou, mas disse que ainda queria que elas fossem para lá, que ainda eram casados e que ele cuidaria de todos os trâmites para, então, quando estivesse tudo resolvido, poderem se divorciar de forma pacífica. A mãe de Iulia gritou — Iulia estava em seu quarto, lendo em silêncio — e desligou, e embora o pai continuasse tentando mandar dinheiro, através de vários conhecidos que ficavam viajando de cá para lá, a mãe de Iulia recusava. Por causa disso, a pequena Iulia teve uma vida muito pobre e, ainda que em um lugar onde todos também eram pobres, não tinha uma televisão ou um sofá para ajudar a passar o tempo.

Sua mãe nunca se recuperou. Ela conseguiu seu emprego de volta, mas era em um instituto de pesquisa, e não era lá grandes coisas. Ela colocava toda a sua energia em Iulia, estabelecendo o que soava como um relacionamento às vezes tóxico, às vezes maravilhoso, mas sempre muito intenso. Na briga com o pai, Iulia ficara inteiramente do lado da mãe. Tempos depois, ela foi para a faculdade em Kiev e estudou teoria literária; em uma de suas aulas conheceu Chipalkin e, em seguida, como a maioria das pessoas que conheciam, se casaram. Aí Chipalkin conseguiu um emprego com design gráfico em Moscou, e Iulia se inscreveu e foi aceita na pós-graduação. Eles se mudaram. Pouco antes de deixarem Kiev, a tia de Iulia, irmã e melhor amiga de sua mãe, morreu em um acidente de carro. Iulia sempre se sentiu culpada por ter partido, e volta e meia pensava em voltar.

Transplantado para Moscou, o casamento começou a fraquejar. Eles se conheceram quando eram ambos jovens complicados se adaptando à vida universitária; agora Chipalkin descobria que tinha outras possibilidades. "Havia tantas garotas bonitas, e ele não era mais um menino que não sabia abotoar bem a camisa", disse Iulia. "Virou a cabeça dele." Ele começou a voltar do trabalho mais tarde, e no final admitiu que estava dormindo com uma das outras designers do escritório. Iulia o expulsou; ela ficou com o apartamento, ou melhor, com o quarto deles no apartamento que dividiam com dois colegas, embora logo tenha se dado conta de que não poderia bancar o quarto sozinha e convidado uma amiga de Kiev para dividir com ela. Sua amiga Kátia trabalhava no turno da noite em uma produtora de TV, portanto, na maior parte do tempo, Iulia ficava com o quarto só para ela de noite, e Kátia durante o dia. Tinha sido confuso e complicado no início, mas agora Iulia estava acostumada. E estava acostumada a Moscou, ela disse, ou pelo menos começando a se acostumar.

"Foi muito difícil para minha mãe quando eu fui embora", Iulia disse, "e achei, depois que Chipalkin e eu nos separamos, que eu poderia voltar. Mas não tem trabalho em Kiev. O lugar está sendo totalmente saqueado. Aqui, pelo menos, posso ganhar algum dinheiro e mandar parte dele para casa." Ela dava aulas preparatórias de exames de admissão para jovens, e até escrevia como ghost-writer teses de doutorado para funcionários do governo — exatamente o tipo de coisa que levou Serguei a abandonar a academia. Ela ia para casa fazer uma visita — era uma viagem de trem noturna — cerca de uma vez por mês.

Tudo aqui era duas vezes mais difícil do que em Nova York, pensei, enquanto voltava daquela primeira noite na casa de Iulia no frio. Era mais difícil se locomover, era mais difícil encontrar um casaco, era mais difícil conseguir um assento no metrô, era mais difícil encontrar um lugar para comer ou um lugar para morar — os pós-graduandos também tinham dificuldade de se virar com o custo de vida em Nova York, mas eu nunca tinha ouvido falar de duas pessoas que não tivessem um compromisso romântico e compartilhassem a mesma cama. E aqui era mais injusto, era muito mais injusto. Outro dia no Sad, onde eu tinha ido ao encontro com a Sônia, da internet, um homem atirou em uma mulher quando ela exigiu um pedido de desculpas por ter derramado sua bebida nela. "Você é uma vaca gorda", ele disse. Em seguida atirou na perna dela. Pelo visto, tal como metade do país, ele trabalhava na RussOil, e provavelmente sairia impune.

Foi Chipalkin que promoveu o envolvimento do casal com Serguei e o Outubro, mas foi Iulia que se comprometeu com o grupo. Ela ficou muito impressionada com a crítica de Serguei ao ensino superior privatizado e, embora não se considerasse uma pessoa muito extrovertida, tinha uma habilidade especial para identificar descontentes. Ela conheceu Boris em uma palestra pública em que ele fez uma pergunta agressiva, e conheceu Micha em um protesto da universidade dele. "E você, é claro."

"Eu?"

"Lembra que escrevi para você depois daquele jantar?"

"Claro! Mas nunca entendi por quê."

"Bem, tive a impressão de que você estava insatisfeito com o sistema educacional dos Estados Unidos e também de que não gostava de Fishman", ela disse. "Achei que era uma combinação atraente. Você parecia um pouco confuso, mas disposto a defender suas crenças."

Eu me perguntei se isso era verdade. Esperava que fosse. Quando cheguei ao bulevar Tsvetnoi, perto de casa, vi um Króchka Kartochka. Era uma pequena construção de plástico, isolada, do tamanho de um quiosque de comida chinesa, com um grande balcão branco e poucas mesas e cadeiras; eles a tinham jogado de qualquer jeito no meio do bulevar, uma pequena cabana no espaço público, sem dúvida porque algum burocrata tinha sido subornado. "Króchka Kartochka" significava "batatinha" e era isso que serviam: batatas assadas. Eles abriam a parte de cima e você podia escolher um recheio — cogumelos, salada de frango, queijo, ou alguma combinação. Isso é o que os russos vêm fazendo com as batatas há gerações. Talvez fosse um pouco nojento, e ver isso neste quiosque no meio do bulevar Tsvetnoi chegava a ser indecente, algo vergonhoso que se tornou popular. Mas era nossa vergonha nacional compartilhada. "Gostamos de assar batatas e colocar coisas nojentas dentro delas para que fiquem mais saborosas" — era o que dizia a barraca do Króchka Kartochka. Havia uma cadeia desses pequenos quiosques em toda a cidade, e eu entrei. Pedi uma batata com bacon e cebola, paguei cinquenta centavos por ela e comi, pensativo, em uma das mesinhas de plástico, sem tirar o casaco. Depois, finalmente fui para casa. Já eram quatro da manhã. Em breve, minha avó se levantaria. Consegui dormir até as dez, e minha avó não se importou.

Parte 3

I.
Iulia

Iulia e eu começamos a sair. Durante o dia, ela geralmente estava na universidade, e eu estava lendo textos sobre *Tio Vânia* nos blogs de alunos e passando o tempo com minha avó até ela ir para a cama, mas, depois disso, Moscou era nossa. Era uma cidade que ficava acordada até tarde. O metrô fechava cedo, mas todos os bares, cafés e cinemas ficavam abertos, e depois das onze horas eu podia chegar à casa da Iulia em cerca de dez minutos, se pagasse cem rublos por um carro que me levasse pelo bulevar Rojdestvenski. Depois eu podia chegar em casa no mesmo tempo e pelo mesmo preço, embora tendesse a pegar o Anel de Jardins no caminho de volta. Os táxis corriam como loucos pelo Anel de Jardins à noite.

O que fazíamos juntos? Na maior parte do tempo, coisas normais. Os horários de Kátia, sua colega de quarto, tinham mudado logo depois que Iulia e eu começamos a sair, então ela estava mais por perto, e com isso passar o tempo na casa da Iulia não era de todo atraente. Então continuamos indo ao cinema; íamos até a alguns cafés. Vivenciar Moscou com Iulia era algo inteiramente novo para mim. Eu não era transportado para fora da cidade; na verdade, parte da sua violência latente e o modo como homens agressivos dominavam os espaços públicos ficavam mais evidentes para mim ao passear com ela. Em todos os outros aspectos era o mesmo lugar, caro e carrancudo. Mas eu via como Iulia lidava com isso. Ela era extremamente educada, até mesmo formal, com pessoas que não conhecia. (Reconheci nisso a educação e a formalidade da minha avó, que ela mantinha mesmo com os conhecidos, porque se esquecera de que os conhecia.) Ela era mestre em abster-se de ter opiniões favoráveis; fora de um círculo fechado de amigos, mantinha um escudo defensivo. Mas entre amigos, e na cidade que esse círculo havia criado dentro da cidade maior, havia um mundo totalmente diferente. Os outubristas tinham aberto uma brecha para que eu pudesse apreciar Moscou. Nenhum deles ganhava muito dinheiro, ou nem ganhavam nada. Eles não podiam ser cidadãos plenos do paraíso do consumo que Moscou se tornara. Mas havia pequenos cafés e livrarias e livrarias-com-cafés onde era viável sentar e tomar chá ou uma cerveja por alguns dólares e ler Derrida por algumas horas sem ninguém importunar. Até mesmo a teoria crítica, que havia saído de moda nos Estados Unidos, ainda despertava interesse aqui. Era a Moscou que um dia desejei que existisse, mas não conseguira encontrar. Aqui estava ela, agora.

Eu logo aprendi que para Iulia o mundo era dividido em dois tipos de pessoas: sua turma e os outros; o bem e o mal. Os homens, em sua maioria, eram maus. As mulheres eram aliadas na luta contra os homens ou eram traidoras. Algumas eram traidoras por fraqueza, outras por deslealdade. E, teoricamente, alguns homens também eram traidores. Com Boris, pouco masculino e assexuado, estava tudo certo; assim como o estranho e patético Nikolai, com sua datcha quixotesca, que ninguém queria ajudar a construir. Micha e Serguei eram objeto de suspeita: Micha porque bebia e não tratava muito bem a colega de quarto de Iulia, Macha; Serguei por razões mais complicadas. "Ele está embromando a coitada da esposa praticamente desde que o conheci", Iulia disse. "Ele não suporta a ideia de desintegrar sua própria família, mas escolheu um caminho e precisa permanecer nele."

"Ele quer ser uma boa pessoa", eu disse.

"Ele quer manter a consciência limpa. Tem uma diferença."

Quaisquer más impressões que ela já tivesse sobre os homens, a começar pelo seu pai, foram confirmadas, à risca, por

Chipalkin. "Ele era um garoto tão legal quando nos conhecemos", ela disse. "Mas era fraco." Outra vez: "Você viu aquele cachecol que ele usava quando apareceu no grupo de leitura? Ele tem muito orgulho daquele cachecol. Foi Fishman que deu para ele, sabe. Ele acha que é o que há de mais moderno na moda americana".

Ela era capaz de ser assim, incrivelmente afiada, até mesmo cruel. Mas para estar do lado dela era preciso ser isento. "Você não é assim, é?", perguntou uma vez, ao discutir depredação em uma ocasião com Micha, que sempre se embriagava e traía Macha.

"Não sei", disse eu.

Mas Iulia insistiu. "Você não é", ela disse. "Eu posso afirmar." Ser escolhido assim para lutar do lado do bem contra o mal — mesmo que você não merecesse tanto — era inebriante. Eu não queria ir embora nunca.

Em retrospectiva, vejo que havia uma espécie de encheção de saco no fundo de tudo o que a gente fazia. Nós não morávamos tão longe um do outro, mas nenhum dos dois tinha espaço próprio e, no fim das contas, passávamos muito tempo andando para lá e para cá. Ela tinha um ex que ainda estava na área — depois que seus amigos foram presos, Chipalkin permaneceu em Moscou, escrevendo longas autojustificativas em sua página no LiveJournal. Iulia dizia que não queria voltar a vê-lo nunca mais e, até onde eu sei, ela manteve essa decisão. Mas mesmo sem Chipalkin sua vida não era simples. Ela tinha a mãe em Kiev que precisava de ajuda e atenção; ela vivia em seu quarto em turnos e sempre tinha que trocar os lençóis. Além disso, quando começamos a sair, ainda estava frio. Eu lembro que uma noite no final de março, depois de irmos ao cinema, andávamos pela rua Pokrovka em uma calçada onde mal tinham removido a neve e muito menos a crosta de gelo — que era o que se podia fazer para evitar que as pessoas levassem um tombo — e passamos por vários cafés animados e acolhedores. Se tivéssemos mais dinheiro, poderíamos ter parado, mas eram lugares que cobravam doze dólares por um bule de chá! Então continuamos andando. Eu tinha vergonha e me sentia pouco viril por não poder pagar e tirar minha namorada do frio, mas Iulia nem parecia ver esses lugares. Por fim, chegamos a um café que tinha preços razoáveis e ficamos ali sentados e tremendo por cerca de quinze minutos, até que esquecemos do nosso trajeto tenebroso e até dividimos um éclair. As dificuldades para estarmos juntos, ficarmos juntos e, em primeiro lugar, nos encontrarmos, me deram a sensação de que se pudéssemos superar essa situação, ou uma próxima, ficaria tudo bem conosco para sempre.

A situação no trabalho de Iulia era um horror. O presidente da faculdade era corrupto, o chefe do departamento era corrupto e, em grande medida, devido à corrupção, precisavam que o corpo docente trabalhasse mais. Eles desconfiavam sobretudo das pessoas que não participavam alegremente da corrupção, embora Iulia, dando as aulas particulares e fazendo ghost-writing, participasse mais do que gostaria. Ela fazia isso porque precisava, mas também porque, como eu, não suportaria ir embora. "Tenho alunos maravilhosos", ela disse. "Adoro conversar com eles sobre Avvakum" — um dos velhos clérigos malucos que ela estudava. "Onde mais eu poderia fazer isso?" A resposta de Serguei "faça isso voluntariamente, na comunidade, no seu tempo livre" não era uma opção. Ela precisava ganhar dinheiro. Iulia estava encurralada.

Passávamos horas caminhando por Moscou — o frio durou até abril — procurando lugares para sentar e tomar um chá. Eu nunca tinha namorado alguém como Iulia, e também nunca tinha namorado alguém em russo. No começo achei tranquilo; eu ficava sentado feliz vendo Iulia falar e ela não esperava necessariamente que eu respondesse. Mas depois comecei a achar difícil; quando era acusado de algo, geralmente de alguma verdade, meu vocabulário para me defender era limitado e minha mente dava um curto-circuito que me deixava irritado.

"Você não faz ideia de como vivemos aqui", ela disse uma vez. Tínhamos parado para comer uns bolinhos em uma pequena cafeteria perto da universidade. A comida era barata e muito boa, o único problema era que ficava em um porão meio escuro. Além disso, no caminho, quase fomos atingidos por um pingente de gelo que caiu. No início de abril, de dia, a temperatura às vezes subia acima de zero e o sol aparecia, derretendo a neve do inverno, mas de noite a temperatura voltava a cair, congelando a água que começara a pingar dos telhados em forma de pingentes de gelo. À medida que o tempo esquentava, esses pedaços enormes e afiados de gelo caíam dos telhados e matavam pessoas. Assim, tínhamos acabado de sobreviver a esses perigos e eu estava de péssimo humor com relação a Moscou e à Rússia e, resumindo, reclamei da iluminação da cafeteria no porão, e Iulia ficou furiosa. "Você não faz ideia de como vivemos. Você não faz ideia do valor que tem um lugar como este."

Ela estava certa. Eu gostava do lugar! Eu não deveria ter transferido minha raiva dos pingentes de gelo para lá. E acho que, em inglês, eu teria lidado bem com a reação de Iulia. Depois de ter sido um garotinho sério demais, desenvolvi uma disposição para a ironia. Nada me afetava para valer. Alguns conhecidos achavam isso desagradável, mas nesta situação teria sido útil. Eu teria caçoado da indignação dela.

Em russo eu não sabia fazer isso, e estava ofendido. Ergui as mãos para o alto como uma pessoa que está no seu limite, que sente que não pode falar nada sem ser atacada e que, portanto, decidiu se calar. Permaneci assim calado por um tempo, até que Iulia cedeu e me perdoou. Mas notei que esse tipo de coisa estava acontecendo com certa regularidade; Iulia era uma pessoa muito séria que às vezes levava as coisas para o lado pessoal, e eu não sei se conseguiria desviar nossas conversas para o rumo certo, se elas fossem em inglês. Em russo eu não conseguia.

Mas isso também era o.k. A própria incapacidade de zoar, desviar e me defender, me tornou mais gentil. De vez em quando ficava impaciente, em outros momentos, raivoso, mas nunca era cortante, sarcástico, nem fazia alguma piada espontânea que exigiria mais ou menos seis meses de retratação.

Por um tempo, fiquei nervoso com a ideia de apresentar Iulia à minha avó. Temi que isso pudesse perturbar o delicado equilíbrio que nos custara alcançar em nossa organização doméstica. Ao mesmo tempo, ela não queria que eu me casasse? Não que Iulia necessariamente quisesse casar comigo. Estávamos juntos há pouco tempo. Mas eu vinha pensando nisso. Cheguei até a perguntar, como quem não quer nada, se ela se mudaria para os Estados Unidos. "Não", ela respondeu de bate-pronto. "Minha mãe está em Kiev, e eu sou tudo o que ela tem. Já basta estar em Moscou. Se eu me mudasse para os Estados Unidos, ela morreria."

"Talvez ela pudesse se mudar para os Estados Unidos também?", perguntei.

Imaginei nós todos — eu, Iulia, a mãe dela, a minha avó — morando em um grande apartamento no Brooklyn, fazendo juntos longas caminhadas no Prospect Park, cumprimentando os outros russos, assistindo filmes no grande cinema na esquina do parque. "Tá bem", disse Iulia. "Vamos para lá em um helicóptero de ouro?"

Nada mais justo. Mas na época tudo parecia possível. "Pensa nisso", eu disse.

Então eu quis muito apresentá-la à minha avó. E estava errado em ter me preocupado. "Iulia", disse minha avó, quando a levei em um final de tarde. "É um lindo nome". Ela riu enquanto Iulia e eu tirávamos nossos casacos e botas. Parecia genuinamente feliz. Sentamo-nos e tomamos um pouco de chá.

No entanto, de modo geral, minha avó estava sofrendo. A estada no hospital destruiu sua mobilidade. Se antes ela saracoteava pelo apartamento como uma atleta se preparando para uma prova de resistência, agora se arrastava do seu quarto para a cozinha e vice-versa. Vez ou outra usava a bengala, o que mostrava que esta não era indispensável. Sem a bengala ela se desequilibrava, mas contornava a situação agarrando-se às paredes e ao mobiliário. Ela conhecia como a palma de sua mão o lugar exato de cada objeto, então, mesmo a qualquer hora da madrugada, ela sempre conseguia segurar firme em alguma coisa. Porém, não podíamos fazer muitas caminhadas. Por enquanto estava tudo bem, já que havia pingentes de gelo caindo na cabeça das pessoas, mas eu me perguntava se, quando o tempo mudasse, ela ia querer voltar a passear.

Ela até parou de apreciar o noticiário. Certa noite eu liguei a TV para ela no quarto dos fundos, e fui para a cozinha trabalhar no peitoril da janela. Minutos depois, ela estava me chamando. "Andriuch, Andriuch!", ela disse. Sua voz era de aflição, então fui correndo.

Minha avó estava onde eu a havia deixado, no sofá verde dobrável, em frente à televisão.

"Está tudo bem?", perguntei.

"Ai, ai", minha avó gesticulava em direção à televisão. "Quem é esse homem?"

O homem era Pútin.

"Quem?"

"Ele é o primeiro-ministro."

"Ai, que rosto horrível! Mande ele embora", disse minha avó. Percorri os canais e parei em um filme policial russo.

"Que tal agora?"

"Tudo bem", disse minha avó.

Voltei para a cozinha. Quinze minutos depois, ouvi um estrondo no quarto dos fundos. Corri para lá. Minha avó estava ao lado do rack da TV, com cara de horrorizada. A TV estava atrás do rack, no chão. De alguma forma ela sobreviveu à queda e mostrava Pútin visitando uma fábrica de caminhões em Níjni Nóvgorod. Ao que parece, o programa policial terminara e começaram as notícias. "Andriuch, sinto muito", disse minha avó, apavorada, como se eu fosse ficar bravo com ela por ter derrubado sua própria televisão. "Eu estava tentando mudar de canal."

Pelo visto, ela estava tentando mudar de canal empurrando a TV no chão. Estava tudo bem com a TV, continuava funcionando, mas como havia o perigo de Pútin reaparecer, de agora em diante eu basicamente tinha que estar lá com ela para mudar de canal. Afinal, da próxima vez, a TV poderia cair nos pés dela.

Isso não era bom. Eu mostrava alguns filmes, mas ela odiava todos a que assistíamos; não podíamos passear; e havia um limite de vezes que eu conseguia jogar anagramas.

Foi Serguei que, sem querer, encontrou uma solução. Uma noite ele estava me levando para casa depois do hóquei, quando disse: "A gente pensa na União Soviética em termos de crimes e equívocos. Os campos de trabalho forçado, a falta de preparo para a guerra, o confinamento psiquiátrico forçado de dissidentes. Mas, para muitas pessoas, era um bom lugar. Significava remédio gratuito, moradia gratuita, educação gratuita. E, acima de tudo, produção cultural, acima de tudo, filmes: você sabe, ao contrário das previsões dos primeiros teóricos do cinema, o cinema não é um espaço tão ideologizado. É entretenimento de massa. Para entreter a massa, é preciso ser baseado na realidade. Não havia nenhum filme soviético sobre o gulag, mas havia alguns filmes soviéticos muito bons. É uma das coisas de que o Estado operário menos precisa se envergonhar".

Será que isso era verdade? Havia um quiosque em frente à estação de metrô Tchistie Prudí que vendia DVDs. Eu tinha comprado alguns novos filmes russos lá para assistir com minha avó, mas a maioria deles era impossível de assistir. Mesmo os bons tinham muita violência — essa era a nova realidade russa e os caras estavam fazendo filmes que refletiam isso. Minha avó não gostava deles e eu não a culpava.

Mas e os filmes soviéticos? Por algum motivo não tinha me ocorrido colocar filmes antigos para minha avó assistir. Eu não sabia muita coisa sobre eles. Na escola assisti aos velhos clássicos pós-revolucionários e, depois, aos grandes filmes underground do fim do período soviético. Mas, além de *Ironia sudbí, ili s liórrkim parom!* — o clássico dos anos 1970 sobre um médico muito bêbado que embarca por engano em um voo para Leningrado e lá pega um táxi para um endereço igual ao seu de Moscou, onde está um apartamento igual ao seu, só que lá mora uma mulher diferente da sua noiva; todos os russos assistiam a esse filme na véspera de Ano-Novo, incluindo meus pais —, filme popular soviético não era um assunto que eu conhecesse bem. Perguntei a Iulia se ela tinha alguma sugestão. "Bem, você poderia tentar *Ósennii Marafon*, ela disse.

Tinham *Maratona de outono* para vender no quiosque de Tchistie Prudí e, poucos dias depois, minha avó e eu sentamos para assistir no quarto dos fundos. "Oh!", ela exclamou na primeira sequência. "Leningrado!" Tínhamos assistido a vários filmes pós-soviéticos ambientados em São Petersburgo, mas minha avó nunca reconhecia; os filmes não apresentavam a cidade de uma forma que ela entendesse. *Maratona de outono*, sim.

O filme é sobre um professor universitário e tradutor na Leningrado soviética, que está tendo um caso. Sua principal motivação para o caso não é luxúria, tédio ou vingança, são sentimentos de culpa e obrigação. Todos se aproveitam do professor: ele refaz as traduções ruins de um colega; passa horas com um professor visitante da Dinamarca ajudando-o a entender Liérmontov; nem sequer consegue resistir à chatice de seu vizinho bêbado, que insiste que ele e o dinamarquês saiam para caçar cogumelos e bebam muita vodca. Quando sua esposa há tempos amargurada o confronta com seu caso, ele se sente péssimo e promete acabar com essa história; mas quando a amante ameaça cometer suicídio se ele o fizer, reata com ela. Em meio a tudo isso, ele tem que enfrentar as pontes levadiças de Leningrado, que são erguidas todas as noites em uma determinada hora, separando a cidade velha (onde ele trabalha e onde sua amante mora) da cidade nova, onde ele mora com a esposa. Ele vai correr todas as manhãs com o visitante dinamarquês, mas também está sempre correndo para pegar um ônibus que cruza a ponte antes que ela suba, e às vezes ele não chega a tempo — portanto, maratona de outono. No meio do filme, ele decide mudar de vida; no final do filme, essa decisão está indo por água abaixo e sabemos que as coisas continuarão como eram antes.

"É um bom filme", disse minha avó quando acabou. Concordei. Naquela noite, pedi a Iulia mais indicações desse tipo.

"Nada é tão bom quanto *Maratona de outono*", ela admitiu, "mas vou pensar em outros". No dia seguinte, ela me enviou uma lista por e-mail.

A partir de então, com a ajuda da lista de Iulia, minha avó e eu passamos a assistir a filmes soviéticos antigos e não tão antigos. Ela gostava de todos, mesmo quando não eram tão bons (embora alguns fossem muito bons). Eles faziam com que ela se lembrasse de algo. Não importava que ela não ouvisse direito e que não pudesse acompanhar a trama; por um lado, ela já tinha visto muitos deles antes, por outro, onde quer que ela estivesse ao longo da trama, sempre que sua mente e seus olhos se voltavam para o filme, lá estava ela: a União Soviética. As próprias imagens, a apresentação dessas imagens, e o que as pessoas falavam enquanto caminhavam por essas imagens: eram valores nos quais ela acreditava, por mais que, sob os soviéticos, eles tivessem sido honrados apenas na ruptura. E eu me tornei tão amigo dos caras do quiosque de DVD que, quando não tinham algum filme antigo, me diziam que fariam um "pedido". Como eu tinha certeza de que eles pirateavam os filmes, gravando-os em DVDs, isso significava que eles iriam piratear e gravar só para mim. Minha impressão era de um serviço de alta-qualidade ao cliente.

Apesar de conhecer minha avó e se dar bem com ela, Iulia não queria dormir lá. Ela era uma revolucionária marxista, talvez, mas também uma boa moça de Kiev, e não achava apropriado dormir na casa de um homem com quem ela não era casada, especialmente se aquele homem morasse com a avó dele, que poderia não aprovar. Então, acabei passando mais e mais tempo na casa dela. O que serviria de sala de estar em um apartamento americano se transformara em um quarto no delas, então, a única área comum era a pequena cozinha e, quando esquentava, a varanda. As outras colegas de casa de Iulia, Macha e Sônia, assim como Kátia, ficavam na cozinha horas a fio, bebendo chá, lendo e conversando. Todas estavam acostumadas a morar em espaços apertados e eram peritas em desligar-se das conversas das outras pessoas, então nunca parecia que nós dois estávamos incomodando quando ficávamos de bobeira na cozinha.

Elas eram todas super próximas. O acordo com Kátia no início me pareceu estar no limite da loucura, mas Iulia achava razoável. Por que gastar tanto dinheiro por um quarto que ficaria vazio metade do tempo? Por que não tentar dividir com alguém? Elas ainda tentavam organizar os horários de modo que cada uma tivesse o máximo de tempo possível no quarto só para si, mas muitas vezes dormiam juntas na cama enorme, e se Iulia e eu estivéssemos lá juntos antes, nunca deixávamos de trocar os lençóis. A certa altura, me acostumei com isso. Nenhuma das garotas tinha dinheiro e sobrava espaço em seus armários, mas elas pegavam roupas emprestadas umas das outras para criar a impressão de variedade. Iulia conhecia uma mulher do antigo prédio de sua mãe que costurava e, esporadicamente, as meninas juntavam seus recursos e encomendavam um suéter ou um xale. Eu me lembrei de ter lido em algum lugar que Raíssa Gorbachova, famosa por seus trajes belos e glamourosos, ficou envergonhada em uma das primeiras cúpulas das superpotências porque não tinha mais roupa e teve que usar a mesma blusa bonita duas vezes, enquanto Nancy Reagan parecia ter novos modelitos de alta-costura para cada refeição. Isso acontecia com Iulia e suas colegas de quarto, mas elas nunca pareciam se importar.

Micha era visita frequente no apartamento, para ver Macha e também para comer. ("O outro Micha", Micha declarou, travesso, "não cozinha porra nenhuma.") Chamá-lo de visita, porém, não é justo. Ele estava mais para um evento. Ele poderia ir jantar, educado e sociável, ou chegar lá tarde, muito bêbado, e acabar dormindo nas cadeiras da cozinha porque Macha não queria que ele fizesse xixi na cama dela (isso já tinha acontecido). Eu gostava muito de Micha, apesar de às vezes ele ficar bêbado no jantar e me azucrinar para ir com ele buscar mais bebida. Ele fora expulso da pós-graduação por ter organizado protestos quando sua universidade contratou um professor muito reacionário e pró-Pútin. Agora ele estava escrevendo uma dissertação sobre a oposição da classe trabalhadora na década de 1920, em uma universidade alemã. Para um alcoólatra intelectual livre, era surpreendente o quanto ele se interessava pela política acadêmica. "Só há dois países onde se faz um trabalho historiográfico sério agora", disse ele uma vez durante o jantar. "A Alemanha e os Estados Unidos. Mas na Alemanha as pessoas ficam sensíveis muito rápido. Os esquerdistas ainda culpam os russos pela morte de Rosa Luxemburgo! Isso afeta minha capacidade de conseguir um emprego."

"Você não gostaria de dar aula na Rússia?", perguntei.

"Eu gostaria, sim. Mas é preciso conseguir um emprego em outro lugar antes. As universidades russas não gostam de fazer a primeira contratação da sua carreira. E é claro que elas não podem pagar nada, então você precisa entrar no sistema internacional de concessão de bolsas que, de novo, é quase todo alemão e americano."

"Micha", disse Macha, "já chega, não? As pessoas estão tentando comer."

"Eu não estou impedindo", disse Micha.

"Esse papo sobre concessão de subsídios causa indigestão em todo mundo", disse Macha.

"Está bem", disse Micha, recuando. "Eu não sabia." Ele ficou quieto por cinco minutos e depois começou a me questionar, não pela primeira vez, sobre o processo de candidatura para vagas de trabalho nos Estados Unidos.

Havia muita coisa na casa da Iulia que eu perdia. Eu sempre tentava colocar minha avó na cama, então em geral chegava lá tarde, e tentava estar de volta antes que minha avó sentisse a minha falta, então eu raramente estava na casa da Iulia pela manhã. Nunca vi, mas me disseram que Serguei também acabava dormindo lá umas tantas vezes quando seu casamento ia mal. E que Macha declarou que, se Micha não entrasse nos eixos, ela o largaria. E que o relacionamento de Iulia com Kátia também não era sempre perfeitamente harmonioso. Então, talvez eu tivesse uma visão um pouco cor-de-rosa da situação. Mas eu adorava. Era uma espécie de comunismo primitivo — por necessidade, mas também por escolha. Era um prazer para elas, eu acho, fazer aquilo funcionar.

Além de passar mais tempo na casa da Iulia, eu estava cada vez mais envolvido nas atividades do Outubro. Eles não estavam prontos para lançar o site mas, nesse meio-tempo, continuavam me mandando artigos para traduzir. Eram análises da situação política russa a partir de uma perspectiva marxista. Tinha uma série de coisas que Serguei, Iulia e os demais me falavam há meses: que o autoritarismo do regime poderia ser melhor compreendido em um contexto capitalista internacional do que em um contexto pós-soviético. Que o regime não prendeu seus oponentes porque guardava a memória dos métodos soviéticos, mas porque queria continuar ganhando dinheiro para seus clientes (os oligarcas). Dinheiro, tanto aqui como em outros lugares, era o objetivo. Assim que você entendesse isso, a Rússia moderna entrava em foco, fazia sentido.

Traduzia com prazer os artigos para o inglês. E à medida que o tempo esquentava, havia mais e mais protestos e outros eventos para participar. Protestamos na embaixada do Cazaquistão depois que a polícia disparou contra petroleiros em greve em uma das cidades em expansão à beira do mar do Cáspio; protestamos contra o banco que apoiava a mineradora e metalúrgica Norilsk Nickel, depois que saiu um relatório denominando Norilsk a cidade mais poluída do planeta. Protestamos contra o Ministério da Educação por causa dos novos exames padronizados de admissão na universidade, que transformariam os jovens russos em pequenos drones preparados para testes, iguais aos seus colegas americanos, e protestamos contra a Duma quando os deputados votaram uma lei para diminuir o financiamento do governo para a educação.

Os protestos eram sempre pacíficos e organizados de maneira a evitarmos a prisão — ou eles eram permitidos, ou fazíamos protestos isolados, para que não fossem considerados reuniões, ou não apresentávamos nenhum slogan político, para que não fossem considerados políticos. "Chegará um momento em que precisaremos realçar as contradições", aconselhou Boris, "mas primeiro precisamos construir um movimento." Houve dias em que ficamos panfletando diante de fábricas, apoiando seus sindicatos independentes, e até mesmo convidando trabalhadores a se informar conosco sobre a adesão ao Outubro. À parte algumas rusgas com a segurança, nunca fomos incomodados ou assediados de maneira sistemática por nada disso. Acho que o fato de que estávamos em Moscou nos concentrando em questões de nível nacional, em vez de questões locais menores e mais polêmicas, e de que ninguém sabia realmente o que fazer com um grupo de jovens socialistas amigáveis que apareciam em suas fábricas ou do lado de fora das embaixadas, nos protegeu por um tempo da atenção das autoridades. O Outubro era muito pequeno e estranho para parecer algo além de inofensivo. A aparente exceção foi o protesto do verão anterior contra a rodovia que cruzaria a floresta, o mesmo que meu irmão fora acusado de incitar. As autoridades ainda pareciam muito aborrecidas com isso e vinham tentando há meses descobrir quem estava envolvido. Conforme vim a saber por Micha, foi um protesto conjunto com o Maihem, o grupo a que Chipalkin se juntou, e foi o pessoal do Maihem que teve a ideia de destruir uma das escavadeiras. Apesar de certa hesitação, os integrantes do Outubro concordaram. Esse acabou sendo um grande erro.

A certa altura, Serguei convidou um conhecido seu, um velho marxista grisalho que havia sido preso nos anos 1970 por pedir o retorno do leninismo, para nos dar uma breve orientação sobre o que fazer se fôssemos presos. O ponto principal da sua mensagem era manter a boca fechada. "No instante em que você chegar lá, considere-se surdo, mudo e cego porque, basicamente, é como você estará", ele disse. "Você não tem ideia do porquê eles fazem as perguntas que fazem, o que podem fazer com essa informação, aonde aquilo pode chegar. Nada do que você disser poderá melhorar as coisas, mas muitas coisas que disser podem piorá-las. Portanto, fique quieto. Identifique-se, e ponto final."

O homem usava roupas surradas e não tinha vários dentes. Tinha mau hálito. No entanto, havia algo de romântico em conhecer um verdadeiro veterano da luta contra a tirania russa. Fiquei pensando se poderia escrever um artigo suplementar ao do Outubro, sobre a vida desse cara.

Nunca tive tempo para isso, é claro. Havia muitas coisas que eu não tinha tempo para fazer.

Em um domingo, no fim de abril, Iulia e eu finalmente fizemos uma longa viagem para a datcha de Nikolai. Nos encontramos no meio da estação de metrô Novokuznetskaia e pegamos a linha laranja até o ponto final, mais ao sul. De lá, pegamos um ônibus, rodamos por meia hora até um lugar ermo, saltamos e caminhamos um quilômetro e meio por uma estrada mal pavimentada até chegarmos ao assentamento onde ficava a datcha de Nikolai e, em seguida, à própria datcha de Nikolai.

Até então, a construção estava na metade. A estrutura — uma pequena casa colonial de dois andares — estava pronta, as janelas e portas estavam postas, havia até uma escada instalada, mas faltavam o banheiro e a cozinha, não havia corrimão na escada e as paredes não estavam pintadas — começar a pintar era nossa tarefa naquele dia — e a temporada da datcha estava se aproximando rapidamente. O quintal estava uma bagunça, com árvores, arbustos e grama alta caindo uns por cima dos outros. Não tínhamos certeza se Nikolai conseguiria terminar tudo antes do início da temporada da datcha, ou mesmo antes do outono.

A localização deixou a desejar. Simplesmente não havia muita natureza. Não havia bosque, nem lago, nem rio. Havia uma enorme pedreira abandonada, mas não jorrava água; podíamos subir nela, mas isso era tudo. Havia um campo ali perto, mas era só um descampado coberto de lama.

"Então, o que vocês acharam?", Nikolai disse feliz, depois que fizemos um breve tour. Descobrimos que éramos os primeiros a ir até lá para ajudá-lo.

"Está muito perto de terminar?", Iulia perguntou gentilmente.

"Está! Você deveria ter visto como estava no ano passado", disse Nikolai entusiasmado. "Era um buraco no solo."

"E agora é um buraco em cima do solo", Iulia sussurrou para mim. Em russo, "buraco" significa tanto uma depressão no solo como um lugar que é um lixo. Era difícil imaginar a datcha de Nikolai sendo qualquer outra coisa.

Passamos o dia pintando as paredes de um dos quartos do andar de cima. Foi um trabalho duro e ainda fazia bastante frio do lado de fora, de modo que não queríamos deixar as janelas muito abertas, mas ao mesmo tempo a poeira era bastante tóxica, de modo que não queríamos deixar as janelas totalmente fechadas. Nikolai tentou nos entreter botando música em seu telefone, mas a qualidade do som era ruim e Iulia ficava toda hora pedindo para ele pular de faixa. Finalmente, ao anoitecer, terminamos. Nikolai arrastou de algum lugar um velho banco de madeira e uma cadeira, e os jogou nos fundos, no amontoado de plantas com erva daninha, então, depois que terminamos, sentamos ali e bebemos vodca, comemos pão de centeio e salame que ele preparara para esta ocasião. Ele estava emocionado. "Esse é o primeiro cômodo que pintamos, faltam mais dois no andar de cima, todos os corredores e todo o andar de baixo, provavelmente mais sete dias como este", ele calculou. "Mas antes de começarmos a parte de baixo, precisamos nos dedicar à cozinha e ao banheiro." Ele estava contando tudo nos dedos. "Talvez esteja tudo terminado em junho!"

Ele ficava lá nos fins de semana, dormia no chão, acordava, e trabalhava o tempo que conseguisse aguentar. A essa altura eu já tinha aprendido que Nikolai era programador em uma organização que cometia várias fraudes online, a maioria relacionada às receitas publicitárias de jogos. Nikolai disse que eles visavam principalmente grandes corporações e acabariam levando o capitalismo ao colapso. Ele provavelmente ganhava mais dinheiro do que qualquer um do Outubro, e agora estava gastando tudo nesta datcha, mas não se importava. "Esta foi a herança que meu pai me deixou", ele disse. "É isso. Um pedaço de terra em um assentamento de merda, em uma área de muito difícil acesso. Mas isso era tudo que ele tinha para dar, e eu aceitei. Quando terminarmos a datcha, todos poderemos usá-la. Poderemos até usar como refúgio para o grupo. Porra, se as coisas derem errado, aqui pode ser uma casa segura!"

"Não pode ser uma casa segura e um ponto de encontro", Iulia ponderou, de forma gentil. "Ou é oficial ou é segredo. Tendo em conta que seu nome está nela, não vai ser um segredo."

"O.k., o.k.", disse Nikolai. "De qualquer forma, quem disse que as coisas precisam dar errado?"

Quando saímos já estava escuro; Nikolai nos acompanhou até o ponto de ônibus e depois voltou para a datcha, para continuar trabalhando.

"É impressionante que ele tenha feito tanta coisa", eu disse, assim que entramos no ônibus velho e rangente, e Nikolai já tinha se afastado.

"Vamos ver se ele termina", disse Iulia. "Meu Deus, estou muito cansada."

Chegamos na casa dela por volta das dez, tão exaustos que fomos direto dormir, sem trocar de roupa. Acordei por volta da meia-noite, pouco antes da hora de Kátia chegar, dei um beijo de despedida em Iulia e fui para casa.

Poucos dias depois, Dima me escreveu pelo Gchat para dizer que ele havia perdido na audiência final sobre o seu caso; ele já esperava, mas isso dava um fim à história dos seus postos de gasolina.

"Estou exausto", ele disse. "Preciso ir adiante com os apartamentos."

"Quando?"

"Nos próximos meses."

"Os dois apartamentos?"

"É." Pausa. "Sinto muito."

"Não", digitei antes que pudesse pensar melhor. "Não vamos tirar a vovó daqui. Ela está fraca e só consegue andar por este apartamento porque aqui ela sabe onde tudo está."

Também havia uma coisa que eu não disse, e era que dois meses depois de submeter minha candidatura para o Watson College e seis semanas depois de enviar meu artigo para a *Slavic Review*, eu não ouvira um pio de nenhum dos dois lugares.

"Tudo bem", disse Dima. "Por mais quanto tempo ela vai conseguir subir essa escada?"

"Ela consegue agora, com a minha ajuda."

"Você vai ficar aí e ajudá-la a subir os degraus para sempre?"

"Sim", respondi.

"Você está falando sério?", Dima estava digitando muito rápido. "Você tem olhado pela janela nos últimos tempos? Você tem alguma porra de noção do que está acontecendo nesse país?"

"Tenho olhado pela janela", respondi.

"Você não tem noção", disse Dima. Ele sabia ser muito sedutor quando queria alguma coisa, e também sabia ser maldoso. Às vezes, é claro, ele estava certo. Talvez nesse caso estivesse certo. Em algum nível, eu realmente não tinha noção.

Mas ele também estava errado. Eu gostava daqui. E eu não deixaria que ele despejasse nossa avó.

Uma semana depois dessa conversa, ele escreveu para dizer que um comprador em potencial, interessado apenas no apartamento de nossa avó, estava chegando, e será que eu deixaria, pelo menos, ele dar uma olhada no lugar? Se ele fizesse uma oferta, poderíamos decidir. Mas eu não estava interessado. Pedi ao grupo de leitura marxista que viesse e fizesse um pequeno protesto no pátio. Eles desfrutaram da oportunidade. Levaram pequenos cartazes que diziam NÃO ENCOSTEM NAS NOSSAS AVÓS! e NOVOS RICOS NÃO SÃO BEM-VINDOS AQUI! Quando o comprador apareceu e viu isso, ele nem sequer saiu de seu Mercedes-Benz. Eu o observei do quarto da minha avó. Naquela noite, recebi um e-mail curto de Dima. "Você é um idiota", dizia. "O comprador caiu fora. Você está por sua conta agora."

Que bom, pensei. Que bom.

Uma semana depois, ele vendeu seu apartamento para um traficante de armas búlgaro chamado Miklos, que era quem queria comprar os dois. "Quatrocentos mil", Dima escreveu. "O agente disse que tivemos sorte. Se demorarmos mais tempo para decidir sobre o da vovó, o mercado vai desabar sobre nós."

"Sinto muito", escrevi a ele. "Não vou sair."

"Que se dane", disse Dima.

Miklos disse aos soldados que eles poderiam ficar até o fim do verão.

Eu ficaria triste quando fossem embora.

2.
Minha avó dá uma festa

Finalmente era primavera. A neve derreteu e por algumas semanas tudo ficou enlameado, mas o sol brilhava, estava quente e minha avó e eu retomamos as caminhadas. Eu rejeitara instintivamente o plano de Dima de vender o apartamento; fora isso, eu não sabia o que fazer. Se eu fosse ficar aqui, Iulia e eu deveríamos tentar morar juntos. Eu poderia desalojar Kátia e me mudar para o quarto de Iulia, mas esse era o quarto em que ela havia morado com Chipalkin antes de eles se separarem, ou seja, uma má ideia. Ela poderia vir morar comigo e minha avó, e eu substituiria o beliche ou simplesmente colocaria as camas lado a lado, mas como até agora Iulia não tinha nem sequer concordado em dormir aqui, talvez isso fosse forçar a barra. Andei para cima e para baixo do bulevar com minha avó, tentando achar uma solução.

Seu nonagésimo aniversário estava chegando. Eu não sabia bem o que ela acharia de comemorar, mas alguns dias depois do acesso de raiva com Dima, ela virou para mim e disse: "Sabe, estou prestes a fazer cem anos".

"Bem, quase", eu disse. "Você está prestes a fazer noventa."

"Como pode?"

"Bem, em que ano você nasceu?"

"Em 1919."

"E estamos em 2009. Então, você faz noventa anos."

Minha avó olhou para mim desconfiada. "Talvez", ela disse.

De qualquer modo, seria um grande acontecimento, e decidi que faríamos uma festa. Eu me certifiquei de que Emma Abramovna pudesse vir naquele dia e convidei Iulia e suas colegas de quarto, o nosso grupo de leitura e Serguei, assim como os soldados. "Convidei algumas pessoas para virem aqui no seu aniversário", disse à minha avó.

"Você convidou? Mas o que serviremos para comer?"

"Serafima Mikháilovna vai preparar uma comida gostosa", eu disse.

Minha avó concordou, mas não inteiramente. No dia seguinte, no fim da manhã, ela começou a se arrumar para sair. "Preciso comprar algumas coisas para a festa de aniversário", ela disse.

"Do que precisa?"

"Várias coisas", minha avó disse.

Resolvi sair com ela e fomos juntos ao mercado. O chão ainda estava um pouco úmido por causa da neve derretida, mas fazia sol. Foi agradável.

No mercado, minha avó foi em direção à confeitaria. "Você acha que os convidados vão querer esta torta?", ela perguntou, apontando para a sua torta preferida de semente de papoula.

"Talvez", eu disse. "Mas a festa é daqui a duas semanas. Por que não compramos um pouco mais perto da data, para estar mais fresca?"

"Vamos comprar logo para não termos que nos preocupar com isso", disse minha avó.

Resolvi não discutir. E no dia seguinte não a acompanhei quando ela foi, outra vez, comprar mais itens para o aniversário. Eu a observei da janela do seu quarto, caminhando devagar, mas com segurança, às vezes apoiada na bengala e outras vezes fazendo pouco caso dela, saindo do pátio em direção ao mercado. A festa de aniversário estava inspirando minha avó a sair de casa — eu não discutiria por isso, mesmo que algumas coisas que ela estava trazendo — uvas, por exemplo — não fossem durar até lá. Às vezes eu acabava comendo a comida que ela comprava; outras vezes ela mesma comia, esquecendo por que havia comprado. Comecei a pensar nisso mais como uma festa de aniversário de duas semanas do que como um desperdício de energia.

E porque não? Só se faz noventa anos uma vez. Especialmente se você acha que está completando cem. Quando por fim chegou o dia da festa, eu acordei cedo e mandei um lembrete por e-mail para todos os convidados, também liguei e conversei com Emma Abramovna e sua cuidadora, Vália, para ter certeza de que viriam. (A essa altura, Emma Abramovna havia recebido várias ligações da minha avó sobre o assunto. "Estou fazendo cem anos", minha avó dizia. Pausa. "Não, estou sim. Fiz as contas". Outra pausa. "Tem certeza? Bem, quantos anos você tem?" Emma Abramovna tinha oitenta e sete anos. "Sério?", minha avó respondeu, surpresa. Ela não podia ser treze anos mais velha do que Emma Abramovna.)

Depois de mandar todos os e-mails, tomei café da manhã e comecei a lavar a louça. Percebi que a água não estava drenando. Isso tinha acontecido antes, e resolvi com um desentupidor. Fiz isso de novo e aparentemente melhorou, mas, ao entrar no banheiro, a pia de lá não estava drenando. As pias estavam conectadas, e eu tinha apenas transferido o problema de uma para a outra.

Fui desentupir a pia do banheiro. A água foi drenada, mas quando voltei para a cozinha, lá não drenou outra vez. Nesse momento, minha avó entrou na cozinha e viu que havia algo errado.

"Andriuch, qual é o problema?"

"A pia está entupida. Mas vamos desentupir."

"Você sabe como?"

"Sei", eu disse, e fui para o meu quarto. Eu não sabia. Já eram dez horas. Serafima Mikháilovna chegaria ao meio-dia e os convidados às cinco. Estávamos em apuros.

Liguei para Stiepán, o faz-tudo de Dima. Ele atendeu no segundo toque. — "Estou em Irkutsk", disse ele, "visitando a família. Você é uma pessoa instruída, vai conseguir resolver. Tem um desentupidor de cano embaixo da pia. Use esse."

"Obrigado", eu disse.

"Não foi nada", disse Stiepán, e desligou.

A confiança de Stiepán em mim, embora irônica, me levou de novo para a cozinha. Minha avó estava sentada e agora se preparava para me assistir derrotar o entupimento.

Algumas vezes quando ia debaixo da pia pegar um pano para limpar o chão eu já havia reparado que tinha um aparato lá no fundo que parecia um fio grosso e enrolado, que achei que poderia ser algum tipo de equipamento da pia. Eu o peguei. Era um fio de aço enrolado, com uma espécie de mola rotativa. Este era o desentupidor de cano: bastava enfiá-lo na pia e girá-lo até que batesse no que estava entupindo. Mas o ralo da pia da cozinha estava coberto por uma grade de metal soldada no fundo — eu não conseguiria passar com o troço por lá. Havia outra maneira de enfiar? Me meti, de novo, embaixo da pia. A água era drenada para a parede por meio de sifões de plástico conectados. Havia um tubo que descia direto da pia, e se conectava a outro em forma de U, que por sua vez se conectava a um tubo que passava por dentro da parede. Três tubos ao todo. Mas por que faziam a água passar por um U — isto é, para baixo e depois para cima novamente — antes de entrar na parede? Talvez fosse esse o problema, o U estava bloqueado. Pelo menos parecia que o U ia se soltar; estava conectado a outros dois tubos com porcas de acoplamento redondas. Testei-as. Frouxas para a esquerda, elas giraram. Soltei uma porca e o segmento em forma de U se desprendeu ligeiramente do tubo que entrava na parede. Então, desparafusei a outra porca — e assim o tubo em forma de U saiu! De repente, jorrou em mim uma cascata de água vinda do tubo da pia — dei um pulo para trás para sair dali e derramei a água do tubo em forma de U. A água era nojenta, salobra. Peguei o tubo em forma de U e o joguei no banheiro. Logo voltei e comecei a juntar panos para limpar tudo.

Minha avó estava perplexa. "Que horror!", ela disse. "Isto é terrível. O que vamos fazer? Estamos acabados. Estamos acabados?"

Tentei não perder a calma. Afinal, minha avó não estava errada. Eu estava todo sujo e acabara de desmontar a pia sem ter em mente nenhum plano de ação. Eu não sabia nada sobre encanamento. Não sabia nada de nada do mundo físico! Eu morava em um apartamento, mas como tinham construído esse apartamento? Que materiais havia nele? Como ele nos isolava do frio? E como nos aquecia? E a água? E para onde ia a água da pia depois que ela passava por aqueles tubos de plástico?

"Andriuch", disse minha avó, "devemos cancelar a festa?"

Eu olhei para ela, que estava preocupada. Havia parado de se arrumar para ficar em casa e praticamente só vestia seu robe rosa gasto. Mas ela ainda queria dar a festa, dava para perceber. "Estamos bem", menti. "Eu sei o que estou fazendo. Me dê uma hora, o.k.? Se eu não consertar isso em uma hora, podemos cancelar a festa."

Minha avó concordou e foi se deitar no quarto. Voltei para a pia.

Eu vinha lendo Marx — um homem que tentava examinar cada mínimo detalhe socioeconômico a fim de descobrir as leis por meio das quais a sociedade capitalista funcionava. Mas será que havia um Marx do mundo físico? Havia, na verdade: Newton. No século XVII, Newton descobriu as leis básicas do movimento: inércia, gravidade, toda ação tem uma reação igual e oposta. Se antes as pessoas simplesmente viam as coisas caírem, agora elas poderiam entender *por que* caíam. Na verdade, Newton não era bem o Marx do mundo físico, Marx é que estava tentando ser o Newton do mundo social. Ele foi bem-sucedido? Talvez não. As leis da economia eram mais complicadas do que as leis do movimento.

Pensei em ligar para Iulia e perguntar se ela sabia alguma coisa sobre pias, mas logo me dei conta de que não saberia. E Serguei provavelmente estaria dando aula em algum lugar. Não que ele fosse saber muita coisa sobre pias. Da turma do Outubro, Nikolai era quem tinha mais chance de saber sobre pias, mas ligar para ele agora seria fazer uma promessa implícita de ajudá-lo novamente em sua datcha ridícula; e além disso eu não havia convidado ele para a festa. Então enxuguei minhas mãos em uma toalha e disquei o seu número. Ele não atendeu. Voltei para a pia.

A coisa mais simples seria que o U estivesse entupido. Eu tinha entornado a água dele, mas isso não queria dizer que não houvesse um entupimento ali. Olhei para dentro e vi escuridão. Coloquei o U na banheira e despejei nele um pouco de água da torneira de baixo — a água entrou no U e rapidamente começou a sair pelo outro lado. O U não estava entupido.

Voltei para a cozinha e lá estava minha avó folheando sua pequena lista telefônica. "Andriuch", ela disse, "temos que ligar para todos e dizer que não venham."

"Por quê?", perguntei.

"Bem, olhe!", ela disse, apontando para a pia.

A área ao redor da pia estava um horror — trapos imundos encharcados de água, uma desordem de produtos de limpeza e sacos plásticos velhos, as portinhas vermelhas embaixo da pia abertas revelando que alguém tinha despedaçado os tubos. Dava para entender por que minha avó achava que não estávamos prontos para receber convidados.

"Você disse que me daria uma hora. Só se passaram vinte minutos. Eu posso consertar isso."

Eu a enxotei de volta para o quarto. Depois coloquei nossa panela mais funda debaixo da pia, verti um pouco de água em um copo e comecei a despejá-la no ralo. A água não demorou a aparecer do outro lado do tubo e cair na minha panela.

Portanto, não havia nada de errado com a pia ou o tubo, e não havia nada de errado com o tubo em U.

Com isso, sobrou o tubo enterrado na parede. Peguei meu copo com água e virei um pouco no tubo. Entrou, mas eu não consegui ver o outro lado. O outro lado dava em... eu não fazia ideia onde. No lado de fora? Embaixo do apartamento?

Quero dizer, ambos. A resposta tinha que ser as duas coisas. Os tubos deveriam passar por dentro das paredes e do piso, conectando-se, por fim, a uma tubulação maior debaixo da rua. Essa era a única possibilidade. E os canos sob as ruas iam para... eu não sabia. Isso estava acima da minha alçada. Para o rio? Não importava. Eu só tinha que desobstruir este entupimento.

Enfiei o cabo desentupidor no tubo da parede e comecei a girar a manivela. No começo não houve resistência e depois houve um pouco, mas continuei girando a manivela e o fio foi mais fundo. Eu havia limpado a obstrução? Ou teriam sido partes curvas do tubo? Suspeitei das curvas e segui em frente. Fiquei chocado com o comprimento do fio — não havia maneira de saber o quão rápido eu o desenrolava e, é claro, não pude medir, mas devia ter se estendido por mais de cinco metros. E então bateu em algo que o paralisou, algum tipo de parede ou uma pedra. A princípio achei que era isso: o fim do tubo. Se esse era o fim do tubo e eu ainda não havia encontrado o entupimento, então estava diante de um mistério. Ou então eu havia desentupido sem perceber — isso demonstra o quão forte era o cabo de aço. Comecei a retirá-lo, eu teria que colocar os tubos de volta no lugar e testar a pia outra vez.

No entanto, o que significaria um tubo terminar? Parei de puxar o cabo. O tubo não podia terminar. Se terminasse, para onde iria a água? Não, nosso tubo deveria passar para um tubo maior, que acabaria virando um tubo ainda maior, que chegaria na rua, como eu disse. Só assim essa coisa poderia ter continuado.

Se o cabo desentupidor tivesse entrado em um tubo maior, por que teria travado? Não. Voltei a desenrolar o cabo naquela direção, para a frente, até que ele chegou na pedra. Desta vez, continuei. Se houvesse uma pedra no tubo, eu precisava tirá-la do caminho. E ao empurrar o fio, eu senti, ou pensei ter sentido, a pedra se mexer. Eu também poderia estar contorcendo o fio sem resultado. Ainda assim parecia que algo estava acontecendo.

Continuei girando a manivela e agora estava convencido, embora às vezes parecesse imóvel, de que aquilo não era uma pedra, mas um entupimento. O meu entupimento. Um amontoado de cabelo, *kacha*, xampu, legumes e verduras. Enquanto eu pressionava, imaginei como seria o amontoado de cabelo e *kacha*. Fiquei espantado com o fato de que um pouco de água tivesse conseguido transpassá-lo, mas a água tem seus caminhos e, além disso, na verdade, a questão é que ela havia parado de transpassar. Era por isso que eu estava ali.

De repente pareceu que meu entupimento havia caído no espaço e meu fio de aço estava livre. Girei a manivela mais algumas vezes, mas foi desnecessário. O entupimento tinha ido embora! Eu sabia que tinha ido. Entupimento filho da puta! Eu queria ter podido ver a cara dele quando caiu no tubo maior, para ser levado para um rio e, finalmente, para o oceano. Ou o que for. Vá se foder, seu entupimento! Só lamento não ter olhado para a sua cara feia.

Recoloquei os tubos debaixo da pia, abri a torneira e observei a água escorrer. Nunca fiquei tão impressionado; o simples escoamento da água na pia nunca tinha me parecido tão elegante.

"Babuchka!", gritei. Minha avó estava em seu quarto e, quando entrei para buscá-la, ela estava à janela olhando para o pátio. "Babuchka, quero mostrar uma coisa." Eu a levei de volta para a cozinha.

"Meu Deus!", ela resmungou ao ver a bagunça no chão, que eu ainda não tinha arrumado.

"Não, olhe só", eu disse, e abri a torneira. A água drenou perfeitamente.

Eu estava preocupado de que ela tivesse se esquecido de tudo e fosse perguntar o que eu estava mostrando a ela, mas não. "Você consertou?", ela disse.

Eu confirmei.

"Eu sabia que você ia conseguir", disse, e voltou para o quarto.

Um pouco depois, meu telefone tocou. Era Nikolai.

"E aí?", ele perguntou.

"Ah, nada. Queria fazer uma consulta sobre um problema de encanamento. Mas já consertei."

"Você consertou o encanamento?"

"Sim."

"Muito bem", disse Nikolai. Houve uma pausa. Senti que ele sabia que haveria uma festa e que eu não o tinha convidado. Então o convidei.

"Será um prazer", Nikolai respondeu.

Logo Serafima Mikháilovna chegou e preparou um banquete monumental. Depois os convidados começaram a chegar. Emma Abramovna veio, com sua cuidadora; e os soldados, além da namorada de Howard, tão simpática e bonita; e os outubristas. Meus parceiros de linha Anton e Oleg representaram os caras do hóquei; eu não tinha percebido o quão grandes eles eram até ocuparem o apartamento da minha avó. A festa teve seus momentos delicados. Micha pressionou Oleg a responder com que ele trabalhava e, quando Oleg disse que ele era corretor imobiliário, Micha perguntou se isso significava que ele chupava até o tutano da vida da cidade. "Isso mesmo", disse Oleg, feliz.

Micha ficou perturbado com a amoralidade de Oleg, e então apenas ergueu o copo para ele: "Você é meu inimigo e sabe disso". Depois disso, eles se entenderam super bem. Havia muito álcool na festa, e muita comida. Eu não tinha me dado conta antes, mas Anton e Kátia eram solteiros, e no final da noite ele pediu o telefone dela.

Para o jantar, arrumamos tudo no quarto dos fundos e pusemos minha avó em um lugar de onde ela não conseguiria se levantar para tentar buscar coisas para as pessoas. Ela aceitou. Eu temi que ela começasse a insinuar algo sobre a datcha para Emma Abramovna, e que todos vissem como sua amiga mais antiga a evitava, mas ela não tocou no assunto. De tempos em tempos, ela perguntava, quando havia um momento de silêncio: "De quem é essa festa?". No início foi preocupante, mas depois quase dava a impressão de que ela estava de brincadeira conosco.

"A festa é sua!", dizíamos, e ela respondia: "Minha festa?", e nós confirmávamos. "Tudo bem", ela concordava. Ela ficou conosco até os convidados irem embora, quase à meia-noite, e então declarou, enquanto observava Iulia e eu terminando a limpeza, que nunca mais receberíamos convidados, era cansativo demais. Mas ela afirmou isso de um jeito triunfante.

3.
Consigo uma entrevista

Então, em meados de maio, duas semanas após a festa da minha avó, recebi uma notícia incrível. A *Slavic Review* aceitara meu artigo sobre o programa de reeducação radical de Serguei. Enviei uma breve nota sobre isso ao comitê de contratação do Watson College. A copresidente do comitê (junto com meu antigo quase empregador Richard Sutherland), uma professora alemã do Watson chamada Constanza Kotz, respondeu prontamente que era uma boa notícia e perguntou se eu poderia enviar o artigo. Fiz isso. A professora Kotz voltou a me escrever dizendo que o comitê gostaria de me incluir na pré-seleção de candidatos e perguntou se eu poderia informar datas em que estaria disponível para uma visita ao campus para uma entrevista. Caso eu não pudesse comparecer pessoalmente, Kotz sugeriu que fizéssemos por Skype. Ela acrescentou, em uma mensagem particular, que o comitê havia ficado impressionado com meu compromisso com o ensino e minhas contribuições anteriores para o Watson College, mas se preocupava com minha falta de publicações. Eles ainda tinham essa preocupação, mas agora um pouco menos, tendo em conta o aceite da *Slavic Review*, e estavam na expectativa de nosso encontro, quer fosse pessoalmente, quer fosse por Skype.

Eu estava à janela quando recebi o e-mail e dei um pulo da cadeira — era mais fácil fazer isso da posição em que eu estava, montado com uma perna para cada lado, do que sentado normalmente — e cerrei meu punho como se tivesse acabado de obter uma grande vitória. De algum modo era verdade. Eu devia tudo a Serguei e ao Outubro. Não teríamos hóquei naquela noite, mas teríamos na noite seguinte, e eu mal podia esperar para agradecê-lo pessoalmente.

Mas antes estive com Iulia, e ela não reagiu da mesma forma que eu.

"Então você usou o Serguei e todos nós para conseguir uma entrevista de emprego nos Estados Unidos", ela disse.

"O quê?"

Estávamos na cozinha dela. Iulia tinha feito cachorro-quente, que eu estava comendo com pão de centeio e uma cerveja quando lhe contei da entrevista. A cozinha tinha espaço suficiente para uma pequena mesa com tampo de alumínio, e tinha uma porta que dava para a varanda.

"Você converteu nosso trabalho em capital cultural", disse Iulia. "Foi ou não foi?"

Seu rosto ficou rígido e, ao falar isso, não olhou para mim.

"Bem, foi, sim, suponho, mas isso é o que eu faço, é o que fazemos, escrevemos sobre as coisas", respondi. "É errado escrever sobre as coisas? Karl Marx escrevia sobre as coisas."

Eu ainda estava feliz comendo, sem entender bem o quão irritada Iulia estava.

"Marx escreveu para que pudesse transformar o mundo", ela disse. "Você escreveu para conseguir um emprego em uma faculdade com um gramado bonito."

"Quem disse que tem um gramado bonito?"

"Eu vi na internet."

O campus tinha um pátio pequeno e antiquado, mas essa não era sua principal característica. "Também fica ao lado de uma penitenciária federal!", completei.

"Ótimo", disse Iulia, "você poderá se sentir melhor dando aulas para prisioneiros."

Eu não tinha conhecido esse lado de Iulia antes, embora soubesse que estava lá. Eu tinha visto esse lado se direcionar à injustiça econômica, ao pai dela, a Chipalkin. Mas não a mim, até então. Apoiei meu garfo na mesa.

"Sabe", eu disse, "eu tinha pensado que vocês poderiam se

sentir assim. Quando comecei, pensei nisso. Mas desde então eu entrei para o Outubro. Já traduzi toneladas de artigos para um site que ainda não existe. Fui a todos os protestos. Neste momento, me parece injusto."

Iulia não disse nada.

"De qualquer forma", continuei, não consegui me conter, "não vou aceitar o emprego."

"Não, você deve aceitar. Seria loucura não aceitar."

"Se eu conseguir, você vem comigo?"

"Eu já disse que não."

"Então eu não vou aceitar."

"Você tem que aceitar. É um bom trabalho, você mesmo disse."

Havíamos discutido sobre o trabalho algumas vezes, principalmente no contexto em que eu dizia que o mais provável era que nunca conseguisse.

"Não é bom o bastante."

"Não?"

"Não se você não vier."

"O.k., quer saber, não vá fazer nada heroico, está bem? Vamos ver se você consegue o emprego. Depois podemos ter essa conversa."

Eu disse que tudo bem e de fato estava tudo bem — não havia razão para brigarmos por algo que poderia nem acontecer. Ao mesmo tempo, eu estava magoado.

"Você realmente acha isso?", eu perguntei mais tarde, naquela noite.

"Acho o quê?"

"Que estou apenas usando você e o Serguei para progredir na carreira acadêmica?"

"Eu não sei", disse Iulia. "Me diga você."

Essa resposta me deixou furioso. Saí da cama e vesti meu jeans. Eu ia embora.

"Aonde você vai?", Iulia perguntou. "Kátia só vai voltar de manhã." Ela e Anton foram passar o fim de semana em Suzdal.

"Estou indo para casa", eu disse. "O metrô vai fechar já, já, e quero estar lá quando minha avó acordar. Ou você acha que estou usando minha avó também?"

Iulia encolheu os ombros. Vi em seu rosto a mesma expressão do dia em que ela me contou que Chipalkin tinha sido solto. Era um olhar que expressava grande decepção e repugnância pela fraqueza humana, e especialmente pela fraqueza humana masculina. As mulheres padeciam muito, muito mais do que os homens, mas ainda assim, de alguma forma, suportavam isso. Por que nós não conseguíamos? Éramos tão covardes? Isso é o que aquele olhar dizia. E obviamente, falando com franqueza, ela estava certa. Mas naquele momento achei que era injusto me olhar daquele jeito.

Saí sem falar mais nada, e ela me deixou ir. Ela me ligou enquanto eu estava no metrô, e eu ignorei. Ela me ligou de novo quando cheguei em casa e dessa vez atendi.

"Andriuchik", ela disse quando peguei o telefone. Estava chorando. "Desculpa. Não sei por que reagi dessa forma. Quer dizer, eu sei. Eu não quero que você me deixe. Eu não quero que você vá para os Estados Unidos. Mas eu não estava sendo justa. Se você conseguir o emprego, deve aceitar."

"Não vou conseguir o emprego", eu disse. "Mas se eu conseguir, vem comigo?"

"Eu não posso!", ela disse, chorando ainda mais. "Eu não posso abandonar minha mãe. Você não entende isso?"

Pensei na minha avó, que também não tinha ninguém.

Algo no choro de Iulia — eu nunca a tinha visto ou ouvido chorar — era contagiante. Comecei a chorar também.

"Iul", eu disse, "eu te amo."

"Eu também te amo", ela disse.

"Vamos pensar em uma saída", eu disse.

Ela soluçou. "Você promete?"

Essa cena foi realmente patética. Havia lágrimas e muco no meu celular. E como eu poderia prometer alguma coisa? Eu não tinha dinheiro, morava com minha avó e a melhor coisa que eu poderia escolher agora — uma entrevista por Skype com o comitê de seleção de Watson — era também, como foi ficando evidente, a pior. Mesmo assim, achei que pensaríamos em uma saída. Achei que eu fosse pensar em uma saída. "Eu prometo", eu disse.

"Você quer que eu vá aí?", disse Iulia.

"Agora?", perguntei.

"Posso chamar um táxi. Vai ser barato."

"Tudo bem", eu disse. "Ligue quando estiver chegando e eu desço."

Ela dormiu aqui nessa noite e, de manhã, nós três tomamos café da manhã.

"Iulia", minha avó dizia, e se esquecia do que ia dizer. "Iulia. Que lindo nome."

Eu também achava.

Então, depois de tanto esperar e argumentar, botei a perder a entrevista. Talvez eu não devesse ter feito por Skype, mas eu não tinha setecentos dólares dando sopa para pegar um avião. E, fosse como fosse, a conexão no parapeito da janela estava boa. Não foi esse o problema.

O problema era eu. Eu tinha passado tantos anos me preocupando por talvez nunca vir a ter essa oportunidade, que estava uma pilha de nervos. Eu não parava de interromper os gentis professores que me faziam perguntas simples, e depois eu interrompia a mim mesmo. O pior momento da entrevista se deu quando me perguntaram como eu tentaria evitar o declínio das matrículas nos cursos de literatura russa, e comecei a dar uma palestra, na qual não acreditava, sobre a relevância de certos escritores russos para a cultura pop. Cheguei a dizer algo como "Púchkin era do estilo do Tupac". Houve uma pausa. "Sabe, porque ele levou um tiro."

O comitê de seleção ficou consternado, enquanto tentava decidir se eu estava brincando — eu gostaria que estivesse — e então, naquele exato momento, minha avó entrou na cozinha com seu roupão de banho. Eu me virei, ela acenou. Voltei a olhar para a tela, me perguntando se as pessoas do norte do estado de Nova York a tinham visto. Pela expressão no rosto delas, percebi que sim.

"Essa é minha avó", murmurei.

"Andrew, muito obrigado por dedicar seu tempo para isto", Sutherland murmurou. "Sabemos que está tarde aí."

Eu assenti.

"Manteremos contato", ele disse, e eu o vi se aproximando da tela de uma forma estranhamente ameaçadora. O Watson College desapareceu e em seguida eu estava olhando para o grande ícone vazio do Skype.

Duas semanas depois, ao verificar o site de empregos eslavo, vi o nome Alex Fishman. Vi o nome antes de ver o resto, eu estava lendo da direita para a esquerda. Ele havia aceitado uma proposta do Watson College.

Às vezes sabemos que algo ruim vai acontecer, mas isso não ajuda; na verdade, é como se você tivesse que experimentar aquilo duas vezes. Entrei no Facebook. Mesmo depois de nossa explosão no jantar, eu não tive coragem de excluir Fishman da minha lista de amigos — parecia desnecessário, ele sabia o que eu achava dele — mas fiz questão de ignorar suas postagens. Ainda assim, quando vi uma grande foto de Fishman sorridente fazendo um sinal de gangue, ao lado do nome de uma faculdade onde eu tivera esperança de lecionar, não pude deixar de ler sua atualização de status. Dizia: "Estou sendo transferido para o norte do estado! (Para ensinar literatura no Watson College!)".

Fiquei me perguntando se poderia fazer algum comentário que de algum modo ferisse a impressionante autoestima de Fishman. Ele sabia o quão ridículo era fazer sinal de gangue? Ele sabia que fazia um frio congelante em Watson durante o inverno? Não consegui pensar em nada que não fosse revelar também o quão patético e ciumento eu me sentia.

Naquele momento, pela primeira vez, tive de enfrentar a perspectiva de nunca conseguir um emprego. Por que pela primeira vez? Não sei. Sempre achei que de alguma forma conseguiria superar isso, mesmo em face das crescentes evidências de que não o faria. Algo estava para acontecer, minha sorte ia mudar, eu finalmente conseguiria. Agora, parecia que não.

E talvez estivesse tudo bem. Eu poderia ficar na Rússia. Iulia e eu poderíamos morar juntos. Ou Iulia poderia morar comigo e minha avó. Ou... eu provavelmente teria permissão para manter minhas aulas no PMOCC no próximo ano. Então, eu teria alguma renda. Iulia também tinha alguma renda. Eu ainda não tinha falado sobre isso com ela, mas agora decidi que falaria.

4.
Decido confrontar Emma Abramovna

E depois resolvi adiar. Não que eu tivesse dúvidas sobre Iulia. Eu não tinha. Eu tinha dúvidas sobre mim mesmo. Por que eu continuava em Moscou... por quê? Porque não consegui um emprego nos Estados Unidos e porque queria frustrar o plano maligno de Dima de vender o apartamento de nossa avó. E... e o que mais? Aquilo parecia puramente negativo, reativo, como a política externa russa. Era como se eu tivesse perdido e fracassado em meu caminho para a vida de Iulia. Por acaso essa era uma boa base sobre a qual construir um futuro?

Meu visto de um ano expirava em meados de agosto, então, de uma forma ou de outra, eu teria que sair do país e conseguir outro visto. Provavelmente, isso significaria voltar para Nova York. E se eu fosse voltar para Nova York, faria sentido passar um mês e ver se arranjava algum trabalho. Em todo caso, no momento eu estava pensando no verão.

Era quase junho e minha avó ainda não havia discutido seus sonhos de ir à datcha com Emma Abramovna. Ou melhor, ela os insinuara inúmeras vezes, mas Emma Abramovna não havia assimilado as insinuações. Finalmente, decidi que iria à casa dela perguntar.

Emma Abramovna era uma pessoa intimidadora. Ela havia escapado de Hitler, fora exilada na Sibéria como cidadã polonesa e manteve sua beleza glamourosa, que atraíra muita atenção masculina indesejada, inclusive, em certo momento, da NKVD. Mesmo na geração da minha avó e do tio Liev, ela se destacou. Em suma, quando me sentei em uma poltrona diante dela, ela meio deitada no sofá com um cobertor estendido no colo, eu estava sentado diante de alguém que ainda era bastante formidável, independentemente da sua idade e condição.

"Então, o que você tem feito em Moscou?", ela perguntou.

Contei sobre meu trabalho para o Outubro e sobre nosso site que seria lançado em breve.

"Eles são, o que, comunistas?", ela perguntou.

"Socialistas", eu disse.

"Idiotas!", ela disse. "Já se tentou o socialismo neste país. Eu vivi isso. E posso dizer que a única coisa pior é o fascismo."

"Eles estão propondo algo diferente", respondi.

"Todos eles propõem algo diferente e, no final, é a mesma coisa. Veja a China, Cuba, o Camboja... onde quer que você vá no mundo socialista, eles fazem campos e, às vezes, coisas piores. Não, obrigada."

Ela começou a me contar a história de como foi expulsa do Partido em 1948 por se recusar a questionar a lealdade dos cidadãos judeus que apoiavam Israel. (Stálin estava convencido de que, com a criação de Israel, os judeus se tornariam uma quinta coluna dentro da União Soviética.) Eu já tinha ouvido essa história antes. Mas ouvi de novo.

"Este grupo é antistalinista", eu disse, quando ela terminou.

"Bem, graças a Deus, pelo menos isso!". Emma Abramovna não estava disposta a escutar meus desaforos sobre o socialismo.

Por fim, entrei no assunto que me levou até lá. "Emma Abramovna", comecei, "como você sabe, Baba Seva perdeu sua datcha nos anos noventa. Todo verão ela fica muito triste por não ter para onde ir."

"Eu sei", disse Emma Abramovna. "Ela me fala sobre isso."

"Bem, e eu estava pensando. Será que ela poderia ficar um pouco com você em Peredelkino? Isso tornaria o verão dela muito melhor."

"Não acho que seja uma boa ideia", Emma Abramovna se apressou em responder. Ela não pareceu nem um pouco surpresa com a sugestão. Aparentemente, não estava alheia às insinuações da minha avó. Apenas escolhera ignorá-las.

Eu, no entanto, fiquei surpreso. "Tem certeza?", eu disse. Eu sabia que a vida social de Emma Abramovna era um pouco mais variada do que a da minha avó, mas não parecia ser uma festa o tempo todo. Ela poderia encaixar a minha avó, eu achava. "Por que não?", eu quis saber.

"Bória e Arcadi e suas famílias farão muitas visitas", Emma Abramovna respondeu. "Na verdade não há muito espaço."

"Nem por uma semana você teria espaço?", eu disse, implorando agora. "Você é a melhor amiga dela!"

"Bem", disse Emma Abramovna, enrijecendo a boca de um jeito que não era o dela, mas em seguida sendo brutal e totalmente honesta, de um jeito que era o dela: "ela não é a minha".

E foi isso. Fiquei em silêncio, e então Emma Abramovna sugeriu que mudássemos de assunto, e sua ajudante, Vália, trouxe chá e biscoitos, que eu engoli o mais rápido que pude, e depois me despedi com o máximo de educação que pude. Mas eu estava com o coração partido. Foi como se tivessem fechado uma porta na vida da minha avó, e ela nem soubesse disso.

Voltando para casa, liguei para Iulia para contar a novidade.

"Isso é muito triste", ela comentou.

"É", eu disse. "*Starost 'ne radost'*. Conhece mais alguém que tenha uma datcha?"

"Minha mãe vai para uma casa de saúde fora de Kiev durante o verão. Você acha que sua avó gostaria de um lugar assim?"

"Talvez, mas não acho que ela iria gostar da viagem a Kiev. Na verdade, tenho certeza de que se recusaria a aceitar."

"Entendi. Bem, talvez Kólia termine sua datcha a tempo."

Ela disse isso meio de brincadeira, mas a ideia não foi das piores.

"Isso não tinha me ocorrido", eu disse.

"É claro que, mesmo se ele terminar, lá não haverá muito o que ver", disse Iulia. "Nem um lugar para nadar."

"Minha avó não é uma grande nadadora hoje em dia. Você acha que podemos perguntar a ele?"

"Não vejo por que não. Ele pode negar, se quiser. Nós o ajudamos a construir o troço."

Desliguei o telefone enquanto descia para a passagem subterrânea na praça Púchkin. Andei o tempo todo com o telefone na mão. Estava claro e cheio de gente, algumas pessoas corriam para casa, outras ficavam paradas por muito tempo em frente a um dos tantos quiosques. Havia shoppings chiques por toda Moscou agora, mas era mais fácil, conveniente e barato comprar coisas em uma passagem subterrânea. Alguns anos antes, um terrorista checheno tinha detonado uma bomba nesta passagem, matando uma dúzia de pessoas. Por um tempo as pessoas a evitaram, mas depois voltaram a frequentá-la. O que poderiam fazer? Era o centro da cidade. Senti uma onda de solidariedade por todas as pessoas que não se importavam se a Chechênia era independente, se seguia o islamismo ou não, mas que ainda assim, quando passavam pela passagem subterrânea da praça Púchkin, tinham que se preocupar se alguém poderia decidir explodir todos eles. Passei por uma barraca de tortas onde às vezes eu comprava uma bela torta de damasco por trinta rublos. Lamentei ter comido tantos biscoitos na casa de Emma Abramovna e estar com a barriga cheia para comer uma agora.

Eu saí bem ao lado de Púchkin. Com suas costeletas e sua cartola, ele se destacava, verde e com quase quatro metros de altura, sobre a praça. Por que tão grande? O Púchkin real era bem baixinho. Mas era um gênio. Bisneto de um escravo africano trazido à Rússia para entreter a corte do tsar, aos dezoito anos ele estava fazendo poemas notoriamente superiores a quaisquer outros escritos em russo até então. Na época, praticamente não existia linguagem literária russa; a maioria dos russos instruídos escrevia em francês, somente os muito ricos eram instruídos e a literatura produzida trazia as marcas desse duplo afastamento da vida real na Rússia. Púchkin conseguiu mudar isso. Sua poesia era primorosa *e* se assemelhava à Rússia; mesmo agora, duzentos anos depois, é absolutamente clara e compreensível. Seu talento acabou sendo excessivo. O tsar, pessoalmente, censurou seu trabalho. Ele estava rodeado de intrigas; um jovem oficial francês que flertava com sua esposa o matou em um duelo antes de ele completar quarenta anos.

Liguei para Nikolai e ele logo atendeu. "Olha", eu disse, "eu queria levar minha avó para fora da cidade por uma semana, em algum momento no verão, e não me ocorreu nada que pudesse dar certo, então fiquei me perguntando: você acha que poderíamos usar a sua datcha por uma semana?"

"É claro!", ele disse. "Seria uma honra oferecer abrigo para uma mulher que teve sua datcha tomada por capitalistas inescrupulosos." Houve uma pausa. "Mas para o lugar ficar pronto para o verão, vou precisar de ajuda."

Então, por vários fins de semana seguidos, fiz a longa viagem até lá, pintei, lixei e ajudei os pedreiros uzbeques a descarregar seus pequenos caminhões e a preparar o banheiro e a cozinha. Combinamos que eu poderia ficar com a datcha por uma semana em meados de julho.

Enquanto isso, minha avó foi ficando cada vez mais desanimada. Seu físico estava encolhendo, mas sua personalidade também. Havia cada vez menos de si dentro dela. Cada vez mais ela se tornava o que fora quando menina: a filha obediente de uma mãe dominadora. Eu tinha intuído que ela tinha sido assim pelas histórias de sua infância; agora eu via essa mesma pessoa diante de mim, disfarçada de nonagenária com uma bengala.

O semestre mais uma vez chegava à reta final e isso significava trabalhos finais e dezenas, quando não centenas, de e--mails nos quais os alunos pediam esclarecimentos sobre o que o trabalho final requeria, sobre o que exatamente eu estava buscando, e será que eu poderia enviar algumas amostras de bons trabalhos que eles pudessem imitar? Eu conseguia fazer boa parte disso do peitoril da janela, e minha avó estava interrompendo menos. Acho que o fato de eu estar visivelmente diante dela, no meu computador, deixava-a segura de que eu estava por perto e também convencida de que eu fazia algo, e deveria ser deixado em paz.

À noite, ela ainda gostava de assistir aos nossos filmes soviéticos. Às vezes, Iulia, que continuava sendo nossa principal fonte de dicas do que assistir, se juntava a nós. Outras vezes, eu a encontrava depois. Ela agora dormia bastante lá em casa, e esse arranjo parecia agradar minha avó. Era como se ela estivesse criando uma nova família.

Mas nas derradeiras horas da tarde, depois do almoço, ela falava em suicídio. "Sabe", ela disse um dia, tomando chá, "pedi a uma das farmacêuticas que me desse veneno. Eu até dei o dinheiro a ela. Mas agora ela não me atende."

"O quê? Quem?"

"A farmacêutica."

"Onde?"

"Lá." Ela apontou para fora.

"Que tipo de veneno?", perguntei.

"Pedi algo que fosse me matar. Ela disse que tinha algo assim."

Eu não sabia confirmar se isso tinha realmente acontecido. Imaginei-me aparecendo na farmácia e exigindo que me dissessem, por trás do vidro, se prometeram envenenar minha avó.

"Em um dos países europeus há um lugar para onde você pode ir", minha avó continuou falando, "uma casa, você pode ir para essa casa e, se você quiser morrer, eles vão te ajudar."

Ela estava falando sobre suicídio assistido por médicos, eutanásia. Era praticado na Holanda. Talvez ela tivesse visto uma reportagem sobre isso no noticiário.

"Não é bom?", ela continuou. "Quem quiser ir, pode ir."

Eu não discutia mais essas coisas com ela. Concordei que era bom. Infelizmente, indiquei, isso não era possível aqui.

"Não", minha avó concordou. "Não é."

Minha avó sonhava em se matar. O médico disse que não havia forma segura de ela tomar antidepressivos, então tentei lhe dar um pouco de chá de erva-de-são-joão. Mas ela reagiu mal: ficou hiperativa e paranoica. Acordou várias vezes no meio da noite dizendo que achava que estava ouvindo barulhos lá fora. Eu tinha que ficar no quarto com ela, na poltrona ao lado da cama, enquanto ela dormia. Joguei fora a erva-de-são-joão. Ela continuou deprimida. Eu sentia como se ela estivesse me pedindo para matá-la, e eu não podia fazer isso.

Uma pessoa melhor teria feito isso. Melhor ou mais corajosa. Comecei a achar que talvez eu não fosse essa pessoa melhor ou mais corajosa. Eu me tornei uma pessoa um pouco melhor aqui. Parei de olhar tanto o Facebook; tinha ficado menos amargurado de ciúme de todos os meus colegas de classe. Eu era legal com a Iulia e, além de me recusar a sufocar minha avó com um travesseiro, eu era um bom amigo para ela. Mas, em comparação com a pessoa muito melhor que eu esperava me tornar, isso não significava nada. E eu sempre poderia voltar a ser a pessoa que era antes. Na verdade, para isso bastava que eu retornasse aos Estados Unidos.

Eu até comecei a ter dúvidas sobre Iulia. Não queria tê-las, mas eu tinha. Ela também estava um pouco deprimida. E extremamente sensível. Eu não tinha certeza se poderia lidar com a presença constante de alguém tão moralmente rigorosa. Eu não tinha certeza se poderia viver de acordo com isso. Na verdade, eu tinha certeza de que não poderia.

Indo direto ao assunto, eu seria capaz de ficar em Moscou para sempre? Por um lado, isso era atraente. Eu não me importava tanto com um bom café. E eu gostava da comida. Mas a labuta diária era outra história. Fazer qualquer coisa — afiar meus patins, pegar um livro na biblioteca, ir de um lado da cidade para o outro... era uma trabalheira inacreditável. O que em Nova York demorava vinte minutos, aqui levava uma hora. O que em Nova York demorava uma hora, aqui levava quase o dia inteiro. Isso me exauria. Os rostos carrancudos das pessoas causavam exaustão. As mentiras na televisão, depois de um tempo, também me exauriam.

Às vezes, à noite, quando ia para a cama, minha avó me pedia para ficar ali sentado enquanto ela lia. Deitava em sua pequena cama de solteiro, com os óculos no nariz, e segurava um maço de páginas que havia arrancado de um de seus livros, enquanto eu ficava na poltrona ao lado da cama lendo o que quer que fosse. Em algum momento ela adormecia, eu tirava seus óculos com cuidado, colocava o cobertor sobre ela e apagava a luz. Certa noite, naquela primavera, ela adormeceu e, por um instante, fiquei na cadeira me perguntando se deveria fazer aquilo. Minha avó estava com dor — não dor física, embora um pouco também, mas dor emocional. Ela estava entediada, se sentindo inútil, triste. Deitada com a boca aberta, os dentes para fora, minha avó, a mãe da minha mãe, roncava levemente. Havia um travesseiro sob os seus joelhos, que eu podia puxar sem acordá-la e depois pressionar contra o seu rosto — eu já havia tirado os óculos dela — e talvez se o fizesse com bastante cuidado ela nem fosse acordar. Isso é o que ela queria acima de tudo, não acordar! "Lieva simplesmente foi dormir uma noite" era algo que ela dizia muito sobre o tio Liev. "Ele simplesmente foi dormir e morreu." Mas é claro que ela acordaria se eu tentasse sufocá-la com um travesseiro. Eu a imaginei lutando contra mim por instinto, mesmo que sua mente quisesse que o fim chegasse. E, então, o que eu diria à polícia? Que ela me pediu para fazer isso? Visualizei o policial com cara de bebê com quem conversei quando minha avó havia desaparecido — será que ele seria compreensivo? Deveria tentar suborná-lo? Ou isso seria uma admissão implícita de culpa?

Não fazia diferença. Eu não ia fazer isso. Não tinha isso em mim. Uma pessoa melhor teria feito, eu acho. Aposto que Serguei teria feito isso. Ele me disse outro dia que finalmente estava se separando de sua esposa. "É a coisa mais difícil que já fiz", ele disse. "Mas é melhor assim." O problema dele é que não sabia mentir. E eu tinha a sensação de que se uma pessoa idosa, uma vovozinha sofrendo, tivesse pedido a ele que a matasse, ele o teria feito. Contudo, eu não era capaz.

Eu estava começando a me perguntar se havia prometido mais às pessoas ao meu redor do que poderia cumprir. Se eu tinha me apresentado como alguém melhor do que eu poderia ser. Eu não conseguia me livrar da eventual sensação de que tudo aquilo era demais para mim.

5.
Promessas

E ainda assim, ainda assim, ainda assim. Eu amava. Eu amava *kacha* e *kotletí*, amava a língua, amava os caras do hóquei e amava até algumas pessoas na rua. Amava andar pela Sretenka com meu equipamento de hóquei na mochila soviética, pegar o metrô e descer na estação seguinte, Prospekt Mira, e depois andar até o estádio, passando pelo McDonald's, a igreja ortodoxa, o mercado onde não conseguimos comprar chinelos para minha avó, e então até o rinque. Tarde da noite, a caminho de casa, amava de vez em quando comprar meio frango dos azerbaijanos. "Nosso amigo do hóquei!", eles sempre exclamavam, me cumprimentando. Nas noites em que ia ver Iulia, eu amava pegar um carro por três dólares — uma única nota de cem rublos, quem diria. Uma vez, saindo da casa dela, peguei um carro que foi pelo Anel de Jardins, às duas da manhã. O motorista tinha vinte e poucos anos, era de etnia indeterminada. Quando entrei no carro, ele tirou o celular do painel do rádio, para caso eu fosse policial ou algo assim, mas logo que me sentei ele o colocou lá de volta e, quando o carro acelerou no Anel de Jardins, vi que estava passando um filme — *300*, se não me engano, sobre a batalha espartana com os persas em 480 a.C. Passamos em disparada pelo Anel de Jardins, o motorista e eu, às vezes olhando para a pista, às vezes para os espartanos em chroma-key, resistindo ao exército de Xerxes.

Uma noite, no início de junho, Iulia decidiu fazer um jantar. Ela convidou o grupo de leitura marxista e duas amigas da pós-graduação, que não eram marxistas. No caminho, parei no mercado chique ao lado da KGB. Eles tinham uma seção enorme exclusiva para vodca. Esse era um estereótipo dos russos, já que quase todos preferiam cerveja na maior parte do tempo, mas também era verdade: além de cerveja, gostavam de vodca. Era uma questão geográfica. Fazia muito frio na Rússia para cultivar uvas; era seco demais para envelhecer uísques deliciosos em barris. Portanto, os russos, como os finlandeses, suecos e poloneses, tomavam bebidas alcóolicas incolores à base de trigo ou batata. Ou seja, eles bebiam vodca. No mercado chique ao lado da KGB, as vodcas da seção variavam entre absurdamente baratas e moderadamente baratas. O governo mantinha a taxação da vodca baixa porque sabia que, se a vodca ficasse cara demais, as pessoas passariam a prepará-la em suas banheiras e morreriam. Da mais barata à mais cara, as garrafas de vodca eram transparentes, e a luz da loja refratava-se nelas como em cristais; eu andei entre as gôndolas, escolhendo minha vodca, como se fosse o Super-Homem naquela câmara em Krypton, onde os líderes tribais se encontravam antes que seu planeta fosse destruído. Depois de escolher minha vodca, também peguei um arenque de alta qualidade. Tudo me custou quinze dólares. "Vai ter festa?", me perguntou a funcionária do caixa, de meia-idade e cabelo tingido de vermelho, enquanto examinava meus itens.

"Só um encontro de amigos", eu disse.

"*Bon appétit.*"

"Obrigado."

Saí da loja em estado de exaltação, praticamente. Nunca tivera uma interação tão agradável com uma pessoa russa no caixa, embora, nas últimas semanas, elas tivessem aumentado. Fiquei pensando que, talvez, quando cheguei, eles pudessem sentir cheiro de medo, preocupação e deslocamento em mim. Agora eu tinha trocado de pele. Eu era um emigrado. Eu tinha ido embora. Agora eu estava de volta. Na noite anterior, no hóquei, Oleg tinha saído da pista de gelo irritado depois de eu ter desperdiçado um passe do canto para ele — mas o fato é que eu tive que lutar contra dois caras da defesa do time branco e, além disso, Gricha estava pendurado nas minhas costas quando fiz o passe.

"Andrei", disse Oleg, "qual foi o problema com aquele passe?"

"Oleg, vá se foder!", eu gritei, perdendo o controle. "Pare de fazer essa cara de desânimo o tempo todo! Jogue hóquei! Se o disco não vier até você, vá buscar, seu preguiçoso de merda!"

Fiquei um pouco horrorizado com minha própria explosão, especialmente porque Oleg estava atravessando uma fase difícil — os caras que eram locatários dele, sobre os quais o resto do time alertou, pararam de pagar o aluguel e declararam que assumiriam o espaço como se fosse deles — mas depois que o xinguei, Oleg apenas riu.

"Antocha", ele disse, virando-se para Anton. "Você ouviu isso? Andrei agora está gritando como a gente!"

Fiquei muito orgulhoso. Outra vez, saindo do supermercado, decidi chamar um táxi — estava atrasado, as ruas estavam vazias e não havia um bom metrô de onde eu estava até a casa de Iulia. Peguei um táxi rapidamente e me sentei no banco da frente. O motorista era de algum lugar do Cáucaso (a maioria dos motoristas nessa época, embora dirigissem carros russos, não eram russos. Eram de países mais pobres ao sul da Rússia), e quando chegamos à praça Púchkin, ele virou para mim e disse: "De onde você é? Argentina?".

Era uma pergunta que me transtornava logo que cheguei. Mas dessa vez só respondi: "Eu sou daqui". O que era verdade. "Mas eu sou judeu."

"Ah é?", disse o taxista. "Eu também sou judeu. Já ouviu falar dos judeus da montanha da Geórgia?"

Eu nunca tinha ouvido falar.

"Estamos lá há milhares de anos", disse ele. E depois perguntou: "Você fala iídiche?".

"Não."

"Eu falo. Nos ensinaram lá, nas montanhas."

"Uau", eu disse, com sinceridade.

Eu estava de ótimo humor quando cheguei na casa da Iulia. Já passava das dez da noite, mas tudo bem. Os russos ficam até altas horas. Eles acham normal começar a jantar às dez. Principalmente agora que estava um pouco mais quente e o sol se punha mais tarde.

O jantar ainda não fora servido. As pessoas estavam na varanda, fumando e bebendo cerveja. Iulia estava usando seu lindo vestido de algodão branco com flores. Ela me deu um beijo de oi e me conduziu à varanda. Lá fora, Serguei estava falando sobre um novo braço do Outubro que havia começado em Saratov. "Os camaradas de Saratov", ele os chamava. Aparentemente, os camaradas de Saratov vinham do movimento antifa, que perdia parte de seu tempo se envolvendo em brigas de rua com neonazistas, e embora esse grupo tivesse decidido se tornar socialista, seus integrantes levaram certos costumes antigos para o Outubro. "Se não fosse pelas brigas com faca", resumiu Serguei, "os camaradas de Saratov seriam muito úteis." Depois de se separar da esposa, ele tinha voltado a morar com seus pais e parecia bastante feliz.

Iulia tinha ido para a cozinha depois de me levar para a varanda, e agora chamava todos para jantar.

Ela tinha o costume de compensar a falta de qualidade da sua comida com volume. Ela e suas colegas de quarto, entre as quais havia melhores cozinheiras, tinham feito batatas, *kotletí*, salada e até torta de repolho. Bebemos a vodca que eu levei — todos os outros levaram vinho ou cerveja — e fizemos vários brindes.

Em algum momento, as pessoas começaram a debater se cogitariam ir embora do país.

"Eu iria, eu acho", disse Micha. "Academicamente, há um limite do que posso realizar aqui. Se eu quiser fazer um trabalho sério, preciso ir para a Alemanha, Grã-Bretanha ou os Estados Unidos. Mas eu ia querer voltar em algum momento."

"Como Lênin", disse Boris.

Todo mundo riu. Esse parecia ser o consenso — as pessoas estavam dispostas a partir temporariamente, mas pretendiam, como Lênin, retornar. Esperei que Iulia dissesse algo — me perguntei se, neste contexto, ela teria uma posição diferente da que teve comigo. Mas ela permaneceu quieta.

"Eu não vou embora", disse Serguei. "Eu associo o meu destino ao destino deste país. Não importa o que aconteça."

"Mesmo se Pútin voltar?", Kátia perguntou. Ela quis dizer se ele voltasse à presidência. Havia uma sensação — que não era compartilhada pelos outubristas, mas Kátia não era do grupo — de que o governo de Medvedev era mais liberal, e que um retorno de Pútin poria fim a isso.

"Não importa o que aconteça", Serguei reiterou.

A mesa ficou em silêncio. Serguei disse isso de uma forma natural e direta, sem drama, e ainda assim o efeito sobre todos foi de que a ligação dele com a Rússia era inadequada.

"Eu sinto a mesma coisa", Iulia disse tranquilamente.

A mesa ficou em silêncio de novo, de um jeito ainda mais estranho agora. Senti que as pessoas olhavam para mim, como se naquele jantar Iulia estivesse terminando comigo. E, de certa forma, ela estava fazendo exatamente isso. Eu era dos Estados Unidos, no fim das contas. Se ela não ia sair da Rússia, isso significava que estávamos acabados.

A menos que.

"Tudo bem", eu disse, falando com ela (eu estava ao seu lado), mas também com todos à mesa. "Então eu também não vou embora."

Houve uma breve pausa e em seguida todos riram. Bebemos pela minha decisão de ficar. Iulia me deu um beijo na bochecha. "Não seja idiota", sussurrou para mim.

"Não quero ir a lugar nenhum sem você", eu disse.

Ela me deu mais um beijo.

E era isso que eu pretendia mesmo. Aqui estava o meu povo. Que se fodam os Estados Unidos. Eu ficaria.

6.
Verão

Aquele verão foi mágico. O clima estava cada vez mais quente, às vezes até quente demais, mas tudo bem — as pessoas andavam de shorts e chinelo e faziam tudo sem pressa. Eu adorava ir a pé para o hóquei no calor, me refrescar no gelo e depois reaparecer no verão. Depois do hóquei, Serguei me deixava na Trúbnaia, eu comprava uma Jigulovskoie e ia com minhas coisas de hóquei sentar em um dos bancos do bulevar para relaxar. O calor de Moscou era seco, como em Jerusalém. Ali sentado eu ficava pensando em como, de volta ao rinque de hóquei, o piloto de Zamboni,* na noite escura de Moscou, nivelava o gelo uma última vez para que no dia seguinte pudéssemos ter um tapete liso e novo. Às vezes, nessas noites, meu telefone tocava no bolso e era Iulia perguntando se eu queria vê-la. Eu sempre queria.

Agora que o clima estava muito melhor, passávamos mais tempo fora. Descobrimos que havia mais cidades dentro da cidade. A cidade que eu sempre vira era uma cidade europeia, velha e charmosa, desfigurada e sobrescrita pelo comunismo. E havia alguma verdade nisso. Mas, ao longo dos anos, muitos dos prédios que chamariam a atenção de um turista comum, antigas edificações em formas de *cupcake* e tons pastéis, foram reformadas de modo a parecerem novas, enquanto os prédios das primeiras escolas soviéticas, que incluíam obras-primas da arquitetura construtivista, tinham se deteriorado. Passear com

---

* Nome pelo qual é conhecido o nivelador de gelo, carrinho conduzido por alguém, que aplaina o gelo em rinques de patinação e/ou hóquei. Frank Zamboni foi o americano que inventou esse veículo, em 1949. [N. T.]

Iulia me dava uma ideia da grande tentativa de experimento utópico que fizeram aqui, do mesmo nível dos próprios edifícios, antes de serem abandonados e esquecidos.

Ela também me mostrou outra coisa, que não tinha exatamente a ver com o comunismo. A cidade que eu conhecia era a cidade de avenidas e ruas transversais. As avenidas eram enormes rodovias; as transversais eram silenciosas e labirínticas. Mas entre essas ruas havia os pátios. Você podia entrar, se sentar em um banco, beber uma cerveja. Eu tinha visto pessoas fazerem isso no nosso próprio pátio e achado, quase sempre, irritante. Mas agora que Iulia e eu fazíamos isso, ou Iulia e eu e Micha e Macha ou Serguei, eu achava ótimo. Havia pátios próximos à casa da minha avó, perto de Petchatnikov, que eram silenciosos e chegavam a parecer antigos; os prédios ao redor deles tinham pintura descascada de cor pastel, havia árvores anciãs e, em alguns pontos, as pessoas tinham tentado plantar flores. Nenhum dos pátios era bonito ou particularmente bem cuidado, mas eu percebia agora que eles tinham sua própria beleza; eram oásis remanescentes dentro da imensa metrópole. E pouco a pouco, mesmo durante o tempo em que estive lá, eles foram sendo destruídos: conforme os prédios antigos da Petchatnikov foram sendo derrubados e substituídos por réplicas quase exatas dos anteriores, os novos proprietários sempre instalavam portões resistentes para que apenas os moradores ricos tivessem permissão de entrar. A cidade estava se fechando para si mesma. Mas, por enquanto, pelo menos ainda havia lugares onde se podia ir.

O clima quente também era favorável para nossa atividade política. O Outubro começou a operar a sua "Universidade na Rua", em que várias pessoas davam breves palestras em algum lugar ao ar livre — a ideia não era tanto atrair transeuntes aleatórios, mas sobretudo reivindicar espaço público para discussões públicas. O ritmo geral de nossas reuniões, protestos e outras atividades também aumentou, finalmente lançamos nosso site — Iulia organizou uma pequena festa em Falanster para comemorarmos —, e havia mais coisas para eu traduzir, o que era motivo de alegria.

O degelo climático acompanhou uma espécie de degelo político. Medvedev era um pouco mais liberal do que Pútin, mas a verdadeira mudança tinha sido que a torneira do dinheiro do petróleo finalmente secara. Os preços do petróleo no mundo despencaram na esteira da crise financeira global. Na Rússia, após dez anos de um crescimento às vezes espantoso, a economia entrou em recessão. Você pode enganar todas as pessoas por algum tempo, e algumas pessoas por todo o tempo, mas enquanto o clima esquentava e a economia não melhorava, o rublo tinha perdido valor mas os salários não tinham sido ajustados pela inflação... bem, foi como se uma espécie de tampa tivesse sido levantada. Em uma cidade petrolífera da Sibéria, trabalhadores cujos salários não tinham sido ajustados durante um ano inteiro — em uma época em que o rublo havia perdido vinte por cento de seu valor em relação ao dólar, significou que eles tiveram que engolir em seco o que, na verdade, era um corte salarial de vinte por cento —, começaram a se organizar contra a sua empregadora, a boa e velha RussOil. O chefe do conselho organizacional do movimento foi preso, supostamente por carregar um saco de heroína. A empresa decidiu não parar, e outro líder do grupo foi espancado e quase morreu. Quando os trabalhadores saíram em protesto, foram atacados pelos seguranças, que deram uma sova neles com tacos de beisebol. Alguém fez um vídeo pixelado no celular e Micha o enviou para a nossa lista de e-mails: foi surreal ver aqueles russos com tacos de beisebol atacando um grupo de trabalhadores. A situação foi tão grave que o próprio Pútin se envolveu e exigiu a indexação dos salários. A RussOil obedeceu de má vontade.

Serguei e os outros ficaram muito entusiasmados. A agitação trabalhista estava no cerne do conceito de ação política deles. "Os liberais nunca nem tentaram falar com essas pessoas e, na verdade, eles não sentem nada além de desprezo por elas", escreveu Serguei no site do Outubro. "Eles as chamam de *sovok*. Mas, na verdade, esses *sovok* são as mesmas pessoas que têm o poder e o direito de aniquilar este regime." O protesto na RussOil e alguns outros como ele eram motivos para se ter esperança. "Não estamos em uma situação revolucionária", Serguei me disse numa noite em seu carro na Trubnaia. "Não estamos nem à beira de uma situação revolucionária. Mas pelo menos podemos começar a usar os termos." Durante o verão, fizemos piquetes em apoio aos trabalhadores que protestavam, distribuímos panfletos nas fábricas de Moscou e publicamos relatos animados em nosso site, analisando a situação e prevendo mais agitação trabalhista no futuro.

Eu ainda conseguia jogar hóquei algumas vezes por semana. Nossa sorte contra o time branco praticamente não mudou; quando muito, uma vez por mês conseguíamos vencê-los. Mas, durante uma semana daquele verão, antes de voltar para sua casa em Seattle para se estabelecer e casar, Michael, nosso vizinho de porta, recebeu a visita de dois amigos de faculdade. Ele tinha estudado em Vancouver, os amigos eram canadenses e, por sugestão minha, ele pediu que trouxessem seus equipamentos de hóquei. Eles ficaram contentes, e eu os levei para o hóquei. Eram caras normais e despretensiosos, nem altos nem baixos, nem gordos nem magros, e pude perceber, quando eles chegaram comigo, que os caras do meu time ficaram pouco impressionados com "os canadenses", embora quando entrassem no rinque fossem inacreditáveis. O jogo estava no sangue. Colocamos eles em linha com Oleg e devem ter marcado seis ou sete gols. O time branco ficou tão admirado que nem se preocupou em tentar estropiá-los. Vencemos as duas partidas em que eles jogaram. O time ficou super empolgado, e Serguei discretamente fez algumas perguntas sobre o sistema de saúde canadense.

Aconteceu mais uma coisa no hóquei, que achei muito interessante. Embora fossem uma unidade coesa, o time branco de vez em quando convidava algum amigo ou cliente para aparecer lá e jogar. Numa quarta-feira à noite, estavam com um cara novo no time e, quando o vi no aquecimento, tive de imediato uma reação fortemente desagradável. Não conseguia saber de onde vinha e patinei perto dele de novo: ele era jovem, de olhos azuis e feições bem definidas, muito familiares, e eu sabia que não gostava dele. Eu já tivera essa reação algumas vezes em Nova York, ao cruzar na rua com atores que interpretavam bandidos na TV. Será que eu tinha visto esse cara em algum dos filmes a que Iulia e eu assistimos juntos? Comecei a tentar descobrir qual poderia ter sido. No banco, assim que o jogo começou, perguntei a Anton se o cara era ator. "Ator?", disse Anton. "Não. Ele é só um babaca. O pai dele é da Duma."

Então eu soube de quem se tratava. Era o cara que tinha me dado uma coronhada na frente da boate Teatr. E ele estava no rinque naquele exato momento. Eu não podia acreditar. Não era a minha vez de entrar, mas anunciei que substituiria o próximo cara do jogo e ninguém discutiu comigo. Quando entrei no rinque, o cara ainda estava em ação, patinei para cima dele e dei uma pancada com o taco na sua perna. Ele ergueu os olhos, surpreso.

"Lembra de mim?", eu gritei.

Pela cara, ele não lembrava e não estava nem aí. "Vá se foder", ele disse.

Nesse momento, perdi a cabeça. Uma coisa era um cara me acertar com uma arma sem qualquer motivo. Quer dizer, isso já era bastante grave. Mas ele aparecer no meu jogo de hóquei, sair patinando como se não tivesse nenhum problema, e depois fingir que nem se importava se sabia quem eu era — isso era demais. Sem soltar meu taco, soquei com força a parte de trás do capacete dele. Ele caiu de cara no gelo. Eu queria chutá-lo, mas não conseguiria com os patins, então soltei meu taco, tirei as luvas e pulei em cima dele para arrancar seu capacete. Como não saía, enquanto ele estava deitado no gelo, voltei a socar a parte de trás do capacete — foi um pouco estúpido, mas não acho que tenha sido ineficaz. "Tudo bem", ouvi ele dizer. "Já chega." Nesse ponto, vários caras de ambos os times tinham se aproximado e tentavam me afastar. Deixei que fizessem isso. O cara não estava reagindo. Ele não era um patinador forte, suas cotoveleiras estavam novinhas e, pelo visto, se sentia menos seguro de si no gelo do que na rua. Enquanto eu, naquele momento, me sentia em casa.

"Andriuch, que porra é essa?"

Fédia, do time branco, estava cara a cara comigo. Há meses ele vinha passando o disco por baixo do meu taco para seu parceiro de linha Aliócha e nunca tinha sorrido para mim, ou mesmo depois de nosso primeiro encontro nunca tinha dado nem sinal de que me enxergasse, embora algumas semanas antes, sem querer, tivesse me acertado no rosto com o taco e se desculpado.

Eu disse: "Aquele cara me acertou com um revólver na frente de uma boate em Tchistie Prudí. Sem qualquer motivo. Ele simplesmente se aproximou e me acertou".

Fédia se virou para o loiro enquanto ele recolhia lentamente seu equipamento que caíra quando o ataquei. "Aleksei, isso é verdade?"

"Não me lembro", disse o cara. "Pode ser. Ele estava conversando com a minha namorada."

"Vai se foder!", eu gritei. Literalmente, "senta num pau". Xinguei com total autoridade. "Eu não disse uma palavra a ela. E você tinha uma arma."

Fédia se virou para o cara e disse: "Vá embora".

O cara acenou com a cabeça e sem olhar para mim patinou para fora da pista, segurando as luvas e o taco contra o peito, como um menino. Eu fiquei. No final, fui até Fédia para agradecê-lo.

"Por nada", ele disse. "Você estava certo e ele errado. Ele não será mais convidado para jogar."

E foi só isso. Na vez seguinte que jogamos, Fédia não deu nenhum sinal de ser meu novo amigo. Mas o que aconteceu, aconteceu. Os caras do hóquei eram legais.

Não houve só triunfos e vitórias nesse período. Certa noite, no meu caminho de volta da casa da Iulia, vi um incêndio — era o quiosque de frango e folheados dos azerbaijanos. Estava em chamas. Um grupo de pessoas estava parado em volta, e em seguida um carro de bombeiros chegou e despejou um monte de água no quiosque. Ninguém ficou ferido, mas, como li na internet alguns dias depois, não foi um acidente: vários estabelecimentos pertencentes a azerbaijanos foram incendiados naquela noite em Moscou, em represália ao esfaqueamento de um adolescente russo por um azerbaijano em um dos mercados. Por algumas semanas, os restos queimados do quiosque de frango ficaram lá, e depois foram removidos. Os azerbaijanos não voltaram.

Algo muito sórdido estava acontecendo. Em um domingo, dois comunistas italianos seriam os palestrantes da universidade na rua do Outubro — "os camaradas do Negri", segundo disse Boris em um aviso enviado por e-mail, referindo-se ao lendário comunista italiano e prisioneiro político Antonio Negri — e o local era bem próximo de nós, na estátua de Krúpskaia. Minha avó estava se sentindo muito bem naquele dia e eu a convidei para ir comigo.

Os italianos eram alunos gentis de pós-graduação, na casa dos trinta. Eles falavam inglês e Boris traduzia, com alguma ajuda minha. Os italianos queriam falar sobre "capitalismo cognitivo". Este foi um conceito que Negri desenvolveu para lidar com o fato de que o capitalismo físico ia bem para os trabalhadores na Europa. Eles recebiam salários decentes, podiam comprar propriedades e não estavam mais interessados na revolução. Mas, Negri argumentou, suas mentes estavam sendo colonizadas. Não só seus corpos, como dissera Marx; mas suas próprias mentes.

Gostei dos italianos, mas não pude deixar de pensar que esta novidade, para a Rússia, era um pouco prematura. Aqui os trabalhadores ainda eram explorados à moda antiga. Eles não ganhavam salários decentes; não tinham condições de comprar propriedades; não tinham qualquer proteção. Não havia necessidade de surgir com teorias novas e sofisticadas quando as antigas ainda faziam tanto sentido.

Enquanto eu pensava nisso, um grupo de skinheads apareceu do outro lado da avenida e se aproximou da estátua de Krúpskaia. Eles usavam coturnos, calças e jaquetas sobressalentes do Exército. Eram cinco ou seis. Eu nunca tinha visto skinheads de verdade no centro de Moscou. Pensei: será que esses são do tipo do bem? Em seguida, eles pararam na base da estátua, a menos de cinco metros de nós, e ficaram bancando os engraçadinhos tirando fotos de celular com a viúva de Lênin ao fundo. "Vença os judeus, salve a Rússia!", eles gritaram. Clique. E depois *Heil* Hitler!" Outro clique. Esses não eram skinheads do bem. Eles estavam atrás dos italianos, que pareciam não estar notando e continuavam falando sobre capitalismo cognitivo. Boris, obediente, continuou traduzindo, embora de vez em quando olhasse ao redor um pouco tenso.

Avaliei a situação do nosso grupo. Éramos sete: os dois italianos, Boris, Vera, Iulia, minha avó e eu. De nós sete, eu era o único que parecia praticar algum exercício regularmente. Não tínhamos chance contra os skinheads.

"*Sieg heil!*", gritaram os *skinheads*.

"Sabe, pessoal", disse Boris, virando-se para os italianos, "acho que devemos ir um pouco mais para dentro do parque. Vai estar mais calmo lá."

E assim fizemos. Por um instante achei que os skinheads se perguntariam o que estava acontecendo, e achei que eles tinham deliberadamente se aproximado do nosso grupo para gritar seus slogans, mas não deram a mínima para nós. Estavam ocupados tirando fotos de suas saudações nazistas. Talvez tivessem acabado de refazer seu site e precisassem de algum conteúdo. Encontramos um lugar com sombra no bulevar e os italianos finalizaram a palestra sobre capitalismo cognitivo. Quando minha avó, Iulia e eu voltamos para casa, os skinheads já tinham ido embora.

Alguns dias depois, minha avó e eu estávamos voltando juntos do mercado quando observei, não pela primeira vez, o grupo de senhoras idosas sentadas no parquinho das crianças, no pátio entre o nosso edifício e o mercado. Essas eram as mulheres a quem minha avó se referira com desprezo porque seriam antissemitas, porém, desde o incidente com Vladlenna, me perguntei se ela não teria apenas imaginado isso. E se elas fossem um pouco antissemitas, o que importava. Era uma oportunidade! Essas senhoras idosas sentadas no banco, alimentando pombos e vigiando a vizinhança já tinham sido uma atração comum de todos os pátios soviéticos e pós-soviéticos. No centro de Moscou, a era dos altos preços do petróleo as tinha praticamente eliminado. No entanto, aqui, a um pátio de distância, um pequeno bolsão de resistência permanecia. Ainda havia muito verão pela frente; talvez minha avó pudesse gostar de vir aqui, sentar-se com suas contemporâneas e discutir os problemas do dia, não?

Antes que minha avó ou minha própria timidez natural me impedissem, me virei para cumprimentar as senhoras.

"Olá!", eu disse. Puxei minha avó para perto delas. Muitos dos pombos que elas estavam alimentando com pão dispersaram ruidosamente quando nos aproximamos. "Olá", eu disse de novo, depois que os pombos foram embora. "Me chamo Andrei. E esta é Seva."

As velhinhas acenaram com a cabeça — eram três — e esperaram que eu continuasse.

"Me digam", eu disse, sem saber bem o que dizer, "quais os planos de vocês para o verão?"

As velhinhas trocaram olhares que pareciam animados. Depois, uma delas, que estava sentada no meio e tinha na mão metade de um pão branco, respondeu. "Vamos ficar sentadas bem aqui, para onde mais iríamos?" ela disse. "Não somos como algumas pessoas que provavelmente vão para Israel no verão."

A súbita menção a Israel apagou o sorriso educado de meu rosto, o que suponho que era o efeito pretendido.

"Como assim?", eu disse. "Por que Israel?"

"Bem, não é para lá que Seva *Efraímovna* vai?", disse a mulher. Ela deu muita ênfase ao patronímico da minha avó, obviamente judeu. As outras duas mulheres deram risinhos sarcásticos.

"Não", eu disse, sem propósito. "Ela não tem parentes lá."

"Não?", disse a mulher. "Talvez ela vá para os Estados Unidos, então. Há muitos do seu tipo lá, certo?"

Agora as outras duas mulheres estavam realmente se regozijando. Uma delas bateu palmas de alegria. Meu coração estava acelerado. Eu nunca tinha conhecido alguém antissemita de verdade, na vida real. Senti minha avó ao meu lado; não sabia dizer o quanto daquilo ela estava ouvindo, mas acho que ela percebeu a hostilidade das mulheres e sabia do que se tratava. De minha parte, não estava acreditando. E, no entanto, o que eu poderia fazer? Ficar ali e gritar com elas? Brigar com elas?

Fiquei parado por longos instantes, apenas meio que olhando, e então, sem dizer nada, dei as costas com minha avó — sua mão estava agarrada em meu cotovelo, então, nos viramos juntos — e fomos embora.

"Adeus, judeus!", as mulheres atrás de nós disseram, e riram.

Mesmo assim, foi um lindo verão. Em um domingo de junho, Micha, Boris, Iulia e eu pegamos emprestado o carro de Serguei e viajamos para um lugar chamado Petrovo, algumas horas ao sul de Moscou. Micha e Boris descobriram esse lugar aleatoriamente em um mapa. Eles fingiram que a viagem era para o meu bem, para que eu pudesse ver "a verdadeira Rússia", mas também estavam nitidamente curiosos. Em Petrovo, encontramos uma cidade soviética simples, com os velhos prédios de cinco andares dos anos 1950 chamados *khruchióvki*, uma mercearia que vendia vodca local, uma loja de departamentos onde ainda se podia comprar modelos antigos de panelas e frigideiras russas e abridores de lata que minha avó tinha aos montes em seu apartamento. "Esta é a verdadeira vodca russa", disse Micha quando fomos à mercearia, e "estes são os verdadeiros utensílios russos", ele disse na loja de departamentos; e quando fomos a uma cafeteria antiquada e comemos borscht frio com salada de pepino, ele nos informou que "esta é uma verdadeira lanchonete russa e esta é a verdadeira culinária russa."

"Isso vai dar a você", disse Iulia, "uma verdadeira dor de estômago russa." Todo mundo riu. Percebi o quanto eu tinha em comum com todos eles, mais do que imaginava; lembravam-se desse mundo soviético da infância deles, assim como eu me lembrava da minha. Eles eram, de certa forma, tão nostálgicos quanto eu. No caminho para casa, saímos da estrada para que Micha, que havia bebido algumas cervejas na lanchonete, fosse ao banheiro. A estrada de terra que pegamos era tão estreita que não podíamos dar a volta, e tivemos que seguir em frente até chegarmos a um espaço mais amplo. Acabamos em uma velha escola soviética, obviamente abandonada. ESCOLA NÚMERO 3, dizia a entrada. Estava anoitecendo quando chegamos lá, e as janelas quebradas e o lixo amontoado perto dela davam um aspecto meio assombrado.

"Sabe", disse Boris, "quase todo o resto do país é assim". Ele deu meia-volta e seguimos de volta para a estrada principal.

Alguns fins de semana depois, Iulia e eu viajamos para Kiev, para que eu conhecesse a mãe dela. Sofia Nikolaievna morava sozinha em um dos espigões decadentes na margem direita de Kiev; ela tinha quase sessenta anos e não trabalhava há mais de uma década. Iulia tinha me avisado que, solitária e desapontada, sua mãe se tornara uma vítima da guerra de informação entre a Rússia e a Ucrânia que, alguns anos depois, acabaria se transformando em uma guerra armada. Sofia Nikolaievna era uma russa étnica; isso em geral não era um problema na Ucrânia, mas agora poderia ser, se você permitisse, e ela havia permitido isso consumindo a televisão russa, que a alertou de que em breve o idioma russo seria proibido na Ucrânia. Algumas vezes, Iulia me contou, ela disse à filha que temia sair de casa porque achava que seria considerada russa. "Se ela começar a protestar contra o governo, apenas ignore", disse Iulia quando estávamos no metrô rumo ao apartamento de sua infância. O metrô de Kiev era idêntico em quase todos os aspectos ao metrô de Moscou, só que mais velho e mais pobre (e cerca de cinco vezes mais barato), e os avisos eram dados em ucraniano (como observamos, e ao contrário dos receios de Sofia Nikolaievna, essa foi praticamente a única vez em que ouvimos ucraniano em Kiev). A mãe de Iulia era muito mais doce e equilibrada do que o anunciado. Além de elogiar o meu russo — o que, tendo em conta que ela era uma brava defensora do idioma, eu considerei um grande elogio — ela guardava para si suas reclamações do governo. Achei-a, inclusive, um pouco distante.

"Obrigada por vir me visitar, meu amigo", ela disse. "Você não precisava fazer isso." Eu não sabia se esse comentário tinha a ver com o fato de ela se achar desimportante ou se era uma expressão do ceticismo com relação ao meu compromisso com sua filha. Ou uma combinação.

"Estou feliz por finalmente conhecê-la", eu disse.

"Obrigada, meu caro amigo", respondeu Sofia Nikolaievna.

O quarto da infância de Iulia estava cheio de livros e as paredes eram cobertas de pequenos desenhos, em guache, que ela havia feito quando era adolescente. O apartamento, no sexto andar, era pequeno — três cômodos, pé-direito baixo, uma cozinha minúscula — mas era arrumado e aconchegante. O bairro e o prédio em si eram outra história. O elevador cheirava como se alguém tivesse morrido dentro dele. A entrada tinha um monte de pichações, uma por cima da outra. O prédio era cercado por outros idênticos, alguns mercadinhos e uma lanchonete fast food de frangos, para onde Iulia e eu escapamos para almoçar.

"Este lugar era bom quando eu morava aqui", disse Iulia. "Era cheio de crianças. Todo inverno montavam uma pista de gelo em frente ao nosso prédio e todo mundo ia patinar."

Para chegar ao lugar dos frangos, passamos pelo que parecia montes abandonados de lixo e vidro quebrado (mas não havia móveis — os ucranianos eram pobres demais para descartar móveis). Uma vez desejou-se que essa fosse uma área arborizada de recreação para as crianças. Era difícil imaginar isso agora.

"Era muito diferente", Iulia disse. "Não era só fisicamente diferente, mas moralmente diferente. As pessoas tinham trabalho e não tinham vergonha de si mesmas. Eram pobres, mas a pobreza é relativa. Você se lembra da tese do empobrecimento?

'Na medida em que o capital se acumula, a situação do trabalhador piora, *seja sua remuneração alta ou baixa*.' O inverso também é verdade. As pessoas podem ser pobres sem sofrer, desde que não sejam abandonadas, desde que não se sintam abandonadas. Minha mãe era pobre sob o comunismo, mas ela tinha um emprego, tinha acesso à assistência médica, poderia me olhar nos olhos e me dizer que as coisas ficariam bem, podia acreditar nisso. Ela era uma pessoa feliz. Essa pessoa que você viu aqui não é ela."

No dia seguinte, Iulia me levou para conhecer a cidade; ela me mostrou a Maidan, onde o povo mobilizou a Revolução Laranja em 2004, as enormes igrejas antigas nos morros ali no alto e, por último, a casa-museu de Mikhail Bulgákov, que Iulia adorava. "Ele não era socialista", disse ela, "e não gostava de judeus. Mas era um bom escritor e uma pessoa boa. Isso conta."

Kiev era uma cidade mais bonita do que Moscou, e também mais calma. Cinco milhões de pessoas moravam lá, mas você nunca se sentia apressado ou pressionado. Era muito mais pobre também. A Ucrânia tinha poucos recursos naturais e havia se atrapalhado na transição pós-soviética. Para um visitante, isso significava que tudo era barato. Caminhamos pelo campo ao redor da igreja e tomamos sorvete. Iulia parecia feliz e relaxada aqui, de um jeito que raramente ficava em Moscou.

Senti que ela estava tentando me dizer alguma coisa ao me trazer a Kiev, me apresentar à sua mãe, me mostrar os arredores. Talvez quisesse dizer: "É por isso que não posso ir embora. Seria covarde fazer isso". Ou talvez: "Isso é sério. Agora você sabe tudo sobre mim. Dê o próximo passo". Sentado no lugar do frango, ouvindo-a falar de sua infância, depois, caminhando entre as igrejas do século XIII no morro com vista para o centro da cidade, e após, em seu bar preferido, o Kupidon, onde bebi uma cerveja ucraniana de tamanho gigante, ficava pensando que deveria propor a ela que uníssemos nossas vidas.

Talvez Sofia Nikolaievna pudesse se mudar para Moscou. Ela e minha avó fariam companhia uma à outra. Ou talvez devêssemos todos nos mudar para Kiev. Poderíamos viver como reis na depauperada Kiev. Em todos esses lugares fiquei pensando em como formular isso, e se deveria formular, e tentando adivinhar o que ela diria.

Mas não fiz isso. Em parte, eu ainda me perguntava se não surgiria alguma vaga de emprego, algum golpe de sorte — eu queria provar para Iulia, para minha avó e para mim mesmo que eu não era um fracasso, que eu poderia sustentar todos nós de uma maneira que não fosse vendendo o velho apartamento da minha avó. Então, eu esperei. E esperei. Até que as coisas ganharam um impulso próprio.

O destaque do verão foi nossa viagem à datcha de Nikolai. Houve alguns atrasos e gastos a mais, mas até meados de julho ela estava pronta. Nikolai passou uma semana triunfante lá, e depois a deixou conosco por uma semana.

Não forçaríamos minha avó a fazer uma viagem infernal em transporte público até a datcha de jeito nenhum, então peguei emprestado o Lada velho e avariado de Serguei. Portanto, tive que dirigir. Eu nunca tinha dirigido em Moscou e era assustador. Não só por ser uma cidade grande. Era uma cidade extremamente confusa. As ruas transversais eram estreitas; as avenidas radiais eram enormes; em longos trechos das principais avenidas os semáforos foram removidos, o que tornava praticamente impossível virar à esquerda. Na minha primeira ida de carro para casa, depois do hóquei, quando Serguei me entregou a chave do carro, perdi a curva à esquerda para o bulevar Tsvetnoi vindo do Anel de Jardins, e depois não conseguia descobrir como fazer o retorno. Tentei virar à direita, outra vez à direita, e mais uma vez à direita para voltar ao Anel, e virar à esquerda a partir do ponto de onde eu estava, mas acabei na pista errada e tive que entrar à direita de novo. Finalmente decidi que seria melhor apenas seguir pelo Anel de Jardins e dar a volta completa. Era tarde, havia relativamente pouco trânsito, e levei apenas quarenta minutos para voltar ao bulevar Tsvetnoi e virar à minha maldita esquerda.

Outro fator com que deparei, depois que pusemos nossas malas e minha avó no carro, foi que os carros andavam em velocidades diferentes. Em Nova York, a maioria dos carros era conduzido de forma tão hostil quanto fosse possível; e uma vez que você se acostuma com isso, pode se antecipar. Em Moscou, os motoristas eram igualmente agressivos, mas era difícil prever exatamente o que aconteceria na prática, porque a potência dos carros era diferente entre si. Havia muitos Mercedes e Audis — esses carros eram rápidos. Na outra extremidade do espectro havia carros russos antigos, como o meu — esses carros tinham aceleração limitada. E no meio estavam os carros russos mais novos, que pareciam ser capazes de ganhar velocidade, mas na verdade não eram. Então, embora todos quisessem ser imprudentes / idiotas, não podiam ir todos no mesmo ritmo, e isso era uma camada adicional de complexidade em uma situação já difícil.

De alguma maneira, chegamos à datcha sem incidentes. Eu não havia estado lá nas últimas semanas e, claramente, Nikolai continuou a aprimorá-la. O ponto alto foi ele ter limpado o quintal. As ervas daninhas e o mato desapareceram, deixando uma clareira, ainda não totalmente coberta de grama, e alguns arbustos selecionados mais ajustados ao local. Minha avó, ao ver um deles, logo disse: "framboesas!". Tinha acertado. Ela se aproximou e começou a colher framboesas e comê-las.

E assim passamos a semana. Havia uma cama dobrável no primeiro andar onde minha avó dormia, para que não precisasse subir a escada e, embora o minimercado ficasse um pouco longe para irmos a pé, podíamos ir até lá de carro todas as manhãs e comprar o que fosse preciso — eles tinham batata, beterraba, repolho e pão. Dia sim, dia não, um agricultor local montava uma barraquinha de frutas e hortaliças do lado de fora da loja, onde comprávamos tomate, pepino e algumas verduras. Finalmente, Iulia e eu, por sugestão de Nikolai, fizemos de carro um trajeto de uma hora até um povoado onde podíamos ir de porta em porta para comprar ovos. Tínhamos que bater de porta em porta porque a quantidade máxima de ovos que podíamos comprar de cada morador era dois. Aparentemente, era tudo que eles tinham. Mas seguimos até completar vinte ovos. Uma mulher também nos vendeu um pouco de queijo cottage. Nós dois, com a ajuda teórica da minha avó, conseguimos fazer bastante comida para a gente, e todos estavam satisfeitos.

Apesar de todo o heroísmo de Nikolai, nada mudava o fato de que a casa ficava no meio do nada. Não acordávamos ao som do barulhinho de um riacho ou com o cheiro fresco do orvalho nas árvores e na grama sob o sol da manhã. Mas também não estávamos em Moscou. Ao que parecia, um dos vizinhos criava galinhas, porque de manhã cedo éramos despertados pelo cocoricar de um galo. Na primeira vez que isso aconteceu, vi que Iulia estava deitada, mas já acordada, sorrindo. "Meu querido", ela frisou, "não estamos mais em Moscou." Esta era uma citação de uma antiga anedota soviética sobre uma família americana que viaja de Chicago para a União Soviética, e a filha fica reclamando das acomodações, ao que seus pais respondem: "Minha querida, não estamos mais em Chicago". Mas também era verdade. Não estávamos mais em Moscou. E isso significava que estávamos de férias.

Nikolai tinha instalado wi-fi na casa, então, todas as manhãs, Iulia e eu podíamos trabalhar. (Eu tinha assumido três cursos de verão do PMOOC; a economia dos Estados Unidos ainda estava em recessão mas, até por isso mesmo, as inscrições no

PMOOC caíram menos do que era esperado). Depois, à tarde, dávamos uma caminhada até a pedreira abandonada. Minha avó não tinha disposição para essas caminhadas, mas ficava satisfeita sentada no quintal, usando seu velho chapéu de verão de aba larga e, volta e meia se levantava para comer framboesas do arbusto aparentemente inesgotável. Uma manhã Iulia e eu acordamos e fomos direto para a cozinha, e minha avó já estava colhendo framboesas no quintal. Nas últimas semanas, ela ficara quase o tempo todo dependente de sua bengala quando caminhava, mas agora estava esticada na sua altura máxima para alcançar as framboesas. "Ela parece um ursinho", Iulia comentou.

Eu havia levado uma caixa cheia de DVDs de filmes soviéticos antigos, do quiosque de DVDs piratas de Tchistie Prudí, e à noitinha assistíamos juntos. Assistimos *Romance burocrático*, sobre uma chefe má e seu subalterno nerd, porém charmoso, que se apaixonam; e *Cinco tardes*, de Nikita Mikhalkov, sobre um homem que de repente retorna de não se sabe onde para passar uma semana (cinco tardes) com seu antigo amor e o sobrinho dela, um adolescente cuja mãe morreu durante a guerra. Embora o filme fosse dos anos 1970, o diretor, Mikhalkov, ainda era vivo, ativo e se tornara um nacionalista detestável, por isso Iulia se recusou a ver esse filme conosco e foi para o andar de cima. Minha avó e eu não tínhamos tais preconceitos e não nos desapontamos. O filme centrava-se nas tentativas do sujeito de reconquistar o seu antigo amor, exercendo uma influência viril sobre o adolescente rebelde. Ele se passava em meados da década de 1950, e não fica claro por que o cara, Sacha, estivera ausente — se tinha sido preso, se só tinha ido embora, ou o quê. Tamara, sua antiga namorada, desconfia dele, mas não é ativamente hostil, enquanto o garoto o rejeita de cara. No final do filme, Sacha consegue romper um pouco a resistência do garoto, e os três passam algum tempo juntos. Ainda assim, é um filme sombrio e implacável. Na última cena, Tamara deixa de lado sua hostilidade com Sacha e permite que ele deite com a cabeça apoiada em seu colo. Então por fim descobrimos — é possível que para o público soviético da época isso fosse óbvio desde o início — a razão pela qual o casal se separou: a guerra os jogou para partes diferentes do império, e só agora Sacha conseguira voltar. Enquanto ele adormece em seu colo, Tamara, começando a planejar seu futuro com ele novamente, pronuncia uma espécie de prece. "Só não deixe que haja outra guerra", diz ela. "Só não deixe que haja outra guerra."

"Sim", concordou minha avó, quando o filme terminou, "só não deixe que haja outra guerra."

A frase que na época soviética se tornara uma espécie de slogan, continha muita coisa vinda de sua boca. Seu marido, meu avô, morrera no front; seus pais foram forçados a sair de Moscou, apesar da saúde precária de seu pai; no meio de tudo isso, houve sua gravidez e o nascimento da minha mãe. Só não deixe que haja outra guerra: uma mistura de terror e esperança.

Estávamos sentados lado a lado no sofá que se tornou, com a retirada de almofadas, a sua cama. Se o marido dela, meu avô, tivesse sobrevivido à guerra, ela poderia ter tido outros filhos. Ou se ela tivesse concordado em se casar de novo, mais cedo do que concordou. Se ela tivesse tido outros filhos, um deles poderia estar aqui agora, e provavelmente ela teria mais netos, além de mim e de Dima. "Mas não podemos dizer como será a nossa vida", minha avó de repente afirmou. E isso também era verdade. Num impulso, lhe dei a mão. Para uma avó tão pequenina, suas mãos surpreendiam de tão grandes.

7.
Fim de uma linda era

Aquele foi realmente o fim de tudo. Para mim, a última coisa boa que aconteceu. Depois que voltamos da datcha, tudo começou a desmoronar.

Um dia, no fim de julho, Howard tocou nossa campainha. Parecia estar aborrecido.

"Chá?", perguntei.

"Russos e britânicos tomam chá independente do clima", ele disse. "Mas está quente demais para mim."

Eu tinha algumas garrafas de cerveja Jigulovskoie de meio litro na geladeira; minha avó estava cochilando em seu quarto, então nos sentamos na cozinha e bebemos.

"Preciso de um conselho seu", Howard começou. "Conheci uma garota online e marcamos um encontro. Ela era gostosa. E..."

"Espere", eu disse. "E a garota da *Esquire*?"

"Vera? Ela estava fora. Mas é parte da história. Então, eu, é... a garota era gostosa. E ela tinha sua própria casa, o que é bastante raro." Howard fez uma interrupção para ver se eu ainda estava indignado por causa da Vera, ou lhe ouvindo. Eu estava ouvindo. "O.k., então, em retrospecto, a casa dela é um pouco estranha, no sentido de que não tem muitas coisas pessoais. Nada tem a cara dela, sabe?"

Assenti.

"Então, hum, sabe como é, nós saímos e eu paguei e fui para casa e foi isso. Vera voltou. Tentei tirar isso da cabeça.

"E então esse cara, que parecia de telemarketing, me liga. Ele diz: 'Howard, meu nome é Vitali, precisamos nos encontrar, tenho algumas informações sobre a Natasha', esse era o nome dela, 'que preciso compartilhar com você'.

"Então, fico meio assustado, naturalmente, mas vou almoçar com o sujeito, ele é muito legal, está bem vestido, calmo, diz que trabalha para uma 'agência de consultoria de informação' e me entrega um pendrive e diz sabe o quê? 'Isso nos foi enviado outro dia, com os seus dados, e queríamos avisá-lo, caso não seja algo que você queira que seja divulgado.'

"E era a porra de uma gravação minha e da Natasha no quarto dela, trepando!"

"Ho ho ho!", eu ri. "*Kompromat!* Incrível."

"Pois é, né? Quero dizer, há dois problemas. Ou três."

"Vera", eu disse.

"É, mas, na verdade, ela é bastante compreensiva com isso. Ela sabe que não sou a pessoa mais abstêmia do mundo."

"O.k., mas ainda assim."

"Tem razão."

"E o *Moscow Times*?", perguntei. Eu estava tentando conquistar meu papel como conselheiro.

"Também, mas, na verdade, não me importo. Estou lá há três anos e estou pronto para começar algo novo. E como sou freelancer, bom, não estou dizendo que sou algum tipo de herói do sexo, mas se isso algum dia aparecer, eu seria como um herói, certo?"

Era uma pergunta séria. "Um herói do sexo?", eu disse.

"É, sabe como é, estou em um vídeo de sexo."

"Tá bem", eu disse. "Vamos supor."

Howard assentiu e olhou para mim com expectativa.

"Então a Vera te perdoa", eu disse, "e você é um herói do sexo. Qual é o problema?"

"Bem, é isso que eu queria perguntar para você. Eu não acho que meu amigo Vitali seja realmente de uma empresa de segurança de informações confidenciais, você acha?"

"Acho que não", eu disse. Howard estava insinuando, não sem razão, que ele era da FSB.

"Então, estou aqui pensando, se eles se dão ao trabalho de fazer isso, o que mais poderiam fazer?"

"É um bom ponto", eu disse.

Howard estava fazendo uma matéria sobre o décimo aniversário dos atentados a bomba em um edifício residencial de Moscou. Os atentados ocorreram logo depois que Pútin se tornou primeiro-ministro (pela primeira vez) e foram imediatamente atribuídos aos terroristas chechenos. Em resposta, Pútin deu início à Segunda Guerra da Chechênia, prometendo, em um famoso momento inicial da sua liderança, acabar com o inimigo checheno onde quer que ele se escondesse, mesmo que o esconderijo fosse uma cloaca. De imediato a guerra o tornou a figura política mais popular da Rússia e garantiu sua eleição à presidência no início de 2000. Desde então, ele não olhou para trás.

Mas, ao longo dos anos, várias questões sobre os atentados foram levantadas. Os suspeitos de terrorismo nunca foram apresentados; supostamente vários deles teriam morrido ao serem apreendidos. A Duma tentou convocar uma investigação independente e dois de seus membros acabaram mortos. Dois ex-agentes da FSB que publicamente levantaram suspeitas sobre o possível envolvimento do Estado nos atentados foram presos; um acabou emigrando, redobrou os esforços para fazer suas alegações, e foi envenenado com polônio em Londres. Conforme o tempo passava, e nada ficava claro sobre os supostos terroristas mentores dos bombardeios, mais e mais gente começava a suspeitar, com ou sem razão, que o próprio governo tinha feito aquilo.

"Estou correndo perigo?", Howard perguntou.

"Como vou saber?", eu disse.

"Não sei", disse Howard. "Você parece conhecer a história da Rússia."

Eu conhecia a história da Rússia, pensei. E não era boa. "Eu vou te dizer o que minha avó diria", assim respondi. "Ela diria que é um país terrível e que você deveria ir embora."

Howard pareceu aliviado. "Sabe", ele disse, "eu estava pensando exatamente a mesma coisa."

Alguns dias depois, ele passou em nossa casa para se despedir. Foi especialmente atencioso com minha avó, que pareceu bastante comovida com a situação e, assim que ele saiu, perguntou: "Quem era aquele?". Pouco tempo depois, alguém com muito boa mira apareceu e arremessou uma pedra na janela do quarto de Howard.

Depois, Oleg levou um tiro. Quem me contou foi Anton, que soube disso pela esposa de Oleg. Oleg estava saindo de uma reunião no centro de Moscou, e entrando em seu carro para ir ao hóquei, quando um cara de máscara se aproximou da janela do motorista e começou a atirar. Ele atirou três vezes no torso de Oleg e depois apontou a arma na cabeça dele. Quando Oleg percebeu, instintivamente começou a cair para o lado, para o banco do passageiro. Foi o que salvou sua vida. A bala entrou inclinada em sua cabeça, só pegou parcialmente o cérebro, e os médicos conseguiram removê-la. Ele sobreviveu.

Ele estava praticamente certo de que os responsáveis eram seus inquilinos encrenqueiros. Depois de declararem que não pagariam o aluguel, Oleg tentou negociar com eles e, como isso não funcionou, ele foi à polícia. Ao que tudo indica, foi um erro.

O setor de emergência da clínica Sklifosóvski, para onde o levaram, ficava perto da minha casa, e Anton e eu estivemos lá algumas vezes antes que ele finalmente pudesse nos ver, cerca de uma semana depois de ser baleado. Sua cabeça estava enfaixada por causa da cirurgia, e sua fala arrastada — algo que, como ele disse, os médicos achavam que melhoraria com o tempo — mas, fora isso, ele parecia bem e com um bom humor surpreendente. Deve ter percebido que poderia ter morrido e estava feliz por estar vivo. Ele havia decidido, depois do tiroteio, ir adiante e entregar a propriedade aos inquilinos bandidos. Ele ainda tinha outra propriedade para alugar, e bastante dinheiro guardado, e não precisava desse tipo de loucura em sua vida. Pensou que poderia passar um tempo na Espanha quando estivesse bem para viajar. Anton e eu concordamos que era uma boa ideia. "Vocês vão ter que começar uma nova ala na esquerda", disse Oleg. Anton e eu pedimos que ele não se preocupasse com isso, que guardaríamos seu lugar pelo tempo que fosse necessário.

Quando saímos de lá, Anton comentou: "Ele não vai jogar hóquei de novo".

Ele estava certo. Oleg melhorou e foi para a Espanha, mas tinha uma bala em seu quadril e o hóquei estava fora de cogitação.

Depois que Oleg foi baleado, recebi um e-mail de Dima. Os outros soldados, por motivos próprios, saíram do país depois de Howard, e Miklos, o traficante de armas, já ia começar a reformar sua casa. Se queríamos que ele comprasse o apartamento da vovó também, a hora era agora, antes que ele investisse muito dinheiro na reforma. Pensei a respeito — Oleg ter sido baleado parecia ser um mau presságio — mas respondi que não, novamente. Não tiraríamos a vovó dali.

De todo modo depois acabamos tirando-a de lá, e foi tudo culpa minha.

Começarei do começo.

No início de agosto, Serguei escreveu para a lista de e-mails do Outubro para dizer que o líder sindical preso a mando da RussOil ainda não tinha sido libertado e agora estava fazendo greve de fome. Não havia nada ou quase nada sobre isso nos jornais — os jornais pró-Pútin ocultavam a informação, e os jornais liberais não estavam interessados nas lutas dos trabalhadores. "Os funcionários da RussOil não usam iPhones, então, eles não se importam", escreveu Serguei. Será que havia algo que pudéssemos fazer, alguma ação que pudéssemos planejar que chamasse a atenção para a situação deplorável dos trabalhadores da RussOil e que envergonhasse a RussOil? Alguém, ele continuou, se dispõe a fazer algo na frente da sede da RussOil, perto de Tchistie Prudí? Por exemplo, e se nos vestíssemos como os trabalhadores do petróleo, todos feridos, e levássemos cartazes que mostrassem algo como A RUSSOIL ESTÁ SUGANDO O SANGUE DA TERRA RUSSA? As pessoas acham que isso pode ser eficaz?

Debateu-se o slogan na troca de e-mails: será que era antissemita, dado o número de executivos do petróleo que eram judeus? Seria desnecessariamente nacionalista, já que transformava a Rússia em um corpo cujo sangue poderia ser sugado, em vez de um contrato social entre pessoas livres, sem nenhuma manifestação física em particular, ou pelo menos não no sentido de alguma terra sagrada "russa"? Mas também havia objeções estratégicas mais sérias. A RussOil era um dos agentes mais abomináveis da cena política russa — que saiu da criminalidade dos anos 1990 e se adaptou com esplendor a toda e qualquer cleptocracia. Eles tinham boas relações tanto com as máfias quanto com o Kremlin e com o procurador-geral. Além disso, ainda estavam raivosos por causa da escavadeira e havia rumores de que eles eram a força motriz por trás do processo criminal contra o Maihem. "Podemos estar nos metendo numa grande cagada", escreveu Boris.

As pessoas não eram insensíveis a esse argumento — talvez devêssemos deixar a ideia de lado ou fazer algo menos confrontador?

Mas quanto mais eu pensava a respeito, mais eu queria que fôssemos adiante. Eu morava há um ano — e, mais especificamente, minha avó morava há muitos anos — à sombra daquele prédio gigante da RussOil. Toda vez que ela o via, lembrava-se do que fizeram com seu amado marido. Fodam-se esses caras, pensei, e pela primeira vez na vida, escrevi para o grupo de e-mails. Contei a história da minha avó, do tio Liev e da RussOil. Disse que essa foi uma das razões por que ingressei no Outubro. Achava que devíamos partir para cima deles e dizer o que pensávamos.

Enviei o e-mail. Na verdade, pensei que as pessoas iriam admirar minha paixão e dizer que, no entanto, eu não estava entendendo a situação nacional e que, de fato, deveríamos agir com cautela. Mas não foi isso que aconteceu. Meu e-mail foi bem-sucedido e começamos a planejar o protesto.

No dia do protesto, 7 de agosto, colei duas folhas de papel e escrevi minha mensagem (RUSSOIL EXPLORADORA, dizia, com duplo sentido). Depois fui à farmácia onde sempre comprava os remédios da minha avó e comprei curativos. Minha avó tinha machucado o ombro alguns anos antes e a tipoia ainda estava no apartamento. Passei algum tempo no banheiro me arrumando para parecer um trabalhador ferido. A certa altura minha avó chegou e perguntou o que eu estava fazendo.

"Vou a um protesto", eu disse.

"Ah", minha avó falou. "Está bem, tome cuidado. A polícia não gosta de manifestantes."

E ela saiu. Um minuto depois estava de volta.

"Andriuch, você tem certeza que precisa ir nisso?", ela perguntou. "Eu acho perigoso."

"Está tudo bem", eu disse. "Vou ser cuidadoso. E a Iulia também vai."

"Ela vai?", perguntou minha avó. Na opinião dela, se a Iulia iria, então, não era algo tão ruim assim.

Logo depois, a campainha tocou e era Iulia. Ela tinha enfaixado a cabeça e sujado a gaze com ketchup. Ela me deu um pouco do ketchup. Formamos um par bonito.

Minha avó riu. Dei um beijo em sua testa e fomos embora. Era um dia quente, seco e empoeirado, e o sol brilhava.

Caminhar fantasiados até o prédio da RussOil — era um percurso de quatro minutos, que já tínhamos feito muitas vezes — foi interessante. As pessoas ficavam nos olhando, tentando entender se éramos atores ou artistas performáticos (havia vários teatros na vizinhança) ou se tínhamos sofrido um grave acidente. Sorrimos para todos e continuamos andando.

Nós nos encontramos na pista de pedestres em frente à RussOil — éramos dez, com trajes variados, representando uma porção de ferimentos graves. Serguei estava com uma camiseta branca coberta com algo vermelho que parecia muito mais com sangue do que com ketchup. Micha perguntou se era sangue e ele disse que era suco de beterraba. "Parece sangue", Micha insistiu, admirado.

A colossal RussOil havia sido construída na parte de trás da rua, para que em frente ao prédio houvesse uma praça, que era mais elevada do que a calçada e bloqueada por uma cerca transparente e, na certa, à prova de balas. A entrada da praça era severamente vigiada. Funcionários de terno mostravam seus crachás para entrar. Como a praça era mais alta, tudo que se via da calçada eram os sapatos.

"Preparados?", perguntou Serguei quando todos nós tínhamos chegado. Estávamos preparados. Atravessamos a rua e tomamos posições em forma de colchete do lado de fora da cerca, a dez metros um do outro, conforme combinado, de maneira que tecnicamente não constituíamos uma reunião pública não autorizada, e virados para fora, em direção à rua. Iulia e Serguei estavam na dobra do colchete, bem diante da entrada da praça, e o resto de nós, quatro em cada direção, espalhados pelas duas ruas que se cruzavam. Com nosso espaçamento, a última pessoa da linha já estava posicionada além da cerca, mas funcionava assim mesmo. Decidi que, como eu era novato nesse tipo de coisa, deveria ficar no final, então fiquei a quarenta metros de Serguei, no bulevar Rojdestvienski.

Na esquina ficava a avenida Sakharov, antiga avenida dos sindicatos, rebatizada em 1995 em homenagem ao físico e ganhador do prêmio Nobel da Paz que tentou atenuar o confronto nuclear entre a União Soviética e o Ocidente. Nesta rua ficava o antigo Ministério do Comércio, projetado no fim dos anos 1920 pessoalmente por Le Corbusier, e um dos grandes monumentos do modernismo pós-revolucionário. À minha frente estava o centro comercial dos anos 1890, que agora era ocupado por apartamentos de luxo e por aquela loja de departamentos horrível, onde minha avó e eu não conseguimos comprar um agasalho. Centenas de metros mais à frente estava a estátua de Krúpskaia e o lugar de onde tivemos que fugir dos skinheads. Virando a esquina ficava a farmácia onde suspeitei que minha avó combinara com a farmacêutica de lhe dar veneno.

Agora tudo me era familiar.

Segurei meu cartaz e encarei as pessoas que passavam por mim. A maioria desviava o olhar, mas algumas olhavam para a gente e liam nossos cartazes. Em geral, quanto mais bem vestida a pessoa estava, mais era provável que apertasse o passo e, quanto menos bem vestida estivesse, mais tinha inclinação para demorar-se um pouco e querer entender aquilo.

Não estávamos lá nem há dez minutos quando as coisas começaram a ficar feias. Um carro da polícia chegou em um instante. Dois oficiais abordaram Serguei. Não pude ouvir a conversa, mas presumi que ele tenha explicado que aquele era um piquete legal. Os dois policiais se afastaram dele e pegaram seus telefones, provavelmente para pedir instruções. Depois chegaram outros policiais, que se espalharam ali pelo nosso perímetro, de olho em nós.

Nesse momento, vi Gricha, o careca e violento defensor do time branco, passando por mim com outro cara, ambos de terno. Eu sabia que Gricha trabalhava com petróleo, mas não sabia em qual empresa. Ele notou que eu estava olhando para ele e olhou de volta, e então fez uma cara de surpreso. "Andriuch?", ele disse. Estava sorrindo. Veio até mim e apertou minha mão. "O que você está fazendo?", ele quis saber.

"Protestando."

"Você está protestando contra nós?"

"Isso. A RussOil incriminou um líder sindical em Tiumen, e estamos tentando chamar a atenção para isso."

"É, eu ouvi falar disso." Ele balançou a cabeça e deu um risinho. "Alguém te pagou para fazer isso?"

"Não. Faz um tempo que acompanhamos essa história. Serguei está lá embaixo." Eu apontei para ele.

"Puta merda!", ele riu. "Qual é a sua, você é comunista?"

"Não exatamente. Mas algo por aí."

"Tudo bem, então. Eu nunca soube. Você vai para o hóquei hoje à noite?"

"Eu não perco o hóquei."

"Ah!" ele disse, e apertou minha mão outra vez.

"Te vejo lá, agente internacional."

E com isso ele se juntou ao amigo e seguiu em direção ao prédio da RussOil.

À esquerda, Micha estava me olhando, como se dissesse "O que foi isso?"

"Conheço ele do hóquei!" Eu disse e, assim que as palavras saíram da minha boca, dois policiais me agarraram pelos cotovelos.

"Venha conosco", eles disseram.

"O.k.", respondi. Não tentei enfrentá-los. "O que aconteceu?"

"Você conversou com seu amigo ali. Isso torna esta reunião pública."

"Você está de brincadeira."

"Isso parece uma brincadeira?" Eles me conduziram a um pequeno jipe da polícia e me empurraram para o minúsculo compartimento traseiro, onde havia um banco de madeira. Bateram a porta do bagageiro atrás de mim e, além de alguns buraquinhos que ficavam no telhado para respirar, por onde a luz do sol entrava, eu estava no breu total.

Recostei-me no banco e avaliei minha situação. Poucos minutos antes eu estava na rua, livre para fazer o que quisesse, e de repente eu estava preso nesse jipe. Eram quatro da tarde. A menos que eles me liberassem logo, eu perderia o jantar, mas o hóquei era somente às nove, então era possível que eu ainda pudesse jogar. Se me detivessem por muito tempo, eu teria que ligar para minha avó e mentir sobre o motivo por que eu chegaria atrasado. Era nesse tipo de coisa que eu estava pensando.

Ouvi Serguei discutir com a polícia lá fora. "Ele é cidadão americano", ele disse. "Você quer prender um cidadão americano por ter protestado contra a RussOil? Vai sair em todos os jornais."

"Não me importa se ele é cidadão de Portugal!", disse um dos policiais. "Temos a lei e cumprimos a lei."

"Como quiser", disse Serguei. "Por enquanto este ainda é o seu país."

"O que você quer dizer com isso?"

"Veremos", disse Serguei.

Ele foi até o jipe e bateu no bagageiro com a palma da mão. "Andrei, é o Serguei. Como você está aí?"

"Tudo bem!", respondi.

"Escute", disse Serguei. "Eles vão te levar para a delegacia, te deixar por um tempo lá sentado e tentar te assustar. Mas você vai sair rápido e depois vamos sair para beber, o.k.?"

"Está bem", eu disse.

Agora eu ouvia Iulia. "Andriuchik", disse ela. A voz dela estava próxima à de Serguei. "Você está bem?"

"Estou, sim", reafirmei.

"Não deixe eles te assustarem", disse ela. "Vamos criar um alvoroço e vão deixar você sair logo."

"Está bem", eu disse. "Você pode ligar para minha avó e dizer que vamos nos atrasar para o jantar?"

"Claro."

"Vamos embora!", eu ouvi alguém dizer, e então duas portas na frente abriram e bateram, o motor do jipe ligou e demos a partida. Dirigiam em alta velocidade e dei uns pulos na parte de trás, mas, antes mesmo de descobrir a melhor forma de me sentar para não ser empurrado contra a porta do bagageiro, o jipe parou e ouvi os policiais abrindo as portas. Depois abriram a minha também. A primeira coisa que vi foi a Hugo Boss. Achei que estava tendo alucinações, mas logo percebi que eles simplesmente tinham me levado para a estação de Sretenka. Eu estava a dois minutos de casa.

Repensei várias vezes no que aconteceu depois, embora talvez não tanto quanto deveria. É difícil afirmar se o que eu disse à polícia teve alguma relação com o que aconteceu depois com Serguei e os demais, mas não consigo deixar de achar que teve. E teve.

Por um instante, achei que simplesmente iam me deixar ir embora, já tendo me assustado um pouco, mas, em vez disso, os dois policiais que haviam me prendido, um eslavo de olhos azuis, o outro com aspecto asiático, ambos na casa dos vinte anos, me cercaram e me conduziram pela escada para a delegacia. Eu tinha ido lá no dia em que minha avó se perdera, e fiquei um pouco na expectativa de reconhecer o oficial de plantão atrás da mesa, mas quem estava lá era outro cara e, de qualquer forma, seria improvável que ele se lembrasse de mim. O cara nos fez passar pela catraca da delegacia, e então chegamos a uma sala de espera com alguns bancos. Paramos ali e neste momento o oficial eslavo pediu meu celular e meus "documentos".

Eu tinha levado meu passaporte caso aquilo acontecesse, e agora o peguei e entreguei. Meses antes eu havia comprado um pequeno porta-passaporte de couro para ele, para que não ficasse totalmente detonado por ficar tanto tempo no meu bolso traseiro e, portanto, a primeira coisa que o policial viu foi a capa de passaporte preta com a palavra "Rússia" escrita. Ele não devia estar por perto quando Serguei pediu a um dos policiais que me soltasse porque eu era americano, e foi só quando ele abriu o passaporte que percebeu que eu não era russo. Ele manteve sua expressão impassível por um tempo, e depois se exasperou. "Americano?", ele perguntou, incrédulo e, me pareceu, com um pouco de raiva.

"Sim."

"Bom, vá se foder." Ele se virou para o colega, que havia saído por uma porta ao lado e agora voltava com uns formulários. "Marat, esse cara é uma porra de um espião."

"A gente pegou um espião?", Marat disse, admirado.

"Acho que sim, Marat." O policial me lançou um olhar severo e, enfiando meu passaporte e meu celular no bolso da frente da sua camisa, me levou pelo cotovelo para outra sala de espera adjacente a essa. Nessa outra sala havia um cara, com aspecto acabado, sentado em um banco com os cotovelos dobrados sobre os joelhos como se estivesse com dor de estômago.

"Fique aqui", disse o policial, e me empurrou para um banco na frente desse cara.

Logo percebi que o cara só estava muito bêbado. Ele vestia uma calça jeans imunda e uma camisa de botão, e seu rosto estava vermelho por ter ficado o tempo todo ao ar livre. Ele começou a me olhar de cima a baixo, e me perguntei se era esse o momento de descobrir se eu teria força para durar na prisão. Mas meu companheiro de cela não fez nenhum movimento agressivo. Em vez disso, ele disse: "Então também pegaram você, hein?".

Eu assenti.

"Filhos da puta", ele disse em voz alta. "Vampiros!", ele gritou.

Puta merda, pensei, é o cara da lixeira. Mas ninguém reagiu e ele voltou para seu casulo. Ficamos sentados ali por mais um tempo, embora a porta da sala, que era uma porta de madeira comum, como a de qualquer outra instituição russa, tenha sido aberta algumas vezes. Primeiro, dois homens musculosos e baixinhos de meia-idade, de calça jeans preta e camisa de botões abertos, pararam na porta. Eles me encararam por um tempo e depois um deles disse, com uma agressividade explícita: "Agente internacional, hein?".

Fiquei surpreso. "Não", eu disse rindo, pensando que ele poderia estar brincando.

Ele não estava brincando e saiu batendo a porta com força. Depois deles dois, entraram uns homens um pouco mais jovens, mais altos, mais magros, com roupas comuns mais caras e sapatos melhores. Eles abriram a porta, deram uma breve olhada em mim e acenaram com a cabeça educadamente. Tinham um aspecto estranhamente familiar. Depois que foram embora, fiquei alguns minutos tentando descobrir de onde os conhecia — da TV? Do hóquei? Da vizinhança? — Até que descobri. Do Café Grind! Já os tinha visto no Café Grind. Eram oficiais da FSB. Fazia sentido. Os caras mais velhos eram detetives da polícia; a segunda dupla era da FSB.

Eu ainda não sabia bem o que estava acontecendo; achei que seria intimado por ter perturbado a paz ou por ter participado de uma reunião pública não autorizada, e que talvez fosse multado, mas certamente logo me deixariam ir embora. Para mim era óbvio o que eu tinha feito, e sem dúvida seria também óbvio para eles. Se eu fosse um espião, seria improvável ter saído com um cartaz para um protesto na frente da RussOil. Em vez disso, eu estaria tentando me infiltrar na RussOil. Achei que deviam ser umas cinco horas. Eu não ia chegar para o jantar, mas, se cuidassem disso no devido tempo, pelo menos conseguiria ir para o hóquei.

Logo depois os oficiais que haviam me prendido vieram me buscar. Deixei o amigo bêbado da lixeira onde ele estava quando cheguei, e segui os policiais até um gabinete onde — eu estava confiante — estávamos prestes a esclarecer as coisas.

Era um escritório retangular comum, com duas pequenas escrivaninhas na parte de trás e uma grande mesa de reunião no centro. Os dois detetives da polícia, os oficiais da FSB que iam ao Café Grind e um policial mais velho e uniformizado estavam lá dentro. Eles dispensaram os policiais e me pediram para sentar.

Tempos depois, pensei sobre todos os livros escritos a respeito dos interrogatórios dos anos 1930, bem como dos anos 1940, 50, 60 e 70. Todos os dissidentes e semidissidentes dos anos 1960 e 1970, como Bródski, tinham histórias de como foram interrogados e repreendidos pela KGB. Não tenho motivo para duvidar dessas histórias. Mas não foi assim que funcionou comigo.

Soljenítsin começa *Arquipélago Gulag* listando todas as torturas a que as pessoas foram submetidas sob a custódia da NKVD. É uma lista longa, impressionante e inventiva. Se por algum motivo essas torturas não fossem o suficiente, a NKVD às vezes propunha buscar e torturar seus familiares. Sob tamanha pressão, quem era capaz de resistir? E, no entanto, Soljenítsin dava alguns conselhos para aqueles que são repentinamente capturados na rua ou em sua própria residência no meio da noite e desejam sobreviver ao interrogatório. O conselho dele era simplesmente este: agora você está morto. Você não tem família, nem casa, nem laços. VOCÊ ESTÁ MORTO. Se conseguir se convencer disso, nada que os interrogadores possam fazer ou dizer poderá destruir você. "Diante de um detento assim", escreve Soljenítsin, "quem *estremece* é o inquérito".*

E lá estava eu, conjeturando se sairia dali a tempo do hóquei.

---

* Aleksandr Soljenítsin, *Arquipélago Gulag: Um experimento de investigação artística — 1918-1956*. Trad. de Lucas Simone et al. São Paulo: Carambaia, 2010. [N. E.]

"É Androo", disse o policial uniformizado, olhando para o meu passaporte, "ou Androov?"

"Andrei", eu disse.

"Ah", disse o oficial educadamente. "Andrei. Ótimo. Por que aqui está escrito Androo?"

"É o equivalente em inglês. Meus pais mudaram quando fomos morar nos Estados Unidos."

"Entendido", disse o oficial. "Bem, Andrei, esses homens vão lhe fazer algumas perguntas sobre o que aconteceu hoje, o que você está fazendo na Rússia e quais são seus planos, e depois poderemos ir todos para casa. Quanto mais você puder ajudá-los, mais rápido será tudo. São bons sujeitos. Não vão torturar ou bater em você nem fazer nada do que você vê nos filmes de Hollywood. Só vão fazer algumas perguntas. Tudo bem?"

"Claro", eu disse.

"Ótimo", disse o oficial, e se levantou para sair, entregando meu passaporte a um dos caras da FSB.

Senti que estavam fazendo algum tipo de teatro na minha frente, mas não consegui entender em que consistia. O que ficou muito evidente, quando o oficial se retirou da sala, foi que ele podia sair e eu não. Não me era permitido sair. No final do corredor estava a porta que dava para a Sretenka, para a casa da minha avó, e a rodovia onde eu poderia por cem rublos pegar um carro para a casa da Iulia a qualquer hora do dia ou da noite. Mas eu estava deste lado da porta. E esses homens — eram quatro, os detetives mais velhos do que eu e os caras da FSB que tinham mais ou menos a minha idade — podiam me manter aqui. Isso não era *apavorante* nem nada; era apenas estranho. Eu estava em um escritório comum como qualquer outro, ao que parecia "tendo uma reunião", e embora não fosse, isso era perceptível, uma conversa amigável, ainda assim era uma conversa. Éramos todos indivíduos ali. E, no entanto, aqueles indivíduos podiam sair pela porta e eu não podia.

Fui me dando conta de que eu faria praticamente qualquer coisa para voltar para o outro lado daquela porta; voltar para a Sretenka, para fora da delegacia, para longe dessas pessoas, e nunca mais ter que pensar nelas de novo.

"Então, Andrei", um dos jovens oficiais da FSB começou a falar, "por favor, conte-nos sobre você."

Esta parecia uma pergunta inocente, e me questionei se deveria respondê-la. Lembrei-me do treinamento informal para prisioneiros, feito com o velho marxista: não diga nada. Mas ele também disse que deveríamos confirmar nossa identidade. Então, respondi. Contei a eles sobre nossa emigração, que cresci nos arredores de Boston, que tinha estudado literatura russa. Um dos detetives da polícia disse que não acreditava em mim, aí um dos caras da FSB sacou um iPhone e se ofereceu para pesquisar meu perfil no site da universidade. Eu não visitava o site há meses e me perguntei se ainda constaria lá. Mas, sim, eu constava, havia até uma fotinho minha, e o cara da FSB segurou o iPhone com o braço esticado, contrastando a foto com o meu rosto. "Acho que é ele", o cara disse, mostrando a tela ao detetive cético. O detetive concordou que era eu.

Agora o outro oficial da FSB, o que segurava meu passaporte, perguntou: "Andrei, então, você é uma pessoa educada. Como se envolveu com este grupo extremista?".

Eu ri. "Extremista?", questionei. "Não. Não são extremistas. Eu os conheci no hóquei." Não era de todo verdade, mas eu achava que não devia arrastar Iulia para aquilo. "Serguei Ivanov, que é do Outubro, é o nosso goleiro. Ele é um bom goleiro", eu disse, de uma forma que deixava claro, assim eu esperava, que ninguém que jogasse hóquei poderia ser um extremista.

"Ah, é?", disse o oficial da FSB.

"É!", respondi. "Eles são estudantes, na maioria. São muito gentis."

"Ah, é?", o oficial da FSB repetiu. Ele estava fazendo anotações e não ergueu os olhos ao falar.

"Sim!" Olhei ao redor da sala para ver que reação os outros tinham. Ao fazer isso, lembrei-me novamente do marxista grisalho que nos disse para ficarmos de boca fechada. Mas isso tinha sido antes, na era soviética. Esses caras com quem eu estava falando eram diferentes, eles tinham iPhones e, mesmo que não fossem diferentes, eu ainda tinha chance de esclarecer as coisas. Se eles soubessem como o Outubro era inofensivo, toda essa farsa poderia acabar logo. Então continuei falando. "Eles têm um grupo de leitura", eu disse. "Normalmente é na casa do Micha. Discutem as notícias por e-mail e, de vez em quando, fazem um protesto público para chamar a atenção para algum evento. Eles não são extremistas!"

"Você fala de Micha Vorobiev?", disse o cara da FSB. Eu parei e olhei para ele. Eles sabiam o nome de Micha. Então, sabiam sobre o Outubro. Então, sabiam que não eram "extremistas".

Hesitei antes de responder.

"Vorobiev, certo?", o cara da FSB insistiu.

"Sim", eu disse.

"Se eles não são extremistas", questionou o detetive cético, "o que são, na sua opinião?"

"São meros social-democratas europeus."

"Qual o significado disso para a Rússia? Afinal de contas, não somos exatamente a Europa."

"Qual o significado?" Não tinha entendido bem.

"Esclareça isso pra gente", disse o detetive de polícia.

"Bom", comecei. Estavam todos atentos. E por que não estariam? Serguei me ensinou que praticamente qualquer pessoa poderia se convencer da causa do Outubro, se nos puséssemos no lugar deles e explicássemos as coisas de maneira sensata. Esses eram homens ainda jovens, vivendo em um país corrupto e moribundo. Provavelmente eles queriam que as coisas melhorassem.

"Bom", eu disse outra vez, "acho que todos podemos concordar que a Rússia está em uma situação difícil. Produz muito petróleo e gás, mas sua economia não é diversificada. O país inteiro está refém dos choques de preço do petróleo. Nos últimos vinte anos, tem vivido essencialmente com a infraestrutura construída na era soviética, que agora está se deteriorando. A fé nas instituições públicas é muito baixa."

Olhei ao redor da sala. O oficial da FSB ainda estava tomando notas. Entendi que isso era uma deixa para eu continuar.

"A resposta do governo a isso tem dois lados. Mais liberalização da economia e, ao mesmo tempo, mais repressão à dissidência política. Sem ofensa."

Todos assentiram: sem ofensa.

"Então, o que o Outubro está dizendo é que, vejam, a resposta para a crise não é cortar investimentos em escolas, hospitais e projetos de infraestrutura e aplicá-los no setor privado, onde o dinheiro pode ser roubado por capitalistas, mas fazer com que proteger as pessoas seja responsabilidade do governo. Todas as pessoas. E até que o governo esteja disposto a fazer isso, a Rússia continuará sofrendo, seu povo sofrendo, e vai continuar havendo infelicidade e inquietação."

Olhei ao redor da sala.

"Talvez você esteja certo", disse o oficial da FSB. Eu sorri. Fiquei satisfeito. "Talvez", respondi humildemente.

"Tem uma coisa, porém", disse o outro oficial da FSB, pensativo, tirando os olhos de suas anotações. "Tivemos um governo comunista aqui. Mas não temos mais. E os apelos para que o país volte a ter um governo comunista podem ser interpretados por pessoas passionais como apelos para a derrubada do atual regime."

"Nunca ouvi ninguém do Outubro pedir a derrubada do atual regime", respondi rapidamente. Tecnicamente, não era verdade. O Outubro se definia como um "partido revolucionário". Então, nesse sentido, eles defendiam a derrubada do atual regime. E descobri que meus novos amigos já sabiam disso.

"Aqui diz", disse o cara da FSB com o iPhone, me mostrando o site do Outubro, "que são um partido revolucionário. Então eles querem uma revolução?"

"Isso é só figura de linguagem!", respondi. "Tudo é revolucionário agora. As pessoas dizem que o iPhone é uma tecnologia revolucionária. Isso faz de você um revolucionário?"

"O.k.", disse o cara da FSB que estava tomando notas, "não nos exaltemos. Acho que podemos encerrar isso agora, certo?" Ele estava se dirigindo ao sr. iPhone.

Ele concordou.

"Ótimo", disse o outro.

Ambos me agradeceram e me deram um aperto de mão. Não sabendo o que fazer, retribuí. "Ah, mais uma pergunta", disse o cara da FSB com iPhone, como se de repente tivesse se lembrado disso. "Quais dos seus amigos estavam lá quando vocês destruíram a escavadeira na floresta?"

"Eu não sei", respondi. "Eu não estava lá"

"Eles nunca falaram sobre isso?"

"Não na minha frente", eu disse. Isso era mentira, como eles provavelmente perceberam, mas deixaram passar. Tinham informações suficientes, ao que parecia. Eles me agradeceram mais uma vez e saíram da sala.

Então, tinha acabado. Os detetives da polícia me devolveram o passaporte e o telefone; e até me disseram para visitá-los caso passasse pelos arredores; e eu saí, de volta para a Sretenka, um homem livre. Não eram nem sete horas; eu tinha ficado sob custódia por menos de três horas.

Havia um grupo de pessoas do outro lado da rua da delegacia: Iulia, Serguei e todos do Outubro, Elena e alguns outros jovens bem vestidos, um cara do *Moscow Times* a quem Howard já tinha me apresentado, e outro cara de uma agência de notícias. O pessoal do Outubro conversava entre si, enquanto os jornalistas tinham conversas acaloradas em seus celulares. Eles não me viram logo que saí e, quando parei no alto da escadaria, tive um forte impulso de andar silenciosamente e virar a esquina antes que me vissem, e tentar nunca mais voltar a falar com nenhum deles.

Eu tinha pensado, naquela sala, que assim que saísse, teria um novo apreço por tudo, pela livraria de merda com o clube de strip no segundo andar e pela Hugo Boss e os carros estacionados na calçada e, é claro, por minha avó e tudo mais. Agora, eu estava aqui e não era assim que me sentia. Ao contrário, era como se tivesse acontecido alguma coisa naquela sala que eu ainda não havia entendido. Mas tive um mau pressentimento a respeito.

Alguém do grupo me viu e me chamou, e eles vieram até mim em bando, todos falando ao mesmo tempo e parecendo estar felizes e até com sorte por me ver. Iulia me deu um abraço de uma intensidade constrangedora, dada a atmosfera amena do que acontecera comigo, e todos os outubristas me cumprimentaram com um aperto de mão solene.

Serguei foi o primeiro a falar. "Tudo bem?", ele perguntou. "Acho que sim".

Algo no modo como respondi fez Serguei hesitar. "Mesmo?", ele disse em seguida. Querendo saber: eu tinha certeza de que estava tudo bem? Era óbvio que eu não tinha certeza.

"Eles me perguntaram o que era o Outubro", contei. "E eu falei que era um grupo de discussão."

"Tudo bem", disse Serguei.

"Eles estavam dizendo que era um grupo extremista, mas eu disse a eles que isso era ridículo, que o grupo não tinha planos de derrubar o governo."

"Tudo bem", disse Serguei, mais pausadamente do que da primeira vez.

"Eu contei que conheci você no hóquei e que nos reuníamos para discutir Marx na casa de Micha. Foi mais ou menos isso."

"Tudo bem", disse Serguei. Ele parecia pensativo. "Pensei que tínhamos todos concordado que não falaríamos com a polícia."

"Sim", respondi. "Eles me pareceram muito normais. Senti como se os estivesse recrutando, para ser honesto."

Serguei assimilou o que ouviu.

"Podemos recrutar o Exército, não a polícia", ele respondeu em voz baixa, como numa breve catequese. Depois voltou a falar normalmente. "Tenho certeza de que está tudo bem", ele disse. "Que tal a gente beber algo?"

Eu realmente não estava com vontade de beber. Minha vontade era ir para casa e tomar um banho. Eu ainda tinha ketchup no cabelo. Disse isso a Serguei, e ele assentiu.

"Quem sabe amanhã", ele disse. Eu concordei.

Iulia ouvira isso tudo. "Eu vou com você", ela me disse. Concordei com isso também.

Nesta hora, Elena e o cara do *Moscow Times* se aproximaram educadamente e perguntaram se poderiam falar comigo. Eu disse que sim, mas continuei andando na direção da casa da minha avó, para indicar que não queria falar muito. Elena pôs um microfone na minha cara e o amigo de Howard pegou seu bloquinho e eu disse a eles que a coisa toda era bastante inócua e que eu não me sentia como se tivesse sido triturado sob o jugo do governo e que na verdade tinha ficado feliz por ter contado a eles sobre as atividades do Outubro — achava que seria legal fazer uma chamada sobre o Outubro na Eco de Moscou — e foi isso.

Iulia e eu percorremos sozinhos o resto do caminho. "Kátia me ligou", ela disse. "Ela disse que tem um monte de matérias na internet sobre o acadêmico americano preso na frente da RussOil."

Havia um amargor na maneira como ela falou isso. Não respondi.

"Eles bateram em você?" ela perguntou.

"Não. De jeito nenhum."

"Então por que você contou a eles sobre o Outubro?"

"Eles já sabiam de tudo!", exclamei de uma forma suplicante. O site do Outubro dizia literalmente que se tratava de uma organização "revolucionária". O que contei a esses caras que eles já não soubessem?

"Ai, Andriuch!", Iulia disse. "Vamos ver como está Seva Efraímovna."

"Tudo bem", assenti.

Percorremos em silêncio o resto do caminho.

Minha avó estava sentada à mesa comendo sozinha quando chegamos. "Andriuch!", ela disse. "Iulia! Onde vocês estavam?"

"Desculpe, vó", eu disse. "Nos atrasamos. Está tudo bem."

"Vocês devem estar com fome", ela disse. "Deixa eu cozinhar alguma coisa para vocês."

Ela ainda falava em cozinhar, embora o que na verdade fizesse fosse requentar a comida que Serafima Mikháilovna tinha deixado na geladeira.

Iulia e eu concordamos em comer, mas insistimos que minha avó ficasse sentada enquanto nós esquentávamos a comida.

Meu computador estava no parapeito da janela. "Aqui, deixa que eu faço isso", Iulia disse sobre a comida. "Vai dar uma olhada."

Fiz o que ela mandou. Havia mesmo um monte de artigos sobre o acadêmico americano preso pelo regime despótico. No Facebook, todos perguntavam se eu estava bem, inclusive Fishman. Isso me fazia parecer um mártir cheio de coragem, o que era embaraçoso. Talvez fosse por isso que Iulia estava brava. Se eu era um mártir tão corajoso, por que a polícia me deixou ir embora com tanta facilidade e dando sorrisos simpáticos?

Meu telefone tocou. Era o meu orientador.

"Você saiu?", ele perguntou.

"Sim", eu disse. "Acabei de chegar em casa."

"O.k., ótimo. Jesus, você nos deu um susto. Ouça. Recebi uma ligação estranhíssima do Phil Nelson agora. Ele viu a cobertura da imprensa e perguntou de você. Ele até deu a entender que pode haver uma posição para você com a reestruturação do DLLGE." Era assim que me orientador chamava o Departamento de Literatura e Línguas Germânicas e Eslavas. Uma "posição" era um trabalho.

"Uau", eu disse. "Mas por que ele faria isso?"

"Nem ideia. Quer dizer, a Columbia acabou de fazer algumas contratações exibicionistas. E você conhece Phil. Ele adora abraçar bebês e libertar prisioneiros. E nossas finanças não foram tão afetadas quanto o esperado, eu acho. A gente talvez até consiga algum dinheiro desse pacote de estímulo do Obama. Enfim, quando ele ligou perguntando de você, eu disse que um superartigo seu ia sair na *Slavic Review* e que você deveria ter conseguido a vaga do Watson College. Então, fique atento. Se ele ligar para você com uma oferta, verifique se vai oferecer uma posição genuína, e não um compromisso como professor visitante. E pergunte sobre moradia."

"É sério?"

A moradia era um apartamento subsidiado. Não eram apartamentos de luxo, mas eram espaçosos e em Manhattan; na verdade, era o que havia de mais próximo do socialismo que se poderia ter em Nova York.

"Claro, por que diabos não seria", disse meu orientador. "Se ele quer contratar você para ter alguma publicidade, faça com que realmente contrate você. Certo?"

"Certo", eu disse. "Obrigado."

Eu tinha saído da cozinha enquanto falava com meu orientador e depois tinha voltado. Iulia estava sentada de mãos dadas com minha avó. "Veja", minha avó estava dizendo, "todos os meus amigos morreram. Todos os meus parentes morreram. Todo mundo está morto, exceto eu. Qual o sentido?"

"Eu sei, Seva Efraímovna", disse Iulia. "Eu sei."

Quando cheguei, ela olhou para mim com uma pergunta no rosto, querendo dizer: "Quem era no telefone?".

Dei de ombros, como se dissesse: "Ninguém importante. Era engano. Não foi nada".

Realmente, achei que não valia a pena entrar no assunto, já que poderia muito bem não dar em nada, assim como o trabalho no Watson. Meu orientador tinha bom senso para essas coisas, mas Nelson, o presidente da universidade, era um cara que mudava de opinião com frequência.

"Quem era no telefone, Andriuch?", minha avó perguntou. "Ninguém", eu disse. "Um amigo dos Estados Unidos."

"Ah, Estados Unidos", disse minha avó. "Eu fui para lá uma vez. Não gostei."

"E você tinha razão, Seva Efraímovna, você tinha razão", disse Iulia.

Em seguida ela se levantou e, para minha surpresa, levou os lábios à testa da minha avó. "Obrigada por tudo, Seva Efraímovna", ela disse. "Obrigada por me receber em sua casa. Sou muito grata a você. Fique firme."

Minha avó não entendeu de onde isso vinha, mas adorava que a tocassem e riu feliz. "Obrigada", ela disse à Iulia, que agora se dirigia ao hall de entrada. Pareceu-me que Iulia estava se despedindo da minha avó.

Fui atrás dela até o hall de entrada.

"O que está acontecendo?", perguntei.

"Não está acontecendo nada", ela respondeu com frieza.

"Por que você acabou de se despedir da minha avó?"

"Eu não sei se vou vê-la de novo."

"Por que não?", eu disse. E depois repeti: "O que está acontecendo?".

Ainda sem deixar transparecer nenhuma emoção, ela respondeu à minha pergunta com outra pergunta. "O que você contou para a polícia?"

"Nada! Eu não contei nada que eles já não soubessem!"

"Você sabe que não é assim que funciona."

"Assim como?"

"Eles foram legais com você e fingiram que achavam interessante o que você dizia, certo? Aí você ficou falando mais e mais. Né?"

Isso foi mais ou menos o que tinha acontecido. Meu silêncio confirmava.

"Ah, Andriuch. Você não aprendeu nada sobre este lugar, não é? Você ainda é americano demais. Você ainda acredita nas palavras."

"O que há de errado nisso?", eu disse. "Em que mais eu deveria acreditar?"

"Quem era no telefone agora?", Iulia perguntou.

"Meu orientador." Em russo, a palavra é mais longa, *naúchni rukovoditel*, supervisor acadêmico ou *naútchruk*. "*Naútchruk*", eu disse.

"E ele disse que agora eles têm um trabalho para você?", Iulia perguntou.

"Ele disse que talvez, sim".

"Eu sabia", disse Iulia, um pouco para si mesma.

"Eu não vou aceitar", eu disse. "Se é que isso vai existir."

"Não, Andriuch. Você vai aceitar."

"Iul", eu disse, "o que está acontecendo?"

"Não sei", ela respondeu. "Vamos ver. Posso estar errada. Tomara que eu esteja errada. Mas provavelmente não estou.

"Adeus, Andrei."

Ela me deu um beijo na bochecha, não na boca, mais ou menos como se tivesse me beijado na bochecha quando cheguei na festa do Serguei, só que ao contrário. Parecia que haviam se passado anos desde então.

Ela abriu a porta e saiu. Eu deixei. Eu estava com raiva e confuso. Mas também estava preocupado que ela estivesse certa.

Agora eram oito da noite, ainda dava tempo de eu ir para o hóquei, mas não tive vontade. Limpei os pratos e joguei algumas partidas de anagramas com minha avó. Depois, respondi ao maior número de e-mails e mensagens que pude. Tudo isso me deixou inquieto; algo tinha acontecido, e eu ainda não sabia o que era.

Na manhã seguinte, um sábado, prenderam Serguei e Micha acusando-os de "extremismo". Soube disso pelo Boris, que me ligou para perguntar se eu sabia de alguma coisa.

"*Bliad*", xinguei. "Será que isso aconteceu por minha causa? Por causa de algo que eu falei?"

"Não sei", Boris respondeu friamente. "Eu não tenho ideia do que você falou ou deixou de falar. Portanto, a resposta é: não sei."

Tentei ligar para Iulia. Ela não atendeu. Continuei tentando e ela não atendia. Por fim troquei de roupa, saí e peguei um carro até a casa dela. Interfonei para o apartamento e Kátia atendeu.

"A Iulia não quer ver você", ela disse.

"Mas ela está aí?"

"Está, ela está aqui."

Perguntei se ela sabia sobre as prisões e ela disse que sim.

E isso foi tudo. Tentei ligar para o Nikolai, mas seu telefone parecia estar desligado. Falei com Boris outra vez e perguntei se ele tinha novidades sobre Nikolai ou mais alguém; ele disse que não e disse também que não deveríamos ficar falando por telefone. Eu lhe disse que estava perto de Maiakóvskaia e perguntei se ele queria me encontrar, e ele disse que não, não queria, como se eu fosse uma espécie de espião.

Fui andando até o lago do Patriarca e sentei em um banco. Esse era um dos lugares bonitos de Moscou; um pequeno lago dentro de um pequeno parque, com bancos e uma passarela sombreada por árvores centenárias, e em volta de tudo isso alguns edifícios antigos do início do século XX, que em sua maioria não eram feios. Iulia e eu estivemos lá algumas vezes, quando o tempo melhorava um pouco. Nessa região raramente havia pessoas muito bêbadas causando tumulto.

Agora parecia um lugar inútil, estéril, azedo. Por minha causa, dois bons amigos estavam na prisão, Iulia não queria me ver, e até mesmo Boris, que é gélido e robótico, estava irritado. Me senti ao mesmo tempo errado e injustiçado.

Liguei para Anton, do hóquei, e perguntei se ele poderia me encontrar. Ainda que Anton fosse advogado tributarista, era o mais próximo de um advogado que eu conhecia. Ele estava em seu escritório, nas proximidades, e meia hora depois me encontrou no Starlite Diner. Contei o que havia acontecido. Ele não me culpou, mas ficou contrariado. "Precisamos contar para os caras", ele disse. "É o nosso goleiro, cacete."

Ele pegou o telefone e em pouco tempo seis caras do hóquei, incluindo Fédia e Gricha, do time branco, estavam na lanchonete conosco. Anton e eu vimos cada um deles estacionar seu Mercedes ou BMW em lugares onde não era exatamente permitido parar, mas a uma distância conveniente da lanchonete. Observando seus carros pretos e lustrosos sendo manobrados — "Aquele é Tólia", disse Anton. "Aquele é Fédia — e depois vendo-os entrar na lanchonete, em seus moletons de fim de semana, e todos maiores do que na minha lembrança, tive um orgulho momentâneo do quão longe eu tinha ido no último ano. Que eu pudesse convocar tal reunião era incrível para mim; ao mesmo tempo, estava sendo convocada porque eu tinha sido responsável pelo fato de nosso goleiro estar na prisão. Os caras chegaram, apertaram a mão de todos ao redor da mesa, pediram comida e só depois ouviram o que Anton e eu tínhamos a dizer. Em seguida, começaram a ligar para pessoas que conheciam. Gricha ligou para seus amigos da administração da RussOil. Fédia e Vânia tinham conexões com autoridades policiais. Tólia ligou para alguns de seus amigos banqueiros, só por precaução. A maioria das pessoas não conseguiu nada, mas Gricha e Fédia conversaram com gente que estava por dentro.

"Isso está vindo do alto escalão", relatou Gricha. "Eles ainda estão indignados com a escavadeira na floresta. Está além da minha capacidade. Eu disse a eles que precisávamos de um goleiro. Disseram que deveríamos visitar um centro desportivo."

"O que você respondeu?"

"Eu desliguei."

"Merda", disse Anton.

Os caras ficaram sentados por mais um tempo, tentando pensar em quem contatar, mas era evidente que já tinham dado o seu melhor e que, assim que saíssem da lanchonete, já era.

"Não tem ninguém que a gente conheça que possa conhecer alguém para cuidar disso?", perguntei.

"Andrei, conversei com o assessor do presidente da empresa", disse Gricha. "Ele disse que o chefe tem interesse pessoal nisso e quer esses caras na prisão. Esse é o nível mais alto, está muito além de nós."

Ele deu uma mordida no hambúrguer.

"Ele disse também que querem prender mais gente. Que havia uma garota envolvida."

Ai, merda, pensei. Ah, não. "Grich", eu disse, "preste atenção, a garota é a Iulia. Você lembra que ela foi a um dos jogos?" Iulia tinha ido ao rinque e assistido da arquibancada, os caras foram todos muito educados com ela. "Você pode ligar outra vez para o seu amigo? Diga a ele que se Iulia for presa eu vou para a embaixada."

Eu não sabia o que faria se fosse para a embaixada, mas parecia a coisa certa a dizer. Gricha ficou pensativo por uns segundos e depois pegou o telefone — a maioria dos caras ainda tinha celulares antigos normais, e o de Gricha parecia minúsculo em sua mão enorme.

"Sach, escuta", ele disse. "A tal garota que você mencionou — é namorada do americano. Eles estão planejando se casar. Eu acho que se a pegarem, o americano vai fazer um estardalhaço. Vai ser uma tremenda dor de cabeça... É... Compreendo. Mas tenha isso em mente."

Gricha desligou e me lançou um olhar que dizia: "Fiz o que pude. Vamos ver o que acontece".

Depois disso, com uma sensação de desânimo e de certa derrota, todos terminaram seus hambúrgueres, trocaram apertos de mão, e se foram. Anton e eu ficamos com a pilha que sobrara de batatas fritas.

Fui um pouco lá fora — eu não tinha desenvolvido o hábito russo de manter conversas telefônicas na frente de outras pessoas — e liguei novamente para Boris, para dizer que estavam na iminência de prender mais gente. "O.k.", ele respondeu e desligou. Depois eu soube que ele pegou o trem seguinte para Kiev. Não consegui falar com Nikolai, mas posteriormente ele me contou que, quando ouviu falar sobre as prisões, passou um dia em sua datcha, exatamente como tinha imaginado uma vez, e depois pegou um trem para a Estônia. Após tentar, de novo sem sucesso, ligar para Iulia, enviei-lhe uma mensagem de texto alertando que mais prisões poderiam ocorrer em breve.

Ela escreveu de volta desta vez. "Eu não vou a lugar nenhum".

Fiquei exultante ao ouvi-la, mas ela não disse nada que já não tivesse me dito dezenas de vezes. E quando mais uma vez tentei ligar, ela não atendeu. Voltei para dentro da lanchonete, onde estava Anton.

"Andrei", ele disse, "não tente resolver isso assim. Não é culpa sua. Serguei sabia o que estava fazendo."

"Obrigado", eu disse. E eu estava mesmo agradecido. Mas isso não mudou o fato de que era tudo culpa minha.

Naquela noite, recebi um telefonema de Phil Nelson. Havíamos conversado brevemente uma ou duas vezes durante meu período na universidade, mas ele me cumprimentou como um velho amigo. Ele disse que meu trabalho sempre o impressionou muito e que adorou meu artigo na *Slavic Review* (que ele não tinha como ter lido), e então, como meu orientador previra, me ofereceu um emprego. Ele disse que já vinha refletindo há um tempo que a universidade precisava começar a pensar sistematicamente sobre a experiência histórica dos gulags, tanto na Rússia Soviética como em outros lugares, e tendo em vista meus interesses de pesquisa, assim como meu recente contato com o totalitarismo russo, será que eu gostaria de ministrar a disciplina inaugural Estudos do Gulag em nossa grande universidade?

Eu esperava a ligação, mas não todas as bobagens detalhadas, e esperava que meu instinto fosse dizer não. Mas não foi. Meu instinto foi dizer sim. Tentei jogar mais para frente. "Estou com um monte de coisas", eu disse docilmente, "um monte de projetos em andamento aqui agora."

"Sim, claro!", disse Nelson. "Acho que podemos definir um orçamento de pesquisa de quinze mil dólares que ajudará você a ficar indo e voltando por um tempo. Você acha que assim funcionaria?"

Jesus, se funcionaria... Eu poderia voltar a cada duas semanas, praticamente.

Eu estava tentando formular alguma resposta para isso, mas Nelson deve ter confundido meu silêncio com resistência, pois ele disse: "E veja, já que estamos falando de números, o que lhe parece cem, para começar? Isso sem incluir seguro saúde e outros benefícios".

Fiquei sem palavras. A maioria das pessoas que conhecia ganhava uns sessenta e cinco ou setenta. Mas ele ainda não tinha terminado.

"E veja, sei que é difícil encontrar um lugar em Nova York quando se está Moscou, então deixe-me ver se podemos arranjar uma moradia para você. Talvez seja no edifício novo, mas ainda assim seria possível ir para o campus a pé." A universidade acabara de construir alguns novos edifícios no East Village. Ele estava me oferecendo moradia sem eu precisar pedir. Dei uma risadinha incrédula, o que acho que Nelson entendeu bem que era uma rendição.

Ele decidiu não tirar vantagem disso. "Então, veja que tal isso", ele disse. "Tire um dia, dê umas voltas no quarteirão algumas vezes e pense a respeito, aí voltamos a conversar amanhã, pode ser? Acho que podemos chegar a um acordo."

E desligou. No dia seguinte, ele voltou a ligar, confirmando sua oferta de um apartamento de um quarto no edifício novo, perto da estação Astor Place. Depois de tudo o que eu tinha dito e pensado sobre as desigualdades do mercado de trabalho acadêmico, depois de todos os avanços que fizera aqui começando uma vida nova, depois de todas as minhas promessas de que nunca deixaria minha avó para trás, depois de tudo isso, e ainda mais, quando finalmente chegou a hora de agir de acordo com minhas supostas convicções, não o fiz. Aceitei o emprego, o financiamento de pesquisa e o apartamento.

Isso feito, não precisaria vender o apartamento da minha avó. Agora eu tinha um salário e podia colaborar pagando uma cuidadora, como disse que faria. Apesar de toda a sua bravata, Dima não o venderia sem a minha aprovação. Mas eu não tinha mais moral em que me apoiar. Dima teve que abandonar nossa avó porque estavam preparando um processo contra ele, ao passo que eu parti por vontade própria. Quem era eu para dizer que Dima não poderia vender, se precisasse do dinheiro? Nessa questão, como em outras, escolhi o caminho mais fácil. Escrevi para meu irmão do peitoril da janela: "Estou pronto para vender".

Ele levou vinte segundos para me escrever de volta. "Finalmente!!!", ele disse.

E assim foi. Miklos apareceu no dia seguinte e ofereceu duzentos e oitenta. Aceitamos. Perguntei a Serafima Mikháilovna se, quando encontrássemos uma nova casa, ela estaria disposta a morar com nossa avó. Ela disse que sim.

Miklos contou que faria obras no apartamento de Dima por pelo menos mais um mês, então, se quiséssemos poderíamos demorar esse tempo para fazer a mudança. Mas eu não queria. Queria terminar isso logo. Faltavam dez dias para o meu visto expirar e passei os primeiros dias procurando um apartamento no nosso bairro, com um corretor de imóveis recomendado pelo Anton. Mas nada deu certo. A maioria dos prédios perto de nós era antigo e, embora os apartamentos que eu estava visitando tivessem sido reformados, eles não tinham elevador e havia os mais variados tipos de escada para minha avó cair. Por fim Dima teve a indicação de um lugar através de um amigo; ficava em um bairro tranquilo do outro lado do rio, tinha uma varanda onde minha avó poderia descansar e, o principal, tinha elevador. O aluguel custava apenas mil e quinhentos dólares por mês. Dima precisava de cem mil da venda do apartamento para pagar honorários advocatícios, de modo que restavam cento e oitenta; se pagássemos mil a Serafima Mikháilovna e orçássemos outros mil para tudo o mais, não precisaríamos nos preocupar com as despesas da vovó pelos próximos quatro anos. Ficamos com o apartamento e, três dias depois, Dima chegou para ajudar na mudança.

Mais uma vez, ele ficou no nosso quarto e, em silêncio total, empacotamos os livros da minha avó, suas roupas, todas as fotos e pequenas quinquilharias, seus remédios, suas cartas. Dissemos à vovó que ela se mudaria por um tempo, pois este apartamento passaria por reformas, e ela aceitou, depois esqueceu, depois aceitou, depois esqueceu e aceitou mais uma vez. Levamos três dias horríveis, longos e quentes embalando o apartamento em caixas, e no final vieram dois caras com um caminhão reboque que, embora pequeno, era suficiente; enquanto o motorista ficava sentado no caminhão fumando, seu colega nos ajudava a carregar as coisas da nossa avó, incluindo todos os móveis do quarto dela, para que pudéssemos reproduzir um igualzinho em seu novo quarto. Então, partimos. Pensávamos que faríamos duas ou três viagens, mas todas as coisas da vovó couberam no caminhão e conseguimos levar tudo de uma vez. Serafima Mikháilovna já estava no apartamento e, após descarregarmos o caminhão, deixei ela e Dima desfazendo as malas e voltei para casa para fazer companhia à vovó no apartamento quase vazio. Quando cheguei ela estava sentada na única cadeira que restava na cozinha, olhando suas listas telefônicas. Em vez de esperar naquele apartamento detonado, fomos caminhar e nos sentamos para tomar sol em um dos pátios da vizinhança. Ainda era o meio da tarde. Passado um tempo, meu telefone tocou; era Dima, que estava de volta no pequeno Nissan que tinha alugado no aeroporto, e era hora de irmos embora.

Sentei no banco de trás, minha avó na frente e Dima ao volante. Foi uma viagem de dez minutos, mas foi muito longa. Saindo de nosso pátio para o bulevar, Dima teve que virar à direita e, enquanto descíamos a encosta em direção à praça Trubnaia, por um segundo uma ampla vista de Moscou se abriu diante de nós — os campanários dourados brilhando ao sol, alguns espigões espelhados, e o céu azul sobre a cidade. "Ah", exclamou minha avó, "que lindo! Vejam só!", ela nos disse. "Vejam como é linda."

Chegamos à Trubnaia e Dima fez meia-volta. "Por que você está contornando?" perguntou minha avó. "Para onde estamos indo?"

A entrada à direita deve tê-la feito pensar que íamos para a casa de Emma Abramovna — geralmente era para lá que íamos, quando estávamos no carro naquela direção.

"Estamos indo para o novo apartamento", disse Dima.

"O novo apartamento", disse minha avó. Era uma meia pergunta, mas não respondemos.

Tudo ficou calmo por um tempo, mas depois passamos por Tchistie Prudí e minha avó suspeitou de alguma coisa.

"Sabe", ela disse, virando-se para Dima, como se estivesse pensando em algo, "vamos voltar. Acho que é hora de voltar."

"Está tudo bem", disse Dima. "Estamos quase lá."

Minha avó percebeu que não estávamos retornando e tentou se interessar pela paisagem. Estávamos passando ao longo de Tchistie Prudí, uma das áreas mais bonitas de Moscou, era um dia quente de verão, e não havia muito tráfego, então aceleramos.

Achei que fosse chorar. O que estávamos fazendo? Grande parte da sua memória já se apagara. E grande parte da cidade que ela conhecera também não existia mais. Agora apagávamos a conexão física que ela tinha com o lugar onde morava há cinquenta anos.

Cruzamos a ponte sobre o rio Iáuza, à sombra de um dos enormes arranha-céus de pedra da era Stálin, e nesse ponto minha avó tentou novamente.

"Sabem de uma coisa", ela disse, com aparente descontração. "Vamos voltar. Vocês não acham que é hora de voltar?"

"Vovó", disse Dima. Olhei para ele quando ouvi o tom de sua voz. Ele estava chorando. Atrás, também comecei a chorar. "Estamos quase lá."

E em poucos minutos chegamos. Quando saímos do carro, nossos olhos já estavam secos.

Dima e Serafima Mikháilovna tinham feito um bom trabalho no apartamento: o quarto foi arrumado de modo quase exatamente igual ao antigo, com sua mesma pequena cama, sua velha escrivaninha e todas as fotos que tinha nossas e do tio Liev dispostas em uma pequena prateleira em cima; ao lado de sua cama, a poltrona verde onde eu passara a me sentar enquanto ela lia. Para a sala de estar, havíamos trazido o sofá dobrável verde e, de forma heroica, o armário. Mesmo assim, minha avó ficou confusa. Ela estava cansada da viagem e a levamos para o novo quarto, onde poderia descansar. Ela reconheceu sua cama e sua roupa de cama. "Esta é a minha cama", ensaiou dizer.

"É, sim", dissemos.

Ela deitou e a deixamos ali, mas alguns minutos depois ela saiu e perguntou, muito educadamente, como uma hóspede, onde ficava o banheiro. Eu a conduzi. Em seguida ela entrou na sala, onde ainda estávamos desempacotando as coisas das caixas, e disse, sobre a bagunça: "Que horror!". "Andriuchik", ela prosseguiu, "diga-me, onde eu moro?" Fui com ela até o quarto e mais uma vez ela o reconheceu, virou-se para mim e perguntou: "Este é o meu quarto, certo?".

Eu disse que sim.

No fim da tarde, enquanto continuávamos desempacotando, ela tirou uma longa soneca no quarto. Ao acordar, estava ainda mais desorientada. Quando entrei no quarto para vê-la, ela ficou feliz e surpresa que eu estivesse ali. "Andriu-chik", ela disse, "meu Andriuchik." Em seguida, me pergun-tou quando voltaríamos para Moscou.

"Estamos em Moscou", eu disse.

"Ah", ela disse. Estava confusa. Se estávamos em Moscou, por que não estávamos no apartamento dela? "Bem", ela disse, "só me avise a que horas sai o trem."

"Que trem, vovó?"

"De volta a Moscou. Me diga o horário e estarei lá."

"Tudo bem", eu disse. A mudança de algum modo desenca-deou uma profunda confusão em minha avó. Fui me retirando do quarto, mas ela me chamou.

"Que horas sai o trem?", ela disse.

"Vovó", repeti, "para onde?"

"Pereiaslavl". Foi onde ela nasceu.

Eu sabia que, se tentasse dizer qualquer coisa, iria me de-bulhar em lágrimas e isso a preocuparia. Então, não disse nada.

"Apenas me diga que horas sai o trem", ela disse mais uma vez.

"Pela manhã."

"Que horas da manhã?" Ela agora estava sendo pragmática. "Como vamos organizar isso? Eu te chamo?" Ela apontou para mim. "Ou você vai me chamar?" Ela apontou para si.

Esperei um segundo antes de responder.

"Vamos fazer o seguinte", eu disse. "Virei aqui pela manhã e tomaremos um chá." Isso era mentira — meu voo partiria cedo na manhã seguinte — mas eu não consegui pensar em nada mais para dizer. "O.k.?", perguntei.

"Chá?", disse minha avó. "Sim, isso parece bom. Nos vemos pela manhã." E ela fechou os olhos.

Eram quase nove horas quando terminamos de desempa-cotar. Os livros estavam todos fora das caixas e arrumados nas prateleiras, todos os quadros de fotos e as poucas obras de arte que minha avó colecionou ao longo dos anos estavam nas paredes, os pratos e faqueiros nos armários, e Serafima Mikháilovna montou o sofá dobrável verde e estava pronta para dormir. Dima e eu dormiríamos no beliche no antigo apartamento.

Dei uma última espiada no quarto da minha avó. Ainda havia uma penumbra de luz entrando pela janela, e ela estava dormindo de barriga para cima, como sempre fazia, com as mãos delicadamente cruzadas sobre o ventre.

Fomos embora.

Dirigimos de volta para casa e tomamos banho. Dima batia com força e raiva no teclado do computador enquanto eu arrumava minha grande mala vermelha, e depois perguntou se eu queria ver *Cavaleiros da fortuna*. Eu não quis. "Bem, eu vou, se você não se importar", ele disse. Não me importei.

Terminei de fazer as malas e ainda eram dez horas. Era minha última noite em Moscou. Eu já tinha me despedido dos caras do hóquei e fazia mais de uma semana que não tentava ligar para Iulia. Eu tinha tentado visitar Serguei e Micha em Lefortovo, mas não me deixaram. A lista de e-mails do Outubro estava em silêncio absoluto. O único que ainda falava comigo era Nikolai, da casa de seu amigo em Tallinn. Ele me contou, por meio de um programa de bate-papo criptografado — mentira do caralho isso de que o Gchat era confidencial, ele disse; sobre isso Dima tinha razão —, que tinha gostado muito de Tallinn, havia um setor de tecnologia que estava crescendo, e pensava em ficar lá por um tempo.

"E a sua datcha?", eu disse.

"Voltarei para lá vitorioso, após a revolução", disse Nikolai. "Daremos uma grande festança."

"))))", respondi.

Nesta última noite em Moscou, mandei uma derradeira mensagem de texto para Iulia. "Parto amanhã", eu disse.

Ela retornou dessa vez. Escreveu: "Faça boa viagem".

Pensei em propor que nos encontrássemos, mas tinha certeza de que ela diria não.

Em vez disso, respondi "obrigado", e fui para a cama.

Meu voo era às oito da manhã, então eu tinha que sair de casa às cinco e meia. Decidi que chamaria um táxi. Assim teria mais meia hora de sono, e agora eu podia pagar por isso: estava prestes a começar a receber um salário de gente grande, regularmente, pela primeira vez na vida.

Dima ainda não havia chegado em casa quando o motorista ligou para dizer que estava lá embaixo. Dei uma última olhada no apartamento de Stálin e depois deixei minhas chaves sob o capacho ao pé da escada. Se algum invasor entrasse e roubasse o computador de Dima, a culpa era dele por ter ficado na rua até tão tarde. E, no fim das contas, ninguém invadiu o apartamento.

O táxi virou à direita no bulevar e seguiu em frente quando chegamos à Trubnaia. Era fim de semana e estava muito cedo, então pelo menos dessa vez as ruas estavam quase vazias. O motorista virou à direita na altura do monumento a Púchkin, na Tverskaia, e passou pela casa de Emma Abramovna, e de Iulia, e também onde Micha morava e de onde o levaram outro dia. Viajamos em silêncio. Lembrei-me da sensação que tive, exatamente um ano antes, no trajeto de trem em direção à cidade, aquela sensação de medo e empolgação e preocupação de que eu fosse identificado como estrangeiro. Eu provavelmente não parecia estrangeiro, mas mesmo que parecesse, não ligava mais. Sentei-me no banco de passageiro da frente e observei a cidade onde nasci passar correndo, prédio decrépito atrás de prédio decrépito, e aqui e ali algum pobre desgraçado sem carro, andando a pé, tentando apertar o passo entre vidros quebrados e montes de merda empilhada.

Epílogo

Eu havia pensado que o orçamento para pesquisa me permitiria ficar viajando de um lado para o outro quase o tempo todo, mas logo fui sugado pelo semestre — as aulas, as reuniões do comitê, as horas de expediente. Eu gostava de tudo isso, usava calça de veludo cotelê e suéter para dar aulas, e falava sobre os gulags, mas não sobrava muito tempo para outras coisas. Consegui fazer uma breve visita no feriado de Ação de Graças. Minha avó não se lembrava de mim.

"É o Andriucha", Serafima Mikháilovna disse a ela. "Você sempre pergunta por ele."

"Não", minha avó reagiu balançando a cabeça. "Não lembro."

Mesmo assim, ficamos um pouco juntos, tomamos chá e jogamos algumas partidas de anagramas. Minha avó ainda era imbatível. Não havia onde eu dormir no apartamento. Em vez de ficar lá, me hospedei em um hotel imundo, a algumas estações ao norte do Estádio Olímpico de Moscou e, embora tivesse deixado o taco do Anton na casa da minha avó, eu não tinha levado meus patins. De qualquer forma, não tive tempo de jogar hóquei em Nova York e não queria passar vergonha.

O julgamento de Serguei e Micha foi no início de dezembro, na fase crítica do fim do semestre, e eu não consegui escapar. Achei que fosse demorar um tempinho, entrariam em recesso, mas os promotores foram rápidos e os dois receberam pena de três anos em colônias de trabalho, por extremismo. Depois que isso aconteceu, fiz o melhor que pude para chamar a atenção para a causa deles, e até escrevi um artigo para o *New York Times*. Nelson, o presidente, me mandou uma mensagem dizendo que adorou o texto, assim como a mulher que dirigia o setor de carreiras da associação de ex-alunos, mas isso não representava grandes coisas por Serguei e Micha. Continuei tentando, mas não consegui sair de um circuito peculiar, no qual recebia elogios e convites para palestrar por defender bravamente a causa deles, enquanto eles permaneciam na prisão. Tive notícia de Iulia uma vez, que havia feito uma visita a Serguei — ele pediu que ela me dissesse que nem ele nem Micha me culpavam pelo que ocorreu. "Sabíamos onde estávamos nos metendo", disse Serguei.

Micha foi solto após cumprir os três anos. Ele viveu maus momentos na colônia —começou a beber aguardente ilegal que alguns prisioneiros preparavam com casca de batata, e isso o adoeceu. Quando saiu da prisão, se mudou para a Alemanha, onde vivia de bolsas de estudo. Eu o vi na última reunião da Associação de Estudos Eslavos, do Leste Europeu e da Eurásia, em Washington, D.C., nos Estados Unidos. Ele não parecia bem. As experiências dele na prisão não foram tão valiosas para sua carreira quanto para a minha.

Eu também vi Fishman nessa conferência. Ele não tinha se dado bem no Watson — houve algum escândalo com a esposa de um professor — e ele conseguiu um emprego como especialista em Rússia em um *think tank* de Washington, D.C. De vez em quando, escrevia colunas para o *Post* sobre como os Estados Unidos deveriam finalmente "endurecer" com a Rússia. Cada vez que eu via o nome do gavião Fishman impresso em uma publicação, me perguntava o que Jake, nosso antigo colega de classe que arremessara Fishman do outro lado da sala, acharia disso.

Enquanto escrevo este livro, Serguei ainda está em um campo de trabalho. Ele arrumou encrenca com a administração da colônia por ter organizado um protesto dos presos contra as condições injustas de trabalho e, quando houve a audiência para revisão das condições de prisão, ele não se desculpou. "Voltarei para aquela colônia-prisão, ou para qualquer colônia para onde quiserem me mandar", ele disse. "Mas um dia voltarei à colônia por curiosidade, para ver o que as pessoas construíram sobre suas ruínas. E também sobre as ruínas deste tribunal, e deste sistema podre."

A audiência foi pública e eu assisti pelo YouTube. Foram acrescentados mais cinco anos à sentença de Serguei.

Boris ficou em Kiev após as prisões. Quando os protestos na Maidan estouraram em 2013, ele criticou o fato de que tinham uma tendência neoliberal e, um tempo depois, para o choque e a consternação de alguns de seus velhos amigos, mudou-se para Donetsk e começou a escrever textos louvando a República Popular de Donetsk, apoiada pelo Estado russo. Eu me preocupava com a segurança dele — de acordo com sua página no Facebook, ele ficara detido, por pouco tempo, durante uma das crises do governo em Donetsk —, embora ainda estivesse meio aborrecido com ele: depois do julgamento de Micha e Serguei, ele tomou para si a missão de me expulsar do Outubro.

Não que isso tivesse importância. Depois das prisões, eles tiveram que acabar com o site, e logo as pessoas começaram a discutir umas com as outras. Quando finalmente começaram os protestos anti-Pútin, que há anos eles previam, Serguei e Micha ainda estavam fora e o Outubro, para todos os efeitos, não existia mais. O pior era que os protestos tinham um caráter basicamente liberal em vez de socialista, e reivindicavam liberdade de expressão e direito ao voto em vez de justiça econômica. Não eram esses os protestos que o Outubro imaginava e eles foram, no fim das contas, triturados.

Oleg se recuperou bem das lesões e se mudou para a Espanha. Anton e Kátia namoraram por um tempo e depois terminaram; ele também se mudou para a Espanha, para ficar mais próximo da ex-mulher e do filho.

E Iulia — depois de me escrever dizendo que Serguei não me culpava pelo que aconteceu, não me escreveu mais. Soube pelo

Nikolai que ela continuou visitando Serguei, mesmo depois que ele foi transferido para um campo no Extremo Oriente, e que, na verdade, eles haviam se casado. De certa forma, estou feliz por ela. Por fim ela tem alguém que não vai decepcioná-la. E fico feliz por Serguei também, se é que a palavra é esta. Ele está fazendo o que sempre quis. Só espero que isso não acabe com ele.

Minha avó morou por menos de um ano em seu novo apartamento. Ela já estava piorando; a mudança acelerou o processo. A última vez que a vi, no meu recesso de primavera, dois meses antes dela morrer, ela não conseguia mais conversar. Formulava frases, mas que não tinham relação com nada do que estava acontecendo. Emma Abramovna morreu seis meses antes dela, e isso pôs fim à sua última conexão com o mundo que conhecera.

No dia em que ela morreu, consegui entrar em contato com Serafima Mikháilovna pelo Google Talk. Ela não tinha vídeo, somente áudio, e levou seu laptop para o quarto da minha avó.

"Vó!", eu disse.

Ela gemia de dor. Estava assim o dia todo, segundo Serafima Mikháilovna.

"Vó!", eu gritei pelo Google Talk. Eu estava em minha sala na universidade. "Aqui é Andrei. Você se lembra de mim? É o Andriucha."

Ela gemeu de volta. Não acho que ela me entendeu. Parecia estar sentindo uma dor terrível.

"Vó", falei inutilmente para o computador e chorei. Do outro lado, ouvi Serafima Mikháilovna chorando também.

Minha avó morreu mais tarde, naquele mesmo dia. Em seus momentos finais, Serafima Mikháilovna depois me disse, ela ficou chamando por Dima.

Fomos a Moscou mais uma vez e enterramos nossa avó.

Desde então, nunca mais voltei para lá.

Agradecimentos

Agradeço profundamente a um pequeno grupo de pessoas que leram partes deste livro diversas vezes, e que sempre me incentivaram e foram gentis: Rebecca Curtis, Mary Hart Johnson, Eric Rosenblum e Adelaide Docx. Chad Harbach leu um primeiro rascunho e sabiamente me aconselhou a encurtá-lo. Meu pai, Alexander Gessen, sua esposa, Tatyana Veselova-Gessen, e meus irmãos mais novos, Daniel e Philip Gessen, permitiram que eu ficasse com eles durante semanas, enquanto reescrevia este livro repetidas vezes. Não seria possível imaginar um refúgio mais acolhedor para escrever, e meu pai percebeu um erro na tradução de *telka*. Minha irmã, Masha Gessen, fez algumas correções oportunas e foi, como sempre, sábia e generosa ao dar conselhos. Seu maravilhoso livro, *Ester and Ruzya*, foi de grande ajuda e inspirou este livro de muitas maneiras. As revisões finais de *Um país terrível* foram concluídas na casa da minha amável tia Svetlana Solodovnik, em Moscou.

Sou imensamente grato ao Centro Dorothy e Lewis B. Cullman para acadêmicos e escritores, da Biblioteca Pública de Nova York, pela oportunidade de passar um ano lendo livros sobre hóquei, petróleo e história da Rússia. Lá recebi um apoio de valor inestimável, dos incríveis Jean Strouse, Paul Delaverdac, Lauren Goldenberg, Marie d'Origny e Julia Pagmagenta. Agradeço a Carlos Dada, Ayana Mathis e Michael Vasquez por ficarem até tarde, a Megan Marshall pelas conversas sobre a vida e a literatura, a Hal Foster por seu humor, a Steven Pincus por me explicar o neoliberalismo.

Em dois momentos cruciais da escrita deste livro, Brian Morton me ofereceu uma fonte de financiamento. Devo muito a ele no sentido prático, mas ainda mais ao seu exemplo. Tenho a honra de considerar dois dos maiores editores de revistas atuais, Henry Finder e Cullen Murphy, meus amigos e também meus editores. O esplêndido grupo que se formou em torno da *n+1*, liderado por Mark Krotov, Rachel Ossip, Cosme Del Rosario-Bell, Nikil Saval e Dayna Tortorici, continua a me inspirar com seu brilho e comprometimento. Carla Blumenkranz é um gênio. Mark Greif está presente em tudo que escrevo. Ben Kunkel e Marco Roth são meus leitores ideais. Nell Zink me enviou um lembrete, enquanto eu escrevia este livro, que, de verdade, me permitiu terminá-lo. Elif Batuman me garantiu que se trata de um romance. Eddie Joyce, ele próprio um romancista, me prometeu que ao menos uma pessoa o leria. O comprometimento de Christian Lorentzen com a literatura, e com o seu amigo, é incomparável ao de qualquer pessoa que conheço.

Em Moscou, eu não teria sobrevivido sem meus amigos Igor Alexandrov, Scott Burns, Anatoly Karavaev, Lenka Kabrhelova, Leonid Kuragin, Kirill Medvedev, Grant Slater, Courtney Weaver e Marina Zarubin.

Sou grato aos meus chefes e colegas do departamento de jornalismo, por me deixarem começar um semestre atrasado para que eu pudesse terminar isto. Sou grato aos meus antigos professores em Syracuse (NY), Mary Karr e George Saunders, por três anos valiosíssimos, e por tanto apoio e incentivo.

A brilhante Allison Lorentzen é a editora deste livro. Tudo que há de bom nele é ideia dela, mas as partes ruins foram escritas por mim. Agradeço a Diego Núñez por ter alterado a sua dieta para que pudesse encaminhar este texto para publicação de forma mais autêntica. Na agência Wylie, Sarah Chalfant e Rebecca Nagel têm sido fantásticas apoiadoras e conselheiras.

Agradeço à minha sogra e ao meu sogro, Kate Deshler Gould e Rob Gould, por terem ajudado tanto com Raffi quando ele era pequeno e eu estava tentando terminar um primeiro rascunho. Os revigorantes monólogos de Ruth Curry sobre a Tenant Law e a literatura, bem como sua generosidade infalível, foram um conforto e uma inspiração.

Sem Emily Gould, que aceitou um emprego de que não gostava muito para que eu pudesse continuar escrevendo, nada seria possível e nada teria importância. Sem o pequeno Raphael Konstaninovich Gessen-Gould, só faríamos dormir.

A Terrible Country: A Novel © Keith Gessen, 2018.
Todos os direitos reservados.

Todos os direitos desta edição reservados à Todavia.

Grafia atualizada segundo o Acordo Ortográfico da Língua
Portuguesa de 1990, que entrou em vigor no Brasil em 2009.

capa
Elisa v. Randow
imagem de capa
Darya Piskareva
composição
Jussara Fino
preparação
Eloah Pina
revisão
Gabriela Rocha
Livia Azevedo Lima

Dados Internacionais de Catalogação na Publicação (CIP)

Gessen, Keith (1975-)
    Um país terrível / Keith Gessen ; tradução Bernardo
Ajzenberg e Maria Cecilia Brandi. — 1. ed. — São Paulo :
Todavia, 2022.

    Título original: A Terrible Country : A Novel
    ISBN 978-65-5692-308-6

    1. Literatura americana. 2. Romance. 3. Ficção
contemporânea. 4. Relações familiares. 5. União Soviética
— história. I. Ajzenberg, Bernardo. II. Brandi, Maria
Cecilia. III. Título.

                                              CDD 813

Índice para catálogo sistemático:
1. Literatura americana : Romance 813

Bruna Heller — Bibliotecária — CRB 10/2348

todavia
Rua Luís Anhaia, 44
05433.020 São Paulo SP
T. 55 11. 3094 0500
www.todavialivros.com.br

fonte
Register*
papel
Pólen natural 80 g/m²
impressão
Geográfica